Zwei Seiten

Alison Grey

Turmhut-Verlag

Bibliografische Information Der Deutschen Bibliothek
Die Deutsche Bibliothek verzeichnet diese Publikation in der Deutschen Nationalbibliografie; detaillierte bibliografische Daten sind im Internet über http://dnb.ddb.de abrufbar

ISBN 978-3-936084-92-4

Umschlagbild und Layout:
Krystel Contreras Quezada (krystelc@gmail.com)
Gesamtherstellung:
Digital Print Group, Nürnberg
Erste Auflage 2011

Kontakt:
Turmhut-Verlag
Sylvie Kohl
Eichenweg 8
97640 Stockheim
Tel./Fax: 09776/6935
admin@turmhut.de
www.turmhut.de

Printed in Germany

Vorwort

Nachdem ich das Manuskript zu ***Zwei Seiten*** fertig geschrieben hatte, dachte ich, am Ende einer Reise angekommen zu sein. Schnell stellte sich jedoch heraus, dass es erst der Anfang war.

Unerfahren wie ich war, dachte ich, eine Geschichte zu schreiben, wäre gleichbedeutend mit dem Schreiben eines Buches. Nach vielen Monaten der Überarbeitung, die weit länger als das Schreiben des ursprünglichen Manuskripts dauerte, habe ich das Gefühl, wirklich etwas geschafft und nicht nur einfach drauflosgeschrieben zu haben.

Danksagung

An dieser Stelle möchte ich den Menschen danken, die dieses Buch zu dem gemacht haben, was es am Ende geworden ist:

Meiner Frau Krystel, für ihre Ehrlichkeit und hervorragenden Ratschläge.
Du teilst mich mit meiner Leidenschaft, dem Schreiben, und bist immer für mich da. Ich liebe dich.

Sandra, für ihre Geduld und Ermutigung, ihr hilfreiches Feedback und ihre Verbesserungsvorschläge. Worte können nicht ausdrücken, wie dankbar ich dir für dein Engagement für Zwei Seiten bin. Eines ist gewiss: You‘re one hell of a betareader, my friend.

Susanne, für ihre Unterstützung. Ob es darum ging, Fehler zu finden, Vorschläge zu machen oder einfach mein Selbstbewusstsein zu boosten: Du warst zur Stelle.

Helga Thome, für die ersten Korrekturen und freundlichen Worte.

Für Krystel

Du bist meine Inspiration.

PROLOG

Ich war etwa sieben Jahre alt, als ich das erste Mal das Wort homosexuell hörte. In der Zeitung hatte mein Vater von einer Schwulenparade in Köln gelesen und schimpfte über diese, wie er sie nannte, »Perversen«. Mein Vater sagte, er verstünde nicht, wie man diesen Leuten überhaupt erlauben könnte, sich öffentlich zu zeigen, geschweige denn, eine Parade abzuhalten, um diese »Abartigkeit« zur Schau zu stellen.

Meine Mutter sagte dazu nichts.

Soweit ich mich erinnere, war sie auch sonst eher ruhig und mied es, mit meinem Vater über irgendetwas zu diskutieren.

Ich glaube, dass ich meinen Vater fragte, was ein Homosexueller sei.

Mein Vater antwortete, ich sei zu jung, um von so etwas zu hören. Danach wandte er sich an meine Mutter und meckerte laut, dass wegen dieser Entartungen ein Vater gezwungen würde, seine kleine Tochter vor diesen Kranken zu beschützen. Als ob die Welt ohne »die« nicht schon schlimm genug sei.

Es muss wohl am Abend desselben Tages gewesen sein, als mich meine Mutter ins Bett brachte und ich sie fragte, warum sich mein Vater so aufgeregt hatte und was es denn mit diesen Homosexuellen auf sich hätte.

Meine Mutter, die an der Tür stand, schaute kurz hinter sich und schloss dann die Zimmertür. Anschließend nahm sie neben mir auf der Bettkante Platz. Sie streichelte fürsorglich über meinen Kopf, während sie mir eine ebenso knappe wie rätselhafte Antwort gab: »Homosexuell ist das, was man nicht sein darf. Man entscheidet sich entweder für das Richtige oder für das Falsche. Homosexuelle haben sich für die Sünde und für die Unnatürlichkeit entschieden.«

Ich muss sie wohl etwas ratlos angesehen haben, doch ich bekam keine weitere Erklärung.

Ich weiß nicht mehr, was ich an dem Tag anhatte oder was sonst noch geschah. Aber ich weiß noch ganz genau, wie traurig meine Mutter an diesem Abend aussah. Und ebenfalls hallt in meinem Kopf bis heute, was sie mir damals sagte.

Kapitel 1

»… Vielen Dank für Ihre Aufmerksamkeit. Ich wünsche Ihnen ein schönes Wochenende.« Mit diesen Worten beendete der Professor die Vorlesung.

»Ich dachte schon, das würde niemals enden«, murmelte Nathalie, während sie sich neben mir von ihrem Sitz erhob.

»Rede nicht so laut«, sagte ich. »Ich schlafe.«

Nathalie grunzte und zog mich zu sich hoch. »Dann wach mal lieber auf, Scarlett. In ein paar Stunden sind wir schließlich bei Daniel eingeladen.«

Ich schaute auf meine Armbanduhr. Es waren noch fast sechs Stunden bis zur Geburtstagsparty von Nathalies neuer Flamme.

Sie wechselte ihre Lover regelmäßig.

Als wir vor zwei Jahren mit unserem Studium anfingen, hätte ich nicht gedacht, meine Mitbewohnerin würde in vier Semestern mehr Liebschaften haben als ich in meinem bisherigen Leben zusammengenommen. Aber nur weil ich nicht ständig zu irgendwelchen Typen ins Bett stieg, war ich doch nicht automatisch langweilig. Auch wenn Nathalie das so sah.

Wir verließen den Hörsaal und trödelten über den

Campus zur U-Bahn.

»Wie läuft es eigentlich mit dir und Matthias?«

Ich blickte Nathalie stirnrunzelnd an. Wusste sie denn nicht, dass ich schon vor einer Woche mit ihm Schluss gemacht hatte? »Wir sind nicht mehr zusammen.«

Nathalie blieb stehen. »Seit wann? Warum hast du mir nichts gesagt?«

Ich zuckte mit den Schultern. Als sie mich aber weiter stumm anstarrte, antwortete ich: »Letzte Woche Dienstag.«

Nathalie wirbelte mit den Händen herum. »Ich bin deine beste Freundin. Du machst nach eineinhalb Jahren mit deinem Freund Schluss und hältst es nicht für nötig, es mir zu sagen?« Sie trat auf mich zu und umarmte mich.

Ich stand steif da.

»Gott, du musst ja vollkommen fertig sein. Was ist passiert?«

Ich zuckte wieder mit den Schultern.

Langsam setzen wir unseren Weg zur U-Bahn fort.

»Sag nicht, er hat fremdgepoppt!«

Ich glotzte sie an.

»Hat er?«

»Nein, hat er nicht. Ich … es hat einfach nicht funktioniert.«

»Was meinst du mit ›es hat nicht funktioniert‹? Ihr wart doch das absolute Traumpaar. Er hat dich immer angebetet und scheinbar war der Sex auch nicht schlecht.« Nathalie wackelte mit den Augenbrauen.

Ich schüttelte den Kopf. »Und wo hast du das gehört?«

Nathalie grinste von einem Ohr zum anderen. »Du kennst doch Alexander. Der große Dunkelhaarige.«

Ich runzelte die Stirn. »Ja?«

»Der hat‘s von seiner Freundin gehört.«

»Was hat denn die Freundin von Al…«

»Warte doch mal«, sagte Nathalie. »Seine Freundin Sandra ist mit Jasmin befreundet.«

»Ich kenn keine Jasmin«, sagte ich.

»Sie dich auch nicht, aber warte doch mal. Also … wo war ich? Ach ja, Jasmin geht jetzt seit ein paar Wochen mit Phillip. Du weißt schon, Phillip Bäcker.«

Ich nickte.

»Und der hängt eben öfter mit deinem frischgebackenen Exfreund rum. Und es kam zwischen den beiden wohl zu so einer Art Männergespräch. Er meinte, du seist eine Granate im Bett und er hätte nie besseren Sex gehabt.«

Mir fiel die Kinnlade runter. Ich hatte unsere ebenso seltenen wie kurzen intimen Augenblicke immer für bestenfalls mittelmäßig gehalten. Sofort schoss mir die Frage durch den Kopf, wie schlecht Sex für Matthias vor mir gewesen sein musste, dass er unsere Schäferstündchen für das Nonplusultra hielt.

»Habt ihr keine interessanteren Themen als mein Sexleben? Ich meine … Herr Gott, diese Jasmin kennt mich ja nicht mal.«

Nathalie kicherte. Anschließend schaute sie mich ernst an. »Also, was genau hat denn nun nicht funktioniert?«

»Wenn ich dir jetzt sagen würde, es war der Sex, wäre das wohl sinnlos. Und ehrlich gesagt wäre mir das eh egal, selbst wenn dem so gewesen wäre.«

»Süße, ich versteh dich nicht.« Nathalie fuhr sich durch ihre langen braunen Haare.

»Er war einfach nicht der Richtige. Das ist alles.«

»Wie du meinst.« Nathalie betrachtete für einen Moment ihre Schuhe. Wieder aufsehend, lächelte sie. »Das heißt dann wohl, wir müssen heute Nacht jemand anderen für dich finden.«

»Oh Mann.« Ich hoffte, Nathalie würde ihre Pläne schnell wieder vergessen.

* * *

»Herzlichen Glückwunsch, mein Schatz.« Nathalie strahlte von einem Ohr zum anderen. Sie schob unser Geschenk in Daniels Richtung und küsste unseren Gastgeber leidenschaftlich, während sie die Wohnung von Daniels Dreier-WG betrat.

Ich folgte direkt dahinter. »Glückwunsch«, murmelte ich und schüttelte ihm die Hand. Daniel und ich mochten einander nicht besonders. Vor Kurzem hatten wir ein Streitgespräch gehabt, und seitdem mieden wir einander, wo immer es ging. Aber Nathalie und ich waren beste Freundinnen. Vermutlich hatte er mich nur deshalb auch eingeladen. Normalerweise wäre ich nie im Leben zur Party gegangen, aber Nathalie meinte, ich müsse mal wieder rauskommen. Und so stand ich jetzt inmitten einer riesig anmutenden Feiergemeinschaft, in der ich bloß drei oder vier Leute kannte.

»Was stehst du denn so rum?« Nathalie ergriff meine Hand und zog mich Richtung Wohnzimmer. »Lass uns was trinken gehen. Was kann ich dir bringen?«

Ich zuckte mit den Schultern.

»Dann überrasche ich dich halt.« Nathalie grinste und drehte sich zum Buffet- und Getränketisch um. Einige Augenblicke später gab sie mir einen Becher mit einer dunklen Flüssigkeit.

»Was ist das?« Ich roch am Becher. Purer Alkohol? Nein, der war durchsichtig.

»Bacardi Cola.«

»Du meinst wohl Bacardi mit einem Spritzer Cola für

die Farbe.«

Nathalie rollte mit den Augen. »Übertreib mal nicht. Du sollst dich heute Abend entspannen. Und mein ebenso berühmt wie berüchtigter Fünfzig/Fünfzig-Mix ist dafür genau das Richtige.« Sprach's und verschwand in der Menge.

Eigentlich trank ich sehr selten Alkohol, aber vielleicht hatte Nathalie dieses eine Mal recht. Ein bisschen angeschickert zu sein, war vermutlich genau, was ich brauchte. Also nahm ich einen kräftigen Schluck. Dem folgte ein zweiter. Und ehe ich mich versah, war mein Becher leer. Währenddessen sprach ich mit Jan, einem Exfreund von Nathalie, über die anstehenden Klausuren. Es war eine langweilige Unterhaltung, bis eine ziemlich wankende Nathalie neben mir auftauchte und einen Arm um mich schlang.

»Isch hab noch 'n Becher für disch.«

Ich grinste. »Wie viele von deinen Fünfzig/Fünfzig-Mischungen hattest du schon, wenn ich fragen darf?«

»Mmh …« Nathalie runzelte die Stirn und knabberte auf ihrer Unterlippe herum. Letztendlich hielt sie drei und kurz darauf vier Finger hoch.

Ich schmunzelte. »Wo ist Daniel?«

»Daniel?« Nathalie schaute mich für einen Augenblick an, als würde sie diesen Namen zum ersten Mal hören. »Ach, der redet mit seiner Schwester. Die ham sich wohl 'ne Weile nich' geseh'n.« Nathalie reichte mir einen Plastikbecher. »Trink.«

Ich nahm einen Schluck und stellte das hochprozentige Getränk beiseite.

»Haste Jan schon gesacht, wie du Matthias abserviert hast?«

Ich schnappte mir den Becher wieder und nahm einen

kräftigen Schluck. Sie wusste genau, dass Jan schon seit Längerem an mir interessiert war und mich jetzt sicher anmachen würde. Dieser Abend wurde besser und besser.

»Nathalie, sag nicht, du gehst meinem Bruder fremd.«

Wir drehten uns alle zeitgleich zur fremden Stimme.

Ich löste Nathalies Arm von meiner Hüfte.

Eine äußerst attraktive Frau Mitte zwanzig kam auf uns zu. Attraktiv? Na ja … soweit ich das sagen konnte. Ein Mann konnte so etwas sicher besser beurteilen.

»Das is‘ meine beste Freundin, Scarlett Winter.« Nathalie umarmte mich erneut. »Scarlett, Süße, das is‘ Daniels Schwester, Julia Liebknecht.«

Ich schob Nathalie etwas von mir weg. Meine beste Freundin neigte, wenn sie etwas getrunken hatte, dazu, mich ständig zu umarmen, mir Küsse auf die Wange zu geben und mich »Süße« oder »Schatz« zu nennen. Am besten stellte ich die Sache schnell klar. »Hallo, Julia, freut mich.« Ich ergriff Julias ausgestreckte Hand. »Keine Sorge, ich bin keine von diesen kranken Lesben. Ich glaube auch nicht, dass hier irgendwelche Homos rumlaufen.« Mein Blick wanderte demonstrativ durch den Raum.

Das Lächeln verschwand aus Julias Gesicht und Nathalie beugte sich zu mir vor. »Jetzt bisse aber schön inna Scheiße«, sagte sie in der viel zu lauten Version eines Flüsterns. »Julia is‘ nämlich leschbisch.«

Von allen Seiten ruhten interessierte Blicke auf uns.

Ich musterte Julia, die so gar nicht lesbisch aussah, und trat einen Schritt zurück. »Das tut mir leid.«

»Was tut Ihnen leid? Was Sie gesagt haben oder dass ich auch hier auf der Party bin?«

Ich schüttelte den Kopf. »Weder noch. Es tut mir leid, dass Sie sich für ein solches Leben entschieden haben und Ihren Bruder in aller Öffentlichkeit blamieren.«

Nachdem ich das gesagt hatte, bereute ich es auch schon. Es war zwar, was ich fühlte, aber nüchtern hätte ich nie so offen gesprochen. Sicher nicht.

Sowohl Julia als auch Nathalie, die einen Schritt von mir wegtrat, und Jan sahen mich ungläubig an.

»Was?«, fragte ich. Ich wandte mich an Jan und Nathalie. »Das ist doch, was ihr auch denkt. Nur ich bin diejenige, die es offen ausspricht.«

Nathalie warf erst mir einen geschockten und anschließend Julia einen entschuldigenden Blick zu.

»Ich würde jetzt normalerweise sagen, es hat mich gefreut, Sie kennenzulernen«, sagte Julia. »Aber ich hasse es zu lügen.« Mit diesen Worten drehte sie sich um und marschierte davon.

Ich trank meinen Becher aus und starrte dieser Lesbe hinterher. So eine Schande. Julia sah wirklich nicht aus, als ob sie es nötig hätte, ihre perversen Neigungen mit anderen Frauen auszuleben, anstatt sich mit Männern einzulassen.

»Isch kann nich' glauben, was du da eben gesacht hast.«

Ich wendete den Blick von der Menge ab und glotzte Nathalie an. »Sag mir nicht, du fühlst dich in der Gegenwart dieser … Person wohl.«

Nathalie stemmte beide Hände in die Hüften, während sie mit mäßigem Erfolg versuchte, gerade zu stehen. »Isch fasse es nich'. Ich wusste ja, dasse sexuell verklemmt bist und auch nich' auf'n CSD gehn würdest, aba das war echt daneben.«

Ich schaute Hilfe suchend zu Jan, der mich mit großen Augen anstarrte.

»Isch muss zu Daniel gehn, bevor Julia ihm davon erzählt, oder er schmeißt disch achtkandich hier raus«, murmelte Nathalie und schwankte von dannen.

»Verdammt, deshalb hat er Homos verteidigt.« Jetzt schien unser Streit vor knapp zwei Monaten plötzlich Sinn zu machen.

Wir waren damals irgendwie auf dieses Thema gekommen, und er hatte gemeint, ich sei fehlgeleitet und wohl aus dem vorletzten Jahrhundert entflohen. Seitdem herrschte zwischen uns Funkstille.

Ich wandte mich wieder Jan zu. »Meinst du, er würde mich wirklich rausschmeißen?«

»Ich würde, wenn du so mit meiner Schwester gesprochen hättest«, sagte Jan und ließ mich stehen.

* * *

Da stand ich nun mit meinem leeren Becher und niemandem, der mit mir reden wollte. Also beschloss ich, das Badezimmer aufzusuchen. Das Bad war in dem, wie ich fand, ziemlich engen Gang neben der Eingangstür. Ich schlängelte mich durch die Menge und stellte irgendwo den Plastikbecher ab. Endlich am Badezimmer angekommen, musste ich leider feststellen, dass es besetzt war. Ich wartete geduldig.

Nach einer ganzen Weile ging die Tür auf und ich sah in ein verweintes Gesicht. Es war Julias.

Ich wich einen Schritt zurück.

»Keine Sorge, ich fass dich schon nicht an«, sagte die dunkelhaarige Schönheit und rollte mit den Augen.

Schönheit? Wo kam das denn jetzt her? Egal. Mir entging das Duzen nicht, trotz meines leicht angetrunkenen Zustandes. »Ich habe keine Angst. Ich wollte dir nur genug Platz lassen.« Nach einer kurzen Pause fragte ich leise: »Hast du wegen mir geweint?«

Julia lachte humorlos. »Ich habe zwar noch nie etwas so Krankes gehört wie von dir, aber du hast nichts damit zu tun.« Sie schaute mich einen langen Moment an, bevor sie erneut den Mund öffnete. Doch ohne etwas zu sagen, schloss sie ihn wieder.

Eigentlich hätte es mir egal sein können. Ich wollte doch bloß mal kurz das Bad benutzen. Aber ich war neugierig, warum eine Lesbe auf dem Geburtstag ihres Bruders im Bad saß und weinte. »Warum hast du dann geweint?«

Julia betrachtete mich mit einem merkwürdigen Gesichtsausdruck, und ich trat einen weiteren Schritt zurück. Nur um sicherzugehen. Vielleicht reichte ein freundliches Wort schon und sie würde …

»Nicht, dass es dich etwas angeht, aber mein Hund ist heute Morgen gestorben.«

Erfolglos versuchte ich, den plötzlichen Kloß im Hals runterzuschlucken.

Julia biss sich auf die Unterlippe. »Sag es nicht Daniel. Er mochte Dido sehr.«

»Dido? Dein Hund hieß Dido?«

In diesem Augenblick schlängelte sich jemand zwischen uns ins Bad und schloss die Tür. Hoffentlich würde er nicht so lange brauchen.

»Hast du ein Problem damit?« Julia klang verletzt und ärgerlich zugleich.

Ich hob verteidigend die Arme. »Nein. Kein Problem. Jemand, der seinen Hund Popeye nennt, hat wohl kein Recht, die Namensgebung anderer zu kritisieren.«

Das verweinte Gesicht hellte sich etwas auf, und für den Bruchteil einer Sekunde glaubte ich, bei Julia den Anflug eines Lächelns zu erkennen. »Boxer oder Bulldogge?«

Ich schüttelte den Kopf. »Popeye ist ein Beagle. Er ist unser Familienhund. Wir hatten ihn erst wenige Tage, als meiner Mutter der Kochtopf mit Spinat runterfiel. Sie fing an, den Boden aufzuwischen, da kam Popeye und schleckte auf, was er kriegen konnte. Und so wurde aus Chester, Popeye.«

Julias Mundwinkel schoben sich nach oben.

Sie hatte wirklich ein schönes Lächeln. Ähm … schön im Sinne von besser als weinen, natürlich. Na ja, wie dem auch sei, ich lächelte zurück.

Die Badezimmertür ging auf und der junge Mann, der sich vorgedrängelt hatte, kam wieder raus.

»Dido ist … war ein Golden Retriever«, sagte Julia. »Ich habe sie als Welpen von meinen Eltern geschenkt bekommen. Da war ich so zehn oder elf, schätze ich. Wir waren fast keinen Tag ihres Lebens voneinander getrennt.«

Es zeichneten sich neue Tränen in Julias Augen ab, und wenn sie nicht … lesbisch gewesen wäre, hätte ich sie vermutlich umarmt. So streckte ich den Arm aus so weit ich konnte und klopfte ihr auf die Schulter. Sie sah mich an und ich zog die Hand sofort wieder weg. Nicht dass sie einen falschen Eindruck bekam.

»Kann ich dich was fragen, Scarlett?«

Oh mein Gott … würde sie jetzt versuchen, mich anzumachen? Verdammt, ich hätte nie nett sein dürfen. »Was denn?« Ich trat einen halben Schritt von Julia weg.

»Was hast du gegen Homosexuelle? Oder betrifft das bloß Lesben?«

»Ich finde es schlimm, wenn sich Menschen gehen lassen.« Ich schüttelte den Kopf. »Sicher, Homosexualität ist eine Krankheit, aber das heißt nicht, dass man nicht dagegen ankämpfen kann. Es ist keine Schande, krank zu sein. Aber man kann sich doch Hilfe suchen.«

Julias Augen wurden immer größer. Doch sie sagte nichts. Stattdessen starrte sie mich regungslos an.

»Kann ich dich auch etwas fragen, Julia?«

Sie zuckte mit den Schultern.

»Wie ist das passiert? Ich meine, wie konntest du … na ja, du weißt schon?«

»Lesbisch werden?«, fragte Julia.

»Äh … ja.«

»Scarlett, wie kann eine offensichtlich intelligente Frau, wie du es bist, so voll von Vorurteilen und, entschuldige meine Wortwahl, Bullshit sein?«

Wie sollte ich auf diese Anfeindungen reagieren? Ich hatte wirklich gehofft, eine Antwort zu bekommen. Doch offenbar war sie nicht gewillt, mir eine zu geben.

Ich öffnete gerade den Mund, um zu sagen, dass ich jetzt ins Bad gehen würde, als sie sagte: »Man wird nicht lesbisch. Man ist es, oder man ist es nicht.«

»Man hat die Wahl, wie man lebt«, sagte ich.

Eine stark schwankende junge Frau drängelte sich an uns vorbei und schloss die Badezimmertür, bevor ich protestieren konnte.

Jetzt musste ich aber wirklich.

»Verstehe ich dich richtig?«, fragte Julia. »Es geht nicht darum, lesbisch zu sein, sondern lesbisch zu leben?«

Es fiel mir schwer, mich zu konzentrieren. Offenbar zeigte der Alkohol seine Wirkung. Auf jeden Fall musste ich erst mal darüber nachdenken. Irgendwann nickte ich. »Das trifft es nicht ganz, aber so ungefähr ist das richtig.«

»Was heißt ›nicht ganz‹?« Julia lehnte sich mit einem Arm an der Wand neben mir an.

Mein Puls raste und ich schnappte nach Luft. Konnte sie nicht etwas weiter weg stehen? »Man ist nicht lesbisch, wenn man nicht lesbisch lebt. Also … ich meine diese perversen Gefühle auslebt.«

Julia lachte laut.

Ich runzelte die Stirn. »Was ist daran so witzig?«

Julia schaute jetzt wieder ernst und ihre blauen Augen schienen mich zu durchbohren. »Du meinst ernsthaft, wenn ich …« Sie grinste, bevor sie weitersprach. »Also wenn ich dir die Kleider vom Leib reißen will oder darüber nachdenke, dich zu küssen, ich noch lange keine Lesbe bin, solange ich es nicht auch wirklich tue?«

Ich trat zurück, bis mein Rücken gegen die Wand hinter mir stieß. »Das habe ich so nicht gesagt«, sagte ich mit heiserer Stimme. »Allein solche Gedanken zuzulassen, ist doch schon krank.« Ich holte tief Luft. »Was ich meine ist, wenn man solche Gefühle hat, muss man das eben unterdrücken und sich einen andersgeschlechtlichen Partner suchen, um wieder zu Sinnen zu kommen.«

»Und du glaubst wirklich, dass es so funktioniert?« Julia schüttelte den Kopf. »Was für einen Sinn hat es, in einer heterosexuellen Beziehung zu leben, wenn man todunglücklich darin ist?«

»Man kann doch eine Therapie machen, wenn man unglücklich ist«, sagte ich. »Im Übrigen ist alles besser, als seine perversen Gedanken auszuleben und unsere Kinder zu verderben.«

»Ist es das, was du tun würdest?«

Die junge Frau kam wieder aus dem Bad.

Ich blinzelte. »Wovon redest du?«

»Wenn du Gefühle für eine andere Frau hättest, würdest du eine Therapie beginnen und dir einen Mann suchen?«

Ich musste einen Moment darüber nachdenken. Seit einem Jahr ging ich schon nicht mehr zur Therapie, aber dennoch fragte ich mich, was Frau Ringelfuß wohl dazu gesagt hätte. Mit ihr war es immer bloß um meine Unfähigkeit gegangen, mich auf andere, insbesondere Männer, einzulassen. Aber würde ich auch eine Therapie machen, wenn ich … stopp, was für ein lächerlicher Gedanke. Ich könnte niemals so kranke Neigungen entwickeln. »Ich kann mir nicht vorstellen, jemals so … krank zu werden. Aber wenn etwas Derartiges passieren würde … ja, dann wäre mein erster Schritt sicher eine Therapie. Und es könnte auch nicht schaden, sich von den Vorzügen eines Mannes überzeugen zu lassen.«

Julia grinste. »Die da wären?«

»Also, wenn du das nicht weißt, bist du wohl …«

»Was? Lesbisch?« Bevor ich etwas sagen konnte, sagte sie ruhig: »Im Ernst: Was sind die Vorzüge?« Julia schmunzelte und wackelte mit den Augenbrauen. »Vielleicht überzeugst du mich ja.«

Ihr Tonfall gefiel mir gar nicht. Flirtete sie mit mir? Ich ging ins Bad und schob die Tür zu, bis sie lediglich einen Spalt offen war. »Auf dieser Party sind genug junge Männer, um genau das herauszufinden. Viel Glück.« Ich schloss die Tür und drehte den Schlüssel im Schloss um.

Kurze Zeit später kam ich wieder heraus. Julia war zu meiner großen Erleichterung verschwunden. Obwohl ich die Unterhaltung auch irgendwie genossen hatte. Es war wirklich eine Schande, dass sie nicht normal war.

* * *

Als ich wieder ins Wohnzimmer kam, sang Nathalie gerade in Daniels Armen »Country Roads« und zahlreiche andere Gäste stimmten mit ein.

Ich kicherte und schlenderte auf sie zu.

Nathalie sah mich mit zusammengekniffenen Augen

an, bevor sie sich wegdrehte und weitersang.

Daniel lachte und sang laut mit. Offenbar hatten weder Julia noch Nathalie etwas zu ihm gesagt.

Ich entschied mich dafür, einen Wodka Red Bull zu trinken, und stellte mich, kaum dass ich das Getränk hatte, zu einer Gruppe mir vollkommen Unbekannter. Es handelte sich wohl um Medizinstudenten, denn sie sprachen über die Fachgebietswahl nach dem Studium. Ich konnte nicht wirklich mitreden als Jurastudentin, aber ein junger, dunkelhaariger Mann mit blauen Augen lächelte mich definitiv interessiert an. Irgendetwas gefiel mir an ihm. Ich konnte nicht genau sagen, was es war, aber ich beschloss, der Sache auf den Grund zu gehen.

»Hi, ich bin Scarlett.«

Ein strahlendes Lächeln war seine erste Reaktion. Anschließend zog er mich etwas zur Seite. »Ich bin Oliver. Schön, dich kennenzulernen.«

Diese Augen waren faszinierend.

Wir gaben einander die Hände, aber eigentlich streichelte er meine Hand mehr, als sie zu halten. Er schaute mir tief in die Augen.

Ich war überrascht, aber, für mich sehr erstaunlich, auch nicht abgeneigt, als er sich zu mir herunterbeugte, um mich zu küssen.

Bevor sich unsere Lippen berührten, tauchte jemand neben uns auf. Wir drehten unsere schon sehr nahen Gesichter zu der störenden Person.

»Sieht so aus, als ob du meinen Zwillingsbruder kennengelernt hast«, sagte Julia.

Oliver richtete sich wieder auf. »Ihr kennt euch?«

»Wir sind sozusagen alte Bekannte«, sagte Julia und nahm einen Schluck aus ihrem Plastikbecher.

Oliver guckte zwischen uns hin und her.

Was vermutlich für Außenstehende ziemlich lustig aussah, denn ich sah wiederum zwischen den beiden hin und her. Ihre Ähnlichkeit war wirklich erstaunlich. Hätten sie nicht ein unterschiedliches Geschlecht gehabt, hätte man sie leicht für eineiige Zwillinge halten können. Aber trotzdem war ich baff. »Zwillinge?«

Sie grinsten und schlangen jeweils einen Arm umeinander.

Julia schien überhaupt nicht mehr ärgerlich auf mich zu sein. Sie lächelte als wäre nie was passiert.

Es erstaunte mich, aber ich beschloss, mich nicht zu beschweren. Warum sollte ich auch? Ich war ja schließlich im Recht. Da sie das Thema nicht mehr ansprach, beschloss ich, die Sache auf sich beruhen zu lassen.

»Studiert ihr dasselbe?«, fragte ich, um irgendetwas zu sagen.

»Ja, aber Julia ist ein Jahr über mir. Sie hat 'ne Klasse übersprungen. Ist ziemlich praktisch, so konnte sie mir erst in der Schule und jetzt im Studium immer helfen.«

Ich schaute erstaunt zu Julia. Wirklich schade um sie. »Also, ihr studiert Medizin.«

Beide nickten und ließen einander erst jetzt los.

Daniel kam hinter Julia und Oliver zum Vorschein und umarmte seine Geschwister ungeschickt. »Heyyy, da seid ihr ja. Tolle Party, oder?« Offenbar hatte ihm Nathalie auch ein paar ihrer ganz besonderen Mischgetränke zubereitet.

Julia und Oliver tätschelten ihrem Bruder den Arm.

»Wir amüsieren uns prächtig, Daniel«, sagte Julia und sah für den Bruchteil einer Sekunde zu mir rüber.

»Gut, gut. Oh, hallo, Scarlett. Oliver, viel Glück bei ihr, Julia, sorry, leider hetero.«

Die Geschwister kicherten.

Ich fand das gar nicht witzig und versuchte, irgendwo anders hinzuschauen.

»Aber Vorsicht, sie hat 'nen ganz schönen Stock im Arsch.« Mit diesen Worten verschwand Daniel wieder, um sich dem gerade startenden Limbowettbewerb anzuschließen.

Ich starrte ihm ungläubig nach und zuckte zusammen, als Julia ihre Hand auf meine Schulter legte.

»Mach dir nichts draus«, sagte sie. »Er hat ziemlich viel getrunken. Ich bin sicher, er hat es nicht so gemeint.«

Mein Blick wanderte zu ihrer Hand auf meiner Schulter und dann zu ihrem Gesicht.

Julia zog die Hand weg, als ob sie sich verbrannt hätte.

Oliver schien das nicht bemerkt zu haben, denn er betrachtete mich wieder interessiert. Ohne den Blick von mir abzuwenden, nahm er meine Hand und sagte zu Julia: »Entschuldige uns bitte.« Er ging mit mir in den etwas ruhigeren Eingangsbereich. Dort berührte er sanft meine Taille und beugte sich zu mir runter, bis sich unsere Lippen berührten. Schnell wurde der Kuss tiefer, und ehe ich es merkte, war aus dem anfangs vorsichtigen Kuss ein leidenschaftlicher geworden. Oliver drückte mich leicht gegen die Eingangstür, und ich spürte, wie sein Körper gegen meinen presste.

Mein Herz schlug wie wild. Wollte ich das wirklich? Ach, natürlich. Warum sollte ich denn nicht wollen?

Irgendwann hörte ich ein Räuspern hinter uns. Offenbar wollten die ersten Gäste gehen, doch wir standen im Weg.

Oliver rückte von mir ab, nahm meine Hand und zog mich etwas zur Seite.

»Vielleicht sollte ich jetzt auch besser gehen«, murmelte ich. Oliver war ein guter Küsser, aber für heute hatte ich erst mal genug.

»Wieso? Ich dachte …« Nach einer kurzen Pause fragte er: »Oder sollen wir zusammen gehen?«

»Nein.« Oje, wie kam ich da wieder raus? »Sei mir nicht böse, aber so was mache ich nicht. Außerdem bin ich wirklich müde.«

»Wie du willst.«

Puh, das war ja noch mal gut gegangen.

»Kann ich wenigstens deine Nummer haben?«, fragte Oliver.

»Sicher.«

Wir tauschten Handynummern aus und gingen zur Garderobe.

Als ich ins Wohnzimmer ging, um mich zu verabschieden, nahm er meine Hand und folgte mir.

Nathalie und Daniel waren nirgends zu sehen.

Doch Julia war erneut zur Stelle. »Falls du Nathalie und Daniel suchst, die sind wohl etwas beschäftigt.« Sie schaute kurz zu Daniels Zimmertür.

Ich grinste. Danach trat ich, ohne nachzudenken, auf Julia zu und umarmte sie. »Ich geh jetzt. Bis dann.« Ich ließ Julia los und begegnete ihrem erstaunten Blick.

Sie rang sich ein Lächeln ab, das jedoch etwas schief aussah. »Ja, bis dann.«

Ich drehte mich um und stand auf einmal ganz dicht vor Oliver.

Der gab mir einen langen Kuss. Seine Zunge drang schnell in meinen Mund ein, aber ich war nicht mehr bei der Sache und wich etwas zurück.

Julia hatte sich nicht vom Fleck gerührt, sodass mein Rücken ihre Front berührte. Sofort sprang ich zur Seite. Ich hatte definitiv zu viel getrunken, denn für einen Moment drehte sich alles.

»Ich ruf dich an«, sagte Oliver mit verträumtem Blick.

Ich sah zu Julia, danach wieder zu Oliver und nickte. Anschließend verließ ich die Party so schnell ich in meinem etwas angeschickerten Zustand konnte.

Kapitel 2

Es war etwa halb zwei, als ich in dieser Nacht nach Hause kam.

Kaum in der Wohnung angekommen, schloss ich die Eingangstür und lehnte mich an sie. Der Alkohol muss wohl schuld daran gewesen sein, dass mir so schlecht war. Gleichzeitig fühlte ich mich so alleine wie lange nicht mehr. Ob ich das Angebot von Oliver hätte annehmen sollen?

»So ein Schwachsinn«, sagte ich laut in die leere, dunkle Wohnung hinein.

Erst jetzt machte ich das Licht an und ging ins Bad. Ich ächzte über die Helligkeit und kniff die Augen zusammen. Dann schmiss ich meine Klamotten in den Wäschekorb in der Ecke, drehte das Wasser in der Dusche auf und starrte in den Spiegel über dem Waschbecken.

Da stand ich nun: einundzwanzig Jahre alt, kurze hellblonde Haare, die ständig in die Augen fielen, wenn ich sie nicht hinter die Ohren klemmte, aber für meinen Vater stets zu maskulin gewirkt hatten. Stopp … maskulin? Gott, hatte mich Julia deshalb auf der Party angemacht? Ich fuhr mir durch die leicht zerzausten Haare.

Nein. Ich sah so einfach besser aus. Kurze Haare machten einen doch nicht gleich lesbisch. Genauso wenig wie lange einen heterosexuell machten. Julia, mit ihren langen Haaren, war ja schließlich der Beweis.

Blutunterlaufene Augen glotzten mich dümmlich an. Nathalie sagte immer, meine grünen Augen hätten einen ganz speziellen Farbton. Zumindest heute Nacht hatte sie recht.

Ich trat einen Schritt zurück und betrachtete mich von oben bis unten. Nicht dass ich da weit zu schauen hatte. »Ich bin kein Zwerg«, grummelte ich. Mein Vater hatte mich immer Zwerg genannt. Dabei war ich doch 1,67 Meter groß.

Ich schüttelte den Kopf über meine wirren Gedanken heute Nacht und trat in die angenehm heiße Dusche.

Der Abend war irgendwie … ich weiß auch nicht, so … unerwartet gewesen. Oliver schien ein netter Kerl zu sein. Zumindest, soweit ich das nach den wenigen Worten, die wir gewechselt hatten, beurteilen konnte. Und er war ein guter Küsser. Es hatte mich nicht aus den Socken gehauen, aber welcher Kuss tat das schon?

Und dann war da seine Zwillingsschwester Julia. Wirklich erstaunlich, wie ähnlich sie sich sahen. Und trotzdem war mir das erst aufgefallen, als ich beide zusammen gesehen hatte. Gut, Julia hatte lange schwarze Haare und Oliver kurze, perfekt getrimmte. Aber ansonsten … Sie schienen sogar gleich groß zu sein. Vielleicht so um die 1,75 Meter.

Julia … sie war eine merkwürdige Person. Sie wirkte freundlich und intelligent. Immerhin hatte sie eine Klasse in der Schule übersprungen. Schade, dass sie so total fehlgeleitet war. Unter anderen Umständen hätte ich sie sicher näher kennenlernen wollen. Aber so … am Ende würde Julia noch denken, ich wäre an ihr interessiert. Außerdem war es nicht meine Aufgabe, sie von diesen Perversionen abzubringen. Und das hätte ich wohl ständig versucht, wenn ich länger in ihrer Nähe gewesen wäre.

Das Wasser wurde kalt und ich zuckte zusammen. Ich hatte offenbar länger unter der Dusche gestanden als gedacht, denn das warme Wasser aus dem großen Wasserboiler war verbraucht. Altbau lebe hoch. In diesem Augenblick hätte ich für einen Durchlauferhitzer gemordet.

Ein Griff neben die Duschkabine ließ mich aufstöhnen. Ich hatte vergessen, ein Handtuch bereitzulegen. Kopfschüttelnd und durchgeweicht trat ich aus der Dusche heraus. Meine Füße platschten auf den kalten Fliesen, während ich zum Badezimmerschrank ging, um mir ein Handtuch herauszuholen. Ich trocknete mich zügig ab und zog mir meinen geliebten Bärchenpyjama an. Anschließend tapste ich in mein Zimmer und krabbelte in mein großes Futonbett. Keine fünf Minuten später war ich eingeschlafen.

* * *

Ein Geräusch weckte mich. Musik? »It‘s not unusual«? Mein Handy! Jemand rief an. Ich riss die Augen auf und wurde von der Morgensonne geblendet. Ruckartig schlug ich die Bettdecke zurück und sprang aus dem Bett. Kaum stehend, wurde mir schwarz vor Augen. Alles drehte sich und ich legte mich auf die Nase. Ich ächzte und wartete einige Augenblicke, bis ich wieder etwas sah. Dann raffte ich mich auf und schleppte mich in den Flur zur Garderobe. In meiner Jackentasche war das Handy. Doch bevor ich es jedoch zu fassen bekam, endete die Musik. Grummelig holte ich das Handy hervor und schaute aufs Display. Ich kannte die Nummer nicht. Neugierig drückte ich die Rückruftaste.

Nach zweimaligem Klingeln wurde abgenommen. »Liebknecht?«

Ich überlegte einen langen Moment, bis mir einfiel, wer am anderen Ende war. »Hallo, Oliver. Entschuldige, du hattest gerade angerufen, aber ich war nicht schnell genug.«

»Oh, guten Morgen, Scarlett. Hab ich dich geweckt? Bitte sag Nein.«

Ich rieb mir die Augen und stolperte zurück in mein Zimmer, um Pantoffeln anzuziehen. »Nein, nein, ich war bloß … zu weit vom Handy weg. Ähm, wie spät ist es?«

»Ich hab dich geweckt.« Oliver seufzte. »Bitte entschuldige. Es ist gleich Viertel vor elf.«

»Das macht nichts. Wirklich. Ich bin notorische Langschläferin.«

Ein flüchtiges Lachen am anderen Ende ging einem Räuspern voraus. »Du, hör mal«, sagte Oliver. »Ich, Julia und ihre Freundin Anja treffen uns in einer Dreiviertelstunde zum Brunch im ›New Orleans‹. Ich dachte, du hättest vielleicht Lust … na ja … mitzukommen?«

Normalerweise hätte ich Ja gesagt. Wer konnte schon zum besten Brunch der Stadt Nein sagen? Doch ich war mir nicht sicher, ob mir die Gesellschaft schmeckte. Eine Lesbe war ja schon schlimm genug, aber dann noch eine zweite? Wie sonst konnte er das meinen, wenn er von Julia und ihrer Freundin sprach? Wenn Oliver seine Schwester genauso beschützte wie Daniel, musste ich meine Worte diplomatisch wählen.

»Scarlett?«

»Äh … ja. Bitte entschuldige. Julia und ihre Freundin, sagst du?«

»Ja. Normalerweise gehen Julia und ich alleine. Aber

Anja hat gerade mit ihrem Freund Schluss gemacht, und deshalb haben wir sie eingeladen. Sie ist eine alte Schulfreundin von Julia. Na ja, mehr so was wie eine Bekannte. Wieso?«

Puh! Erleichtert atmete ich auf. Es könnte wohl doch nett werden. Solange Olivers Schwester an sich hielt.

»Ach, nur so. Klar komm ich.«

* * *

Für mich ungewöhnlich, verspätete ich mich etwas. Ich hatte nach einer Blitzdusche fast eine Viertelstunde vorm Kleiderschrank gestanden. Nach langem Hin und Her hatte ich mich für eine Bluejeans und einen eng anliegenden weißen Rollkragenpullover entschieden.

Wie die meisten Sitzplätze im »New Orleans« waren auch in diesem Fall zwei Sitzbänke, für jeweils zwei Personen, von einem großen dunklen Tisch getrennt. Ich musste schlucken. Diese Anja saß neben Oliver in der Ecke. Das ließ mir den Platz neben Julia. Oh Mann, hoffentlich startete sie nicht irgendwelche Annäherungsversuche. Während ich auf die drei zuging, schüttelte ich innerlich den Kopf. Nicht mal Homos würden so was machen, wenn der eigene Bruder und die betreffende Person …

»Hallo, Scarlett.« Oliver stand auf und begrüßte mich mit einem Kuss auf die Wange. »Schön, dass du da bist.«

Julia und Anja nickten mir zu.

Ich rang mir ein Lächeln ab. »Guten Morgen.« Zögerlich nahm ich neben Julia Platz, ohne sie anzusehen.

Nachdem ich mir einen Milchkaffee bestellt hatte, gingen wir alle zum Buffet und bedienten uns.

Julia setzte sich bei unserer Rückkehr zuerst hin.

Ich nahm neben ihr Platz, versuchte jedoch, jeglichen Körperkontakt zu vermeiden. Trotzdem fühlte ich mich bedrängt. Ich konzentrierte mich aufs Essen und Oliver, der mich mit dem strahlendsten Perlweiß-Lächeln ansah.

»Ich habe gehört, du und Oliver, ihr habt euch gestern Abend kennengelernt?«

Mein Blick wanderte zu Anja. Ich nickte und nahm einen großen Schluck von meinem Milchkaffee. »Ja. Daniel hatte Geburtstag und meine beste Freundin und Mitbewohnerin Nathalie hatte mich im Schlepptau.«

»Ich war gestern Abend«, Anja senkte den Blick, bevor sie mich wieder ansah, »beschäftigt. Ich wäre gerne gekommen. Die Partys bei Daniel sind immer die besten.«

Und dann passierte es: Julia streckte die Hand aus und bedeckte damit Anjas. Sie strich mit ihrem Daumen über Anjas Hand. Gott, dieser Anblick machte mich krank.

Doch keiner der Anwesenden schien davon Notiz zu nehmen.

Julia schaute irgendwann zur Seite und folgte meinem Blick. Hastig zog sie ihre Hand weg.

Oliver erhob sich unterdessen. »Ich hol mir noch was.«

Anja stand auch auf und folgte ihm.

Ich wollte mich anschließen, doch Julia hielt mich am Arm fest.

Fast panisch starrte ich sie an. Was würde sie jetzt versuchen?

»Kann ich mal kurz mit dir sprechen?« Ihr Tonfall war ernst. Flirten klang zumindest bei Heterosexuellen anders.

»Was ist denn?«, fragte ich mit zittriger Stimme. Sie war mir für meinen Geschmack zu nahe, um sie direkt anzusehen, daher guckte ich nach vorne und griff mit beiden Händen meinen Milchkaffee, um ihn wie einen Schild vor mich zu halten.

Julia holte tief Luft, bevor sie sprach: »Ich weiß, dass du ein Problem mit mir hast. Ich habe Oliver nichts davon gesagt. Du scheinst ansonsten ganz nett zu sein. Zumindest was ich von Nathalie gehört habe. Wenn du deine Meinung bezüglich mir und anderen Homosexuellen für dich behältst, hast du bei Oliver eine gute Chance.« Julia ließ ihre Worte einen Moment sacken, bevor sie fortfuhr: »Anja ist nur eine Bekannte. Sie hat nach vier Jahren gestern mit ihrem Freund Schluss gemacht, nachdem er sie betrogen hat.«

Zögerlich schaute ich sie an.

»Ich belästige weder dich noch andere Frauen, bloß weil ich lesbisch bin«, sagte Julia. »Nicht jede Frau ist eine potenzielle Partnerin für mich. Also bitte komm endlich runter und …«

»Da sind wir wieder«, sagte Anja mit einer Fröhlichkeit, die gespielt wirkte.

Julia und ich sahen zu ihr hoch und rangen uns ein Lächeln ab. Zeitgleich standen wir auf.

»Ich … äh … wir gehen dann wohl auch noch mal«, murmelte ich und schlenderte Richtung Buffet.

Julia war dicht hinter mir, und als ich stehen blieb und mich umdrehte, prallte sie gegen mich. »Uff«, war alles, was sie von sich gab, bevor sie einen Schritt zurückwich.

»Es tut mir leid, wie ich mich dir gegenüber verhalten habe«, sagte ich. Und es war die Wahrheit. Julias Nähe war mir immer noch unangenehm, und niemals würde ich ihre Abartigkeit und frei gewählte Perversion gutheißen. Aber dennoch konnte ich versuchen, mit ihr auszukommen. Zumindest wenn ich Oliver eine Chance geben wollte.

Julia musterte mich skeptisch. »Meinst du das ernst?«

Ich nickte.

Während wir zusammen am Buffet entlanggingen und hier und da etwas auf unsere Teller legten, fragte ich: »Warum hast du Oliver nichts von unseren ... Zusammenstößen auf der Party erzählt?«

»Ganz ehrlich, das habe ich mich auch schon gefragt. Vermutlich, weil Nathalie so gut von dir geredet hat, bevor ich dich kennengelernt habe. Ich kann einfach nicht glauben, dass du wirklich so denkst. Vielleicht erzählst du mir irgendwann, was hinter all dem Hass steckt.« Sie zuckte mit den Schultern. »Und mal abgesehen davon ist Oliver total in dich verknallt. Du scheinst gestern wirklich Eindruck auf ihn gemacht zu haben. Ich habe nicht vor, ihm den Spaß zu verderben.«

Aufgrund der letzten Bemerkung wurde ich wohl rot im Gesicht, denn meine Wangen fühlten sich plötzlich total heiß an. Wir waren schon fast wieder am Tisch. Ich seufzte und sagte leise zu ihr: »Ich hasse dich nicht. Ich verstehe dich nicht und finde falsch, was du tust. Das ist alles.«

Während wir wieder nebeneinander Platz nahmen, schaute Oliver auf und fragte: »Was ist alles?«

Mist! Nach Worten suchend sah ich Julia an.

Die schmunzelte. »Mein lieber Bruder hört besser als du und ich zusammen.«

Oliver biss von seiner Brötchenhälfte ab und grinste.

Nach meinem Gespräch mit Julia hellte sich die Stimmung deutlich auf. Anja war zwar immer noch mehr oder minder ein Trauerkloß, aber sie gab ihr Bestes unter den gegebenen Umständen. Nach dem Essen tranken wir alle Kakao und lehnten uns entspannt zurück. Na ja ... in meinem Fall, so entspannt man neben einer Lesbe eben sein konnte.

»Was meint ihr, Mädels, sollen wir heute Abend

im ›Palace‹ tanzen gehen?«, fragte Oliver. »Heute werden nämlich in der großen Halle Lieder der Siebziger, Achtziger und Neunziger gespielt. Wir könnten ja vorher im ›Atlantis‹ einen Happen essen gehen. Also? Was sagt ihr?«

Oliver und ich hatten bisher kaum ein Wort miteinander gewechselt. Er mied es, mich direkt anzusehen. Stattdessen schien er diverse Gegenstände um sich herum unglaublich interessant zu finden, da er sie fast ohne Unterbrechung intensiv studierte: sein Essen, sein Schmiermesser, seine Serviette. Ja, sogar seine eigene Hand schien ihn zu fesseln.

Ich fand seine Schüchternheit unglaublich süß. Außerdem sah Oliver verdammt gut aus. Diese leuchtend blauen Augen zogen mich in seinen Bann. Er war nicht zu groß und nicht zu klein, und seine sanften Gesichtszüge weckten in mir den Drang, seine frisch rasierte Wange zu streicheln.

»Okay, ich bin dabei«, sagte ich schließlich.

»Ich auch«, sagte Julia und alle sahen zu Anja.

»Ich weiß nicht so recht«, murmelte sie. »Vielleicht werde ich einfach etw…«

Julia ergriff Anjas Hand. »Denk nicht mal dran. Du musst rauskommen. Wir vier machen uns heute einen schönen Abend.«

Nach kurzem Zögern nickte Anja.

Ich beobachtete zwar aufmerksam die Bewegungen von Julias Hand, aber trotzdem war ich irgendwie stolz auf mich, diesmal nicht zu starren. Wenn ich eine Chance mit Oliver haben wollte, musste ich mich mit Julias kranken Neigungen arrangieren. Der heutige Abend würde zeigen, ob das wirklich klappen konnte.

Kapitel 3

»Da bist du ja«, begrüßte mich Nathalie, als ich in die Küche kam.

Ich warf ihr einen eindeutigen Blick zu. »Hast du dich gestern noch gut amüsiert?«

Andere Frauen wären vermutlich errötet. Schließlich hatte ohne Zweifel jeder auf der Party gewusst, wohin sie mit Daniel später am Abend verschwunden war und vor allem warum.

Doch Nathalie grinste. »Es wäre besser gewesen, wenn Daniel nicht so betrunken gewesen wäre. Seine … Standfestigkeit ließ zu wünschen übrig.«

Ich goss mir eine Tasse Kaffee ein und legte meine Jacke über eine Stuhllehne. »So genau wollte ich es auch wieder nicht wissen.«

Wir setzten uns einander gegenüber an den Esstisch.

»Was war gestern mit dir los?«, fragte Nathalie nach kurzem Zögern.

»Was meinst du?«

»Du hast doch nicht wirklich gemeint, was du zu Julia gesagt hast.«

Ich wich Nathalies Blick aus und nahm einen großen Schluck. Wie sollte ich darauf antworten? Sicher, ich war gestern etwas direkt gewesen, aber sie hatte darauf total überzogen reagiert.

»Ich fasse es nicht.« Nathalie stand auf, goss sich auch einen Kaffee ein und nahm wieder Platz. »Wir kennen uns jetzt wie lange? Etwas über zwei Jahre, richtig?«

Ich nickte.

Nathalie stellte ihre Tasse beiseite. »Du musst denken, ich sei bekloppt, aber die wenigen Situationen, in denen du schwulenfeindliche Sprüche gebracht hast, habe ich wirklich gedacht, du machst Scherze. Ich fand's nicht komisch, aber ich dachte, das wäre halt dein Humor. Im Leben hätte ich nicht gedacht, dass meine beste Freundin homophob ist.«

Ich schüttelte den Kopf. »Jetzt übertreibst du aber.«

Nathalie stand erneut auf und stellte sich mit verschränkten Armen vor mich. »Ist das so? Scarlett, ich habe mich gestern Abend geschämt, deine Freundin zu sein. Verdammt, es war mir sogar peinlich, dich zu kennen.«

Meine Kinnlade fiel runter.

Eine lange Zeit sahen wir einander schweigend an.

Dann sagte Nathalie: »Das gestern Abend warst nicht du.«

»Was war ich nicht?« Ich schob mein Kinn nach vorne. »Hab ich nicht das Recht auf meine Meinung? Du tust fast so, als ob ich die Wiedereinführung der Apartheid in Südafrika gefordert hätte.« Ich nahm mehrere tiefe Atemzüge, um mich zu beruhigen. Erfolglos. »Du fragst mich, was gestern mit mir los war? Was ist mit dir los, Nathalie?«

»Was du hast, ist keine Meinung. Deine Worte gestern klangen wie eine Hasstirade.« Sie legte eine Hand auf meine Schulter und sagte leise: »Ich habe dich nicht wiedererkannt.«

Ich wusste nicht, ob ich lachen oder weinen sollte. Vielleicht war ich nicht sehr diplomatisch gewesen, aber deshalb hatte ich es nicht weniger gemeint. Alles, was ich getan hatte, war, die Wahrheit auszusprechen.

Ich hasste Homosexuelle nicht. Sie taten mir bestenfalls leid, und ich fühlte mich von ihnen belästigt. Und … ja, ich sah sie auch als Gefahr für Kinder und Jugend und Sitte und Moral. Aber Hass fühlte ich nicht. Oder? »Ich habe mich bei Julia entschuldigt. Und heute Abend gehen Oliver, Julia, eine Freundin von ihr und ich sogar zusammen tanzen. Das sagt doch wohl genug.« Wieso rechtfertigte ich mich hier eigentlich? Warum sollte ich mich dafür entschuldigen, dass Homos mehr und mehr in die Öffentlichkeit drängten und unsere Gesellschaft vergifteten?

Jetzt, wo ich darüber nachdachte, war es doch keine gute Idee, heute Abend mit den Dreien auszugehen. Am Ende würde Julia noch denken, ich würde ihren kranken Lebensstil gutheißen.

Nathalie setzte sich wieder. Ihre braunen Augen betrachteten mich eindringlich. »Ich hab es selbst mal mit einer Frau ausprobiert.«

Oh mein Gott! Mit beiden Händen umklammerte ich die Tischkante, in der Hoffnung, nicht vom Stuhl zu fallen.

»Ich wollte mal sehen, ob das was für mich ist.«

Ich starrte sie an. War das ein Witz? Wenn ja, hatte Nathalie einen echt kranken Humor.

Sie zuckte mit den Schultern. »Es war ganz nett, aber irgendwas fehlte halt.« Sie betrachtete mich ernst. »Der Punkt ist, es wäre nicht schlimm gewesen, wenn ich es gemocht hätte und dabei geblieben wäre. Oder wenn ich

Männer und Frauen mögen würde.« Nathalie griff nach meiner Hand, doch ich zog sie weg.

In ihren Augen zeichneten sich Tränen ab. »Wer zur Hölle hat dir bloß so einen Mist eingetrichtert?«

Ruckartig stand ich auf. Ich konnte mir das nicht länger anhören. Ohne ein Wort zu sagen, schnappte ich mir meine Jacke und verließ die Küche.

»Wo gehst du hin?«

»Ich brauche frische Luft«, brummte ich und stürmte aus der Wohnung.

* * *

Mein Weg führte mich in den nahegelegenen Stadtpark. Mit hochgeschlossener Jacke und den Händen in den Hosentaschen ließ ich das Gespräch mit Nathalie und die aktuellen Ereignisse noch einmal Revue passieren. Was würde mein Vater jetzt wohl tun? Ich schüttelte den Kopf über diesen automatischen Gedanken. Mein Vater war vor drei Jahren an einem Aortenaneurysma gestorben und trotzdem versuchte ich nach wie vor, ihm alles recht zu machen. Aber das hatte ich schon zu seinen Lebzeiten nie geschafft.

Ich vergrub mein Gesicht im Jackenkragen und fasste einen Entschluss.

* * *

»Jetzt erzähl mal, warum du hier bist.« Meine Mutter stellte eine Tasse Pfefferminztee vor mir ab und setzte sich neben mich an den Esstisch in der Küche.

»Brauche ich einen Grund, um dich zu besuchen?«, fragte ich, während ich Popeye auf meinem Schoß hinterm Ohr kraulte.

»Nein, natürlich nicht«, sagte meine Mutter. »Aber mein Gefühl sagt mir, dass dich etwas beschäftigt.«

Ich senkte den Blick und suchte nach den richtigen Worten. Diese ganze Sache war einfach lächerlich. Warum musste Nathalie bloß so überreagieren? Ich holte tief Luft. »Nathalie und ich haben uns gestritten.«

»Worum ging es?«

Ich blies auf meinen Tee und nahm einen kleinen Schluck. »Wir haben unterschiedliche Meinungen über etwas.«

»Und worüber?«

»Sie findet es vollkommen in Ordnung und normal, wenn Homosexuelle durch die Gegend laufen und ihre … Neigungen ausleben. Sie hat mir sogar erzählt, sie«, ich musste schlucken, »hat so was selbst mal gemacht.«

Meine Mutter schaute mich mit einem sehr merkwürdigen Gesichtsausdruck an, und ich war mir auf einmal nicht mehr sicher, ob es eine so gute Idee gewesen war, mit ihr über dieses Thema zu sprechen.

»Man kann nichts für seine Gefühle, Scarlett.«

Ich blinzelte. Mit dieser Antwort hatte ich echt nicht gerechnet. »Was meinst du damit?«

Mama sah unglaublich traurig aus. Es war derselbe Gesichtsausdruck, den ich so oft in meiner Kindheit bei ihr beobachtet hatte. »Du kannst Menschen nicht für ihre Gefühle verurteilen.«

»Das tue ich doch gar nicht«, sagte ich lauter als beabsichtigt und Popeye sprang von meinem Schoß. »Diese Leute können nichts dafür, krank zu sein. Aber die meisten versuchen nicht mal, was dagegen zu tun. Sie sehen nicht, dass die Art, wie sie leben, falsch ist.«

»Du musst das, was sie tun, nicht richtig finden. Denn

das ist es nicht.« Meine Mutter schüttelte langsam den Kopf. »Aber hier geht es nicht um richtig oder falsch. Es geht um Toleranz. Wir müssen nun mal alle miteinander auskommen. Das schließt auch Homosexuelle mit ein.«

Ich dachte einen Moment über ihre Worte nach. Dann sagte ich: »Das ist keine Frage der Toleranz. Sie verderben unsere Kinder und bringen sie auf dumme Gedanken. Außerdem fühle ich mich in der Gegenwart von diesen Leuten nicht wohl.«

Mama betrachtete mich für eine Weile, bevor sie fragte: »Hat dir jemals ein Homosexueller etwas getan?«

»Wie meinst du das?«

»Ist dir zum Beispiel jemals eine Lesbe zu nahe getreten?«

Ich dachte sofort an Julia und unsere Zusammentreffen. War sie mir wirklich zu nahe getreten? Nein, eigentlich nicht. »Nein.«

»Vielleicht wollen diese Leute bloß das, was alle anderen auch wollen: einfach in Frieden leben.«

»Aber warum müssen sie es so zur Schau stellen?«

»Ich hab auch nicht alle Antworten, Scarlett.« Meine Mutter schüttelte den Kopf. »Dein Vater und ich hatten etwas unterschiedliche Auffassungen zu diesem Thema.«

Warum erwähnte sie das? Erst jetzt wurde mir etwas bewusst: Mama hatte nie so hasserfüllt wie mein Vater über Homosexuelle geredet. Ich lehnte den Kopf an ihre Schulter und seufzte. »Es ist wirklich eine Schande, dass wegen dieser Sache meine Freundschaft mit Nathalie in Gefahr ist.«

»Glaubst du das?«

Ich zuckte mit den Schultern. »Keine Ahnung. Wir denken zu unterschiedlich.«

»Dann sag Nathalie das.«

»Was soll ich ihr sagen?«

»Ihr denkt unterschiedlich darüber, aber es ändert nichts an eurer Freundschaft. Zumindest solltest du ihr das sagen, wenn du so fühlst.«

Tat ich das? War es okay für mich, vollkommen unterschiedlicher Meinung mit Nathalie zu sein? Möglicherweise wäre dem so gewesen, wenn ich nicht ständig das Bild von Nathalie im Kopf gehabt hätte, wie sie mit einer anderen Frau … was auch immer tat. »Danke, Mama. Ich werd drüber nachdenken.«

* * *

Ich klopfte an Nathalies Zimmertür und wartete. Nach wenigen Augenblicken ging die Tür auf und meine beste Freundin stand vor mir.

Ihre Augen waren geschwollen. Hatte sie geweint?

Einen Moment lang schauten wir einander an, bevor wir einander in die Arme fielen.

»Es tut mir leid, Nathalie. Wir haben einfach unterschiedliche Meinungen in dieser Sache.«

Wir brachen in Tränen aus. Es war der erste Streit, den wir jemals gehabt hatten.

»Ich respektiere deine Meinung, Scarlett, aber ich verstehe deinen Hass nicht.«

»Ich hasse Homosexuelle nicht.«

»Es klingt aber so. Ach, lass es uns vergessen. Okay?«

Ich nickte und löste mich aus der Umarmung. Danach nahm ich sie an die Hand, und gemeinsam gingen wir in die Küche.

»Es tut mir leid, was ich zu dir gesagt habe, Scarlett. Also, dass ich dich gar nicht kenne.«

Ich tätschelte Nathalie den Arm. »Es ist okay. Lass es

uns einfach vergessen. Vielleicht wollen du und Daniel heute Abend ja auch mitkommen?«

Nathalie lächelte. »Ich frag ihn, aber ich denke, wir kommen.«

Wir fielen einander erneut in die Arme.

Nach einem langen Moment fragte ich: »Aber das mit deinen Experimenten, oder wie immer du es nennst, hat sich erledigt, oder?«

»Keine Sorge. Ich bin hetero. Keine Experimente mehr.«

Erleichtert ließ ich den angehaltenen Atem entweichen.

* * *

Nathalie, Daniel und ich kamen pünktlich am »Atlantis« an.

Oliver, Julia und Anja waren noch nicht da, und so suchten wir uns einen der wenigen freien größeren Tische und bestellten Cocktails. Gleichzeitig mit unseren Getränken kamen auch die drei Verspäteten.

»Hey, Scarlett, wen hast du denn hier mitgebracht?«, rief Julia. Sie sprach etwas zu laut und gestikulierte wild herum. Julia gab ihrem Bruder Daniel eine kurze Umarmung und Nathalie einen Kuss auf die Wange. Danach betrachtete sie mich und zögerte.

Ich streckte ihr höflich die Hand entgegen, und Julia ergriff sie. Aus dem Augenwinkel heraus sah ich, dass sich Anja und Oliver sehr ungeschickt bewegten und in der Gegend herumgrinsten. Anschließend begrüßten sie mich mit einem Kuss auf die Wange.

»Schön, dich wiederzusehen«, flüsterte mir Oliver ins Ohr.

Anja schaute schmunzelnd auf unsere Cocktails. »Ihr habt wohl schon ohne uns angefangen.«

»Und was ist mit euch? Erzählt bloß nicht, ihr hättet nichts getrunken, bevor ihr hier aufgetaucht seid«, sagte Daniel.

»Das ist meine Schuld«, erklärte Anja übertrieben reumütig. »Die beiden wollten mich aufheitern und haben mit mir eine Flasche Tezi leer gemacht.«

»Tezi?«, fragte ich.

»Tequila mit Zimt. Hat nur so zwanzig oder fünfundzwanzig Prozent, aber haut trotzdem ganz schön rein.« Anja kicherte.

Unterdessen spürte ich Julias Blick auf mir. Ich ignorierte sie. »Klingt interessant.« Nervös rutschte ich auf meinem Sitzplatz herum und versuchte, Julia nicht anzusehen.

»Wir haben noch eine Flasche zu Hause. Du kannst ja mal vorbeikommen und was probieren«, flüsterte Oliver mir ins Ohr.

Ich schenkte der Zweideutigkeit in seinen Worten keine Beachtung. »Wer ist wir? Du und Julia, ihr wohnt zusammen?«

Oliver nickte und blickte mir tief in die Augen. Dann beugte er sich vor und gab mir einen sanften Kuss auf den Mund. Als der Kuss intensiver wurde, räusperte sich jemand.

»Stören wir?«, fragte Daniel.

Oliver und ich lösten uns voneinander.

Er wurde rot im Gesicht, und dem Brennen meiner Wangen nach zu urteilen, ich auch. Ich sah zu Julia hinüber und bemerkte, dass sie auf ihren Schoß starrte. Hatten Homos ein Problem damit, Heterosexuelle küssen zu sehen?

Ach, wen scherte das? Gerade wurde mein zweiter Cocktail gebracht. Das war wesentlich interessanter. Richtig? Richtig. Normalerweise war nach dem ersten Mai Tai Schluss, aber irgendwie war mir heute danach, mir die Kante zu geben.

* * *

Schon vor der Disco konnten wir die laute Musik hören. Oliver und ich gingen ebenso wie Daniel und Nathalie Arm in Arm. Anja hatte sich bei Julia eingehakt.

Ich nahm mir vor, es als das zu sehen, was es war: eine einfache freundschaftliche Geste. Dennoch hatte ich dieses ungute Gefühl, immer wenn Julia in der Nähe war.

Die Musik in der großen Halle war klasse. Als wir reinkamen, riefen gerade alle im Saal: »Who The Fuck Is Alice?«. Wir stürmten auf die Tanzfläche und begannen, zu tanzen und mitzusingen.

Oliver tanzte ganz dicht vor mir und hielt mit einer Hand lose meine Hüfte fest.

Am liebsten wäre ich ein paar Zentimeter zurückgewichen. Mein Blick wanderte zu den Paaren um uns herum. Sie schienen sich alle nicht nah genug sein zu können. Was war mein Problem? Warum wollte ich das nicht? Ich sollte nicht so viel nachdenken. Oliver war ein attraktiver Mann. Also tat ich das, was ich in diesen Fällen immer tat: Ich spielte mit. Ich schlang die Arme um seinen Hals und zog ihn zu einem Kuss herunter. Während wir uns küssten, schwang ich meine Hüften im Takt der Musik. Als Olivers Körper jedoch zu … animiert reagierte, wich ich zurück.

Oliver versuchte, mich festzuhalten.

»Oliver, ich hol mir was zu trinken«, rief ich, um die

Musik zu übertönen. »Bin gleich wieder da.«

Einen Schmollmund machend, ließ er mich los. Danach verschwand er in Richtung der Männertoiletten.

Als ich an der Bartheke auf die Bedienung wartete, tauchte Julia neben mir auf. »Er hatte ein bisschen zu viel heute Abend.«

Ich spielte mit einem herumliegenden Bierdeckel. »Ich mag es nicht, ihn zurückweisen zu müssen, aber er ist wirklich etwas aufdringlich, um ehrlich zu sein.«

Julia lehnte sich mit dem Rücken an die Theke und betrachtete mich. »Er war sehr nervös wegen heute Abend. Da hat er sich Mut angetrunken und es scheinbar etwas übertrieben.«

Ich nickte. Die Bedienung kam und ich bestellte einen Wodka Red Bull. Kaum hatte ich bezahlt, begann ein neues Lied.

»Das ist mein Lieblingssong.« Julias Blick sprang zwischen mir und dem Boden hin und her. »Willst du … tanzen?«

Warum eigentlich nicht? Es war ja nur Tanzen. Und ich hatte mir vorgenommen, mir Mühe im Umgang mit Julia zu geben. Ich trank meinen Drink in einem Zug aus, stellte das Glas auf die Theke und folgte Julia zur Tanzfläche. Zwar achtete ich darauf, ihr nicht zu nahe zu kommen, aber abgesehen davon, war ich zum ersten Mal, seit ich von Julias … Neigung wusste, entspannt in ihrer Gegenwart.

Das nächste Lied war auch perfekt für die Stimmung, und wir sangen laut mit.

Ich stoppte, als mir bewusst wurde, was ich da sang. Bei der Stelle »be my baby« hatten wir einander angesungen. Oje. Meine Wangen wurden ganz heiß. Ich winkte in Richtung der Theke, bevor ich hastig die Tanzfläche verließ. Das hatte Julia sicher missverstanden. Ich musste Oliver finden. Sie musste sehen, wie wir einander küssten. Dann würde sie verstehen, dass ich mitgesungen hatte, ohne nachzudenken.

Doch Oliver war nirgends zu sehen.

Nach etwa zehn Minuten hatte ich ihn immer noch nicht gefunden. Also fragte ich Daniel und Nathalie. Ich störte die beiden nur ungern.

Sie standen in einer dunklen Ecke und küssten sich ziemlich wild.

Aber ich machte mir langsam Sorgen um Oliver. Und Julia wollte ich nicht fragen.

»Ich hab weder Oliver noch Anja in der letzten Zeit gesehen«, meinte Daniel und zu dritt beschlossen wir, auf die Suche zu gehen.

* * *

Als wir die beiden fanden, traute ich meinen Augen kaum.

Anja saß auf Olivers Schoß in einer Ecke nahe der Garderobe und sie küssten einander leidenschaftlich.

Oliver sah mich, bevor Anja es tat. Sofort schob er Anja zur Seite, stand auf und torkelte in meine Richtung. »Es is' nich', wonach es aussieht«, lallte er hastig.

»Oliver, wir haben keine Beziehung. Du kannst machen, was du willst«, sagte ich, aber meine Stimme zitterte. Noch nicht mal richtig zusammen und schon betrogen.

»Sie hat ohne Vorwarnung angefangen, mich zu küssen.«

»Du armes Opfer«, rief Nathalie.

Selbst Daniel starrte Oliver mit zusammengekniffenen Augen an.

Nathalie hakte sich bei mir ein und zog mich weg. »Lass uns Spaß haben.«

Daniel folgte uns.

* * *

An der Theke bestellte uns Nathalie doppelte Tequila.

Wir leckten das Salz von unseren Handrücken und tranken den Schnaps in einem Zug aus. Anschließend lutschten wir an den beiliegenden Zitronenscheiben.

»Bah.« Ich verzog das Gesicht. »Warum lass ich mich von dir immer zu so was überreden?«

Nathalie zuckte mit den Schultern.

In diesem Moment tauchte Julia auf. »Alles okay?«, fragte sie, während ihr Blick zwischen Nathalie und mir hin- und herwanderte.

War es so offensichtlich, dass was passiert war?

Daniel zog sie zur Seite und sagte ihr etwas ins Ohr, das ich nicht verstehen konnte, weil die Musik zu laut war.

Julia riss die Augen auf und glotzte ihn an.

Dann begannen die Geschwister ein Streitgespräch, in dessen Verlauf sie wild herumgestikulierten.

Schließlich stapfte Julia davon.

* * *

Julia tauchte plötzlich neben mir auf und ich zuckte zusammen.

Nathalie reichte mir wenige Momente später das dritte hochprozentige Gesöff und ich leerte es in einem Zug, um mich wieder zu beruhigen.

Daniel rückte näher. »Was hast du gemacht?«

Julia hielt ihm ihre flache Hand vor die Nase.

Ich ergriff sie. Die Hand war leicht gerötet. Was hatte sie getan? Mit offenem Mund starrte ich Julia an. Als Oliver mit einer deutlich geröteten Wange vor uns auftauchte, sprang mein Blick zwischen den Zwillingen hin und her. Wie hatte Julia bloß ihren eigenen Bruder schlagen können? Dieses Rumgeknutsche betraf sie doch nicht einmal selbst.

In diesem Augenblick wurde mir bewusst, dass ich immer noch Julias Hand hielt. Hoffentlich hatte sie das jetzt nicht missverstanden. Ich ließ die Hand fallen. »Warum hasse das gemacht?«

Julia beugte sich etwas vor. Vermutlich, um mich trotz der lauten Musik hören zu können.

Ich wich instinktiv zurück.

»So behandelt man keine Frau«, grummelte sie.

Was? Verstand ich das richtig? Eine Lesbe hatte versucht, meine Ehre gegenüber meinem Beinahe-Freund zu verteidigen? Irgendwas stimmte an diesem Bild ganz gewaltig nicht. Ich stemmte die Hände in die Hüften. Warum zum Teufel hatte sie das gemacht? »Und du meinst, ‘s bringt was, wenn du auf deinen stuss… stuss… sturzbetrunkenen Bruder einschlägst?« Ich hielt mich mit einer Hand an der Theke fest. Der Raum um mich herum begann, sich zu drehen. Schätze, der letzte Drink war einer zu viel für mich gewesen.

Julia senkte den Kopf. »Es bringt sicher nichts, aber ich war so wütend auf ihn.«

Ich wollte ihr die Schulter tätscheln, doch verlor beim Vorbeugen das Gleichgewicht. Ehe ich mich versah, rutschte meine Hand von der Theke und ich fiel in Julias Richtung. Dabei riss ich sie mit zu Boden.

Im nächsten Moment lag Julia flach auf dem Rücken

und ich auf ihr.

Mein Herz raste. Ich lag auf einer Lesbe. Ich lag auf einer Lesbe! Mit zitternden Händen versuchte ich, mich aufzurichten. Dabei stützte ich mich auf was Weichem ab. Mein Blick folgte meiner Hand. Oh, Gott, ihre Brust. Ich riss die Hand weg und fiel wieder auf Julia.

Glücklicherweise griff mich jetzt jemand von hinten. Es war Daniel. Er half erst mir hoch und dann Julia.

Hoffentlich würde sich der Boden unter mir öffnen und mich verschlucken. Wie peinlich. »Es tut mir sooo leid, Julia. Echt. Isch … isch hab wohl etwas zu viel getr…«

»Wir hatten alle reichlich heute Abend«, unterbrach sie mich und klopfte sich was vom Hintern.

»Süße, lass uns nach Hause fahren«, sagte Nathalie.

»Nein, fahr du mit Daniel.« Olivers Aktion würde denen nicht auch noch den Abend verderben.

Sie öffnete den Mund, um zu protestieren, doch ich stoppte sie. »Isch komm schon klar.«

Nathalie hob beide Augenbrauen, doch es war Daniel, der sagte: »Wir lassen dich nicht alleine nach Hause gehen.«

»Ich bring sie.«

Alle schauten zu Julia.

Was? Nie und nimmer. Hatte ich hier etwa nichts zu sagen? Ich würde mich sicher nicht von einer Lesbe nach Hause bringen lassen. Nicht einmal von Julia.

»So machen wir's«, sagte Nathalie und Daniel nickte.

Oliver schwieg weiterhin und starrte auf seine Füße.

»Julia, du bringst Scarlett nach Hause. Ist ja nicht weit. Und wir bringen Oliver ins Bett. Das liegt ja eh auf dem Weg. Aber nimm dann ein Taxi zurück. Nicht dass du allein in der Nacht rumwanderst. Ich geb dir auch das Geld«, sagte Daniel, und alle Beteiligten außer mir stimmten zu.

Ich kaute schweigend auf meiner Unterlippe herum.

»Wo ist eigentlich Anja?«, fragte Julia.

»Sie hat ein Taxi nach Hause genommen«, murmelte Oliver.

* * *

Das Laufen fiel mir nicht ganz leicht. Alles drehte sich. Hoffentlich würde ich nicht über die eigenen Füße stolpern.

Nach einigen Schritten blieb Julia stehen, und obwohl wir sehr langsam gingen, fiel es mir schwer, beim Stehenbleiben nicht hinzufallen. Julia seufzte. »Du kannst kaum laufen.«

Ich zuckte mit den Schultern. Zumindest war das meine Absicht. Tatsächlich schlackerten bei der Geste auch beide Arme in der Gegend herum.

Julia schüttelte den Kopf. »Es ist wirklich lächerlich. Normalerweise würde ich meinen Arm um dich legen und dich stützen, aber ich weiß genau, du würdest ausflippen.«

Konnte ich sie wirklich helfen lassen? Ach, warum eigentlich nicht? »Ich hak mich jetzt bei dir ein. Das hilft schon. Abba nur damit das hier klar is‘: Ich will nix von dir.« Bevor Julia etwas sagen konnte, fuhr ich fort: »Du bist schief gewickelt, wenne glaubst, bloß weile so verdammt gut aussiehst und sexy tanzen kannst, dass ich was von dir will.«

Julia hob eine Augenbraue. Dann streckte sie mir den Ellbogen entgegen und ich nahm den angebotenen Arm.

Daraufhin ging es wesentlich schneller voran.

»Ich seh dein Grinsen«, grummelte ich.

»Du findest also, ich sehe verdammt gut aus und tanze sexy?«

Als ich zu ihr rüberschaute, verlor ich beinahe das Gleichgewicht, aber Julia stützte mich mit ihrer freien Hand, bevor sie sie wieder hastig wegzog. »Was?« Hatte ich das wirklich gesagt? Verdammt. Meine Güte, der Alkohol bekam mir definitiv nicht.

»Nichts, schon gut.«

Meine Augen wurden zu Schlitzen. Was fiel ihr eigentlich ein? »Such dir jemand and'ren, mit deme deine kranken Spielschen treiben kanns'. Ich hab nich' und werd nie …« Tja, was eigentlich? Was machten zwei Frauen miteinander?

»Du wirst nie was?«

Diese ganze Unterhaltung fing an, mich zu verwirren. »Du weißt schon was«, brummte ich und das Thema war damit für mich erledigt.

»Aha. Wie du meinst.«

»Ja, mein ich.«

* * *

Endlich zu Hause, stolperte ich erschöpft in mein Zimmer und ließ mich aufs Bett fallen.

Julia blieb an der Zimmertür stehen. »Bitte. Gern geschehen. Stets zu Diensten.«

»Danke«, sagte ich und schloss die Augen. Wenn sich nur nicht alles drehen würde. Mir war so schlecht.

»Kommst du jetzt alleine klar?«

Träge klappte ein Augenlid auf und ich hob den Kopf, um Julia anzusehen. Ich öffnete das zweite Auge. Es war unglaublich, dass jemand so gut aussehen konnte. Ihre langen schwarzen Haare fielen wild über ihre Schultern.

Und so sehr ich es auch versuchte, ich konnte den Blick nicht von diesen leuchtenden, tiefblauen Augen abwenden. Mit den Armen vor der Brust verschränkt, lehnte sie lässig am Türrahmen. Ihre Gesichtszüge waren entspannt und ihre vollen Lippen … stopp, was zum Teufel war hier los? War ich gerade dabei, eine Frau, genauer gesagt eine lesbische Frau, anzuschmachten? »Was zum Teufel …?« Hatte ich das laut gesagt?

»Alles in Ordnung, Scarlett?«

Bevor ich die Frage bejahen konnte, überkam mich eine unglaubliche Übelkeit. »Hilf mir schnell ins Bad.«

Mit zwei großen Schritten kam Julia auf mich zu und zog mich hoch. In diesem Augenblick passierte es: Ich übergab mich direkt auf Julia. Dann gaben meine Beine nach und ich sank zu Boden.

Julia sprang, leider zu spät, zur Seite. »Bevor noch mehr kommt, gehen wir besser ins Bad.« Sie half mir auf. »Wo geht‘s lang?«

»Die linke Tür neben dem Eingang.« Meine Knie waren ganz weich, und ohne Julias Hilfe hätte ich es nie und nimmer ins Bad geschafft. Vor der Kloschüssel kniend, schielte ich zu Julia. »Es tut mir sooo leid.«

Julia antwortete nicht. Stattdessen kniete sie sich neben mich, als ich mich erneut übergab, und legte ihre warme Hand auf meinen Rücken.

»Ich trink sonst nie so viel. Ich …«, und erneut übergab ich mich. Mein Kopf hämmerte schmerzhaft.

Nach einer Weile schien mein Magen endgültig leer zu sein. Julia half mir behutsam auf die Beine und drehte den Wasserhahn auf.

Ich wusch mir das Gesicht und putzte mir ungeschickt die Zähne. »Ich werd ‘ne Dusche nehmen«, murmelte ich. »Kannste mir meinen Pyjama aus meinem Zimmer holen? Er liegt unterm Kopfkissen.«

Julia nickte und verschwand.

Ich saß in der Zwischenzeit auf dem Toilettendeckel und schloss die Augen.

Wenige Momente später stand Julia wieder in der Tür. Sie wich meinem Blick aus, als sie mir mein Schlafzeug reichte. »Brauchst du … ähm … kommst du zurecht?«

Hätte mich Nathalie gefragt, hätte ich Nein gesagt. Aber niemals, nicht in hundert, ach was sage ich, in tausend Jahren, hätte ich Julia erlaubt, mir beim Ausziehen zu helfen. In dem Fall hätte ich ja gleich ein Schild mit der Aufschrift »nimm mich« tragen können. »Ich komm klar.«

»Wenn du Hilfe brauchst, ruf einfach.«

Julia schloss die Tür und ich zog mich aus.

* * *

Nach einer Weile öffnete ich frisch geduscht, aber mit einem vermutlich schuldbewussten Gesichtsausdruck die Badezimmertür.

Gegen die Wand gelehnt stand eine im wahrsten Sinne des Wortes angekotzte Julia. »Besser?«

»Mmh.«

»Bitte flipp nicht aus, aber könnte ich eventuell auch …?« Julia schaute an sich runter.

Ich hob eine Hand, um sie zu unterbrechen. »Eine Dusche is‘ das Min… Mindeste.«

»Danke.«

»Bedank dich nich‘ dafür, dass ich dich angekotzt hab.«

»Dafür habe ich mich sicher nicht bedankt.«

Ich holte tief Luft. »Julia, bitte entschuldige. Du has‘

mich bis jetzt echt nur von meina schlechtesten Seite kenngel… kennengelernt.«

»Da bin ich aber beruhigt.«

»Hä?«

»Na ja, ich hatte schon befürchtest, du würdest mir sagen, das ist deine beste Seite.«

Wenn das witzig sein sollte, hatte ich irgendwas verpasst. Gott, ging's mir dreckig. Ich wollte bloß ins Bett. Mit einer Hand wedelte ich vor Julias Gesicht rum. »Handtücher sind im Schrank hinter der Tür.«

»Ähm, hättest du vielleicht auch …?«

»Was?«

Julia guckte mit gerümpfter Nase auf ihr Top.

»Oh. Ja, klar. Ich hab noch was von meinem Ex irgendwo. Das müsste dir pass'n.« Ich schaute mich im Gang um. Was suchte ich noch mal?

»In deinem Zimmer?«

Ich runzelte die Stirn. »In meinem Zimmer, was?«

»Sachen. Von deinem Ex. Für mich.«

»Oh, ja.« Ich hielt mich an der Wand fest, während ich langsam zu meinem Zimmer wankte.

»Brauchst du Hilfe?«, rief mir Julia hinterher.

»Nein. Geht schon. Kannst ja schomma duschen.«

Es dauerte einen langen Moment, bis ich ein »okay« hinter mir hörte.

Ich dachte nicht weiter darüber nach und kämpfte mich den Gang entlang. In meinem Zimmer fand ich nach endlos scheinender Suche im Kleiderschrank Shorts und ein T-Shirt, die Julia passen konnten. Der lange Weg zurück zum Bad war auch irgendwann geschafft und ich pochte mehrfach gegen die Tür. Als von innen etwas zu hören war, was so ähnlich klang wie »herein«, stolperte ich ins Bad und starrte auf die Duschkabine aus Milchglas.

Nette Silhouette. Ich kicherte über den gedanklichen Reim.

»Leg die Sachen bitte auf den Toilettensitz.« Julias Worte rissen mich aus meinen Gedanken.

»Okay«, murmelte ich und legte die Klamotten hin.

Julia quiekte und ich zuckte zusammen. »Was‘n los?«, fragte ich.

»Mist, verdammt. Das Wasser ist plötzlich kalt. Gott, ist das eisig. Und meine Haare sind noch voller Shampoo.«

»Tut mir leid. Hab wohl zu lang geduscht.«

Ich bekam keine Antwort.

Erst kotzte ich Julia voll und danach ließ ich bloß kaltes Wasser für sie übrig. Irgendwie musste ich versuchen, das wieder gutzumachen. »Ich mach Tee, damite dich gleich aufwärmen kanns‘.«

»Kriegst du das hin?«

»Ich hab swar ganz schön ein‘ im Kahn, aber das würd ich sogar im Schlaf hinkrieg‘n.«

»Verbrenn dich nicht.«

Die Sorge in Julias Stimme rührte mich. Meine Gedanken wurden von einem erneuten Quieken unterbrochen, und ich konnte mir ein Grinsen nicht verkneifen. »Ich bin dann ma‘ wech.«

»Okay.«

Ich schloss die Badezimmertür und wankte Richtung Küche. Dort angekommen, setzte ich mich einen Moment hin, senkte den Kopf und schloss kurz die Augen.

* * *

Unter mir bewegte es sich. Jemand hielt mich. Ich riss die

Augen auf. Oh nein, ich hing in Julias Armen, und sie stand vor meinem Bett. Das passierte doch nicht wirklich, oder? Hilfe! Mit aller Kraft wehrte ich mich und Julia fiel mit mir aufs Bett.

»Verdammt, was machst du?« Julia ließ mich los und stand auf.

»Was zum Teufel haste mit mir gemacht?« Gott sei Dank war ich aufgewacht. Wer weiß, was sie sonst …

»Du bist in der Küche eingeschlafen. Ich habe versucht, dich zu wecken. Und als du nicht aufgewacht bist, habe ich dich in dein Zimmer getragen. Als Nächstes hast du mich angegriffen.«

»Ich hab dich nich‘ angegriffen. Ich dachte, du greifst mich an.«

»Ich habe die Schnauze voll«, rief Julia. »Die ganze Zeit gebe ich mein Bestes, um nett zu dir zu sein. Ich versuche, dich nicht anzufassen, bin vorsichtig, was ich sage, verdammt, ich trau mich ja kaum, dich anzusehen.«

»Du schaust mich verdammt oft an, dafür dasse dich angeblich nich‘ traust, mich anzusehen.«

»Jetzt reicht‘s.« Julia warf die Arme nach oben. »Was glaubst du eigentlich, wer du bist? Homophob oder nicht, betrunken oder nicht, du bist nicht unwiderstehlich, weißt du? Und nur zu deiner Information: Ich würde nicht mal was mit dir anfangen, wenn du die letzte Frau auf der Welt wärst. Da würde ich lieber im Zölibat leben.« Mit diesen Worten stapfte Julia zur Tür.

»Warte.« Meine Stimme war kaum mehr als ein Flüstern.

Julia blieb stehen, drehte sich aber nicht um.

»Ich … ich weiß, ich benehm mich furchtbar. Du versuchst, nett zu mir zu sein, und ich bin die ganze Zeit schrecklich zu dir. Ich hab keine Ahnung, wie ich … wie ich mich dir gegenüber verhalten soll.«

»Behandle mich ganz normal.« Julia drehte sich langsam um. »Ich werde dich nicht anmachen. Du warst deutlich genug, bezüglich dem, was du willst und nicht willst.«

Konnte das wirklich funktionieren? Konnte ich so tun, als ob Julia normal wäre? Und eine weitere Frage drängte sich mir auf: »Haste das ernst gemeint?«

Julia blinzelte mehrfach. »Was? Dass ich dich nicht anmachen werde?«

Ich schüttelte den Kopf und bereute es sofort. Der ganze Raum drehte sich schon wieder.

Julia kam einen Schritt auf mich zu.

Abwehrend hob ich eine Hand. »Mir geht's gut. Alles gut.« Ich brauchte einen Moment, um mich zu erinnern, worüber wir eigentlich gerade sprachen. »Was ich meinte, war: Bin ich wirklich so … unattrak … unattraktiv und abstoßend, dasse mich nich' ma' anfassen würdest, wenn isch die letzte Frau auf'a Welt wäre?«

Julia hob eine Augenbraue. »Ich habe nie gesagt, du bist unattraktiv oder abstoßend. Aber du wirst mir sicher zustimmen, ich habe deine charmante Seite bisher nicht kennengelernt. Außerdem würde ich niemals weder dich noch eine andere Frau gegen ihren Willen anfassen.«

Ich schloss die Augen für einen Moment. Als ich sie wieder öffnete, war Julia nach wie vor da. Kein Wunder. Wo sollte sie in den dünnen Sachen auch hin? »Du kannst auf'a Couch im Wohnzimmer schlafen. In den Klamotten, die du anhast, kannste nich' nach Hause gehn. Ist zu kalt draußen. Daniel oder Oliver können dir ja morgen früh was zum Anziehen bringen.«

»Verstehe ich dich richtig?« Julia kam einen Schritt auf mich zu. »Du willst tatsächlich riskieren, mit einer Lesbe in einer Wohnung zu schlafen? Ganz allein?«

Ihre Worte sollten wohl witzig sein, aber auf einmal hörte sich mein Vorschlag gar nicht mehr gut an. Andererseits konnte ich es jetzt auch nicht mehr zurücknehmen.

»Ja. Ich vertrau dir. Die Couch is‘ ‘ne Bettcouch. Wenne se vorne hochklappst, findeste Bettzeug drinnen.« Bevor sie noch irgendetwas sagen konnte, um mich weiter zu verunsichern, sagte ich: »Gut‘ Nacht, Julia.«

»Gute Nacht, Scarlett.«

Als mein ungeplanter Gast für die Nacht das Zimmer verlassen hatte, wankte ich zur Tür und drehte den Schlüssel im Schloss herum. Zweimal. Nur um sicherzugehen.

Kapitel 4

Am nächsten Morgen tapste ich stöhnend in die Küche. Mein Schädel hämmerte und mein Magen krampfte. Nie wieder Alkohol!

»Guten Morgen.«

Ich zuckte zusammen. Verdammt, wie hatte ich bloß vergessen können, dass Julia hier war? »Morgen.«

Julia ging an mir vorbei und nahm am Frühstückstisch Platz. Der war schon gedeckt und eine Kanne Tee, dem Geruch nach zu urteilen Kamille, stand auf einem Stövchen in der Mitte des Tisches.

»Ich hab Frühstück gemacht«, sagte Julia. »Ich hoffe, das ist okay?«

»Sicher. Kein Problem.« Ich schleppte mich zum kleinen Medizinschrank in der Ecke. Irgendwo mussten doch ein paar Schmerztabletten sein. Nach endlosem Herumgewühle fand ich endlich zwei Paracetamol. Ich nahm mir ein Glas und füllte es mit Leitungswasser. Dann spülte ich die Tabletten die Kehle hinunter.

Als ich mich wieder zu Julia drehte, sah ich, wie sie ihre Oberschenkel betrachtete.

Fühlte sie sich mit mir etwa genauso unwohl, wie ich mich mit ihr? Die Stille war unerträglich. Ich musste was sagen. Irgendwas. Und vielleicht war eine Entschuldigung gar nicht so unangebracht. Langsam wanderte ich zum Frühstückstisch und sank gegenüber von Julia auf einen Stuhl. »Hör mal, wegen gestern Abend …«

Julia hob abwehrend die Hand. »Lass uns die ganze Sache einfach vergessen. Von mir erfährt keiner was.«

Meinte sie das ernst? Nie im Leben wäre ich nach gestern so ruhig geblieben, wenn ich an ihrer Stelle gewesen wäre. Insbesondere nicht, nachdem ich letzte Nacht mit Händen und Füßen gegen sie gekämpft hatte, als sie versuchte, mich ins Bett zu bringen. Okay, das klang jetzt irgendwie merkwürdig: ins Bett bringen. Verdammt, warum konnte ich nicht akzeptieren, dass sie mir hatte helfen wollen und mich in keinster Weise bedrängte? »Vielleicht sollten wir ganz von vorne anfangen.« Ich streckte die Hand aus. »Hallo, ich bin Scarlett.«

Julia starrte auf meine Hand. Das Ticken der Wanduhr schien auf einmal so laut wie Hammerschläge.

»Ich bin Julia.«

Als sie mir die Hand gab, merkte ich erst, wie kalt meine eigene war.

»So, Scarlett, erzähl mal, was du studierst.«

»Jura.«

»Gott, das stelle ich mir furchtbar langweilig vor.«

»Manchmal ist es das, aber die meiste Zeit mag ich es sehr.« Ich hielt mir den krampfenden Magen, bevor ich einen Toast aus dem Brotkorb nahm und begann, daran zu mümmeln.

»Und wie bist du dazu gekommen?«

Ich zuckte mit den Schultern. »Schätze, das war durch meinen Geschichts-LK. In der zwölften Klasse ging's um die Weimarer Verfassung. Ich fand's total interessant.« Ich goss Kamillentee in den großen »Ich bin der Boss«

Becher, den Julia beim Decken des Tisches für mich hingestellt hatte. Wie hatte sie bloß wissen können, dass das meine Tasse war? »Ohne Gesetze herrscht Anarchie. Das fasziniert mich halt.« Ich nahm einen kleinen Schluck Tee. »Und außerdem mag ich es, wie ich mit dem Wissen um Gesetze mein eigenes und das Leben anderer beeinflussen kann.«

»Sprichst du von Macht?«

Ich schaute Julia einen langen Moment an. »So würde ich das nicht sagen. Wissen ist Macht. Fast jede Art von Wissen.« Ich lehnte mich zurück. »Das könnte man auch auf dich beziehen. Ich hab keine Ahnung von Medizin. Wenn jemand bei einem Autounfall schwer verletzt würde und ich Ersthelferin wäre …« Ich schüttelte den Kopf, bereute es aber, als mein Schädel wieder mit diesem penetranten Hämmern begann. »Du … du könntest ihn womöglich retten.« Meine Mundwinkel zuckten. »Wer hat mehr Macht? Derjenige, der Gesetze versteht und für sich zu nutzen weiß, oder derjenige, der Leben retten kann?«

Julia lehnte sich auch zurück und lachte. »Das klingt fast so, als würdest du glauben, ein Arzt hätte die Macht über Leben und Tod. Und das ist definitiv nicht so.«

Ich schmunzelte. »Aber du musst doch wohl zugeben, dass die Fähigkeit, Menschen zu heilen, einen in eine gewisse Position bringt.« Ich biss erneut von meinem trockenen Toast ab. »Ohne jetzt das Wort ›Macht‹ noch einmal zu bemühen.« Diese Unterhaltung machte mir merkwürdigerweise Spaß. Wer hätte das gedacht?

Julia schürzte die Lippen und beugte sich vor. Ihre Augen funkelten. »Wenn wir Moral und Ethik vollkommen außer Acht lassen würden, hättest du recht. Aber das ist etwas, was uns in unseren zukünftigen Berufen verbindet: Was wir wissen und was wir damit tun können, ist ebenso wichtig wie die Art, in der wir es nutzen. Moralisch und ethisch richtig oder eben falsch.«

Ich dachte eine Weile darüber nach. Meine Gedanken waren nach wie vor etwas schwerfällig. »Das trifft auf alles im Leben zu.«

Julia lachte. »Touché.«

Wir grinsten einander an.

»Sag mal, Scarlett, fängst du eigentlich immer nach einer durchzechten Nacht an, zu philosophieren? Falls ja, musst du mir das nächste Mal unbedingt Bescheid sagen.« Nach einer kurzen Pause fügte Julia hinzu: »Aber bitte erst, nachdem du deinen Mageninhalt losgeworden bist.«

Ich rollte mit den Augen. Abgesehen von ihrem absolut nicht witzigen Humor, war Julia eine interessante Gesprächspartnerin. Wenn ich doch nur vergessen könnte, dass sie …

»Was machst du denn hier?«

Mein Blick schnappte zur Küchentür.

Nathalie kam herein und glotzte zwischen uns hin und her.

»Guten Morgen. Äh, ich habe auf der Couch geschlafen, weil es gestern schon so spät war.«

Ich berührte Julia kurz am Arm. »Du brauchst nicht zu lügen.«

Nathalie riss die Augen auf, und alle Alarmglocken gingen in meinem Kopf an, als mir bewusst wurde, wie das geklungen haben musste.

»Ich … ich meine … oh, verdammt.« Ich musste diese Sache klarstellen, bevor Nathalie dachte, ich und Julia … »Es hatte nichts mit der Uhrzeit zu tun. Die Wahrheit ist, ich habe mich übergeben und Julia hat was abbekommen. Ich hab ihr deshalb was zum Anziehen gegeben. Aber mit den dünnen Klamotten konnte sie nicht rausgehen, also schlief sie auf der Couch. Und … und gerade hat sie Frühstück gemacht, und jetzt waren wir am Essen, und gleich ruft sie Oliver an, damit er ihr Sachen vorbeibringt.« Ich war ganz außer Atem, weil ich so schnell gesprochen hatte. Hoffentlich hatte Nathalie trotzdem alles verstanden.

Die schmunzelte und tätschelte Julia die Schulter. »Dann weiß ich ja jetzt Bescheid.« Grinsend verließ Nathalie die Küche.

Julia hielt sich die Hand vor den Mund.

»Das ist nicht witzig.« Ich schaute sie mit zusammengekniffenen Augen an und nahm einen Schluck Kamillentee.

»Doch.« Julia lachte laut los.

* * *

»Er klang furchtbar. Schätze, er hat einen ziemlichen Kater«, sagte Julia, nachdem sie Oliver angerufen hatte.

»Da ist er nicht allein.« Ich schloss kurz die Augen und rieb mir die Schläfen.

»Nur mit dem Unterschied, dass er es verdient hat, sich schlecht zu fühlen«, sagte Julia.

Ich zuckte mit den Schultern. »Wir sind nicht zusammen. Er kann machen, was er will.«

»Ihr wart dabei, zusammenzukommen. Er hat nach Daniels Geburtstagsparty die ganze Zeit von dir gesprochen. Ich dachte wirklich, er hätte sich in dich verliebt.«

»Sag mal, verhält er sich öfter so?«

»Absolut nicht.« Julia schüttelte den Kopf. »Ich konnte es nicht fassen, als Daniel mir erzählte, was passiert war. Erst ist er total nervös, erzählt mir, wie toll er dich findet, und trinkt sich auch noch Mut an, und dann … so was.«

Vielleicht hatte Anja sich wirklich im falschen Augenblick an ihn ran gemacht. Und was, wenn er gar nichts von ihr wollte und wirklich ein Opfer unglücklicher Umstände geworden war?

»Was denkst du gerade?«

»Es ergibt keinen Sinn. Zumindest nicht, dass er mit ihr rummachen würde, nachdem er so an mir interessiert war. Andererseits würde es sehr wohl Sinn machen, wenn Anja ihn angemacht hat.«

»Denkst du darüber nach, ihm zu verzeihen?«

»Verzeihen klingt so, als ob wir zusammen wären. Aber ehrlich gesagt denke ich darüber nach, mir seine Version der Dinge anzuhören.«

»Er ist mein Bruder und ich liebe ihn. Aber wenn ich an deiner Stelle wäre, würde ich ihn zum Mond schießen.«

* * *

Als es an der Tür klingelte, machte ich auf und da stand er: Oliver. Er ließ die Schultern hängen und starrte auf seine Füße.

»Komm rein.«

Oliver trat ein. Er trug einen Rucksack über der Schulter. Als Julia zur Tür kam, mied er ihren Blick und reichte ihr den Rucksack mit ausgestrecktem Arm.

Julia ergriff ihn und ging einen Schritt auf Oliver zu. Anschließend schloss sie ihren Bruder in die Arme und flüsterte ihm etwas ins Ohr.

Oliver nickte, sagte jedoch nichts.

Ich fühlte mich wie ein Eindringling und wollte gerade unauffällig verschwinden. Doch Julia stoppte mich. »Oliver möchte mit dir reden.«

»Okay.« Ich ging voraus ins Wohnzimmer, während Julia im Badezimmer verschwand.

Bevor wir unser Ziel erreichten, ging auf der linken Seite Nathalies Zimmertür auf. Wenn Blicke töten könnten, hätte Oliver es wohl nicht überlebt. Nathalie beobachtete sein Vorbeigehen mit zusammengekniffenen Augen, sagte aber nichts.

Im Wohnzimmer setzte ich mich an ein Ende der Couch.

Oliver nahm am anderen Ende Platz und sah mich zögerlich an. Wegen seiner Blässe und seiner knallroten und glasigen Augen hätte man fast glauben können, er hätte die ganze Nacht geweint. »Ich habe Mist gebaut.«

Ich wollte sagen »hast du«, verkniff es mir aber.

»Ich brauchte gestern etwas Zeit, um mich abzukühlen nach unserem Tanz, deshalb setzte ich mich in eine ruhige Ecke.« Er holte tief Luft. »Irgendwann kam Anja und setzte sich neben mich. Sie erzählte von ihrem Ex und fing an zu weinen. Ich legte den Arm um sie und versuchte, irgendwas Tröstendes zu sagen. So was wie ›du kannst doch viel bessere Kerle haben‹ und so.« Oliver schüttelte langsam den Kopf. »Dann saß sie plötzlich auf meinem Schoß und begann, mich zu küssen. Als ich sie wegschieben wollte, hast du auch schon vor uns gestanden.« Er rückte etwas näher. »Scarlett, bitte glaub mir, ich will nichts von Anja. Du bist so eine tolle Frau, und jeder Mann, der eine andere Frau dir vorzieht, ist ein Idiot.«

Ich betrachtete ihn eine ganze Weile. Es schien ihm wirklich leidzutun, und um die Sache kurz zu machen: Ich glaubte ihm. Also tat ich das, was jede Frau in dieser Situation getan hätte. Ich beugte mich vor und gab ihm einen flüchtigen Kuss.

Schnell wich ich wieder zurück.

Oliver strahlte und zog mich erneut zu sich.

Vorsichtige Küsse wurden schnell leidenschaftlich.

Wir zuckten zusammen, als Nathalie mit einer ins Schrille abgleitenden Stimme rief: »Das glaub ich doch jetzt nicht.«

Wir lösten uns voneinander und starrten Nathalie an.

»Scarlett, das kann doch nicht dein Ernst sein. Ihr seid noch nicht mal richtig zusammen, und der Kerl knutscht schon mit 'ner anderen rum.« Nathalie wirbelte wild mit den Armen herum. »Und einen Tag später vergibst du ihm und die ganze Sache wird ignoriert?«

In diesem Moment kam Julia ins Wohnzimmer. Ihr Gesichtsausdruck war merkwürdig. Ich wüsste nicht, wie man ihn hätte beschreiben können. Vielleicht ungläubig und … war das ein verletzter Gesichtsausdruck? Wirklich, es war schwer zu sagen.

»Er hat mir die ganze Sache erklärt«, sagte ich. »Anja ist quasi über ihn hergefallen.«

Zu meiner großen Überraschung sagte Julia nichts und verließ das Zimmer.

Nathalie hingegen stellte sich direkt vor uns. Mit blitzenden Augen schaute sie auf Oliver herab. »Wenn du noch ein einziges Mal so was abziehst, wirst du dir wünschen, dass Julia dich schlägt, anstatt ich. Denn ich benutze die Faust, nicht die flache Hand.«

Olivers Augen weiteten sich und er nickte.

Nathalie blieb einen Moment vor ihm stehen und stürmte anschließend in die Küche.

Ich sah ihr nach.

»Vielleicht waren wir gestern noch nicht zusammen.« Oliver berührte mich am Arm. »Aber wir könnten es ab heute sein.«

Mein Blick schnappte zu ihm. War es das, was ich

wollte? Was für eine Frage. Eine Frau wollte mit einem Mann zusammen sein. So einfach war das. Die Verliebtheit würde später kommen. Ganz sicher. »Dann sind wir ab heute zusammen.« Ich rang mir ein Lächeln ab.

Oliver grinste von einem Ohr zum anderen und küsste mich ungestüm.

Wir verabredeten uns für Montag in der Mensa und ich brachte Oliver zur Tür.

Dort wartete Julia mit dem Rucksack in der Hand.

Wir betrachteten einander.

Was wohl in ihr vorging? Sie dachte vermutlich, dass ich ein vollkommener Idiot war, ihm eine zweite Chance zu geben, hielt aber den Mund, weil Oliver ja ihr Bruder war.

»Julia, danke für alles«, sagte ich.

Sie lächelte schief.

Oliver drehte sich zu mir und gab mir einen kurzen Kuss.

Anschließend verließen beide wortlos die Wohnung.

Ich hatte kaum die Tür geschlossen, da spürte ich bereits bohrende Blicke im Rücken. »Sag nichts, Nathalie. Wir sind jetzt zusammen, und was passiert ist, war nicht sein Fehler.«

»Ich versteh dich einfach nicht.« Sie klang eher resigniert als ärgerlich.

Ich schloss die Augen und lehnte die Stirn an die Eingangstür. »Ich versteh mich manchmal auch nicht.«

Kapitel 5

»Spuck's aus«, sagte Nathalie.

Ich spielte mit dem Träger meines Rucksacks, während Nathalie und ich über den Campus schlenderten. »Was meinst du?«

»Irgendwas geht mal wieder in deinem Kopf vor, das sieht ein Blinder, und ich will wissen, was es ist.«

»Ganz ehrlich, Nathalie, ich hab keine Ahnung. Eigentlich müsste ich total happy sein. Ach, ich weiß auch nicht.«

»Ist es wegen Oliver? Meinst du vielleicht, es war ein Fehler, ihm eine zweite Chance zu geben?«

War das der Grund für meine schlechte Laune? Ich schüttelte den Kopf. »Oliver ist toll. Er ist doch alles, was sich eine Frau wünschen kann, findest du nicht?«

Nathalie legte den Arm um meine Schulter. »Darüber lässt sich streiten.« Sie holte tief Luft. »Abgesehen davon bist du nicht irgendeine Frau. Die Frage ist: Willst du Oliver?«

Ich seufzte. »Ich weiß nicht, was ich will.« Das war nicht ganz die Wahrheit. Ich wollte, dass es klick machte. Dass ich endlich mal jemanden kennenlernen würde, bei dem die Funken sprühten, bei dem es prickelte oder zumindest …

»Warum zum Teufel bist du dann mit Oliver zusammen?«

Die Frage riss mich aus den Gedanken, und ich brauchte einen Moment, um eine Antwort zu formulieren. »Ich mag ihn. Und er kann gut küssen.«

Nathalie lachte. »Okay, das sind zwei gute Gründe.« Sie tätschelte mir die Schulter. »Sieh die ganze Sache nicht so ernst. Hab einfach deinen Spaß und schau, wo die Sache hinführt.«

Irgendwie hatte Nathalie wohl das Richtige gesagt, denn ich fühlte mich besser. Genau das würde ich tun: Spaß haben. Ich holte mein Handy raus und rief Oliver an.

* * *

Ich war kaum in Olivers Zimmer, da zog er mich auch schon zu sich und schloss die Tür. Bevor ich etwas sagen konnte, begann er, mich zu küssen.

In meinem Kopf hörte ich Nathalie sagen: »Hab Spaß.« Also erwiderte ich den Kuss. Ehe ich mich versah, lag ich auf dem Bett und Oliver auf mir.

Er küsste mich stürmisch und stöhnte.

Hatte ich eigentlich Nathalie ihre Vorlesungsnotizen zurückgegeben? Vielleicht sollte ich später noch mal …

»Ich geh zu Nina«, rief Julia durch die geschlossene Tür. »Bin so in zwei Stunden zurück.«

Julias Worte stoppten mich. Die Sache mit Oliver ging mir zu schnell. Wir kannten uns doch kaum. Und ich war eh nicht ganz bei der Sache. Ich rutschte etwas umständlich unter ihm weg, setzte mich auf und schaute mich im Zimmer um, in der Hoffnung, etwas zu finden, worüber wir reden konnten.

Oliver seufzte und setzte sich im Schneidersitz hin. »Entschuldige, wenn ich etwas zu … motiviert an die Sache rangegangen bin. Ich wollte dich nicht bedrängen.«

»Hast du nicht.« Ich rutschte noch etwas von ihm weg. Wenn ich nicht gestoppt hätte, wäre ich in wenigen Minuten wahrscheinlich nackt gewesen. Warum wollten einem Männer bloß immer an die Wäsche? So toll war Sex ja nun auch nicht. Mein Blick wanderte wieder durch den Raum. »Ihr beide steht euch sehr nahe, was?« Ich zeigte auf das Foto von ihm und Julia auf dem Nachttisch.

Oliver lächelte. »Ja, schon.«

Ich erwiderte sein Lächeln. »Es muss schön sein, eine Zwillingsschwester zu haben.« Ich schaute auf meinen Schoß. »Ich bin ja ein Einzelkind.«

»Schätze, es ist schon ziemlich cool«, sagte Oliver.

»Wie war es für dich, als sie … na ja …«

»Als sie was?«

Wie konnte ich das am diplomatischsten ausdrücken? »Dass Julia nicht … normal ist.«

Oliver neigte den Kopf zur Seite. »Nicht normal?«

Es war so süß, wenn er das tat. Er sah dabei fast wie unser Familienhund Popeye aus. Oh, stopp mal. Upps, das war wohl doch nicht nicht so diplomatisch gewesen. »Ähm, ich meine …«

»Du meinst, als sie sich geoutet hat?«

Ich nickte. »Ja, genau.«

»Als sie mir vor sechs Jahren sagte, sie sei lesbisch, war das schon hart. Ich meine, nicht wegen ihrer sexuellen Orientierung, sondern weil ich Julia an dem Tag hab weinen sehen. Zum ersten Mal, seit sie sich mit sieben Jahren das Knie an einer Rutsche aufgeschlagen hatte.« Oliver ließ den Atem laut entweichen. »Sie sagte mir, sie wolle diese Gefühle nicht haben, und sie wünschte sich so sehr, Männer attraktiv zu finden. Ich sagte ihr, es sei doch scheißegal, ob sie Männer oder Frauen attraktiv findet. Hauptsache, sie sei glücklich damit.« Nach einer Pause fügte er hinzu: »Was sollte ich auch sonst sagen?«

»Heißt das, es war für dich von der ersten Minute an in Ordnung, dass sie lesbisch ist?«

Oliver zuckte mit den Schultern. »Merkwürdig war es natürlich schon.« Er grinste mich an. »Aber es war auch irgendwie cool, nachdem ich mich dran gewöhnt hatte und wir merkten, dass wir einen ähnlichen Geschmack haben. Also was Frauen betrifft.«

Ich musste schlucken. Hoffentlich hieß das nicht, Julia fand mich auch …

»Nachdem sie sich mir anvertraut hatte, waren wir noch unzertrennlicher als zuvor. Sie wurde von einigen Mitschülern ziemlich fertiggemacht.« Er lachte humorlos. »Man möchte meinen, wir leben in einer toleranten Gesellschaft, aber Julia hat davon nicht viel mitbekommen.«

»Was heißt ›ziemlich fertig‹?«

Olivers Gesichtszüge verdunkelten sich. »Dumme Kommentare, Beschimpfungen, so was halt. Aber«, er holte tief Luft, »das war nichts im Vergleich zu dem, was ein paar Monate nach ihrem Outing passierte.«

»Warum hat sie es denn an die große Glocke gehängt?«

Olivers Blick schien mich für einen Sekundenbruchteil zu durchbohren. »Ich riet Julia, sich nicht zu verstellen und offen damit umzugehen. Sie trug einen Regenbogen-Pin und schnitt sich sogar ihre Haare ab, um ihrer Lieblingssängerin ähnlicher zu sehen.«

»Lieblingssängerin?«

»K.D. Lang.«

Nie gehört. »Aha.«

»Weil meine Eltern sie nicht alleine gehen lassen wollten, hab ich sie sogar in einige Szeneclubs begleitet.«

Meine Kinnlade fiel runter. Oliver war in diese Perversenclubs gegangen? »Na wenigstens war sie da unter Gleichgesinnten.«

Oliver lächelte mich verkrampft an. »Es war das dritte oder vierte Mal überhaupt, dass wir in einem Club für Lesben und Schwule waren, als Julia …« Olivers Blick verfinsterte sich. »Während ich unsere Jacken von der Garderobe abholte, war sie schon vorausgegangen.« Seine Augen blitzten auf. »Beim Rausgehen wurde sie von einer Gruppe Männer angegriffen. Sie beschimpften und bespuckten Julia, warfen sie zu Boden und traten mehrfach auf sie ein.« Olivers Gesicht wurde kreideweiß. »Ich … kam zu spät.«

Oh Gott. Wollte ich wirklich mehr hören?

»Die Türsteher des Clubs sahen Gott sei Dank, was los war, und kamen ihr zu Hilfe. Aber Julia hatte trotzdem ganz schön was abbekommen.«

»W… wie schlimm war es?«

»Sie war fast eine Woche im Krankenhaus.« Oliver ballte die Hände zu Fäusten. »Julia hatte eine schwere Gehirnerschütterung, weil die mehrfach auf ihren Kopf eingetreten hatten, als sie am Boden lag. Außerdem war eine ihrer Nieren geprellt und zwei Rippen waren angeknackst.« Oliver knirschte mit den Zähnen. »Die haben diese Schweine nie gekriegt.« Seine Stimme zitterte und eine seiner Halsvenen hämmerte deutlich sichtbar unter der Haut.

Ich hatte einen dicken Kloß im Hals und meine Augen brannten.

»Sie war danach in Therapie, weil sie Angst hatte,

rauszugehen.« Oliver starrte mich an. »Nach dieser Sache zog sie sich total von mir zurück.«

Ich fühlte mich auf einmal wie das größte Arschloch auf Gottes Erdboden. Es war zwar falsch, wie Julia lebte, aber das hatte sie nicht verdient. Der Gedanke an Olivers Schwester, wie sie verletzt am Boden lag, fügte mir fast körperlichen Schmerz zu. Ich schloss die Augen, als ob ich dadurch dieses Gefühl aussperren könnte.

Oliver umarmte mich. »Keine Sorge. Mittlerweile ist alles wieder wie vor dem Angriff. Also zwischen ihr und mir.«

Ich öffnete die Augen wieder und rang mir ein Lächeln ab. Vielleicht sollten wir das Thema wechseln. »Äh, wolltest du schon immer Medizin studieren?«

Oliver schüttelte den Kopf. »Eigentlich wollte ich Biologie und Mathematik auf Lehramt studieren, aber als Julia sich für Medizin entschied, bin ich ihr gefolgt.«

»Wirklich?«

Oliver nickte.

Das war ja mal ein Hammer. War ihm seine Berufswahl so egal? »Warum?«

Oliver zuckte mit den Schultern. »Es schien einfach das Richtige zu sein. Und ich bin froh, dass ich mich so entschieden habe. Ich liebe die Medizin.«

In den folgenden zwei Stunden redeten wir über so ziemlich alles. Kindheit, Hobbys, alles, was uns so einfiel.

Ich mochte es, mich mit Oliver zu unterhalten. Knutschen und Fummeln brachte einen doch nicht näher. Reden schon.

* * *

Als ich hörte, wie die Wohnungstür aufgeschlossen

wurde, verstummte ich, sprang aus Olivers Bett und riss die Zimmertür auf.

Julia hatte gerade ihre Jacke aufgehängt und schaute jetzt mit gerunzelter Stirn in meine Richtung.

Ich ging mit wenigen Schritten auf sie zu und schlang die Arme um sie.

Julia versteifte sich. »Ist alles in Ordnung, Scarlett? Ist irgendwas passiert?« Zögerlich legte Julia ihre Arme um mich.

»Alles okay.« Ich hielt sie ganz fest. Es tat mir so leid, was ihr passiert war. Ich atmete tief ein. Keine Ahnung, warum. Ich fühlte mich auf einmal so … geborgen. Geborgen? Ich riss die Augen auf, die ich wohl während der Umarmung geschlossen hatte, und löste mich von ihr.

In diesem Moment tauchte Oliver auf und lächelte uns an. »Ich habe Scarlett von dem Angriff auf dich erzählt.«

Julia hob eine Augenbraue.

»Vorm ›Blu‹.«

Julias Augen wurden zu Schlitzen. Sie sah erst Oliver an, dann mich. »Ich brauche kein Mitleid. Mir geht es jetzt gut. Oliver hatte kein Recht, dir von dieser Sache zu erzählen.«

Oliver senkte den Kopf.

»Mitleid?«, fragte ich. »Ich empfinde kein Mitleid für dich.«

»Ach nein?«

»Nein. Du weißt, was ich über deine Art zu leben denke. Aber das gibt niemandem das Recht, dich so zu behandeln.«

Julia öffnete den Mund, schloss ihn jedoch wieder, ohne etwas zu sagen.

Oliver schaute zwischen Julia und mir hin und her. Er legte die Hände auf meine Schultern und ich lehnte mich an ihn.

Julia stapfte den Gang runter. »Ich muss lernen.«

Au. Mensch, ich hatte, ohne es zu merken, auf meine Unterlippe gebissen. Mein Blick folgte Julia, bis sie in ihrem Zimmer verschwand. Anschließend nahm ich meine Jacke von der Garderobe und öffnete die Tür. »Ich geh jetzt besser.«

»Warum denn?«, fragte Oliver. »Wegen Julia?«

Ich drehte mich zu ihm und schüttelte den Kopf. »Es ist schon spät und ich muss auch noch lernen.«

Oliver nickte und küsste mich zum Abschied, bevor ich schweigend die Wohnung verließ.

* * *

Die Woche verging wie im Flug.

Oliver kam jeden Tag entweder zu mir oder ich zu ihm. In all der Zeit sah ich Julia nur einmal.

Aber da sprach sie keine zwei Worte mit mir.

Oliver und ich sprachen umso mehr.

Tatsächlich genoss ich unsere Unterhaltungen mehr als unser Kuscheln und Küssen. Nicht, dass er nicht gut darin war. Vielmehr war ich einfach nicht in der Stimmung dazu. Ich machte trotzdem immer etwas mit, um nicht den Eindruck entstehen zu lassen, ich sei nicht an ihm interessiert. Denn ich mochte es, Zeit mit ihm zu verbringen. Ehe ich mich versah, kam Freitag.

Wir wollten wieder alle zusammen ausgehen. Also alle, außer Anja. Die war in unserer Runde Persona non grata.

Zu meiner großen Überraschung tauchte Julia mit einer jungen Frau an ihrer Seite in der Bar auf. Ich beobachtete die Unbekannte eingehend. »Wer ist das?«, fragte ich flüsternd, um nicht von den anderen gehört zu werden.

»Das ist Miriam.« Oliver sprach ebenfalls leise. »Sie und Julia haben sich letzte Woche in einer Lerngruppe kennengelernt. Ich glaub, sie will was von Julia.«

Als ich die beiden Frauen miteinander beobachtete, wusste ich, was Oliver meinte.

Miriam strahlte Julia an, als wäre sie ein leckeres Stück Torte nach einer langen Diät.

Mir Julia mit einer anderen Frau vorzustellen, war ja schlimm genug. Aber diese Miriam passte so gar nicht zu ihr. So viel war schon mal sicher. Eingehend betrachtete ich Julias Begleitung. Braune Haare, braune Augen, sogar kleiner, dafür aber mindestens fünf Kilo schwerer als ich und eine halbe Tonne Make-up im Gesicht. Ohne auch nur ein Wort mit ihr gesprochen zu haben, war mir diese Miriam schon unsympathisch. Aber wie sollte ich mich ihr gegenüber verhalten?

Nathalie begrüßte Miriam freundlich mit einem Kuss auf die Wange und einer Umarmung. Offenbar kannten sich die beiden. Wer hätte gedacht, dass Nathalie Lesben kannte. Obwohl, stopp … das war doch hoffentlich nicht die Lesbe, mit der sie …

»Scarlett«, sagte Julia, »das ist Miriam.«

Besagte lächelte mich an und küsste meine Wange.

Ich versteifte mich und versuchte mehr oder weniger erfolgreich, meine Gesichtszüge zu kontrollieren.

Julia kicherte.

Ich ignorierte sie, zog Oliver zu mir und küsste ihn hungrig.

Obwohl wir nicht allein waren, intensivierte er den Kuss, und ich schob ihn nach kurzer Zeit sanft weg.

Während Oliver grinste, war jegliches Amüsement aus Julias Gesicht verschwunden. Sie drehte sich von mir weg und begann, mit Miriam zu sprechen.

* * *

Wir gingen in einen neu eröffneten Tanzclub.

Die Stimmung dort war klasse, und ich genoss es, mit Oliver zu tanzen. Bis ich aus dem Augenwinkel Julia und Miriam zusammen sah.

Sie lagen einander in den Armen.

Mir wurde schlecht, als ich beobachten musste, wie sich ihre Körper im Rhythmus der Musik aneinander schmiegten.

»Sind sie nicht ein süßes Paar?« Oliver blickte verträumt zu seiner Schwester und dieser … Miriam.

Ich wandte den Blick von dem ekligen Spektakel ab und vergrub mein Gesicht in Olivers Nacken. Als ich einige Minuten später wieder hinsah, musste ich mich an Oliver festhalten.

Julia und Miriam standen am Rand der Tanzfläche und … und küssten einander.

Es war wie bei einem Autounfall - ich schauderte, konnte aber einfach nicht wegschauen. Wirklich abartig, wie sie einander in den Armen lagen und die Zunge in den Mund der anderen schoben. Mein ganzer Körper fühlte sich taub an und prickelte gleichzeitig. Waren das Zeichen, dass ich mich gleich übergeben musste?

Julia hatte die Arme um Miriam geschlungen und schien nichts um sich herum wahrzunehmen. Nach einer Weile endete dieses abartige Rumgeknutsche. Als Julia die Augen öffnete, trafen sich unsere Blicke.

Mein Herz schlug mir bis zum Hals.

Miriam folgte Julias Blick und sagte etwas zu ihr.

Daraufhin schüttelte Julia den Kopf.

Es folgte ein intensiver Wortwechsel.

»Was schaust du denn so interessiert zu den beiden?«, fragte Oliver.

»Was?«

»Du schaust die ganze Zeit zu Julia und Miriam rüber.«

Ich riss den Blick von den beiden los. »Ich hab noch nie zwei Frauen küssen sehen. Also nicht im wirklichen Leben.«

»Ich persönlich finde das ziemlich heiß.« Nach einer Pause fügte er hinzu: »Nur nicht, wenn eine der beiden Frauen meine Schwester ist.«.

Ich quälte mir ein Lächeln ab und zog ihn näher zu mir.

Keine Minute später tippte jemand an meine Schulter.

Es war Julia. »Kannst du mal bitte mitkommen?«

Ich glotzte sie mit großen Augen an.

»Geh ruhig«, sagte Oliver. »Ich warte hier.«

Widerwillig folgte ich Julia zum Rand der Tanzfläche. Was zum Teufel wollte sie von mir und wo war Miriam?

In der Nähe der Toiletten drehte sich Julia zu mir. »Die ganze Sache ist lächerlich.«

Ich starrte sie an. Warum sagte sie nicht, was sie wollte?

Julia seufzte. »Miriam denkt, wir … du und ich hätten was am Laufen.«

Ich taumelte einen Schritt zurück und hielt mich an der Wand neben mir fest, um nicht umzukippen. »Waaas?« Wenn ich vorher dachte, mir sei schlecht, musste ich jetzt feststellen, dass dieses Gefühl noch schlimmer werden konnte. »Das ist lächerlich.«

»Das habe ich ihr auch gesagt.«

»Wie kommt sie denn auf so einen Mist?«

Julia runzelte die Stirn und wich meinem Blick aus. »Ich … ich weiß nicht.« Sie sah mich an. »Alles war okay und plötzlich fing sie damit an.«

»Einfach so?«

»Einfach so.« Julia schloss für einen Moment die Augen und schaute mich danach mit einem Gesichtsausdruck an, den ich bloß als verloren beschreiben konnte. »Ich verstehe es auch nicht.«

Das war mir alles zu hoch. »Warum sollte ich mitkommen?«

»Miriam ist da drin.« Julia zeigte auf die Damentoilette. »Könntest du ihr bitte sagen, dass zwischen uns nichts ist?«

Ich konnte das alles nicht glauben. Wie konnte jemand auf die Idee kommen, ich wäre eine … was für ein lächerlicher Gedanke. Ich war doch mit Oliver zusammen. Und warum war diese Miriam überhaupt so eifersüchtig? Sie schien mir ganz schön besitzergreifend nach nur einem Kuss. Obwohl, wer weiß, was die beiden in der einen Woche schon alles angestellt hatten. Bah, bei diesem Gedanken schüttelte es mich.

Julia verlagerte ihr Gewicht von einem Bein auf das andere. »Tust du mir den Gefallen?«

Ich schob die Ärmel meiner Bluse hoch und stapfte in die Damentoilette.

Miriam wusch sich gerade die Hände.

»Zwischen mir und Julia ist rein gar nichts.«

Miriam betrachtete mich, sagte aber nichts.

»Ich bin nicht«, pervers, abartig, fehlgeleitet, »lesbisch. Ich steh auf Männer. Und nur auf Männer.«

»Wie du meinst.«

»Und noch was.« Ich ging einen Schritt auf sie zu. »Für jemanden, der Julia erst seit Kurzem kennt, bist du verdammt …«

»Verdammt was?« Miriam kam einen Schritt näher.

Ich schüttelte den Kopf. »Diese Vorstellung ist lächerlich.« Als ob ich jemals mit einer Frau … ekelhaft.

Miriam hob eine Augenbraue.

»Wie kommst du auf so was Bescheuertes? Ich bin mit Oliver zusammen und … und außerdem hat Julia vor ein paar Minuten schließlich mit dir den Tonsillentango abgezogen. Also was w…«

»Was ich mit Julia tue, geht dich gar nichts an.« Miriam schaute zur Seite. Als sie mich wieder ansah, schmunzelte sie. »Andererseits kann ich dir dein Interesse an Julia nicht verübeln.«

Was? Hatte diese Schlampe den Verstand verloren? Ich wusste es: Homos waren alle krank und dachten, jeder um sie herum sei auch pervers.

»Du hast sie nicht mehr alle«, sagte ich und ging zum Ausgang.

»So wie du Julia ansiehst, braucht man kein Gaydar, um zu merken, dass du nicht nur auf Männer stehst.«

Ich wirbelte zu ihr herum. »Spinnst du? Ich schau Julia ganz normal an.« Ich kniff die Augen zusammen. »Und was zur Hölle ist ein Gaydar?«

Miriam grinste. »Du stehst auch auf Frauen. Gib's doch zu.«

»Und du kennst mich natürlich, nach einem Abend, ohne drei Worte mit mir gesprochen zu haben.«

Dann passierte es: Miriam kam mit wenigen Schritten auf mich zu, nahm mein Gesicht in die Hände und küsste mich auf den Mund.

Ich versuchte, mich loszureißen, doch sie war stärker. Gott, oh Gott!

»Lass sie los!«

Miriam ließ von mir ab.

Ich strauchelte etwas, konnte mich aber irgendwie in Julias Arme retten. Ich konnte nicht fassen, was hier gerade passiert war. Diese Perverse hatte mich angegriffen. Ich zitterte am ganzen Leib und hatte das Gefühl, nicht atmen zu können.

»Nun flipp mal nicht aus«, sagte Miriam. »Wollte bloß mal sehen, wie sie reagiert. So wie sie dich den ganzen Abend ange…«

»Miriam, es ist genug jetzt«, zischte Julia. »Du kannst nicht einfach durch die Gegend laufen und Frauen gegen ihren Willen küssen. Was dachtest du, was passiert?« Julia rollte mit den Augen. »Hast du erwartet, sie erwidert den Kuss und bedankt sich dafür, dass du ihr die Augen geöffnet hast?«

Miriam öffnete den Mund, doch Julia hob die Hand. »Verschwinde.« Als Miriam nicht reagierte, schrie Julia: »Raus hier.«

Miriam schaute einen langen Moment ungläubig zu Julia und anschließend mit zusammengekniffenen Augen zu mir. »Ich hoffe, ihr werdet glücklich miteinander.« An uns vorbeigehend, warf sie mir einen kurzen Blick zu. »Schlampe.«

Julia trat einen Schritt auf Miriam zu, doch ich hielt sie am Arm zurück. »Lass sie.«

Kaum waren wir allein, sagte Julia: »Es tut mir leid.«

Ich tätschelte ihr den Arm und holte tief Luft. »Danke für deine Hilfe.«

Julia lächelte mich etwas angestrengt an.

»Ich möchte nach Hause gehen«, sagte ich mit heiserer Stimme.

Julia nickte und gemeinsam machten wir uns auf die Suche nach Oliver.

Ich nahm instinktiv Julias Hand. Ich fühlte mich nach Miriams Angriff sicherer so. Julia beschützte mich.

* * *

Nachdem mich Oliver zu Hause abgeliefert hatte, ging ich erst mal ins Bad. Ich musste duschen. Vielleicht würde ich so dieses schmutzige Gefühl loswerden. Ständig wiederholten sich diese furchtbaren Sekunden auf der Toilette in meinem Kopf. Wie hatte Miriam es wagen können, mich anzugreifen?

Beim Einstellen der Wassertemperatur bemerkte ich, dass meine Hände immer noch zitterten. So eine Schlampe. Ich spülte mir mehrfach den Mund aus. Das heiße Wasser prasselte auf meine Schultern und löste langsam meine verkrampften Muskeln. Eigentlich hatte mich der Abend doch bloß in dem bestätigt, was ich über Homos dachte.

Doch was war mit Julia? Sie war mir zu Hilfe geeilt. Gott sei Dank war sie genau im richtigen Moment hereingekommen. Und der Abend, an dem ich, äh, Magenprobleme hatte. Auch da war sie für mich da gewesen. Julia … vor einer Woche hätte ich sie nicht mal mit der Kneifzange angefasst und jetzt war sie fast schon so etwas wie eine Freundin. Freundin? Konnte ich wirklich mit einer Lesbe befreundet sein? »Es geht hier nicht um irgendeine Lesbe. Es geht hier um Julia«, sagte ich laut und schaltete das Wasser hastig aus, als es kalt wurde.

Kapitel 6

Julia und ich waren wieder im selben Club wie in der Nacht zuvor. Wir standen nebeneinander am Rand der Tanzfläche und bewegten unsere Körper leicht im Rhythmus der Musik, ohne jedoch wirklich zu tanzen.

Einen Arm hatte sie um meine Taille geschlungen. »Was willst du von mir?« Julias Tonfall war verführerisch.

Ihr Atem kitzelte mein Ohr. Ich drehte mich zu ihr und sah sie fragend an. Was sollte ich von Julia wollen?

Wir sahen einander einen langen Moment tief in die Augen.

Ich legte die Hand in ihren Nacken und zog sie zu mir runter …

Riiiiiiing.

Ich riss die Augen auf. Heilige Scheiße! Luft. Warum bekam ich keine Luft? Ganz ruhig. Einatmen, ausatmen. Ein…atmen, ausatmen. Was zur Hölle war das gewesen? Moment mal. Ach ja, klar. Ich hatte zwei Frauen küssen sehen und mein Unterbewusstsein hatte daraus diesen kranken Traum kreiert. Ja, so musste es gewesen sein. Die Spannung wich aus meinem Körper. Alles war gut. Mein Blick fiel auf die Nachttischuhr. Kurz nach neun.

Stopp, heute war Samstag. Warum klingelte der Wecker? Ah, Samstagsbrunch mit Oliver und … Julia.

* * *

Julia und Oliver saßen am selben Tisch wie letzten Samstag und schlürften ihre Getränke.

Oliver stand auf und ich lehnte mich ihm entgegen, um ihm einen langen Kuss zu geben. Dann wandte ich mich Julia zu.

Sie war auch aufgestanden und lächelte mich an.

Ich zögerte einen Augenblick. Plötzlich stand wieder die Julia aus meinem Traum vor mir und fast glaubte ich zu hören, wie sie fragte: »Was willst du von mir?«

Ich schluckte. So ein Schwachsinn. Julia hatte mich gestern gerettet. Sie verdiente etwas Besseres als einen Händedruck oder ein müdes Lächeln. Ich holte tief Luft, beugte mich zu Julia vor und hauchte ihr einen Kuss auf die Wange. Anschließend setzte ich mich neben Oliver.

Er beobachtete mich aufmerksam. »Wie geht‘s dir?«

»Gut.«

»Und«, Oliver spielte mit einer Serviette, »in Bezug auf gestern? Miriam kann froh sein, dass Julia mir erst später erzählt hat, was passiert ist. Warum hast du mir eigentlich nichts gesagt?«

Alles, was ich wollte, war, diese leidige Sache zu vergessen. »Es war eigentlich gar nichts.« Ich berührte ihn am Arm. »Mach dir keine Gedanken darüber.« Aber eines interessierte mich vorher doch: »Was ist ein Gaydar?«

Oliver räusperte sich. »Die meisten Lesben und Schwule glauben, sich untereinander als homosexuell erkennen zu können. Und das nennen sie Gaydar.« Er blickte zu einer unbeweglich dasitzenden Julia. »Hab ich das so richtig erklärt?«

Julia nickte, wich aber meinem Blick aus.

Oliver drehte sich mehr zu mir. »Warum fragst du?«

Sollte ich ihm erzählen, was Miriam gesagt hatte? Nein, besser nicht. Am Ende würde er ihren verwirrten Worten noch Bedeutung beimessen.

Olivers Blick sprang zwischen mir und Julia hin und her. »Hat das mit gestern Abend zu tun?«

Ich schwieg.

»Sag schon.«

Ich bedeckte Olivers Hand mit meiner. »Es ist nichts. Ich hab dieses Wort aufgeschnappt und war neugierig.« Genau genommen war das nicht mal gelogen.

Oliver schaute Julia an. »Willst du mir erzählen, was es damit auf sich hat?«

Julia erstarrte. »Es ist wirklich nichts, Oliver. Miriam meinte, dass ihr Gaydar bei Scarlett ausschlägt. Aber du weißt ja, wie das ist. Wie oft wurdest du schon für schwul gehalten?«

Oliver? Schwul? Mein Blick bohrte sich in meinen Freund.

Er zuckte mit den Schultern. »Das hatte nichts mit Gaydar, sondern mit Wunschdenken zu tun.« Seine Mundwinkel hoben sich und perfekt weiße Zähne kamen zum Vorschein.

Ich ließ meinen Atem erleichtert entweichen. Doch dann …

»Und was sagt dein Gaydar bezüglich meiner Freundin, Schwesterherz?«

Julia verschluckte sich und hustete. Es dauerte eine Weile, bis sie wieder normal atmete. »Oliver, du fragst mich, als ob das eine anerkannte Wissenschaft wäre.

Manchmal hat man halt so eine Ahnung und manchmal nicht. Das bedeutet gar nichts.«

Oliver grinste. »Also?«

Ich wollte im Boden versinken. Das war eine schwachsinnige Unterhaltung. Warum war ich heute Morgen überhaupt gekommen und warum hatte ich bloß diese blöde Frage gestellt?

Julia stand auf. »Ich hol mir was zu essen.«

»Ich bin hetero. Durch und durch.« Ich hatte wohl etwas zu laut gesprochen, denn die Unterhaltung am Nachbartisch stoppte und neugierige Blicke wurden mir zugeworfen. Gott, konnte diese Sache noch peinlicher werden?

»Das glaube ich dir, Süße.« Oliver schmunzelte seiner Schwester hinterher. »Aber ich schätze, Julia hält dich für bi. Sonst würde sie sich nicht so um die Antwort drücken.«

Ich biss die Zähne zusammen. Sollte das etwa witzig sein?

Oliver wackelte mit den Augenbrauen wie ein Idiot.

Was sollte dieser ganze Mist? Ich war nicht bi. Und lesbisch schon mal gar nicht. Warum hatte Julia nicht gesagt, dass ich offensichtlich nicht krank war? Wie viel heterosexueller konnte ich sein? Ich war mit einem Mann zusammen, nachdem ich eine eineinhalb-jährige Beziehung mit einem Mann hinter mir hatte. Ich schlief mit Männern, verdammt. Nein, heterosexueller konnte man nicht sein.

Olivers Mundwinkel fielen nach unten, als sich unsere Blicke trafen. »Ich mach doch nur Witze.«

»Ich kann darüber nicht lachen.«

»Und wenn du bi wärst … das wäre mir ganz egal.« Er grinste. »Es sei denn, du würdest meine Schwester anschmachten.«

Genug. Ich hatte genug. So ein Idiot. Ich stand auf, kramte einen Fünf-Euro-Schein aus der Tasche, schmiss ihn auf den Tisch und nahm meine Jacke.

»Was machst du?«

»Ich höre mir diesen Mist nicht länger an. Ich bin hetero. Nicht bi oder sonst irgendwas. Mir reicht es mit diesem ganzen kranken Zeug. Mach du deine Witze …«

Julia kam in diesem Moment zurück.

Ich wirbelte zu ihr herum. »Und du, glaub, was du willst.« Mein Blick schnappte zurück zu Oliver. »Ich melde mich.« Ohne eine Antwort abzuwarten, stürmte ich aus dem Café.

* * *

An diesem Samstag verbrachte ich mehrere Stunden im Stadtpark. Ich dachte viel an meinen Vater und meine Kindheit, aber auch an die letzten Jahre und an das Hier und Jetzt. War ich der Mensch, der ich sein wollte? War ich … glücklich? Keine Ahnung, wie ich auf all das kam. Sonst fragte ich mich so was nie.

Da Nathalie übers Wochenende bei Daniel blieb, hatte ich die Wohnung für mich allein und verbrachte den restlichen Tag mit lautem Musikhören. Meistens Gloria Gaynors »I will survive« oder »I am what I am« in ohrenbetäubender Lautstärke. Ich sang aus ganzer Kehle mit, bis ich heiser war. Mir war einfach danach.

Am Sonntag vergrub ich mich in Gesetzesbüchern. Die Ablenkung tat mir gut. Wovon ich mich ablenkte, wusste ich zwar nicht, aber es tat trotzdem gut.

Als ich am Montagmorgen, zum ersten Mal seit Freitag, wieder auf mein Handy sah, stellte ich fest, dass Oliver mehrfach versucht hatte, mich anzurufen. Ich fühlte mich auf einmal schuldig. Während des ganzen Wochenendes hatte ich nicht ein einziges Mal an ihn gedacht.

Nathalie und ich gingen, wie üblich, in der Mittagspause zur Mensa und da waren sie: Oliver und Julia. Sie saßen beieinander und aßen schweigend.

Wir blieben vor Julia und Oliver stehen und sahen einander an, ohne etwas zu sagen.

Doch auf Nathalie war Verlass. Sie gab Julia und Oliver einen Kuss auf die Wange, setzte sich zwischen die beiden und begann, von ihrem Wochenende mit Daniel zu erzählen.

Ich gab Julia und Oliver ebenfalls einen Kuss auf die Wange, setzte mich hin und schwieg. Was hätte ich auch sagen sollen? Ich spürte mehrfach Blicke auf mir, doch ich mied es, aufzusehen. Stattdessen konzentrierte ich mich auf mein Essen. Irgendwann konnte ich die Situation nicht mehr aushalten. »Wir müssen eine Karnevalsparty organisieren.« Hatte ich das gerade gesagt? Ich hatte nicht mal daran gedacht.

Nathalie, die ich mitten im Satz unterbrochen hatte, hob eine Augenbraue. »Das erzähle ich doch jetzt schon seit fast zehn Minuten. Hast du wieder geträumt?«

Oh. »Sieht so aus.«

Oliver blickte mich merkwürdig an, und ich hatte das Gefühl, irgendwas tun zu müssen. Er wusste wahrscheinlich nicht, wo wir standen.

Ich wusste es ja selbst nicht. So konnte es jedenfalls nicht bleiben. Also ergriff ich Olivers Hand und lächelte ihn an.

Julia gestikulierte mit ihrer Gabel. »Unsere Wohnungen sind zu klein. Ich denke, wir sollten Daniel fragen.«

Nathalie nickte. »Schon eine Idee für eure Kostüme?«

»Ich gehe, wie letztes Jahr, als Anakin Skywalker.«

Irgendwie passte das zu Oliver.

Nathalie wandte sich Julia zu. »Und du?«

»Bitte, Schwesterherz, mach es endlich dieses Jahr.«

Ich schaute zwischen beiden hin und her. »Was soll sie machen?« Wurde Julia rot?

»Vor einigen Jahren hat Julia eine Wette gegen mich verloren«, sagte Oliver. »Der Einsatz war, ein ganz bestimmtes Karnevalskostüm zu tragen. Aber sie hat sich bisher immer gedrückt.«

»Na, dann wird es aber Zeit.« Nathalie haute auf den Tisch. »Was ist es denn?«

Olivers Augen leuchteten. »Kennt ihr diese Anime-Serien? So was wie Sailor Moon und was weiß ich?«

Nathalie und ich nickten.

»Die tragen doch immer diese unverschämt kurzen Röcke und engen Shirts«, sagte er strahlend.

Ich riss die Augen auf und Nathalie grinste.

Julia tätschelte Oliver den Arm. »Nächstes Jahr.«

»Das sagst du jetzt schon so lange. Keine Ausreden mehr. Dieses Jahr bringst du es hinter dich.«

Julia warf ihrem Bruder einen bitterbösen Blick zu. »Und außerdem hab ich keine Zeit, zur Party zu kommen.«

»Ausreden!«

Nathalie und ich lachten.

»Okay, aber bloß unter einer Voraussetzung.«

Oliver hob eine Augenbraue.

»Du kommst nicht als Anakin Skywalker, sondern als …« Julia stand auf, ging zu ihrem Bruder und flüsterte ihm etwas ins Ohr.

Oliver runzelte die Stirn und schaute kurz nach unten, bevor er die Hand ausstreckte. »Deal.«

Julia starrte einen langen Augenblick auf die ausgestreckte Hand. Nach einer Weile schlug sie ein.

»Erfahren Scarlett und ich jetzt auch, was ihr abgemacht habt?«, fragte Nathalie.

Julia strahlte von einem Ohr zum anderen. »Ist ‘ne Überraschung.«

»Also, ich geh als Nutte.«

Alle Blicke schnappten zu Nathalie.

»Was denn? Es ist ein einfaches Kostüm und trotzdem lustig.«

Oliver lächelte mich an. »Und du?«

Mmh … was sollte ich tragen? »Nonne.«

Alle lachten.

* * *

Nach dem Mittagessen lief ich mit Oliver über den Campus. »Oliver, das mit Samstag tut mir leid.«

»Julia meinte, du wärst bei dem Thema etwas empfindlich. Es tut mir auch leid. Ich hätte nicht so rumscherzen sollen.«

Ich nahm Olivers Hand. »Hast du jemals … mit einem Mann …?«

Er neigte seinen Kopf etwas zur Seite, bevor er die Augen aufriss. »Gott, nein. Ich habe Julia früher in Szeneclubs begleitet, aber ich hatte nie was mit einem Mann. Das haben Julia und ich gemeinsam: Wir stehen ausschließlich auf Frauen.«

Ich versuchte erfolglos, mir ein Lächeln abzuringen. Die Leichtigkeit, mit der er über dieses Thema sprach, war gewöhnungsbedürftig. »Also? Wozu hat dich Julia denn überredet? Was für ein Kostüm wirst du auf der Party anziehen?«

Oliver wurde rot und war das ein Grinsen? »Sexsklave.«

Jetzt sprang sein Blick zwischen mir und seinen Schuhen hin und her.

»Wie bitte?«

»Julia kauft mir mein Outfit, ich ihres. Ich hoffe, ich finde ein möglichst knappes. Julia wird nämlich so wenig wie möglich für mich zum Anziehen finden.«

Ich konnte es nicht fassen. Die beiden waren wirklich ein merkwürdiges Geschwisterpaar. Plötzlich wurde mir etwas bewusst und ich lachte.

»Was?«

»Du kommst als Sexsklave und ich als Nonne.« Das Traumpaar der Party war gefunden.

* * *

In voller Montur tauchten Nathalie und ich bei Daniel auf.

Nathalie sah wirklich wie eine Bordsteinschwalbe aus. Der schwarze Minirock, die Strapse und die äußerst großzügig aufgeknöpfte Bluse komplettierten mit dem übertriebenen Make-up und einem Hauch zu viel Parfüm die Verkleidung.

Ich wirkte mit meiner schwarz-weißen Nonnenkluft vollkommen unschuldig.

Daniel trug einen Trainingsanzug samt Rippen-Unterhemd und Goldkettchen zur Schau. Er wirkte tatsächlich wie ein Zuhälter. Außer ihm und seinen Mitbewohnern Ralf und Benjamin war bisher niemand zu sehen. Wir waren wohl die ersten Gäste.

Doch dann kamen Julia und Oliver aus Daniels Zimmer.

Meine Augen versuchten zu erfassen, was gerade vor mir aufgetaucht war.

Nathalie riss die Augen auf. »Oh mein Gott.«

Julia trug einen so kurzen schwarzen Faltenrock, dass ihre Beine endlos lang schienen. Und was für Beine. Durch die schwarzen, mittelhohen Stöckelschuhe wirkten sie noch länger, als sie ohnehin schon waren. Und wie der Rest von Julias Körper waren ihre Beine einfach makellos. Es war kein Gramm Fett zu viel an ihr. Über dem kleinen Stofffetzen, der als Rock diente, hatte Julia eine eng geschnittene, weiße Bluse mit weitem Ausschnitt, die knapp unter den perfekt geformten Brüsten zu einem Knoten zusammengebunden war. Immer, wenn sie sich bewegte, zeichneten sich Bauchmuskeln ab. Über die Bluse und ihrem entblößten Bauch hing eine schwarze Krawatte. Als Krönung hatte Julia ihre langen schwarzen Haare zu zwei Zöpfen geflochten.

Daniels Mitbewohner jubelten.

Oliver blieb direkt vor mir stehen, mied jedoch meinen Blick, bevor er zögerlich hochschielte. Er trug ein schwarzes Lederoutfit. Das Einzige, was von dem Kostüm wirklich bedeckt wurde, war sein Intimbereich. Alles andere wurde von Lederriemen zusammengehalten.

Nathalie pfiff. »Die wissen, wie man sich verkleidet.« Sie ging auf die Geschwister zu, gab erst Julia, danach Oliver einen Kuss auf die Wange. Wieder einen Schritt zurücktretend, musterte sie die beiden erneut ausgiebig. »Wenn ich euch so anschaue, weiß ich gar nicht, wer von euch heißer aussieht. Wir drei könnten echt 'ne Menge Kohle machen hinterm Bahnhof.«

Julia und Oliver starrten Nathalie bewegungslos an und wurden puterrot im Gesicht.

Ich stand wie angewurzelt da und versuchte, den Blick von Julia abzuwenden. Keine Ahnung, warum ich sie angaffte. Vermutlich, weil sie sonst immer sehr hochgeschlossene, eher geschlechtsneutrale Kleidung trug.

Oliver küsste mich auf den Mund. Mit leicht geröteten Wangen schaute er mich an. »Und? Was sagst du?«

»Umwerfend.« Kaum war das Wort raus, biss ich mir auf die Zunge. Ich hatte Julia gemeint und gar nicht daran gedacht, dass er von sich reden könnte. Was verdammt noch mal war mit mir los? Ich presste meinen Körper gegen Olivers und küsste ihn so leidenschaftlich ich konnte. Meine Zunge tanzte wild in seinem Mund herum, und es dauerte fast eine Minute, bis ich ihn atemlos zurückließ.

»Wow, ich glaube du magst mein Kostüm.«

Ich zwinkerte.

Oliver zeigte auf Julia. »Und was sagst du zu meiner Kreation?«

Ich versuchte, meinen Tonfall neutral zu halten. »Ziemlich knapp.«

»Japp. Es war wirklich nicht leicht, so was aufzutreiben. Aber es hat sich gelohnt, meinst du nicht?«

Ich zuckte mit den Schultern. »Ich glaube, Männer können das besser beurteilen. Aber es ist definitiv wenig Stoff verarbeitet.«

Oliver grinste.

Julia nestelte unterdessen an ihrem Kostüm herum. »Hi.« Sie sah vom Boden auf.

»Hi.«

Unsere Blicke trafen sich für einen Augenblick.

Dann beugte sich Julia hinunter und gab mir einen flüchtigen Kuss auf die Wange. Als sie sich wieder aufrichtete, schauten wir einander tief in die Augen.

Ich hatte bisher nichts getrunken und trotzdem war mir schon schwindelig. Komisch.

Oliver zupfte an meinem Ärmel. »Kann ich dich mal kurz sprechen?« Ohne auf eine Antwort zu warten, zog er mich in die Küche.

»Was ist denn?«

Oliver holte eine Flasche Cola aus dem Kühlschrank und goss sich ein Glas ein. »Möchtest du auch?«

Ich verschränkte die Arme vor der Brust und schüttelte den Kopf.

Oliver nahm einen großen Schluck, stellte das Glas beiseite und kam langsam auf mich zu. »Ich wollte dir eigentlich nur sagen …« Seine Stimme war tief und heiser. Er schaute an sich herab. »Dieser Sexsklave«, Oliver blieb dicht vor mir stehen, »gehört allein dir.«

Ich erwiderte sein Schmunzeln automatisch und schloss die Lücke zwischen uns.

Er schob mich gegen den Kühlschrank und küsste mich. Erst vorsichtig, schließlich stürmischer.

Meine Hände glitten über seinen fast vollkommen nackten Rücken.

Er stöhnte auf, als seine große Hand sanft einen meiner Busen umschloss.

In diesem Moment passierte es: Vor meinem inneren Auge sah ich, wie Julias Hand meine Brust massierte, und ich spürte, wie ihre Zunge in meinen Mund eindrang. Angewidert schob ich Oliver von mir weg. Mein Herz raste. Gott, das war ja eklig. Wie konnte ich bloß in diesem Moment an Julia denken?

»Bitte entschuldige, Scarlett.«

Über dem Rauschen in meinen Ohren konnte ich Oliver kaum hören. Ich zitterte am ganzen Körper und hatte Schwierigkeiten, meine schnelle Atmung wieder unter Kontrolle zu bekommen. Nur nicht denken. Nur nicht denken. »Nein, es ist okay. Du hast nichts falsch gemacht. Ich … ich schätze, wir sollten besser zurückgehen, bevor Nathalie und Daniel sich wundern, wo wir so lange bleiben.« Genau. Die suchten uns sicher schon.

* * *

Es dauerte nicht lange, bis die Wohnung gut gefüllt war.

Ich beschloss, nichts außer Cola zu trinken, um jeglichen Problemen aus dem Weg zu gehen, und auch Oliver rührte nichts Alkoholisches an.

Wer jedoch offensichtlich tief ins Glas schaute, war Julia. Sie schwankte deutlich, als sie irgendwann am Abend zu uns kam. Sie musterte mich von oben bis unten und flüsterte Oliver anschließend etwas ins Ohr.

»Oh.« Oliver gaffte seine Schwester mit großen Augen an.

Ich trat einen Schritt näher an Oliver heran. »Was ist los?«

Er beugte sich zu mir runter. »Silke, Julias Ex, ist hier und hat offenbar Spaß daran, vor Julias Augen mit ihrer Begleitung, na ja … rumzumachen.«

»Oh.« Ich reckte den Hals, um zu sehen, wie Julias Ex wohl aussah.

»Vergiss es.« Julia wedelte mit der Hand. »Silke is‘ mit ihrer Neuen jetzt schon seit eina Vittelstunde im Bad.«

Ich musste einfach fragen. »Wie lange wart ihr … zusammen?«

»Knapp sweieinhalb Jahre. Dann hab ich se mit ihrer angeblich best‘n Freundin im Bedd erwischt.«

Ich trank gerade Cola und hätte sie beinahe ausgespuckt. Aber interessant war es schon. Homos hatten längere Beziehungen? Ich dachte immer, die würden von Bett zu Bett springen. Und Julia war betrogen worden? Wie konnte jemand eine Frau wie Julia betrügen? War diese Silke blind? »Ich möchte sie sehen.«

»Glück für dich.« Julia nahm einen großen Schluck von ihrem hochprozentig riechenden Getränk und zeigte mit ihrem Becher in Richtung Badezimmer. »Da isse.«

Ich drehte den Kopf und musste schlucken. Silke Schneider. Sie war in meinem Jahrgang in der Schule gewesen. Gott, wie oft hatten wir zusammen mit anderen nach dem Sportunterricht in der Dusche gestanden. »Ich glaub, mir ist schlecht.«

Julia betrachtete mich. »Was 'n los?«

»Ich kenne sie. Wir hatten zusammen Sport.« Ich bedeckte meine Augen mit einer Hand. »Und jetzt weiß ich, warum sie nach dem Sport immer an mir hing wie eine Klette.«

Oliver grinste, stoppte aber, als ich ihn grimmig ansah.

»Das is' meine Silke«, sagte Julia. »Nimmt, was se kriegen kann.«

Oliver und ich starrten sie an.

Julia hob abwehrend die Hände. »So hab ich das nich' gemeint. Du bis' 'n Traum. Ich mein, welcher Mann und welsche lesbische Frau mit Augen im Kopf würd nich' versuch'n, dich nackt zu seh'n.«

Ich war unglaublich dankbar, dass Oliver mich hielt, sonst wäre ich wahrscheinlich umgekippt.

Oliver nahm Julia den Becher aus der Hand und trank den Inhalt in einem Zug aus.

Julia riss ihrem Bruder den leeren Becher aus der Hand und murmelte: »Ich hol mir noch was zu trinken.«

Kaum war Julia verschwunden, schaute mich Oliver ernst an. »Silke hat sie mehrfach betrogen. Es war ziemlich hart für sie.«

»Wie lange ist das jetzt her?«

»Mmh, seit Juli ist Schluss. Also sind es jetzt so an die sieben Monate.« Nach einer Pause fügte er hinzu:

»Miriam war das erste Date, das Julia seitdem hatte.«

Ach. »Ich dachte immer, Lesben und Schwule würden ständig die Partner wechseln.«

»Manche vielleicht, aber Julia hatte in ihrem Leben bloß zwei Beziehungen. Die erste mit neunzehn. Sie war ein knappes Jahr lang mit Victoria zusammen.«

»Was ist passiert?«

»Victoria war Au-pair und kümmerte sich um die Kinder im Nachbarhaus.« Oliver zuckte mit den Schultern. »Das Jahr ging zu Ende und Victoria fuhr zurück nach Russland.«

»Oh.«

Oliver verlagerte sein Gewicht. »Dachtest du wirklich, alle Lesben und Schwule würden ständig in der Gegend rumpoppen?«

»Das hört man doch immer so in den Medien.«

»Du erstaunst mich.«

»Warum?«

»Ich hätte dich nicht für so leichtgläubig gehalten. Ich meine«, Oliver schüttelte den Kopf, »es gibt Wochenenden, an denen Daniels Mitbewohner mehr Frauen im Bett haben als Julia in ihrem ganzen Leben.«

So genau wollte ich das wirklich nicht wissen. Beim Aufsehen bemerkte ich mit Schrecken, dass Silke breit grinsend auf mich zukam.

Ohne zu zögern, nahm sie mich in den Arm und gab mir einen feuchten Kuss auf die Wange. »Scarlett, ach, ist das schön, dich hier zu sehen.«

Ich wischte mir die Wange ab und zog Oliver näher zu mir. »Hallo, Silke. Kennst du meinen Freund Oliver?«

Erst jetzt schaute Silke neben mich. »Oliver, hallo. Lange nicht gesehen.«

»Hallo, Silke«, zischte Oliver.

Silke griff hinter sich und zog eine mir ziemlich jung erscheinende dunkelblonde Frau heran. »Das ist Janine.«

Die junge Frau – oder sollte ich sagen das Mädchen – lächelte.

Oliver und ich taten dasselbe.

»Ich hol noch was zu trinken, möchtest du auch was?« Silkes Freundin klang noch jünger, als sie aussah.

»Nein, Süße. Danke.«

Kaum war Janine außer Hörweite, murmelte Oliver: »Mal wieder die Schulklassen nach neuen Eroberungen durchforstet?«

Silke schnaufte. »Nur zu deiner Information: Janine wird nächste Woche achtzehn. Sie fängt im Herbst bei dir an der Uni an.«

»Schön für sie.« Oliver zog mich von Silke weg. »Wie ich erst im Nachhinein rausgefunden habe, hat Silke ein … Hobby. Sie möchte immer die Erste sein, wenn du verstehst, was ich meine. Julia war wohl eine Ausnahme, schätze ich.«

Es dauerte einen Moment, bis ich verstand. Als ich es tat, verzog ich das Gesicht. »Das ist ja ekelhaft.« Ich hatte für heute Abend genug gehört.

Julia tauchte wieder vor uns auf.

Oliver nahm ihr sofort den Becher aus der Hand.

»Hey!«

»Du hast genug«, grummelte Oliver.

Julias Augen wurden zu Schlitzen. »Seit wann beschtimmst du das?«

»Oliver hat recht«, sagte ich.

Julia betrachtete mich lange. »Fein. Ich war eh nich‘ so durstich.«

Oliver roch am Drink und verzog das Gesicht. »Was zur Hölle ist das?«

Der Inhalt war braun und ich dachte, es sei irgendwas mit Cola gemischt. Als ich aber daran schnupperte, merkte ich, dass es purer Whiskey war. »Oliver, lass sie uns lieber nach Hause bringen.«

Mein Freund stellte den Becher zur Seite und nickte. »Julia, lass uns gehen.«

Sie riss die Augen auf. »Was?«

»Ich bin müde.« Oliver ergriff Julias Hand. »Wir wollen gehen. Aber nicht ohne dich.«

Julia schaute zwischen mir und ihrem Bruder hin und her. »Ich soll die Party vell … verlassen, damit ihr poppen könnt? Warum?«

»Wir wollen nicht …« Ich brach ab. Es machte keinen Sinn, mit der betrunkenen Julia zu diskutieren.

»Lass uns einfach gehen.« Oliver schob Julia etwas unsanft zur Tür.

»Nein.«

»Oliver und ich gehen nicht ohne dich«, sagte ich.

»Dann bleiiibt hier.«

Mittlerweile schauten einige Leute schon zu uns, und ich hatte Sorge, es würde zu einer Szene kommen.

Also beugte ich mich zu Julia und flüsterte: »Ich habe furchtbare Kopfschmerzen. Deshalb möchten wir gehen. Aber Oliver kann dich ja unmöglich hier zurücklassen. Also bitte, komm mit. Für mich.« Ich war stolz auf meinen Erfindungsreichtum.

Insbesondere als Julia bereitwillig mitkam.

* * *

Es war eigentlich noch sehr früh, aber irgendwie schienen die Abende immer früh zu enden, wenn ich mit Mitgliedern der Familie Liebknecht unterwegs war.

Nachdem Oliver seine Schwester in ihr Zimmer gebracht hatte, kam er wieder zu mir. »Willst du hier schlafen?«

Warum eigentlich nicht? »Schlafen, ja. Mehr, nein.« Ich hielt es für angebracht, das von vornherein klarzustellen.

Oliver nickte. »Ist es für dich okay, wenn wir zusammen in meinem Bett schlafen?« Er klang unsicher und wich meinem Blick aus.

»Sicher.«

Nachdem wir uns fertig gemacht hatten, stiegen wir ins Bett und kuschelten uns unter der Decke aneinander.

Es dauerte keine fünf Minuten und ich war eingeschlafen.

Kapitel 7

Ein Geräusch weckte mich. Jemand klopfte an die Tür. Was Schweres lag auf mir. Ich blinzelte. Oliver.

Ehe ich zur Seite rutschen konnte, ging die Tür auf und Julia stand mit einem schnurlosen Telefon in der Hand vorm Bett. Sie ignorierte mich total, als sie näher kam und Oliver an der Schulter berührte.

Außer einem protestierenden Grunzen kam keine Reaktion.

»Oliver, wach auf. Michael ist am Telefon. Du warst vor einer halben Stunde mit ihm verabredet.«

Oliver riss die Augen auf. Er rollte von mir runter und griff nach dem Telefon.

Ich schnappte nach Luft. Ohne den schweren Körper auf mir war das Atmen wesentlich leichter.

»Ja? Ja … Oh … tut mir leid, schätze ich hab … Ja,okay … Ungefähr zwanzig Minuten. Okay. Bis gleich.« Oliver beendete das Gespräch, gab Julia das Telefon zurück und ließ den Kopf aufs Kissen fallen.

»Das ist wirklich das Letzte, weißt du?« Julia wedelte mit dem Telefon. »Er ist extra wegen dir aufgestanden und hat jetzt fast eine halbe Stunde in der Kälte gestanden.«

»Ja, ja«, murmelte Oliver ins Kissen.

Julia sah mich weiterhin nicht an, drehte sich um und ging zur Tür. »Ich mach dir einen Kaffee. Jetzt komm in die Pötte.«

Ich war etwas unsicher, wie ich mich verhalten sollte. Warum spazierte Julia ohne anzuklopfen in Olivers Zimmer, obwohl sie wusste, dass ich höchstwahrscheinlich hier geschlafen hatte? Und wer war Michael?

»Morgen.« Olivers Gesicht war immer noch im Kissen vergraben.

»Morgen.« Nach einer kurzen Pause fragte ich: »Wer ist Michael?«

»Mein Cousin. Julia hat ihn wochenlang bearbeitet, damit er mir endlich ein paar Tricks auf dem Eis zeigt.«

»Tricks?«

Oliver hob den Kopf und sah mich an. »Er macht so eine Art Eiskunstlaufen. So Tanzen auf Eis. Keine Ahnung, wie das genau heißt, und ich will schon seit einer Weile ein paar Tricks von ihm lernen.« Oliver betrachtete mich einen Moment und stand dann auf. Er nahm einige Kleidungsstücke aus dem Schrank und verschwand ins Bad.

Ich stand auch auf und folgte dem Geruch von frischem Kaffee. Mein Blick wanderte an mir runter. Olivers Shorts und T-Shirt sahen an mir zwar lächerlich aus, aber zum Kaffeetrinken würde mein Outfit reichen.

In der kleinen Küche stand Julia und bereitete etwas auf der Arbeitsplatte zu. Als sie sich irgendwann umdrehte, zuckte sie zusammen.

Ich mied es, Julia anzusehen. »Entschuldige. Ich wollte dich nicht erschrecken.«

»Es war nicht dein Fehler. Ich war im Gedanken.« Ihre Mundwinkel zuckten. »Guten Morgen.« Julia hatte blutunterlaufene Augen und war leichenblass.

»Guten Morgen«, sagte ich. »Wie geht es deinem Kopf?«

»Frag nicht.« Sie wandte sich wieder der Arbeitsplatte zu.

Ich versuchte erfolglos, über ihre Schulter zu schauen. »Was machst du da?«

Julia trat zur Seite. »Die beiden werden sicher ein paar Stunden beschäftigt sein, da wollte ich ihnen einen kleinen Snack machen.« Sie wickelte einen Stapel Brote in Alufolie und holte eine Flasche Wasser aus einem der unteren Küchenschränke.

Oliver kam wenige Augenblicke später in die Küche und Julia drückte ihm alles in die Hand. Er schaute kein bisschen erstaunt und nahm es entgegen. »Danke.« Oliver gab mir einen kurzen Kuss auf den Mund. »Es tut mir wirklich leid, Scarlett. Ich mach's wieder gut, ja? Oh, und mach's dir in meinem Zimmer bequem, wenn du möchtest. Bleib so lange du willst.« Kaum hatte er ausgesprochen, verschwand er auch schon wieder.

Julia und ich standen einen Moment stumm in der Küche.

Irgendwann ging sie zum Kühlschrank. »Setz dich. Ich mach Frühstück.«

»Schon gut. Mach dir keine Mühe. Ich werde besser gehen.«

Julia drehte sich um und stemmte die Hände in die Hüften. »Willst du wegen mir gehen?«

»Du siehst aus, als ob du Ruhe brauchen könntest, anstatt dich um einen Gast zu kümmern.«

»Ich mach Frühstück, ob du hier bist oder nicht.«

Ach, warum eigentlich nicht? Es war ja nur Frühstück. Und ich hatte Hunger. »Kann ich wenigstens was helfen?«

Sie blickte sich um und schließlich an sich herab. »Trink doch erst mal ‘nen Kaffee, während ich mir eine Hose anziehe.«

Ich sah an Julia runter und schnell wieder hoch. »Okay.«

* * *

Frühstück mit Julia war eine erstaunlich angenehme Sache.

Julia erzählte mir, wie sie Olivers Kostüm für die Party aufgetrieben hatte und wie furchtbar es für sie gewesen war, ein so knappes Kostüm zu tragen.

Ich wechselte irgendwann das Thema. »Bereitest du Oliver immer Snacks zu?«

Julia betrachtete mich eingehend. »Du bist die Erste, die

mich das je gefragt hat.« Sie starrte eine Weile ins Leere. »Seit wir zusammen wohnen, achte ich darauf, dass er immer alles hat, was er braucht. Meine Eltern wohnen fast zwanzig Kilometer von hier und meine Mutter hat ihn immer etwas verwöhnt. Schätze, ich habe das jetzt ein bisschen übernommen.« Sie beugte sich vor. »Ganz ehrlich, bis heute habe ich darüber nie nachgedacht.«

Lesbe oder nicht, Julia war nett, intelligent und fürsorglich. Vielleicht, nur vielleicht konnten wir miteinander auskommen. Aber konnte ich ihre … sexuelle Orientierung wirklich vergessen?

»Und was ist mit dir? Hast du Geschwister?«

Ich schüttelte den Kopf. »Ich bin Einzelkind.«

»Wohnen deine Eltern weit weg?«

»Meine Mutter wohnt hier ganz in der Nähe. Etwa

zehn Minuten mit dem Auto.«

»Und dein Vater?«

Ich schloss für einen Moment die Augen. »Mein Vater starb vor ein paar Jahren.« Ich schluckte. »Er hatte ein unentdecktes Aortenaneurysma. Eines Tages brach er auf der Arbeit ohne Vorwarnung zusammen. Es kam jede Hilfe zu spät.« Obwohl es schon so viele Jahre her war, kämpfte ich mit den Tränen.

Julia legte ihre Hand für einen Augenblick auf meine.

Es war eine rein freundschaftliche Geste, und ich lächelte sie dankbar an.

»Das tut mir sehr leid, Scarlett. Habt ihr euch sehr nahe gestanden?«

Ich zuckte mit den Schultern. »Ich weiß nicht. Schätze ja.« Wirklich? »Nein, eigentlich nicht. Er war kein Mensch, der andere nah an sich ran ließ.« Ich seufzte. »Er war eher der kritisierende Typ.« Ich betrachtete Julia. »Weißt du, was ich meine?«

Sie schaute mich ausdruckslos an. »Ich bin nicht sicher.«

Vermutlich würde ein Beispiel helfen. »Es war an meinem vierzehnten Geburtstag. Meine Eltern hatten eine Überraschungsparty für mich organisiert und alle meine Freunde eingeladen.« Ich lächelte bei der Erinnerung.

»Was ist passiert?«

»Die Party war klasse. Wir feierten im Keller unseres Hauses. Es gab da einen großen Raum. Den hatte mein Vater geschmückt und die Musikanlage war da. Alles war perfekt. An dem Abend bekam ich meinen ersten Kuss.« Ich schaute Julia an. »Von Martin Helmer. Er war der coolste Junge der Klasse und alle meine Freundinnen beneideten mich.«

Julia schmunzelte.

»Mein Vater hatte die Sache aber wohl mitbekommen. Wahrscheinlich, als ich mit meiner besten Freundin Karola beim Verabschieden an der Eingangstür darüber gesprochen hatte. Nachdem alle gegangen waren, kam mein Vater zu mir. Ich weiß noch genau, was er sagte.«

Ich ahmte seine Stimme nach: »Du bist viel zu jung für diese Schweinereien. Wenn du so weitermachst, werden dich bald alle ›Flittchen‹ nennen. Oder Schlimmeres.«

Julia riss die Augen auf.

»Das einzig Gute daran ist, dass du dich von diesen Perversen fernhältst.«

»Wen meinte er damit?«

Ich runzelte die Stirn. »Womit?«

»Mit den Perversen?«

Die Antwort war mir auf einmal unangenehm. »Homosexuelle.«

Julia presste die Lippen aufeinander.

»Mein Vater war ziemlich …«

»Homosexuellenfeindlich?«

»Ähm, ja.«

»Wie konnte er dich an deinem Geburtstag so angreifen? Und mal so unter uns, es gibt Schlimmeres, als mit vierzehn seinen ersten Kuss zu kriegen. Gott, manche sind in diesem Alter schon schwanger.«

Ich mied ihren Blick. Oft dachte ich an diesen Abend zurück. Vielleicht, weil dieser Tag perfekt gewesen war, bis mein Vater ihn ruinierte. Es hatte während meiner Kindheit und Jugend viele solcher Situationen gegeben. Aber diese blieb mir am meisten im Gedächtnis. »Er war immer etwas extrem, wenn es um jegliche Art von Intimität und Sexualität ging. Schätze, das war seine Generation.«

»Meine Eltern waren nie so«, sagte Julia.

»Wie haben deine Eltern reagiert, als du … na ja, als du ihnen gesagt hast, dass du …«

»Dass ich lesbisch bin?«

Ich nickte.

»Mein Vater hat gar nichts gesagt, und meine Mutter hat angefangen zu weinen. Es war eine ziemlich harte Zeit.« Sie schloss für einen Moment die Augen. »Für uns alle.«

»Und wie ist es jetzt?«

»Ich glaube, sie kommen gut damit klar. Meine Mutter sagte mal zu mir, sie wünschte sich, ich würde es nicht so schwer haben. Vermutlich meinte sie damit solche Sachen wie damals der Angriff auf mich.«

Ob ich noch einmal fragen sollte? Jetzt, wo ich Julia besser kannte, wollte ich es endlich verstehen. »Julia, ich … ich begreife es nicht.«

»Schieß los. Was denn?«

»Warum kämpfst du nicht dagegen an? Das Leben wäre doch so viel einfacher. Ich bin sicher, man kann das behandeln.«

Julia sah mich einige mir endlos vorkommende Augenblicke stumm an. Dann stand sie auf, goss sich einen weiteren Kaffee ein und hielt mir die Kanne hin.

»Ja, danke.«

Sie füllte meine Tasse erneut auf und setzte sich wieder hin. »Wenn ich wählen könnte, würde ich heterosexuell sein wollen. Aber es ist keine Wahl.«

Ich öffnete den Mund, um etwas zu sagen, doch sie stoppte mich mit einer Handbewegung.

»Es wäre nicht einfacher, wenn ich eine Lüge leben würde. Sicher, ich müsste keine Angst haben, wegen meiner sexuellen Orientierung diskriminiert oder bedroht zu werden, aber ich würde verleugnen, wer und was ich bin. Es ist keine Krankheit, wie du jetzt schon mehrfach gesagt hast. Kein Medikament und kein Therapeut kann das … kann mich ändern.«

Ich öffnete den Mund, um dem zu widersprechen, doch Julia sprach schon weiter.

»Wenn ich einen Mann küsse, ist es wie … ich fühle einfach nichts. Wenn ich eine Frau küsse, wird mir ganz warm. Es ist«, sie schmunzelte, »okay, ich erspare dir die Einzelheiten. Lass uns sagen, es ist ein sehr gutes Gefühl.«

Ich fiel mir schwer, nicht den Kopf zu schütteln. Wie konnte sie so was bloß gut finden?

»Sag mir eine Person, nur eine einzige Person, der ich schade, indem ich bin, wer ich bin, und dazu stehe.«

»Du selbst, deine Eltern und deine Brüder.«

»Du glaubst das wirklich, stimmt's?« Julias Stimme war nicht ärgerlich. Sie klang eher verwundert.

Ich nickte.

»Wenn ich mich selbst verleugnen würde, wäre ich auf jeden Fall unglücklicher. Und was meine Eltern und meine Brüder betrifft: Sie lieben mich und möchten, dass ich glücklich bin.«

»Also gibst du zu, unglücklich zu sein?« Eventuell konnte ich sie ja doch überzeugen, dass sie …

»Das habe ich nicht gesagt. Du legst mir hier etwas in den Mund.« Sie betrachtete ihre Hände. »Na ja, vielleicht bin ich nicht vollkommen glücklich. Aber nicht, weil ich lesbisch bin, sondern weil es Menschen gibt, die mich nicht so akzeptieren, wie ich bin. Damit meine ich mich als Person, nicht bloß mich als Lesbe.«

»Also machst du die Gesellschaft dafür verantwortlich, unglücklich zu sein? Es können doch nicht alle falsch liegen.«

»Ich wette, genau derselbe Satz wurde von Männern

in Bezug auf die Suffragetten verwendet.«

»Willst du Homosexuelle mit der Frauenbewegung vergleichen?«

Julia zuckte mit den Schultern. »Warum nicht?«

»W… w… weil das eine ein gesellschaftlicher Disput und das andere etwas Unnatürliches ist.«

»Etwas Unnatürliches, das in allen Teilen der Natur vorkommt.« Ich öffnete den Mund, doch Julia sprach weiter: »Und natürlich kann man es vergleichen. Es geht um gesellschaftliche Anerkennung einer bis dato benachteiligten Gruppe, die nichts anderes fordert, als ihr Leben gleichberechtigt leben zu dürfen.«

Diese Diskussion brachte uns nicht weiter. Julia verglich hier Äpfel mit Birnen und schien den Unterschied nicht sehen zu wollen oder nicht sehen zu können. Daher beschloss ich, dieses Thema ein für alle Mal aus dem Weg zu räumen. »Wir haben unterschiedliche Standpunkte. Ich verstehe dich nicht, und du verstehst mich nicht. Aber wenn wir dieses Thema beiseiteschieben, können wir sicher miteinander auskommen. Was meinst du?«

Wir sahen einander eine ganze Weile stumm an.

Dann sagte Julia schmunzelnd: »Ich hab gerade so ein Déjà-vu-Gefühl. Waren wir nicht schon mal an einem ähnlichen Punkt? Warum glaubst du, dass es diesmal besser mit uns klappen wird?«

Ich stupste ihren Arm. »Hey, ich hab mir wirklich Mühe gegeben.«

Julia nahm einen Schluck Kaffee und grinste mich an. »Es konnte ja nur besser werden.«

Was sollte ich dazu sagen? Am besten gar nichts. »Erzähl mal, was du heute noch vorhast. Rausch ausschlafen, schätze ich mal.«

»Ehrlich gesagt, nein. Ich wollte ein paar Sachen für die Arbeit kaufen.«

»Arbeit? Ein Semesterferienjob?«

Julia schüttelte den Kopf. »Mein PJ beginnt am Montag.«

»PJ?«

»Praktisches Jahr. Ich werde im Krankenhaus arbeiten. Das ist der letzte Teil des Studiums. Danach mache ich das zweite Staatsexamen, reiche meine Doktorarbeit ein und werde Assistenzärztin. Zumindest, wenn ich eine Stelle finde.«

»Du bist schon so weit?«

Julia nickte.

»Und was willst du heute einkaufen?«

»Ein Stethoskop. Und zwei oder drei bequeme weiße Hosen natürlich und ganz wichtig, bequeme weiße Schuhe. Und vielleicht ein Penlight.« Julia klang ganz enthusiastisch. Nach kurzem Zögern begann sie, mit einem Finger am Rand ihrer Tasse entlangzufahren. »Wenn du Lust hast, kannst du ja mitkommen.«

Es überraschte mich, aber ich dachte wirklich darüber nach, Julias Angebot anzunehmen. »Ach, warum eigentlich nicht? Aber …«

»Aber was?«

»Ich kann doch nicht als Nonne durch die Stadt laufen.«

»Oh.«

»Wir müssen eben bei mir vorbeigehen, damit ich mich umziehen kann. Weißt du schon, wo du hingehen willst?«

Julia nickte.

»Perfekt. Sollen wir starten?«

Julia strahlte. »Klar.«

* * *

»Und wie dann plötzlich das Fleisch von deinem Chop Suey durch die Gegend flog und du ganz unschuldig zu dem Kind am Nachbartisch schautest, dachte ich wirklich, das Mädchen würde was sagen.« Julia lachte bei der Erinnerung an mein kleines Missgeschick vor wenigen Stunden beim Chinesen und hielt sich an meinem Arm fest.

»Was hättest du denn getan? Ich habe dich ja vorher gewarnt, dass ich besser nicht mit Stäbchen essen sollte.« Ich lachte nun auch.

Julia schloss die Eingangstür auf.

Oliver stand im Gang. Offenbar kam er gerade aus dem Bad. Er schaute zwischen Julia und mir hin und her. »Hallo, ihr beiden.« Oliver nahm Julia ein paar Taschen ab, beugte sich zu mir und gab mir einen Kuss auf den Mund.

Ich rang mir ein Lächeln ab und schloss die Tür. Keine Ahnung, warum, aber irgendwie war ich nicht froh, ihn zu sehen.

Vielleicht, weil Julia auf einmal wieder ganz ernst dreinschaute.

»Wie war‘s mit Michael?« Julias Tonfall war warm, aber sie wich Olivers Blick aus.

»Ich kann jetzt rückwärts Schlittschuh laufen und Michi erklärte mir, wie ich die Richtung besser kontrollieren kann, wenn ich schnell unterwegs bin.« Er wackelte mit den Augenbrauen. »Und du solltest mal sehen, wie cool ich jetzt bremsen kann.« Er sah mich an und schmunzelte. »Hast du Lust, morgen mit mir Schlittschuh laufen zu gehen? Bei der Gelegenheit könnte ich dir etwas von dem heute Gelernten beibringen.«

Ich betrachtete meine Schuhe. »Ich kann nicht Schlittschuh laufen. Hab‘s nie gelernt.«

Julia griff nach den Taschen in meiner Hand und sortierte unsere Sachen. »Oliver kriegt das sicher hin. Er ist ein geduldiger Lehrer.«

Oliver strahlte. »Du kannst doch auch mitkommen, Julia.«

Julia stand einen Moment bewegungslos da, bevor sie sich umdrehte und den Gang runterging. »Nein, danke. Macht euch morgen einen schönen Tag. Ich werde noch mal ein paar Sachen nachlesen, um am Montag fit zu sein.«

Es war albern, aber Julias Antwort enttäuschte mich.

Kaum war sie verschwunden, wanderten Olivers Hände zu meinen Hüften, und er küsste mich erst langsam und vorsichtig, dann leidenschaftlicher. Als er von mir abließ, lächelte er mich mit leuchtenden Augen an. »Du hast mir heute gefehlt. Ich hab die ganze Zeit an dich gedacht.«

Oh verdammt, jetzt fühlte ich mich schuldig. Ich hatte nicht ein einziges Mal an ihn gedacht. Aber sollte ich das nicht eigentlich? Wir waren frisch zusammen und trotzdem hatte ich das Gefühl, wir wären schon ewig ein Paar und die Leidenschaft bereits erloschen. Zumindest von meiner Seite. Na ja, sie war nie wirklich da gewesen.

Es war wieder das alte Problem. Ich konnte mich einfach nicht auf meine Partner einlassen. Was hatte meine Therapeutin immer gesagt? Überanalysieren führt zu Unsicherheit. Und meine Unsicherheit war der Grund für mein Zögern.

Aber warum fühlte ich bloß nie was? Nein, jetzt war ich aber unfair zu Oliver und all den anderen. Ich fühlte ja was. Es schien nur nie genug zu sein. Gott, war ich eigentlich immer schon so anspruchsvoll gewesen? Da lag ich in den Armen eines superlieben, gut aussehenden Medizinstudenten, der offensichtlich in mich verliebt war, und was tat ich? Darüber nachgrübeln, dass weder er noch irgendjemand anders mir genug war. Was erwartete ich denn? Vielleicht gab es nicht mehr. Ich hatte wohl zu viele Liebesfilme gesehen.

Oliver zog mich in sein Zimmer und schloss die Tür hinter uns. »Woran denkst du?«

Ich schüttelte den Kopf. »Du hast mir auch gefehlt.« Die Lüge wurde mit einem Kuss belohnt. Ich hatte das Richtige gesagt.

Oliver schob mich sanft zum Bett, während er weiter meinen Mund mit seiner Zunge durchwühlte.

Die nächste Stunde verbrachten wir damit, Küsse auszutauschen.

Seine Hände wanderten meinen Körper auf und ab, bis er meine Brüste berührte.

Ich war nicht im Geringsten erregt und seufzte frustriert.

Doch Oliver hielt das scheinbar für ein erregtes Stöhnen, denn er knöpfte meine Bluse auf.

Was sollte ich bloß machen? Meine Bluse war mittlerweile vollständig offen und er küsste meinen Nacken. »Oliver?«

Er machte weiter. »Mmh?«

»Schatz, ich … es tut mir leid, aber meine Mutter wartet auf mich.« Gott, war das unkreativ. Das war definitiv Platz eins der schlechtesten Ausreden, die ich jemals gebracht hatte.

Oliver richtete sich auf. »Deine Mutter?«

Ich nickte. »Ich wollte es dir vorhin schon sagen, aber irgendwie«, ich schenkte ihm mein verführerischstes

Lächeln, »war ich abgelenkt.«

Er lächelte in derselben Weise zurück. »Wann musst du da sein?«

Ich schaute auf meine Uhr. »Vor fünf Minuten.«

»Oh.« Er richtete sich auf und ich knöpfte meine Bluse zu. »Ich bring dich.«

Shit. »Nein. Nein, nicht nötig, ich nehm den Bus.«

»So ein Schwachsinn. Ich hab ein Auto und du bist spät dran.«

Verdammt. »Ich möchte dich nicht ausnutzen.«

»Wie kommst du denn darauf?« Er schüttelte den Kopf. »Komm, lass uns gehen, sonst kommst du noch später.«

»Ähm, hol doch schon mal unsere Jacken und sag Julia Bescheid. Ich ruf meine Mutter kurz an und sag ihr, es wird später.«

»Okay.« Oliver gab mir einen flüchtigen Kuss auf die Stirn und sprang aus dem Bett.

Sobald er verschwunden war, wählte ich die Nummer meiner Mutter. Nach viermaligem Klingeln wurde abgenommen.

»Winter.«

»Hallo, Mama.«

»Oh, hallo, Schatz.«

Ich schloss die Tür hinter Oliver, damit er mich nicht hören konnte. »Ich dachte, ich schau heute Abend mal spontan vorbei. Es ist jetzt schon so lange her, dass ich dir versprochen habe, mir mit dir das Video von deiner Kreuzfahrt mit Tante Edith anzusehen.«

»Das ist ja eine tolle Idee.« Meine Mutter klang auf einmal total fröhlich. »Wann kannst du hier sein?«

»Mein Freund bringt mich in etwa 'ner Viertelstunde vorbei.«

»Matthias?«

»Nein. Äh, wir haben schon seit ein paar Wochen Schluss. Mein neuer Freund heißt Oliver.«

»Oh, Schatz, du musst mir unbedingt erzählen, was mit Matthias passiert ist. Und ich will alles über deinen neuen Freund wissen.«

Oje. Das würde ein langer Abend werden. »Okay.«

»Ach, wenn ich so drüber nachdenke, bring ihn doch mit rein.«

Lief denn heute alles schief? »Äh, Mama, er hat leider keine Zeit. Nächstes Mal.«

»Keine Zeit? Schade. Na ja, dann aber wirklich nächstes Mal.«

Oliver kam, mit unseren Jacken in der Hand, wieder.

»Wir fahren jetzt los, Mama.«

»Okay, Schatz. Bis gleich.«

»Bis gleich.« Ich beendete das Gespräch, nahm meine Jacke und folgte Oliver in den Flur.

Er nahm meine Einkaufstaschen.

Wir waren schon fast an der Haustür, als mir etwas einfiel. »Warte mal eben.« Ehe Oliver etwas sagen konnte, eilte ich zu Julias Zimmer und klopfte an.

»Ja?«

Ich öffnete die Tür und sah Julia auf dem Bett liegen, ein dickes Buch vor sich und einen fragenden Ausdruck im Gesicht.

»Ich … ich wollte dir tschüss sagen und dir für den schönen Tag danken.«

Julia strahlte mich an. »Ich danke dir. Du warst eine gute Beraterin, und es war wirklich schön heute.«

Wir lächelten einander an, und ich merkte erst gar nicht, wie Oliver hinter mir auftauchte, bis er mich umarmte. Er flüsterte mir ins Ohr: »Deine Mutter wartet.«

Als ich wieder zu Julia schaute, schien sie schon wieder in ihr Buch vertieft zu sein.

»Tschüss, Julia.«

»Bis dann.« Sie blickte nicht mal auf. Manchmal war sie echt merkwürdig.

* * *

Meine Mutter schloss mich herzlich in die Arme. »Ich hab ihn gesehen. Er scheint ein ziemlich gut aussehender junger Mann zu sein.«

Popeye sprang an meinem Bein hoch und ich tätschelte ihm den Kopf. »Ja, Oliver sieht toll aus und er ist echt ein netter Kerl.«

»Ich hab dir einen Tee gemacht.«

»Danke, Mama.«

Wir nahmen auf der großen Couch im Wohnzimmer Platz, und Popeye sprang auf meinen Schoß.

Meine Mutter betrachtete mich.

»Was?«

»Wie läuft es mit deiner Freundin Nathalie? Habt ihr euch wieder vertragen?«

Erst jetzt wurde mir bewusst, dass ich meine Mutter nicht ein einziges Mal angerufen hatte, seit ich nach dem Streit mit Nathalie hier aufgetaucht war. Ich hätte Mama ruhig mal zwischendurch anrufen können. »Alles ist in Ordnung. Ich hab deinen Rat befolgt, und wir kommen jetzt wieder super miteinander klar.«

Meine Mutter lächelte.

Popeye gab ein protestierendes »Wuff« von sich und ich begann, ihn zu kraulen. »Ich hab mich aber auch wirklich bemüht.« Wie viel sollte ich meiner Mutter sagen? Ach, ich sprach hier nicht mit meinem Vater. Also erzählte ich ihr von Julia und dieser Miriam. Und alles andere, das mir einfiel von den vergangenen Wochen.

Als ich fertig war, lehnten wir uns zeitgleich zurück.

»Also, langweilig war es bei dir nicht.«

Ich grinste. »Nein. Langweilig war es wirklich nicht. Was sagst du denn dazu?«

Meine Mutter sah mich auf diese spezielle Weise an. Wenn sie das tat, hatte ich nie eine Ahnung, was in ihr vorging. »Was kann ich dazu sagen?«

Ich war dabei, mich mit einer Lesbe anzufreunden, und eine andere Lesbe war über mich hergefallen und hatte Mist über mich geredet. Das war zumindest einen kleinen Kommentar wert. »Sag einfach, was du denkst.«

»Über was genau? Über deine … Freundschaft mit Olivers Schwester? Oder über den Angriff auf dich?«

Na ja, ich würde es bisher nicht Freundschaft nennen, aber ich wollte jetzt auch nicht spitzfindig werden. »Beides.«

»Du musst selber wissen, mit wem du befreundet bist. Und von dem, was du erzählt hast, scheint diese Julia ein nettes Mädchen zu sein. Und was die andere Sache betrifft … du hattest Glück, dass Julia da war. Wer weiß, was diese Frau sonst mit dir angestellt hätte.«

Meine Augen weiteten sich. Dieser Gedanke war mir gar nicht gekommen. Gott sei Dank hatte sie mich nicht begrapscht.

»Bezüglich dem, was sie sagte: So wie du es erzählt hast, scheint es dich ziemlich zu beschäftigen.« Es war keine Frage, sondern eine Feststellung.

»Würde es dir nicht genauso gehen, Mama?«

Wieder dieser merkwürdige Gesichtsausdruck. »Vermutlich.« Sie stand auf. Aus dem Regal holte sie eine selbstgebrannte DVD, legte sie in den DVD-Spieler und schaltete den Fernseher ein. »Denk nicht so viel darüber nach. Du hast einen Freund und bist normal. Warum also über so was nachdenken?« Sie lehnte sich an mich. »Komm, lass uns jetzt das Kreuzfahrtvideo anschauen.«

Kapitel 8

»Oliver!« Unsanft landete ich auf dem Hintern. Schlittschuh laufen war definitiv nichts für mich.

Oliver stoppte direkt vor mir.

Eis und ein paar Spritzer halbgefrorenes Wasser trafen mich im Gesicht. »Bah.«

»Bitte entschuldige.« Oliver versuchte, mir aufzuhelfen, verlor dabei selbst das Gleichgewicht und landete auf mir.

Das Eis unter mir war hart und kalt.

»Entschuldige, Scarlett.«

Ich lachte.

Wie zwei Käfer auf dem Rücken versuchten wir, aufzustehen.

Oliver lachte auch und irgendwie kamen wir wieder auf die Füße.

Die folgenden Minuten liefen wir Hand in Hand und tatsächlich schaffte ich es, auf den Beinen zu bleiben.

»Wie war's gestern bei deiner Mutter?«

»Ach, ganz nett. Wir haben ihr Urlaubsvideo angeschaut. Sie war über Weihnachten und Neujahr mit meiner Tante Edith auf Kreuzfahrt. Und sie hatten ihren Camcorder dabei.«

»Das klingt ganz nach meinen Eltern.«

Ich lächelte.

»Äh, Scarlett?«

»Ja?«

»Meine Eltern feiern kommenden Donnerstag silberne Hochzeit.«

»Aha.«

»Und … und ich habe mich gefragt, ob du mich vielleicht dahin begleiten willst?«

Ich verlor das Gleichgewicht und riss uns zu Boden. »Autsch. Verdammt. Sorry, Oliver.«

Gemeinsam rappelten wir uns wieder auf.

Oliver wollte, dass ich seine Eltern und noch wichtiger seine Eltern mich kennenlernten. Er schien es ernst mit mir zu meinen. Keine Ahnung, warum, aber das machte mich nervös. Ach, ich sollte nicht so viel nachdenken. »Ich komme gerne.«

* * *

Oliver und ich lagen auf seinem Bett und tauschten schon seit einer ganzen Weile Küsse aus.

Immer, wenn seine Hände auf Wanderschaft gingen, hielt ich sie fest. Mir war einfach nicht nach mehr. Bald, sehr bald mussten wir mal ein Gespräch darüber führen. Mit Matthias war ich sechs Monate zusammen gewesen, bevor ich ihn »ranließ«, wie Nathalie es ausgedrückt hatte. Ich war halt nicht so für überstürzten Sex. Hoffentlich würde Oliver das verstehen.

Die Eingangstür schnappte zu und Oliver und ich sprangen gleichzeitig vom Bett.

Heute hatte Julia den ersten Tag im Krankenhaus gehabt.

Wie zwei Kinder rannten wir zur Zimmertür und rissen sie auf.

Gerade ging Julia an Olivers Zimmer vorbei und blieb wie ertappt stehen. Sie sah müde aus.

»Und?«, fragte Oliver.

Ich drängelte mich an ihm vorbei. »Wie war‘s?«

»Lasst uns erst mal ins Wohnzimmer gehen, dann erzähl ich es«, sagte Julia. »Ich bin geschafft und möchte mich hinsetzen.«

Oliver schob Julia ins Wohnzimmer und ich trottete hinterher.

Anschließend quetschten wir uns, mit Oliver in der Mitte, auf die Couch.

»Gott, es gab so viel Neues. Unzählige kleine Sachen. Ich hatte zeitweise das Gefühl, mir sollte alles an einem Tag erklärt werden. Und der Papierkram ist der blanke Horror.«

»Haben sie dich auch an Patienten rangelassen, Schwesterherz?«

»Einem hab ich Blut abgenommen, und einen anderen hab ich gemeinsam mit Dr. Reinhard untersucht.«

Ich rutschte etwas näher an Oliver heran. »In was für einem Bereich bist du?«

»Kardiologie und Innere.«

»Das ist alles, was du heute gemacht hast?«, fragte Oliver. »Papierkram, Blut abnehmen und untersuchen?«

Was sollte denn dieser Kommentar? Für den ersten Tag war das doch eine Menge.

Julia schaute Oliver mit zusammengepressten Lippen an. »Mir wurde alles gezeigt, und ich war bei einem Doppler dabei.« Sie schwieg für einen Moment, bevor sie sagte: »Es wurde mir heute unglaublich viel erklärt. Sowohl das Technische als auch, und das war das meiste, das Organisatorische. Ich hoffe, ich behalte alles.«

Oliver winkte ab. »Da mach dir mal keine Sorgen. Ich kenn dich. Du kriegst das schon hin.«

Julias Blick verfinsterte sich für einen Moment. »Ach, ist das schön, wenn einem die Last, immer alles richtig machen zu müssen, so charmant von den Schultern genommen wird.« Julia stand auf. »Ich werd mich jetzt ums Essen kümmern. Wie ich dich kenne, hast du noch nichts gegessen.« Sie schaute zu mir. »Ich meine, ihr.«

Oliver nickte. »Ich bin wirklich etwas hungrig.«

»Lasst uns doch alle gemeinsam kochen.«

Oliver und Julia sahen mich an, als ob ich gesagt hätte, der Dalai Lama würde Bundespräsident werden.

»Oliver in der Küche und wir werden vielleicht rechtzeitig zum Frühstück fertig.«

Oliver grinste.

»Dann helf ich dir halt«, sagte ich. »Du hast den ganzen Tag gearbeitet.«

Nach kurzem Zögern stimmte Julia zu und schlenderte in die Küche.

»Du brauchst ihr nicht zu helfen. Wir könnten uns auch etwas kommen lassen, aber Julia mag das nicht. Wenn sie unbedingt kochen will, lass sie doch.«

»Ich lass sie ja. Und ich mach gleich mit.« Ich verschwieg wohlweislich, dass ich eine Gefahr in jeder Küche war. Nathalie ließ mich nicht mal ein Spiegelei braten, weil ich absolut ungeschickt war, wenn es ums Kochen ging.

»Und was mach ich solange ohne dich?« Oliver machte einen Schmollmund und brachte mich damit zum Lachen.

»Was würdest du machen, wenn ich nicht hier wäre?«

»An dich denken.«

»Dann geh jetzt in dein Zimmer und denk an mich.«

Ich gab ihm einen flüchtigen Kuss, schob ihn von mir weg und folgte Julia in die Küche.

* * *

»Was soll ich machen?«

Julia holte mehrere Dinge aus den Küchenschränken und breitete sie auf der Arbeitsplatte neben dem Herd aus. »Du kannst schon mal das Hackfleisch anbraten.«

Ich schluckte. Ob ich wollte oder nicht, ich musste ihr reinen Wein einschenken. »Ähm, ich bin nicht besonders geschickt mit Pfannen.« Oh ja, das klang intelligent. Und so überzeugend.

Julia hob eine Augenbraue, bevor sie mir eine Auflaufform in die Hand drückte. »Dann kannst du die ja schon mal einfetten.«

Das würde ich wohl hinkriegen. Motiviert ging ich zum Kühlschrank und holte die Butter raus. »Was gibt's denn?«

»Lasagne.«

»Oh, ich liebe Lasagne.«

Julia schaute kurz zu mir. Sie weinte.

Ich eilte zu ihr. »Was ist los?«

»Zwiebeln.«

Ich sah runter und bemerkte, dass sie gerade Zwiebeln in Würfel schnitt. Erleichtert rieb ich Julias Rücken.

Sie starrte mich an und zuckte zusammen. »Mist.« Sie hatte sich in den Finger geschnitten.

Ich nahm Julias Hand in meine und beäugte ihren linken Zeigefinger, der ziemlich blutete. »Halt ihn unter Wasser.« Ich rollte mit den Augen. Was für ein blöder Kommentar von mir. Julia war doch angehende Ärztin.

Aber sie folgte meinem Rat mit einem Schmunzeln.

»Im Schrank ganz oben neben dem Kühlschrank ist ein schwarzer Plastikkasten. Da sind Pflaster drin.«

»Meinst du, das reicht?«

»Mal schauen.«

Ich wollte die oberste Schranktür aufmachen, war aber zu klein. Als ich ein Kichern hinter mir hörte, warf ich Julia einen strafenden Blick zu.

»Entschuldige, aber es sieht so witzig aus, wie du auf den Zehenspitzen hochspringst, um an die Schranktür zu kommen.«

Ich stemmte die Hände in die Hüften.

»Gib mir etwas Küchenpapier, dann hol ich es mir selber.«

Ich tat wie geheißen.

Julia umwickelte den verletzten Finger mit dem Papier und holte sich den Erste-Hilfe-Kasten. Nachdem sie das Küchenpapier abgewickelt hatte, entschied sie sich gegen ein Pflaster und legte einen kleinen Verband an. »Scarlett, kannst du bitte die Zwiebeln zu Ende schneiden?«

Ich nahm ein neues Messer aus der Schublade und stellte mich unsicher vors Schneidebrett.

»Was ist?«

Ich antwortete nicht und begann zu schneiden. Aber irgendwie wollten keine Würfel daraus werden. Und wenn doch, waren sie viel zu groß.

»Was machst du da?« Julia starrte ungläubig auf das Gemetzel auf dem Schneidebrett.

Mit tränenden Augen drehte ich mich um. »Ich muss es dir einfach sagen: Ich kann nicht kochen. Ich bin eine Katastrophe in der Küche. Ich werde alles ruinieren.«

Julia neigte den Kopf zur Seite und betrachtete mich stumm. Anschließend begann sie, erst zu grinsen und schließlich laut zu lachen.

Ich grummelte. Aber wer konnte bei diesem Lachen wirklich böse sein? Es klang nicht nur wie Musik, sondern war auch noch ansteckend und so stieg ich mit ein.

Julia trat dicht neben mich.

Was würde sie jetzt tun?

Zu meiner Überraschung nahm sie das Schneidebrett, öffnete den Mülleimer und kippte die Zwiebeln weg. Danach legte sie das Brett in die Spüle. »Wir lassen uns was kommen.«

Ich schaute zu Boden. »Es tut mir leid.«

Julia winkte ab. »Das ist kein Problem. Ich bin eh zu müde zum Kochen.« Nach einer Pause fügte sie hinzu: »Aber bei der nächsten Gelegenheit bringe ich dir zumindest die Grundzüge des Kochens bei. Einverstanden?«

»Da bin ich skeptisch. Das haben schon andere versucht. Ich bin wirklich sehr ungesch…«

»Keine Widerrede.«

Wie konnte ich diesen leuchtenden Augen widerstehen? »Okay.« Stopp mal, leuchtenden Augen widerstehen? Was sollte denn dieser wirre Gedanke?

»Oooliver!«

Oliver tauchte binnen weniger Sekunden auf und schaute Julia fragend an.

»Wir haben gerade beschlossen zu bestellen. Hast du einen dieser Coupons?«

»Wohl doch keine Lust zu kochen, was?« Er glotzte auf den Verband. »Was ist mit deiner Hand passiert?«

»Nur ein kleiner Schnitt. Und jetzt los, ich hab nämlich Hunger.«

* * *

Wir bestellten uns eine Familienlasagne und aßen sie

gemeinsam am Esstisch in der Küche.

»Scarlett kommt am Donnerstag mit uns.«

Julia sah erst ihn, danach mich mit hochgezogenen Augenbrauen an. Doch sie sagte nichts und aß weiter.

Manchmal hatte ich das Gefühl, zwei Julias zu kennen. Die eine wortkarg und schwer zu durchschauen und die andere voller Lebensfreude, lustig und offen. Gerade jetzt saß Erstere vor mir und starrte auf ihr Essen.

»Meinst du, ich sollte lieber nicht gehen?« Ich erwartete nicht, dass sie Ja sagte, aber ich wollte wissen, was in ihr vorging.

»Nein, nein. Meine Eltern werden sich freuen, dich kennenzulernen. Ich hab gerade an etwas Anderes gedacht.«

»Und an was?«, fragte ich.

Oliver sah zwischen uns hin und her wie bei einem Tennismatch.

»Die Arbeit.«

Ich konnte nicht sagen, warum, aber ich glaubte Julia nicht. »Und an was genau?«

Zusammengekniffene Augen starrten mich an. »Einen Patienten.«

Oliver berührte mich sanft am Arm. »Lass Julia am besten jetzt ausruhen.«

Mir passte dieses Bevormunden gar nicht, aber ich ließ die Sache dennoch auf sich beruhen. Eigentlich war es ja auch egal. »Ich werde wohl gleich nach Hause gehen. Ich habe Nathalie in den letzten Tagen so wenig gesehen. Sie erkennt mich wahrscheinlich bald schon gar nicht mehr.«

Oliver und Julia lächelten kurz, sagten aber nichts.

Die Stimmung war echt klasse.

Wenige Minuten später stand ich auf und gab Oliver

einen langen Kuss auf den Mund. Anschließend küsste ich Julia auf die Wange und umarmte sie spontan.

Zögerlich erwiderte sie die Umarmung.

»Denk nicht so viel an die Arbeit. Du musst jetzt ausspannen«, sagte ich ihr ins Ohr und richtete mich wieder auf.

Sie sah mich mit einem merkwürdigen Gesichtsausdruck an.

»Gute Nacht, ihr zwei.«

»Nacht, Scarlett«, sagten beide gleichzeitig.

* * *

Nathalie saß in der Küche und löffelte aus einem Nutellaglas. »Hallo, Fremde. Lange nicht gesehen. Wie geht's?«

»Kann nicht klagen«, sagte ich. »Und dir?«

»Alles wie immer. Komm, setz dich zu mir. Ich geb dir auch einen Löffel, wenn du willst.«

Ich nickte und setzte mich neben meine Mitbewohnerin.

Nathalie schaute auf ein kleines Foto von Daniel, das auf dem Tisch lag.

»Du und Daniel, ihr scheint euch gut zu verstehen.«

»Weißt du, ich habe das Gefühl, es könnte was Ernstes sein.«

Wow. Nathalie hatte bisher nie etwas Derartiges gesagt.

Nathalie wandte den Blick vom Foto ab. »Schau nicht so. Auch ich kann mich ernsthaft verlieben.« Sie stupste mich in die Seite. »Und du und Oliver? Wie läuft es mit euch?«

Ich zuckte mit den Schultern. »Ganz gut. Am Donnerstag komme ich mit zur silbernen Hochzeit seiner Eltern.«

»Klasse, ich bin auch da.« Sie zögerte, bevor sie sagte:

»Du solltest allerdings die Finger vom Alkohol lassen. Nicht, dass dir wieder so etwas Charmantes wie bei Daniels Geburtstagsparty rausrutscht.«

Ich wollte ärgerlich mit Nathalie sein, aber sie hatte recht. Im Nachhinein fühlte ich mich blöd, so schlecht über Homosexuelle und insbesondere Julia gesprochen zu haben. Ich hatte es nicht böse gemeint, aber … Ach, keine Ahnung, in den letzten Wochen hatte ich begonnen, einiges anders zu sehen. Zumindest wenn es um Julia ging. »Keine Sorge. Du weißt doch, dass ich am Samstag etwas Zeit mit Julia verbracht habe.«

Nathalies Teelöffel glitt langsam aus ihrem Mund. »Wie war‘s eigentlich?«

»Es hat richtig Spaß gemacht.«

»Echt?«

»Jetzt tu mal nicht so überrascht. So schlimm bin ich auch nicht.«

»Das hab ich ja auch nicht gesagt. Aber ich dachte, du fändest Julia … wie hast du es so schön ausgedrückt … pervers. Und außerdem schienst du vor Kurzem ziemlich Angst vor ihr zu haben. Und nach dieser Sache mit Miriam in der Disco …«

»Julia hat mich beschützt. Auch wenn ich sie nicht verstehe, weiß ich doch, sie würde mich niemals belästigen. Und ich … ich mag sie.«

Nathalie hob beide Augenbrauen. Dann schlang sie einen Arm um meine Schultern. »Ich hab‘s gewusst. Du kommst doch noch über deine Vorurteile hinweg.«

Ich schwieg. Was sollte ich auch sagen?

»Wie sieht‘s aus?«, fragte Nathalie. »Ich glaub ich hab Vanilleeis im Tiefkühlfach. Interessiert?«

Was für eine Frage.

* * *

Das Herz schlug mir bis zum Hals, als Olivers Eltern die Haustür öffneten.

»Mama, Papa, das ist meine Freundin, Scarlett Winter.«

Olivers Eltern schüttelten mir die Hand und lächelten.

Mir war schlecht. »Herr und Frau Liebknecht, es freut mich sehr, Sie kennenzulernen. Und herzlichen Glückwunsch zur silbernen Hochzeit.«

Frau Liebknecht lächelte mich an. »Danke, Scarlett. Schön, dass Sie kommen konnten.«

Ich schlängelte mich vorbei an Grüppchen älterer Leute, die ich alle nicht kannte, und rettete mich zu Julia, Nathalie und Daniel in eine Ecke.

Obwohl wir uns erst zwei Stunden vorher gesehen hatten, begrüßte mich Nathalie mit einer dicken Umarmung. »Lass mich bloß nicht allein. Die sind hier alle todlangweilig.«

Ich kämpfte hart, nicht laut loszulachen.

Als Nathalie sich von mir löste, kam Daniel und gab mir einen Kuss auf die Wange. »Schön, dass du hier bist.« Er beugte sich weiter vor und flüsterte mir ins Ohr: »Ich glaube, Nathalie langweilt sich fürchterlich.«

Ich grunzte. Irgendwie schaffte ich es, ihn halbwegs ernst anzusehen. »Wirklich?«

Er nickte.

Jetzt tauchte Julia auf. Sie trug einen schwarzen Hosenanzug mit einer weißen Bluse. Ihre Haare waren in einem geflochtenen Zopf zusammengebunden.

Ich betrachtete sie. Wir hatten uns seit unserem kleinen Streit am Montagabend nicht mehr gesehen, und ich war immer noch unsicher bezüglich ihres Verhaltens beim Essen. War Julia meine Anwesenheit hier unangenehm? War ich ihr unangenehm?

Julia lächelte mich an und gab mir einen flüchtigen

Kuss auf die Wange.

War jetzt wieder alles in Ordnung zwischen uns?

Oliver trat einen Schritt näher. »Möchtest du auch etwas trinken?«

»Sicher.«

»Sekt?«

»Lieber Apfelschorle.«

Oliver war kaum verschwunden, da wendete ich mich Julia zu, deren Blick durch den Raum voller Menschen wanderte. »Wie läuft's im Krankenhaus?«

Julia lächelte. »Ziemlich gut.« Sie nahm einen Schluck aus ihrem Sektglas. »Es ist vieles neu, aber ich habe das Gefühl, langsam in so etwas wie einen Rhythmus reinzukommen.«

»Das klingt toll«, sagte Nathalie.

Ich starrte sie an. Wie hatte ich nur vergessen können, dass sie auch noch hier war? »Macht es denn Spaß?«

»Es ist toll, mit Menschen zu arbeiten. Meistens ist so wenig Zeit für das Patientengespräch, obwohl das ja eigentlich am wichtigsten sein sollte.«

»Ganz meine Meinung«, sagte Oliver, der gerade wieder auftauchte und mir ein Glas reichte.

Ich nahm einen Schluck und lächelte dankend.

Daniel, der einige Minuten verschwunden gewesen war, stellte sich jetzt neben Nathalie. »Ich habe mal nachgedacht. Was haltet ihr davon, wenn wir für eine Woche zum Strandhaus meiner Eltern nach Sylt fahren? Also wir zwei Pärchen.« Er schaute zu Julia, dann wieder zu uns. »Julia muss ja arbeiten.«

Julias Gesicht war vollkommen ausdruckslos. Sie sagte nichts und nahm einen Schluck.

Ich runzelte die Stirn. »Hm. Ich liebe das Meer, aber das Wetter jetzt im März ist ja nicht so gut.«

»Das Haus hat einen Kamin auf jeder Etage und wir könnten es uns richtig gemütlich machen.« Daniel grinste. »Außerdem kann man sich ja dick einpacken, wenn man zum Strand geht.«

»Ich finde die Idee klasse«, sagte Oliver.

Mir kam das Ganze ziemlich geplant vor. Und natürlich war Oliver Feuer und Flamme. Was für ein Zufall. Aber andererseits war es auch keine schlechte Idee. »Was meinst du, Nathalie?«

»Warum eigentlich nicht?«, sagte sie. »Wann geht's los?«

»Samstag?«

Nathalie und ich sahen Daniel erstaunt an.

»Schon übermorgen?« Kurzfristiger ging es ja kaum.

»Klar. Warum nicht?«

Oliver hatte recht. Warum eigentlich nicht?

»Okay«, sagten Nathalie und ich gleichzeitig und grinsten einander an.

Daniel und Oliver strahlten um die Wette.

Julia sagte nichts und betrachtete stattdessen ihr Sektglas.

* * *

»Wow.« Nathalie schaute sich mit großen Augen im riesigen Wohnzimmer des Strandhauses um. Sie nahm mir das Wort aus dem Mund.

Ich sah mich um. »Wer schläft denn wo?«

»Nathalie und ich schlafen oben und du und Oliver in einem der beiden unteren. Irgendwelche Einwände?«

Oliver und ich schüttelten die Köpfe.

Daniel entzündete ein Feuer im Kamin und Oliver verstaute die mitgebrachten Lebensmittel in der Küche.

Nathalie und ich gelangten unterdessen durch die Glastür auf die Terrasse.

Der Sternenhimmel und das Meeresrauschen waren einfach der Hammer.

»Hier lässt es sich aushalten«, sagte Nathalie.

Ich nickte.

»Ist alles in Ordnung mit dir, Scarlett? Du bist so still.«

»Ach, es ist nichts. Wirklich.«

Nathalie starrte mich an. »Jetzt weiß ich mit Sicherheit, dass etwas nicht in Ordnung ist. Schieß los.«

Ich sah sie einen langen Augenblick stumm an. »Ich … ich weiß nicht, wie ich Oliver sagen soll …« Ich ließ meinen Atem langsam entweichen. »Ich will noch warten.«

Nathalies Gesichtszüge wurden sanfter. »Du meinst, ihr habt noch nicht?«

»Ich bin nun mal nicht wie du.«

»Dann sag ihm das. Also nicht das mit mir. Du weißt, was ich meine.«

Ich musste grinsen. Nathalie schaffte es doch immer wieder, mich aufzuheitern. »Ich hab Angst, er versteht es nicht oder ist enttäuscht.«

Nathalie legte den Arm um meine Taille. »Keine Sorge. Er wird es verstehen. Sag ihm, wie du fühlst, und alles ist gut.«

In diesem Moment tauchte Daniel auf. »Es ist kalt hier draußen. Kommt doch wieder rein. Dann können wir vorm Kamin kuscheln.«

Nathalie gab Daniel einen Kuss. »Wie könnte ich da Nein sagen?«

»Ich bleib einen Moment länger hier draußen.«

Nathalie nickte und gab mir einen feuchten Schmatzer auf die Wange.

Ich lächelte und schaute aufs dunkle Meer hinaus.

Als die Glastür erneut aufging, wusste ich sofort, wer es war.

»Oliver, kann ich mal eben mit dir sprechen?«

»Sicher.«

Ich blickte über meine Schulter und sah, wie Oliver die Tür hinter sich schloss.

Dann umarmte er mich von hinten.

Ich genoss die Wärme und lehnte mich an ihn. »Fändest du es sehr schlimm, wenn ich dir sagen würde, dass ich warten möchte?«

»Warten? Worauf?«

Ich drehte mich in seiner Umarmung und sah ihm tief in die Augen. »Ich bin nicht frigide oder so, aber ich bin auch nicht jemand, der schon nach kurzer Zeit mit jemandem in die Kiste hüpft.« Gott, was für eine lahme Ansprache.

»Du sprichst von Sex?«

Hatte ich mich so unklar ausgedrückt? »Ja.«

Zu meiner Überraschung küsste mich Oliver und der Kuss war alles andere als schüchtern. Danach betrachtete er mich ernst. »Solange ich dich so küssen darf, warte ich so lange du willst. Möchtest du alleine schlafen?«

»Nein, mit dir ist okay«, sagte ich.

Wir lächelten einander an.

Jetzt, wo das geklärt war, fühlte ich mich befreit, und wir gingen wieder rein, um vorm Kamin zu schmusen.

* * *

Oliver und ich gingen nach dem gemeinsamen Frühstück mit Daniel und Nathalie mehrere Stunden am Strand spazieren.

Ein strammer Wind peitschte die Wellen in die Höhe und die weiße Gischt bildete einen extremen Kontrast zum grau-grünen Meer. Ich genoss es sehr, mit Oliver Hand in Hand die Wellen zu betrachten und über alles und nichts zu reden. Wir waren schon fast wieder am Haus, als mir etwas einfiel. »Ich glaube, Julia war ziemlich traurig, nicht mit uns kommen zu können.«

»Meinst du?«

Ich nickte.

»Sie hätte sich wahrscheinlich eh wie das fünfte Rad am Wagen gefühlt«, sagte Oliver. »Wenn sie eine Freundin hätte, wäre das anders, aber ich glaube, bevor sie eine Freundin findet, bin ich schon verheiratet und hab drei Kinder.«

»Warum sagst du das?«

»Diese Miriam, das Mädel, das dich angemacht hat, war die erste Verabredung seit mehreren Monaten und Julia wollte nicht mal mit ihr ausgehen.«

»Wieso hat sie es dann getan?«

»Miriam hat sie gefragt und ich hab ihr gesagt, es kann nicht schaden. Weißt du, Julia ist zwar lesbisch, aber sie schaut nur selten Frauen an, wenn du weißt, was ich meine.«

Nein, eigentlich nicht. »Ich verstehe nicht.«

»Na ja, sie ist ziemlich zurückhaltend.« Er gestikulierte mit beiden Händen. »Ihre Ex … Silke, hätte sie Julia nicht so umgarnt, die beiden wären wahrscheinlich nie zusammengekommen. Ich glaube, meine liebe Schwester ist, wenn es um Liebe und Sex geht, ziemlich schüchtern.«

Schüchterne Homosexuelle? Mein bisheriges Bild schien vollkommen falsch zu sein. Obwohl … »Ist es Schüchternheit oder ist sie sich vielleicht doch nicht sicher, ob sie wirklich …?«

»Nein, nein. Sie ist so lesbisch, wie ich hetero bin. Aber sie gehört halt nicht zu den Menschen, die ständig auf der Suche sind. Sie war immer ein ziemlicher Einzelgänger, und ich denke, sie glaubt einfach nicht daran, dass die Richtige für sie da draußen ist.«

Erstaunlicherweise konnte ich das sehr gut verstehen. Ich hatte zwar immer diesen Drang, einen Freund zu haben, aber ich glaubte nicht wirklich, dass sie die Richtigen waren. Auch bei Oliver konnte ich es mir nicht vorstellen. »Ich denke, ich verstehe.«

* * *

Es war unglaublich, wie schnell die Woche verging. Nathalie und Daniel verbrachten die meiste Zeit oben in ihrem Zimmer und Oliver und ich gingen sehr viel spazieren.

Nicht selten stand ich auch allein am Strand und schaute aufs Meer hinaus. Wenn ich die Wellen betrachtete und der Wind mir ins Gesicht blies, fühlte ich mich im Einklang mit mir selbst. Normalerweise waren da immer Unsicherheiten. Mein ganzes Leben fühlte sich irgendwie falsch an. So als würde man mit dem Auto irgendwo hinfahren, und obwohl die Karte einem sagte, dass man auf dem richtigen Weg war, fühlte es sich vollkommen falsch an. Doch hier und jetzt gab es nur mich und das Meer. Keine Erwartungen, die ich zu erfüllen hatte, und keine Entscheidungen, die ich treffen musste. Ich war einfach … Scarlett.

Als wir wieder nach Hause fuhren, schaute ich aus dem Fenster und sah, wie das Meer aus meinem Blickfeld verschwand. Ich nahm mir vor, zukünftig öfter ans Meer zu fahren.

Kapitel 9

Oliver öffnete mir lächelnd die Tür.

Ich gab ihm einen Kuss zur Begrüßung. Aus dem Augenwinkel sah ich Julia aus dem Wohnzimmer kommen. Daraufhin löste ich mich von Oliver und eilte auf sie zu. »Ach, ist das schön, dich zu sehen.«

Julia starrte mich an.

Ich verzichtete auf das obligatorische Küsschen auf die Wange und umarmte sie. Als ich sie losließ, bemerkte ich, dass Julia dunkle Ringe unter den Augen hatte und etwas blass war. »Alles in Ordnung mit dir?«

Julia nickte, während sie mich ausdruckslos ansah.

»Oliver, ich geh mal eben mit Julia in ihr Zimmer.«

»Frauengespräche«, murmelte er grinsend und verschwand ohne ein weiteres Wort in seinem Zimmer.

Als ich mich umdrehte, schaute mich Julia mit hochgezogenen Augenbrauen an. »Und was genau willst du mit mir in meinem Zimmer?«

Vor ein paar Wochen wäre ich bei dieser Frage aus dem Mund einer Lesbe sicher ausgerastet. Aber ich kannte Julia mittlerweile gut genug, um mich nicht bedroht zu fühlen. Ich hakte mich bei ihr ein und zog sie in ihren Raum. »Reden.«

Julia setzte sich aufs Bett, während ich mich nach einem Stuhl umsah. Bisher war mir nie aufgefallen, dass ihr Zimmer zu klein für einen Schreibtisch oder Sitzgelegenheiten war.

»Du kannst dich auch aufs Bett setzen, wenn du willst.«

Ich nickte und setzte mich so weit wie möglich von ihr entfernt auf die Bettkante. Julia oder nicht, ich saß hier schließlich auf dem Bett einer Lesbe.

»Dann erzähl mal, worüber du reden möchtest«, sagte Julia.

Ich studierte eine Weile schweigend ihr Gesicht. »Du siehst schlecht aus.«

»Danke.«

Ich rollte mit den Augen. »Du weißt, wie ich das meine. Willst du drüber sprechen?«

Julia blickte zu Boden. »Ich habe in den letzten Nächten nicht besonders gut geschlafen.«

»Liegt es an der Arbeit? Ist irgendwas passiert?«

Julia zuckte mit den Schultern.

Ich überraschte mich selbst, indem ich näher rückte und den Arm um ihre Schultern legte.

Julia schaute kurz auf und senkte dann wieder den Kopf.

»Manchmal hilft es, wenn man über seine Sorgen spricht.«

Als Julia mich umarmte und zu weinen begann, zuckte ich zusammen. Einen Moment lang war ich wie erstarrt, doch dann hielt ich sie und rieb ihr über den Rücken. Ich hatte keine Ahnung, was ich sagen sollte, also schwieg ich. Warum hatte Oliver nicht mit ihr geredet? Mein Gefühl sagte mir, er hatte das nicht getan. Oder irrte ich mich da? Er musste gesehen haben, wie schlecht es ihr ging. Ich würde ihn bei nächster Gelegenheit fragen.

Wir hielten einander mehrere Minuten in den Armen, bis Julias Weinen irgendwann nachließ und sie sich von mir löste.

Meine Hand umschloss ihre Wange und ich strich einige letzte Tränen mit dem Daumen weg.

»Danke.« Mehr sagte sie nicht.

Ich ließ ihr Gesicht los und schaute Julia tief in die Augen. »Du kannst mit mir drüber reden, weißt du?«

Sie schüttelte langsam den Kopf und wischte sich weitere Tränen ab.

Ich holte mein Handy aus der Hosentasche, drückte ein paar Tasten und reichte es ihr. »Hier. Meine Nummer. Kannst sie in dein Handy eingeben und wenn du reden willst, rufst du mich an.«

Julia sah mich einen langen Moment an, bevor sie nickte und ihr eigenes Handy rausholte. »Wie war's auf Sylt?«

Ich musste lächeln. »Traumhaft. Es ist wirklich wundervoll da.«

Schweigen.

»Wann hast du das erste Mal frei?«

Julia runzelte die Stirn. »Warum?«

»Na, wenn wir das nächste Mal fahren, kommst du doch hoffentlich mit.«

»Vielleicht.«

»Kein Vielleicht. Mit dir wäre es noch schöner gewesen.« Meine Worte erstaunten mich, aber ich meinte es ernst.

Julias Mundwinkel zuckten und formten ein zaghaftes Lächeln.

Ich holte tief Luft. »Aber jetzt hat mich erst mal der Ernst des Lebens wieder. Zwei Wochen bis Semesterbeginn und ich bin vollkommen pleite. Ich hab heute Vormittag Cafés abgeklappert, um 'nen Job als Kellnerin zu finden. Da bekomme ich wenigstens jeden Tag Trinkgeld. Aber die scheinen im Moment nirgendwo zu suchen.«

Julia betrachtete mich nachdenklich. Nach ein paar Sekunden wurde ein breites Grinsen draus. »Gegenüber vom Krankenhaus ist ein kleines Stehcafé. Hauptsächlich verkehrt da Klinikpersonal. Die haben superleckere Snacks. Mein Favorit ist das Tomaten-Mozzarella Sandwich.«

»Klingt lecker, aber was hat das mit mir zu tun?«

»Regina, eine der Mitarbeiterinnen, hat sich das Bein gebrochen und fällt für die nächsten Wochen aus. Die suchen ganz verzweifelt nach einer Aushilfe.«

Wenn das Leben ein Comic gewesen wäre, hätte man in meinen Augen jetzt wahrscheinlich Dollarzeichen gesehen. »Wann machen die auf?«

»Die müssten gerade geöffnet haben, wenn ich mich nicht irre.«

Ich sprang auf. »Ich geh schnell, bevor mir jemand den Job vor der Nase wegschnappt.«

»Viel Glück«, sagte Julia, als ich schon halb aus der Tür war.

Ich wirbelte herum, ging mit großen Schritten zurück und schloss Julia in die Arme. Anschließend eilte ich zu Oliver, um ihm Bescheid zu sagen.

* * *

Eine knappe Dreiviertelstunde später gehörte ich wieder zur arbeitenden Bevölkerung.

»Du kannst bei Julia mitfahren, wenn du morgen früh anfängst«, sagte Oliver, während er vor dem Café wendete. »Sie hat das Auto jetzt immer, um zur Arbeit zu kommen.«

»Gute Idee. Ich frag sie, sobald wir zurück sind.« Dies war der perfekte Moment, ihn auf Julia anzusprechen. »Sag mal, hast du eine Ahnung, was mit ihr los ist?«

Oliver seufzte.

»Hast du?«

»Ich hab versucht, mit ihr zu reden, aber sie hat abgeblockt. Hattest du Erfolg?«

Ich ließ den Atem langsam entweichen. »Sie hat nicht viel gesagt, aber ich glaube trotzdem, sie hat sich ein bisschen geöffnet.«

»Wie das?«

Ich war mir nicht sicher, ob ich Oliver sagen sollte, dass Julia geweint hatte. Er war zwar ihr Zwillingsbruder, aber dennoch fühlte es sich nicht richtig an, ihm davon zu erzählen. »Weiß auch nicht.«

Den Rest der Fahrt schwiegen wir.

* * *

»Du scheinst ganz schön nervös zu sein.« Julia sprach, ohne den Blick von der Straße abzuwenden. Sie brachte es auf den Punkt.

Ich rutschte auf dem Beifahrersitz herum. »Der erste Arbeitstag ist irgendwie wie das erste Mal, findest du nicht?«

Julia parkte vor dem Café und hob eine Augenbraue.

»Na ja, man weiß schon, was einen erwartet, aber halt nicht genau. Man kann sich blamieren und weiß nie, ob es wirklich ein zweites Mal gibt.«

Julia begann zu lachen.

Nach kurzem Zögern stimmte ich in ihr Gelächter mit

ein.

Ich wollte gerade aus ihrem Auto aussteigen, da umarmte Julia mich. »Viel Glück bei deinem ersten Mal.«

* * *

Julia war um halb fünf immer noch nicht im Café. Dabei hatten wir uns für sechzehn Uhr verabredet. Ich machte mir Sorgen und beschloss, sie auf ihrer Station abzuholen. Erst fragte ich an der Information und dann machte mich auf den Weg. Auf der Station ging ich zum Schwesternzimmer und fragte nach Julia.

»Woher kennen Sie Frau Liebknecht?«, fragte eine dunkelblonde Schwester.

»Ich bin eine Freundin. Wir waren verabredet und sie ist nicht aufgetaucht.«

Die Schwester nickte. »Ich bringe Sie zu ihr. Sie ist in der Notaufnahme.«

»In der Notaufnahme? Was macht sie denn da? Ich dachte sie arbeitet hier.«

Wir gingen gemeinsam den Gang herunter.

»Ein Patient hat sie angegriffen.«

»Angegriffen?«

Sie berührte mich am Arm. »Es ist nicht allzu ernst. Sie braucht wohl nur ein paar Stiche.«

»Stiche?«

»Am besten erzählt Frau Liebknecht Ihnen die Geschichte selbst.«

Warum sagte sie mir nicht einfach, wie es Julia ging?

Irgendwann erreichten wir endlich die Notaufnahme.

Mit der Schwester an meiner Seite konnte ich direkt in einen der Behandlungsräume durchgehen.

Da lag Julia auf einer Liege, und ein Arzt war über sie

gebeugt.

»Frau Liebknecht, da ist jemand für Sie«, sagte die Schwester, tätschelte erneut meinen Arm und verschwand.

Der Arzt blickte kurz auf, bevor er sich wieder Julia zuwandte.

Ich ging um die Liege herum und war geschockt über das, was ich sah: Julia hatte eine blaue Beule auf der Stirn über dem rechten Auge, und der Arzt nähte gerade eine Wunde an ihrem rechten Oberarm.

Ich konnte nicht hinsehen und nahm stattdessen Julias linke Hand. »Was um Himmels willen ist passiert?«

Julia schaute mich erst mit großen Augen an und senkte dann den Blick. »Ein Patient ist ausgerastet. Ein Psychiatriepatient mit Herzproblemen. Leider auch psychotisch. Er war eigentlich fixiert, hat sich aber losgerissen.« Julia schloss die Augen. »Ich war die Nächste in Reichweite.«

»Gott, Julia.« Ich strich ihr eine Haarsträhne aus dem Gesicht.

»Er hatte Angst und dachte, wir würden ihn verletzen wollen. Er riss mir den Sonokopf aus der Hand und schlug mich damit. Ehe ich reagieren konnte, schnitt er mir den Arm mit der Metallschlaufe seiner Fixierung auf.«

Ich musste schlucken.

»Es ging alles so schnell. Es kamen mehrere Schwestern und ein Pfleger zu Hilfe. Sie zogen mich weg. Der Patient wurde fixiert und dann gab Dr. Reinhard ihm was zur Beruhigung.« Julia betrachtete mich. »Es tut mir leid, dass ich nicht aufgetaucht bin.«

»Machst du Witze?«

Julia antwortete nicht.

»Kannst du nach dem Nähen gehen?«

»Ja.«

»Ich fahre.«

»Das musst du auch. Ich habe was gegen die Schmerzen bekommen, weil meine Schulter geprellt ist und mein Kopf einen ziemlichen Bums abbekommen hat.«

Ich strich über den unverletzten Teil ihrer Stirn. »Ich kann dich auch keine Minute aus den Augen lassen.«

Eine ganze Weile herrschte Stille.

»Ich bin jetzt den Rest der Woche krankgeschrieben wegen dieser Sache.«

»Verstehe. Ich bringe dir … euch in der Zeit Essen vorbei.«

»Quatsch. Kochen kriege ich hin.«

»Du bist am Arm und an der Schulter verletzt. Und mit deiner Kopfverletzung sollst du dich auch sicher ausruhen.« Ich sah zum Arzt, der gerade mit seiner Arbeit fertig wurde.

Er nickte zustimmend.

»Heute gibt‘s Sandwiches für euch und morgen was vom Chinesen. Einverstanden?«

Julia seufzte und deutete ein Nicken an.

Ich half ihr auf, und gemeinsam verließen wir die Notaufnahme.

Während Julia im Auto wartete, eilte ich noch mal ins Café und erzählte die ganze Sache meiner Chefin. Daraufhin gingen die Sandwiches aufs Haus.

Ich bedankte mich und hastete zurück zum Auto.

* * *

Ich berührte die schlafende Julia sanft an der Schulter. »Julia? Wir sind zu Hause.«

Keine Reaktion.

»Julia, aufwachen.«

Wieder nichts.

Ich beugte mich zu ihr rüber. »Julia, Natalie Portman ist hier und möchte ein Date mit dir.«

Ein Augenlid klappte hoch, dann das andere.

Julia drehte den Kopf, und ich wich zurück.

Sie zwinkerte ein paarmal. »Sehr witzig«, murmelte sie.

»Es hat funktioniert. Das ist alles, was zählt.« Ich grinste, stieg aus und schüttelte den Kopf über mich selbst. Bei Matthias hatte dieser Spruch immer geholfen, um ihn aufzuwecken. Aber dass ich bei Julia direkt auf die Idee gekommen war …

Als wir in Julias Wohnung ankamen, steckte Oliver den Kopf aus seiner Zimmertür und sein Mund klappte auf. Er stürmte zu Julia und legte den Arm um ihre Taille. »Gott, was ist passiert?«

»Bin mit einem Verrückten zusammengestoßen.«

Während Oliver Julia in ihr Zimmer begleitete, ging ich in die Küche und verteilte die Sandwiches auf zwei Teller. Gut, dass ich schon im Café gegessen hatte. Anschließend ging ich in Julias Zimmer. Als ich sie im BH stehen sah, drehte ich mich weg. Eigentlich albern. Ich hatte mich bisher nie bei anderen Frauen umgedreht. Die hatten ja nichts, was ich nicht schon bei mir selbst gesehen hatte. Aber weil Julia lesbisch war, kam es mir irgendwie nicht richtig vor zu gucken.

Einen Moment später hatte Julia mit Olivers Hilfe ein T-Shirt angezogen und ich stellte die Teller auf Julias Nachttisch.

Unter ihrem Oberteil kämpfte Julia mit der linken Hand, um ihren BH aufzubekommen. Es sah witzig aus, bis sie schmerzerfüllt das Gesicht verzog.

Ich eilte zu ihr. »Lass mich das machen.« Ohne auf eine Antwort zu warten, stellte ich mich hinter sie, zog das Shirt hoch und löste den Verschluss des BHs.

Oliver starrte unterdessen auf seine Füße.

»Danke«, sagte Julia und begann, ungeschickt am geöffneten BH rumzunesteln und ihn unter ihrem T-Shirt durchzuziehen.

Erneut half ich. Erst fasste ich an der gesunden Schulter in den Ärmel und zog den Träger über den Arm. Danach schob ich vorsichtig zwei Finger in den Ärmel des verletzten Arms. Ich zog den BH heraus und hielt ihn wie eine Trophäe hoch. Gott sei Dank hatte ich Julia nicht wehgetan.

Sie nahm den BH an sich. »Noch mal danke, Scarlett.«

Wer hätte gedacht, dass Julia so rot im Gesicht werden konnte?

»Keine Ursache.«

Nachdem Julia auch ihre Hose ausgezogen hatte, kuschelte sie sich unter die Bettdecke.

Oliver nahm am Bettrand Platz, und beide begannen zu essen, während Julia genau erzählte, was passiert war.

Ich fühlte mich wie ein Eindringling und ging zur Tür.

Julia blickte auf. »Scarlett, du musst nicht gehen.«

»Ich weiß, aber ihr redet jetzt am besten ganz in Ruhe. Oliver, ich geh in dein Zimmer, okay?«

Mein Freund nickte und nahm einen weiteren großen Bissen von seinem Sandwich.

Bevor ich den Raum verließ, schaute ich noch einmal zu den beiden.

Oliver hielt Julias Hand. Sie schienen einander so nahe zu sein. Ich wünschte in diesem Moment, ich hätte auch einen Bruder oder eine Schwester gehabt.

* * *

Oliver kam etwa eine halbe Stunde später in sein Zimmer.

»Wie geht's ihr?«, fragte ich.

Oliver legte sich neben mich aufs Bett und schloss mich lose in die Arme. »Sie ist ziemlich durchgeschüttelt. Wem würde es nicht so gehen?«

»Es ist wohl besser, wenn du bei ihr bleibst. Ich kann ja nach …«

»Nein. Sie ist gerade eingeschlafen. Ein bisschen Schlaf ist genau das Richtige für sie.«

Da kam mir eine Idee. »Oliver, warum fragst du nicht deine Eltern, ob sie Julia einen Flug nach Sylt fürs Wochenende spendieren? Ich fand es da so erholsam, und vielleicht wäre es genau das, was sie jetzt braucht.«

»Ich weiß nicht, ob sie das wollen würde, aber ein bisschen Abstand von allem könnte sicher nicht schaden.«

Ich lächelte, zufrieden mit mir selbst.

»Aber …«

Was denn nun? »Was?«

»Ich möchte nicht, dass sie allein hinfliegt.«

Ich tätschelte ihm den Arm. »Flieg doch einfach mit.«

»Würde ich ja gerne, aber mein Kumpel Marek zieht am Samstag um, und ich soll den Transporter fahren, weil ich der Einzige bin, der das schon mal gemacht hat.«

»Dann kann sie mit einer ihrer Freundinnen fliegen.«

»Welche Freundinnen?«

»Was meinst du?«

»Julia ist mit ihren Büchern befreundet. Erinnerst du dich, als ich sagte, sie würde nicht nach der Frau fürs Leben suchen?«

Ich nickte.

»Nach Freundschaften sucht sie auch nicht wirklich.«

Hatte ich das richtig verstanden? »Meinst du damit, Julia hat keine Freunde?«

»Bestenfalls ein paar Bekannte, aber niemand, den man mit in einen Kurzurlaub nehmen würde.« Er grinste. »Dir hat es doch so gut da gefallen. Leiste du ihr doch Gesellschaft.«

Ich? Allein mit Julia? Für drei Tage? »Ich weiß nicht so recht.«

Oliver kitzelte mich. »Ich weiß aus sicherer Quelle, dass du am Wochenende freihast. Wo ist also das Problem?«

Mein Herz raste, und das nicht nur, weil Oliver mich kitzelte. Einerseits war der Gedanke, so bald wieder auf Sylt zu sein, verlockend. Andererseits kam es mir merkwürdig vor, ganz allein mit Julia zu fliegen. Ach … warum eigentlich nicht? Julia würde ja vermutlich sowieso nicht wollen. »Wenn sie einverstanden ist, komme ich mit.«

Oliver strahlte wie ein Honigkuchenpferd und streckte mir die Hand entgegen. »Deal.«

* * *

Als ich am Donnerstag nach der Arbeit bei Oliver vorbeiging und etwas Würziges roch, wusste ich sofort, dass Julia am Kochen war.

Oliver begrüßte mich mit einem Kuss.

»Sie sollte im Bett liegen und sich erholen, anstatt in der Küche zu stehen und zu kochen.«

Oliver hob abwehrend die Hände. »Sag das nicht mir. Ich wollte was kommen lassen.«

Ich schaute ihn mit finsterer Miene an. Bloß keinen Finger krumm machen. »Ich schau mal kurz nach ihr.«

Oliver nickte und verschwand in seinem Zimmer.

»Hey«, sagte ich, als ich die Küche betrat.

Julia tunkte einen Teelöffel in einen großen Topf und

hielt ihn mir hin. »Hi. Probier mal. Ich bin mir nicht ganz sicher, ob es so in Ordnung ist.«

Ich trat näher und ließ Julia den Löffel in meinen Mund schieben. »Mmh, Gott, ist das lecker. Ist das …?«

»Kartoffelsuppe.«

Also eine Sache war sicher: Julia war eine verdammt gute Köchin. Das war die mit Abstand leckerste Kartoffelsuppe, die ich je probiert hatte. Ich betrachtete Julia eingehend.

Sie blinzelte öfter als sonst, aber die Schwellung auf der Stirn war etwas zurückgegangen. Die Farbe hatte sich allerdings verändert. Aus dem anfänglichen Blau war ein Lila mit einzelnen Grün- und Gelbtupfern geworden.

»Sagst du mir jetzt, wie es dir geht?«

Julia betrachtete intensiv den Kochlöffel, mit dem sie die Suppe umrührte. »Ganz gut. Isst du mit uns?«

Wie konnte ich bei diesem Essen Nein sagen? »Sicher.«

Sie stellte drei Teller auf den Tisch, und ich verteilte sie. Anschließend ging ich zur Schublade und holte Löffel raus, während Julia Servietten hinlegte.

»Freust du dich schon aufs Wochenende?«, fragte ich.

Julia streifte mich mit einem Blick, sagte aber nichts.

Ich setzte mich hin und starrte sie an. Was war hier los? »Willst du nicht mit mir nach Sylt fliegen? Hat der Arzt vielleicht gemeint, es wäre keine gute Idee?«

Julia seufzte. Dann schaltete sie den Herd aus und setzte sich zu mir an den Tisch. »Das ist es nicht.«

»Was dann?« Ich konnte nicht verhindern, ärgerlich zu klingen.

Julia holte tief Luft. »Ich mag es nicht, wenn andere über meinen Kopf hinweg entscheiden.«

»Was meinst du?«

»Ich meine, mir wurde am Dienstag verkündet, dass

für dich und mich Flüge nach Sylt gebucht wurden und ich Freitag bis Sonntag mit dir im Strandhaus verbringen werde.«

»Was? Willst du mir sagen, Oliver und deine Eltern haben den Flug gebucht, ohne dich vorher zu fragen?«

Julia nickte.

»Warum?«

»Ich schätze, weil sie wussten, dass ich Nein gesagt hätte, wenn sie mich gefragt hätten.«

»Entschuldige, wenn ich mich wiederhole, aber warum?«

Julia schwieg eine ganze Weile. Irgendwann schüttelte sie langsam den Kopf. »Ich will einfach nur in meinem Zimmer sein und in Ruhe gelassen werden.«

»Du schottest dich viel zu sehr von der Welt ab.«

»Seit wann geht dich das was an?« Julia stand ruckartig auf und stapfte wieder zum Herd.

Ich zuckte zusammen.

Sie nahm nacheinander die Teller und füllte sie.

Ich wusste beim besten Willen nicht, was ich sagen sollte. Sie konnte wirklich verletzend sein. Ich stand auf, um hier zu verschwinden und Oliver Bescheid zu sagen, dass das Essen fertig war. Aber bevor ich die Küche verließ, drehte ich mich noch mal zu Julia. »Weißt du, Oliver sagte mir, du hättest keine richtigen Freunde. Ich konnte es mir nicht erklären. Du kannst so nett sein. Der eine Samstag mit dir hat mir richtig Spaß gemacht. Aber wenn du so bist wie jetzt … Ich muss dir leider sagen, du bist gerade unausstehlich.« Ohne auf eine Antwort zu warten, verließ ich die Küche.

Oliver und ich kamen einige Augenblicke später wieder in die Küche, doch Julia war nirgendwo zu sehen.

Wir setzten uns und warteten.

Als Julia nicht wiederkam, sah Oliver mich an. »Wo ist Julia? Ihre Suppe wird kalt.«

Ich stand auf und klopfte ihm auf die Schulter. »Wir hatten einen kleinen Streit. Ich rede besser mit ihr.«

»Wenn ihr euch gestritten habt, lass sie lieber in Ruhe. Sie muss dann erst mal runterkommen. Worum ging es denn?«

»Warum habt ihr die Flüge gebucht, ohne sie zu fragen? Sie will nicht gehen.«

Oliver runzelte die Stirn. »Hat sie das gesagt?«

Ich nickte. »Stimmt das etwa nicht?«

»Ja, schon. Aber wenn sie erst mal da ist, sieht sie es sicher anders. Julia braucht einen Tapetenwechsel, und ich weiß, sie mag dich. Also mach dir keine Gedanken darüber.«

Ich teilte seine Meinung nicht. Ich war hin- und hergerissen. Sie war vermutlich in ihrem Zimmer. Vielleicht sollte ich …

In diesem Moment tauchte Julia wieder in der Küche auf und setzte sich an den Tisch.

Ich nahm auch wieder Platz.

»Guten Appetit«, sagte Julia, während sie auf ihren Teller starrte.

»Gleichfalls«, antworteten Oliver und ich.

Julia räusperte sich. »Daniel kommt morgen um halb zwei hierhin und bringt uns zum Flughafen.«

Ich nickte. Damit war das Thema erledigt. Ich würde morgen mit Julia in den Kurzurlaub fliegen.

Kapitel 10

Ich presste die Fingerspitzen gegen das kalte Glas und sah hinaus auf die Nordsee. »Willst du den Sonnenuntergang vom Strand aus sehen?«

Julia schaute vom Kamin auf. »Ich weiß was Besseres.«

War das gerade ein Lächeln in ihrem Gesicht?

Sie eilte mit mir die Treppe hoch.

Neben dem Schlafzimmer befand sich zur Meerseite hin ein weiterer Raum, in dem ich bisher nicht gewesen war. Zwei kleine Tischchen flankierten eine Couch. Ein deckenhohes Bücherregal und ein Kamin spiegelten sich in der Glasfront.

Julia führte mich zur Couch und feuerte den Kamin an. »Möchtest du einen Kakao?«

Ich nickte, während mich der atemberaubende Ausblick in seinen Bann zog. Da das Haus in den Dünen lag, sah ich auf den langen Sandstrand herab. Das blaugrüne Meer schien von hier aus endlos zu sein und mit dem wolkenverhangenen Himmel zu verschmelzen.

Julia verschwand und kam wenige Minuten später mit zwei Tassen Kakao zurück.

Ich nahm meine Tasse entgegen, nippte am Sahnehäubchen und schlürfte dann genüsslich das heiße Getränk.

Wir saßen nebeneinander auf der Couch und beobachteten, wie die Farbe des Horizonts sich langsam von gelb zu orange veränderte und in einem tiefen Rot mündete, bevor der Himmel sich verdunkelte.

Ich stellte meine leere Tasse auf den Tisch neben mir, rutschte etwas nach unten und streckte die Füße aus. Die angenehme Wärme des Kamins ließ mich vollkommen entspannen. Überrascht stellte ich irgendwann fest, dass mein Kopf auf Julias Schulter ruhte. Doch es war bequem und sie beschwerte sich nicht. Der Ausblick, das Knistern des Kamins und das leise Rauschen des Meeres … so ließ es sich leben.

Die Sonne war schon vor einer Weile untergegangen und die Wolkendecke war aufgerissen. Endlos viele Sterne funkelten hell am Himmel.

Leise fragte Julia: »Besser, als am Strand in der Kälte zu sitzen, Oder?«

Ich seufzte. »Du musst denken, ich bin verrückt, aber ich wünschte, ich könnte für immer hierbleiben.« Meine Worte waren kaum mehr als ein Flüstern.

»Irgendwann würde es wohl ziemlich langweilig werden«, sagte Julia. »Aber ich weiß, was du meinst.«

»Julia?«

»Ja?«

Ich hob den Kopf und sah sie ernst an.

In der Dunkelheit wurde ihr Gesicht nur vom Feuer des Kamins erhellt.

»Warum wolltest du nicht hierherkommen? Ich meine, warum hättest du Nein gesagt, wenn man dich gefragt hätte?«

Julia blickte nach draußen. »Es tut mir leid, was ich

gestern zu dir gesagt habe. Ich wollte dich nicht verletzen.«

Wie kam sie denn jetzt darauf? »Hast du nicht.«

»Doch. Ich konnte es in deinem Gesicht sehen.«

Ich schloss die Augen. »Vielleicht ein bisschen.«

»Du bist meine Freundin, und na ja, was ich sagen will, ist, du kannst mir deine Meinung sagen. Ich werde versuchen, nicht mehr so aggressiv zu reagieren.«

Freundin? Oh mein Gott, Freundin? Sie verstand mein Verhalten vollkommen falsch. Wie konnte sie bloß denken, dass … stopp. Freundin? Wie in »gute Freundin«? Meine Güte, ich sollte wirklich nicht so viel nachdenken. Sie meinte es ganz harmlos. Ich nahm ihre Hand und schaute in Julias Gesicht. »Ja. Wir sind Freundinnen. Willst du … willst du mir erzählen, warum du dich so abschottest?«

Julia betrachtete unsere Hände und zog ihre langsam weg. »Ich mag es einfach, allein zu sein.«

Ich folgte ihrem Blick, und wir schauten gemeinsam aufs dunkle Meer. Der Mond spendete gerade genug Licht, um die Wellen erkennen zu können, die sich wie sanfte Berührungen an den Strand anschmiegten. Woah, wo kam das denn her? Wurde ich jetzt auch noch poetisch? Worüber hatten wir gerade gesprochen? Ach ja, Julia mochte es, allein zu sein. »Wärst du jetzt lieber allein?«

»Nein.«

»Ich auch nicht.«

Julia lächelte und nahm wieder meine Hand.

In diesem Moment klingelte mein Handy. Ich riss meine Hand von Julias los. Warum war ich heute bloß so … anhänglich? Nach kurzem Suchen in meiner Handtasche fand ich mein Handy. Gut, dass ich sie mit hochgenommen hatte. »Ja?«

»Hallo, Schatz.«

»Oh, hallo, Oliver.«

Julia stand auf und legte einen Holzscheit ins Feuer.

»Wie ist es bis jetzt?«, fragte Oliver. »Wie geht es Julia?«

»Ganz gut, denke ich. Wir haben uns gerade den Sonnenuntergang angesehen.«

»Gerade?«

»Ja, wieso?«

»Na ja, der war vor über zwei Stunden.«

Oh. »Anschließend haben wir uns die Sterne angesehen.« Saßen wir wirklich schon so lange zusammen auf der Couch?

»Was plant ihr beiden denn noch für heute Abend?«

Mein Blick wanderte zu Julia, die jetzt an der Glasfront stand und nach draußen schaute. Ich sah lediglich ihren Rücken und dass sie die Arme vor der Brust verschränkt hatte. »Mal sehen.« Was sollte ich sonst sagen?

»Habt ihr schon gegessen?«

»Jetzt, wo du es erwähnst, nein.«

»Ich bin sicher, Julia wird was Leckeres kochen.«

»Hoffentlich. Wenn ich es versuchen würde, wären wir beide nicht glücklich mit dem Ergebnis.«

Oliver lachte. »Hattest du mir nicht erzählt, dass meine liebe Schwester dir Kochen beibringen wollte?«

»Doch, schon.«

»Aber?«

»Nichts, aber. Mal sehen, wann.«

»Mir hat sie ja schließlich auch Kochen beigebracht.«

»Aber wohl bloß ein bisschen. Zumindest von dem, was ich bisher gesehen habe.« Ich kicherte.

»Nur damit du es weißt: Ich bin ein toller Koch. Ich

bin halt wählerisch, wem ich das zeige.«

»Ich hoffe, du zeigst es mir, wenn ich wiederkomme.«

Oliver lachte und Julia verließ den Raum.

Ich wollte sagen, sie solle doch bleiben, aber Oliver sprach weiter. »Ich zeig dir, was immer du willst, Baby. Ich ruf dich morgen Abend wieder an. Grüß Julia. Schlaf schön.«

»Mach ich. Du auch.« Ich legte auf, nahm unsere Tassen und ging nach unten.

Julia saß auf der Couch und starrte in den dunklen Kamin.

Ich stellte die Tassen in die Küche und setzte mich neben Julia.

Sie blickte weiterhin auf die Asche im Feuerplatz.

»Ich soll dich lieb von Oliver grüßen.«

»Danke.« Sie schaute einige Minuten gebannt zum Kamin, bevor sie mich ansah. »Ich denke, ich werde früh ins Bett gehen. Ich bin immer noch etwas mitgenommen.«

»Oh, sicher. Aber sollten wir nicht vorher was essen?«

»Würde es dir was ausmachen, bloß ein paar Cornflakes zu essen?«

»Nein, das ist okay. Soll ich dir auch eine Schüssel machen?«

»Nein, danke.« Julia schüttelte den Kopf. »Ich habe keinen Hunger.«

Ich strich über ihren Arm. »Iss wenigstens ein bisschen. Ich mach dir eine ganz kleine Portion, ja?«

Unsere Blicke trafen sich.

»Okay.«

* * *

Ich reichte Julia ihre Schüssel und nahm neben ihr Platz. »Möchtest du morgen irgendetwas Besonderes machen?«

Julia lehnte sich mit geschlossenen Augen zurück. »Wir können ja etwas am Strand spazieren gehen.«

Meine Lippen formten ein Lächeln. »Ich liebe es, aufs Meer hinauszusehen. Es beruhigt mich, und irgendwie gibt es mir inneren Frieden.«

Julia nickte. »Mir geht es genauso. Es kann einen großen Unterschied zwischen äußerer Gelassenheit und innerer Ruhe geben. Hier«, Julia machte mit ihrer Hand eine Geste, die Haus, Strand und Meer miteinschloss, »scheint alles in mir im Einklang zu sein.«

Ich lehnte mich zurück. »Und sonst ist das nicht so?«

Julia runzelte die Stirn. »Was meinst du?«

»Du wirkst meist ruhig. Aber wie sieht es in dir drin aus?«

Julia betrachtete mich lange, ohne etwas zu sagen. Anschließend drehte sie sich mehr zu mir und verlagerte ihre Füße unter ihre Schenkel. »Anders.«

»Und wie genau?« Julia war echt eine harte Nuss.

»Wie sieht es denn in dir aus, Scarlett?«

Ich seufzte. Wenn ich Julia jetzt antwortete, dann ehrlich. »Ich bin oft unsicher.« Nach einer langen Pause fügte ich hinzu: »Manchmal habe ich das Gefühl, mich selbst nicht zu kennen. Und ich stelle alles in Frage. Was ich sage, was ich tue, sogar was ich denke.« Ich hatte Julias Blick bis gerade gemieden, doch jetzt sah ich in ihre tiefblauen Augen.

»Das klingt ziemlich anstrengend.«

Ich nickte.

»War das schon immer so?«

Ich dachte darüber eine Weile nach. »Wenn es jemals anders gewesen ist, kann ich mich nicht daran erinnern.«

Jetzt konnte ich auch alles sagen. »Ich habe deshalb sogar eineinhalb Jahre Therapie gemacht. Na ja, deshalb und weil ich mich nicht so gut einlassen kann.«

»Was meinst du mit ›einlassen‹?«

»Einlassen, also gefühlsmäßig und auch … körperlich.« Die ganze Sache war mir peinlich, aber irgendwie wollte ich mit Julia darüber reden.

»Ich bin nicht sicher, ob ich dich verstehe.«

»Es ist wahrscheinlich besser, wenn wir das ganze Thema vergessen. Es ist nicht so wichtig.«

Julia berührte mich sanft am Arm. »Nein, bitte, erklär es mir. Ich möchte das verstehen.«

Ich ließ den Atem langsam entweichen. »Kennst du das Gefühl, wenn nichts richtig zu sein scheint? Wenn sich alles … falsch anfühlt?«

»Was zum Beispiel?«

Ich schloss kurz die Augen. »Mein ganzes Leben?«

»Und etwas spezifischer?«

Ich überlegte eine Weile. »Mein Exfreund Matthias.«

Julia nickte.

»Wir waren eineinhalb Jahre zusammen.«

Ein erneutes Nicken.

»Nach etwa sechs Monaten ließ ich ihn das erste Mal ran, und wenn ich ehrlich bin, hätte ich auch sechs Monate länger warten können.« Besprach ich hier gerade mein Sexleben mit einer Lesbe? Wieso redete ich überhaupt so offen mit Julia? Sie war es, die offenbar Probleme mit sich hatte. Wie waren wir eigentlich bei mir gelandet?

»Und warum?«

Julias Frage riss mich aus den Gedanken. »Was?«

»Warum hättest du auch noch sechs Monate warten können? Fandest du ihn nicht attraktiv?«

Gute Frage. Matthias war ein gut aussehender Mann:

hochgewachsen, blonde Haare, blaue Augen und ein sportlicher Körper. »Doch, doch. Er ist sehr attraktiv.«

»Das habe ich nicht gefragt.«

Ich runzelte die Stirn. Was wollte sie hören?

»Ich habe nicht gefragt, ob er attraktiv ist, sondern ob du ihn attraktiv findest … oder fandest.«

Ich schüttelte den Kopf. »Wo ist denn da der Unterschied?«

Julia knabberte auf ihrer Unterlippe. »Ashton Kutcher ist ein attraktiver Mann. George Clooney ist ein attraktiver Mann.« Sie grinste. »Natalie Portman und Penelope Cruz sind attraktive Frauen. Können wir uns auf all das einigen?«

Ich überlegte und nickte.

»Bedeutet das, du würdest mit all diesen Leuten gerne ins Bett steigen?«

»Mit beiden Letzteren bestimmt nicht.« Dämliche Frage.

»Und mit den ersten beiden?«

Würde ich? »Nein.«

»Warum nicht? Sie sind doch attraktiv.«

Jetzt dämmerte es mir, und ich kam mir auf einmal ziemlich blöd vor. »Weil ich nichts für sie fühle.«

»Und? Hast du etwas für Matthias gefühlt?«

»Ja, schon. Nur nicht …«

»Nur nicht was?«

»Er war lieb, und ich mochte es, Zeit mit ihm zu verbringen«, sagte ich. »Aber ich mochte es nicht, mit ihm zu schlafen.« Es brach über mich herein wie eine Lawine. »Ich habe es nie gemocht, mit irgendjemandem zu schlafen.« Ich presste die Hand gegen den Mund. »Gott, ich bin frigide.«

Julia begann zu lachen, doch dann stoppte sie abrupt.

»Ich kann dich beruhigen. Ich glaube nicht, dass du frigide bist, Scarlett.«

»Wie willst du das wissen?«

»Nenn es ein Gefühl.«

»Dein Gefühl ändert nichts an der Tatsache. Und das erklärt auch, warum ich so Probleme habe, mich in Beziehungen fallen zu lassen. Es dreht sich alles um den verdammten Sex.«

»Klingt so, als könntest du ohne leben.«

Ich sah Julia einen langen Moment an. »Es ist wirklich wahr. Ich könnte vollkommen ohne leben.«

Julia lächelte. »Willkommen im Club.«

»Was meinst du?«

»Ich für meinen Teil habe auch genug davon.«

»Aber du bist doch lesb…«

Julia lachte. »Lass uns das am besten nicht vertiefen.« Nach einer Pause fragte sie mit sanfter Stimme: »Was wirst du jetzt tun?«

»Tun?«

Julia beschrieb mit ihrem Zeigefinger kleine Kreise auf der Couchlehne. »In deiner Beziehung.«

»Ich glaube nicht, dass ich darüber mit der Zwillingsschwester meines Freundes sprechen sollte.«

»Die Zwillingsschwester hat nicht gefragt, sondern die Freundin.«

Erneut trafen sich unsere Blicke.

Obwohl ich mein Gewicht verlagerte, konnte ich keine bequeme Position finden. »Ich weiß es nicht. Ehrlich gesagt habe ich für einen Abend genug über all dieses Zeug nachgedacht.«

»Okay«, sagte Julia.

»Eine Frage habe ich aber noch.«

»Immer raus damit, Scarlett.«

»Was meinst du mit ›du hast auch genug davon‹? Warum?«

Julia schwieg einen langen Augenblick. »Ich hatte zwei Beziehungen in meinem Leben und beide endeten mehr oder weniger in einem Desaster. Kein Sex der Welt ist das wert. Ich habe nicht vor, ein Keuschheitsgelübde abzulegen, aber für den Moment möchte ich mich von all dem fernhalten.«

»Und nur Sex?« Hatte ich das gerade gefragt?

Julia starrte mich an. »Ich fasse es nicht, diese Frage von dir zu hören.«

Da war sie nicht allein. Wie kam ich bloß auf diesen Mist? Wollte ich die Antwort überhaupt hören?

Julia schloss die Augen. »Sex ohne Liebe ist nicht das, was ich will. Ich könnte so was niemals machen.«

Sex ohne Liebe … Hatte ich meine Freunde wirklich geliebt? Gemocht, ja. Geliebt, keinen Einzigen. Vielleicht war ich doch nicht frigide. Vielleicht hatte ich einfach noch nicht den Richtigen gefunden. Aber was bedeutete das in Bezug auf Oliver?

Kapitel 11

Nach endlos scheinenden Stunden, in denen ich mich hin- und herwälzte, öffnete ich am nächsten Morgen die Augen. Die Gedanken der vergangenen Nacht ließen mich nicht los. Ganz langsam begann ich, mein Leben und mich näher zu betrachten, wie ich es nie zuvor getan hatte. Und was ich sah, gefiel mir gar nicht. Warum rannte ich ständig von einer Beziehung in die nächste, obwohl ich genau wusste, dass ich meine Freunde nicht liebte? Es war, als würde ich mit Scheuklappen durchs Leben hasten. Aber was konnte ich nicht sehen?

Mein Vater war, was Gefühle und ihren Ausdruck betraf, immer sehr unterkühlt und zurückhaltend gewesen. Und meine Mutter sagte immer, ich sei ihm so ähnlich. Vielleicht konnte ich nicht anders. Vielleicht war ich emotional ein kalter Fisch und zu wirklich tiefen Gefühlen gar nicht fähig.

Ich rieb mir das Gesicht. »Gott, warum haben wir so was nie in der Therapie angesprochen?«

Als es an der Tür klopfte, zuckte ich zusammen. »Ja?«

Julia öffnete die Tür. »Hey, alles klar bei dir?«

Ich zog die Decke etwas höher. »Guten Morgen. Hast du mich gehört? Äh, ich hab nur laut gedacht.«

Julia kicherte. »Guten Morgen. Hörte sich eher wie ein Gebet an.«

Ich schwieg.

»Ist alles in Ordnung mit dir, Scarlett?«

War ich in Ordnung? Nein. Mir war zum Heulen zumute und ich konnte nicht mal genau sagen, warum.

Nach einem langen Moment kam Julia näher und setzte sich auf die Bettkante.

Ich konnte einfach nicht mehr. Ohne zu überlegen, schlang ich die Arme um sie und begann, unkontrolliert zu weinen.

Julia strich sanft über mein Haar und meinen Rücken. »Ist irgendwas passiert?«

Ich schüttelte den Kopf und klammerte mich noch stärker an Julia, die erst mal keine weiteren Fragen mehr stellte. Keine Ahnung, wie lange ich in ihren Armen lag und weinte. Aber ich hörte erst auf, als ich keine Tränen mehr zu vergießen hatte. Ich schmiegte das Gesicht zwischen Julias Schulter und Hals und atmete tief ein. Julias Geruch beruhigte mich. Hätte uns jemand gesehen, hätte man diese Situation leicht missverstehen können. Für einen Moment versteifte ich mich bei diesem Gedanken. Aber … ach, Mist. Warum reagierte ich immer noch so? Julia war für mich da. Als Freundin. Mehr nicht.

Ich löste mich aus der Umarmung. »Wir kennen uns erst so kurze Zeit und kamen auch nicht immer miteinander aus. Ganz abgesehen von …« Ich wollte jetzt nicht von ihrer sexuellen Orientierung anfangen. Das war gerade egal. »Ach, unwichtig. Jedenfalls bin ich sehr froh, dass wir Freundinnen sind.«

Julia lächelte und umarmte mich. »Ich auch.« Sie zögerte einen Augenblick, bevor sie fragte: »Willst du mir jetzt sagen, was los ist?«

Ich schüttelte den Kopf. Was sollte ich ihr auch sagen? Dass ich vollkommen durcheinander war und Angst hatte? Angst? Wirklich? Wovor?

Ich rieb mir mit einer Hand übers Gesicht. Wenn ich doch bloß aufhören könnte zu denken und vor allem … zu fühlen. Ablenkung war, was ich jetzt brauchte. Ja, genau. Dann würde alles wieder gut werden. Ganz sicher. »Lass uns Frühstück machen, okay?«

Julia betrachtete mich, ohne etwas zu sagen.

Ihr Blick machte mich nervös. Hielt sie mich jetzt für total verrückt?

»Okay. Lass uns Frühstück machen.« Julia stand auf. »Für den Abend ist Regen angekündigt. Aber wenn du willst, können wir nachher eine Weile am Strand spazieren gehen. Ich finde das immer sehr entspannend. Und vielleicht willst du ja später doch noch sagen, was los ist.«

Ich zuckte mit den Schultern. »Vielleicht.« Das war jetzt genug. Ich konnte und wollte nicht mehr über mich sprechen. Es gab ja eh nichts zu sagen. »Aber ich hoffe, wir sprechen diesmal auch ein bisschen über dich.«

Julia schaute mich an, als ob sie ein Insekt verschluckt hätte. »Sicher.«

* * *

Dick eingepackt machten wir uns auf den Weg. Ich hakte mich bei Julia ein, und so gingen wir gemeinsam am Wasser entlang.

»Ich liebe es hier draußen«, sagte Julia.

Ich nickte.

Das dunkelgraue Wasser glitzerte an einigen Stellen wie Gold, wenn Sonnenstrahlen durch die Wolkendecke brachen. Es waren kaum Leute unterwegs und zwischendurch fühlte es sich fast an, als ob wir die einzigen Menschen an diesem Strand, auf dieser Insel, ja auf diesem Planeten wären. Zu meinem Erstaunen ängstigte mich diese Idee gerade gar nicht. Jetzt, in diesem Augenblick war es eine schöne Vorstellung. »Julia?«

»Mmh?«

»Wenn du es hier so liebst, warum wolltest du dann nicht herkommen?«

Julia seufzte. »Es sind einfach zu viele Erinnerungen hier.«

»An … an Silke?«

Julia schüttelte den Kopf. »An Dido.« Julia ließ ihren zittrigen Atem entweichen. »Sie war bloß ein Hund. Aber für mich war sie die beste Freundin. Ich erzählte ihr alles.«

Ich tätschelte Julia die Schulter.

»Wir spielten oft stundenlang. Wenn wir hier waren, war ich glücklich. Ganze Tage gingen wir am Strand spazieren.« Sie lächelte. »Im Sommer gingen wir sogar zusammen schwimmen.«

Ich lächelte auch. Wie konnte ich auch nicht, bei dem Leuchten in Julias Augen?

»Mehr als einmal lag ich entspannt am Strand und sonnte mich, und Dido stellte sich neben mich und schüttelte sich so stark sie konnte. Ich schimpfte, aber Dido wusste, dass ich ihr nie wirklich böse sein konnte.« Ihr Lächeln verblasste. »Sie hatte Krebs. Zum Schluss war sie davon innerlich ganz zerfressen.« Julia liefen Tränen die Wangen runter. »Während der Arzt Dido einschläferte, hielt ich sie in meinen Armen. Ich streichelte sie und flüsterte ihr immer wieder ins Ohr, wie sehr ich sie liebe.«

Mein Herz brach, als ich zusah, wie Julia die Hände zu

Fäusten ballte und die Augen schloss.

Dido war für sie nicht bloß ein Haustier gewesen. Und hier, auf Sylt, waren die Erinnerungen an ihre beste Freundin am stärksten.

Julia senkte den Kopf und schielte nach oben. »Du musst denken, ich überreagiere total. Wir sprechen hier schließlich nur von einem …« Ihre Stimme brach ab.

Ich blieb stehen und hielt sie am Arm fest.

Julia stoppte auch, sah mich aber nicht an.

»Schau mich an«, sagte ich sanft.

Zögerlich hob Julia den Kopf und unsere Blicke trafen sich.

»Du hast Dido geliebt.« Ich streichelte Julias Arm. »Sie war für andere nur ein Hund. Aber wichtig ist doch, was sie dir bedeutet hat.«

Julia betrachtete mich einige Momente, bevor sie mich in ihre Arme schloss. »Ich bin froh, dass du es bist, die mit mir als Erste wieder hierhin gekommen ist.«

Wow, was sollte ich dazu sagen? »Ich bin auch froh, mit dir hier zu sein.«

Wir ließen einander los und gingen weiter.

Erstaunlicherweise dachte ich gar nicht viel nach. Ich genoss einfach das Hier und Jetzt. Irgendwann bekam ich einen Regentropfen ab und schaute zum dunkelgrauen Himmel hoch. »Oh ohhh.«

Julia fiel ein Tropfen auf die Nase. Sie grinste, doch dann blickte sie mit großen Augen zum Himmel.

Bis zum Haus war es ein weiter Weg.

Ich bekam noch einen Tropfen ab. Danach noch einen, und ehe ich mich versah, regnete es wie aus Eimern. Ich nahm Julias Hand. »Lauf!« Ich rannte los.

Julia hatte längere Beine, und bald merkte ich, dass ich nicht mit ihr mithalten konnte.

Aber sie ließ meine Hand nicht los.

Ich stolperte und fiel.

Und mit mir Julia, da sie meine Hand nicht schnell genug losließ.

Wir schlidderten und rollten, bis wir ineinander verschlungen liegen blieben. Wir waren voller Sand und nass bis auf die Knochen, doch wir lachten. Immer, wenn unser Lachen nachließ, sahen wir einander an und begannen von vorne.

Bis mir etwas einfiel. »Oh Gott, dein Arm! Hast du dir wehgetan?«

Julia blinzelte und schüttelte langsam den Kopf.

Erstaunt bemerkte ich, dass ich keinerlei Anstalten gemacht hatte, mich von Julia zu lösen. Ich sah sie ernst an und sie mich. Ohne nachzudenken, strich ich ihr mit meinen sandigen Fingern eine nasse Haarsträhne von der Stirn.

Ich spürte Julias warmen Atem im Gesicht. Da wir so dicht beieinanderlagen, konnte ich spüren, wie ihr Herz raste. Oder war es meines? Ach, kein Wunder, wir waren gerade gerannt. Erst jetzt fiel mir auf, dass es immer noch in Strömen regnete. Ich stand auf und streckte die Hand aus.

Julia ergriff sie und ließ sich auf die Füße ziehen. »Ich glaube, ich war noch nie so nass.«

Wir rannten jetzt nicht mehr. Warum auch? Wir waren eh klitschnass. Nach einer Weile erreichten wir das Haus.

Julia hatte Probleme, die Tür aufzuschließen, weil sie so zitterte. Als es ihr endlich gelang, eilte sie zum Kamin. »Ich mach ein Feuer, damit wir uns nach unseren Duschen wärmen können.«

»Gute Idee. Ich geh dann mal.« Mit diesen Worten verschwand ich in meinem Zimmer. Ich zog die an mir klebende, nasskalte Kleidung aus und schnappte mir trockene Sachen. Anschließend tapste ich mit den Sachen in der Hand zum Bad auf der gegenüberliegenden Seite des Flurs. Ich hörte ein Geräusch und drehte mich um.

Julia stand einige Meter entfernt und starrte mich an.

Unsere Blicke trafen sich und sie drehte sich weg.

Oh Gott, ich hatte ja gar nichts an! Ich presste die Kleidung an meine Brust, hastete ins Bad und verschloss die Tür. Mein Herz pochte wie verrückt. Freundin oder nicht, Julia war lesbisch. Also quasi wie ein Mann, wenn es um so etwas ging.

Aber anders als die meisten Männer, die ich kannte, hatte sie sich sofort … na ja, fast sofort weggedreht.

Ich lehnte mich von innen gegen die Badezimmertür. Langsam ließ ich die Klamotten sinken, die ich wie einen Schild vor mich gehalten hatte. Dabei senkte ich meinen Blick und … oh nein. Ich hatte meine Brüste bedeckt. Ja. Aber sonst nichts. Gar nichts. Ich war hier nicht allein, verdammt. Wie hatte ich bloß vergessen können, mir was anzuziehen? Ich schüttelte den Kopf. Mein Körper war eiskalt und zitterte und ich hatte das Gefühl, in jeder Ritze meines Körpers Sand zu haben. Also erst mal duschen.

* * *

In eine Decke gewickelt, betrachtete ich von der Couch aus das Feuer im Kamin.

Draußen hämmerte der Regen gegen die Scheiben. Von wegen Regen am Abend. Es war nicht mal drei Uhr.

»Das gerade tut mir leid.« Julia stand vor der Couch und studierte den Fußboden.

»Es war nicht dein Fehler. Ich hätte mir was anziehen sollen, anstatt nackt durch die Wohnung zu laufen.

Schätze, ich hab vergessen, dass du …«

»Ja.« Sie starrte in den Kamin.

Irgendwie war die ganze Sache albern. Ich klopfte neben mich, und als Julia sich setzte, bot ich ihr ein bisschen von der Decke an.

Zögerlich rutschte sie näher.

Unsere Oberschenkel berührten sich.

Wow, Julia war jetzt aber ganz schön nah. Ich schluckte. Eigentlich hätte es mir klar sein sollen. Schließlich teilten wir uns eine Decke. Es machte mich nervös, aber ich versuchte, dieses Gefühl zu ignorieren. Es war ein harmloses Zusammensitzen von zwei Freundinnen. Sonst nichts. »Du hast heute nichts gesehen, was du nicht schon kanntest.«

Julia schnitt eine Grimasse. »Sollen wir uns Pizza bestellen?«

»Du willst bestellen, anstatt zu kochen? Es geschehen doch noch Zeichen und Wunder.«

Julia lachte. »Ich hab nichts dagegen, Essen zu bestellen, aber wenn ich zu Hause nicht so konsequent wäre, würde Oliver immer bestellen. Deshalb koche ich meistens.«

Ich nickte. Oliver … ich hatte den ganzen Tag nicht einmal an ihn gedacht. Ich musste definitiv eine Entscheidung treffen, wie ich mich nach unserer Rückkehr verhalten sollte.

Julia schubste mich spielerisch. »Also? Sollen wir was bestellen?«

»Sicher. Du bestellst und ich mach uns heißen Kakao.«

»Klingt perfekt. Mit Sahne?«

Ich schmunzelte. »Was sonst?«

Wir standen auf.

»Oh, Scarlett?« Julia drehte sich um und wir stießen

zusammen.

Das Herz schlug mir bis zum Hals, jetzt, wo wir so dicht voreinander standen. Ich wusste, Julia würde nichts tun, aber dennoch …

Wir traten beide einen Schritt zurück und Julia schaute starr zu Boden. »Ähm, was für eine Pizza möchtest du?«

»Funghi. Und was nimmst du?«

Julia grinste. »Ich wollte auch eine Funghi nehmen.«

»Dann lass uns doch eine Familienpizza ordern«, sagte ich. »Wenn was übrig bleibt, essen wir es einfach später.«

»Okay.«

Während Julia mit der Pizzeria sprach, ging sie im Wohnzimmer auf und ab.

Da es eine offene Küche war, konnte ich sie gut sehen, während ich den Kakao zubereitete. Mir war bisher nie aufgefallen, wie geschmeidig sich Julia bewegte.

Als sie aufsah, begegneten sich unsere Blicke. »Doppelt Käse? Kostet heute bloß einen Euro extra bei der Familienpizza.«

Ich strahlte. »Wie könnte ich da widerstehen?«

* * *

Nach dem Essen lehnte sich Julia an die Couchlehne und mein Kopf lag auf ihrer Schulter. Die Wärme, das gedämpfte Licht vom Kamin, dazu Julias entspannter Körper so dicht an meinem … ich merkte nicht, wie es passierte, aber ich schlief ein.

Mitten in der Nacht wachte ich auf. Das Glühen der abgebrannten Holzscheite spendete gerade genug Licht, um die Wanduhr lesen zu können. Kurz vor drei.

Julia saß in derselben Position wie zuvor.

Ich hingegen lag mit dem Kopf in ihrem Schoß.

Julias Hand ruhte auf meinen kurzen Haaren. Ihre gleichmäßige Atmung verriet mir, dass sie auch eingeschlafen war.

Noch vor Kurzem wäre ich total erschrocken gewesen, im Schoß einer Lesbe aufzuwachen. Doch die Lesbe war Julia und ich fühlte mich vollkommen sicher bei ihr. Trotzdem, so konnten wir nicht bleiben. Ich nahm vorsichtig Julias Hand von meinem Kopf, legte sie auf ihren Bauch und erhob mich langsam.

Dennoch wachte Julia auf. Sie blinzelte ein paar Mal. »Was? Oh, ich bin wohl eingeschlafen«, murmelte sie.

»Keine Sorge. Ich auch. Lass uns ins Bett gehen.«

Stille.

Was? Oh verdammt. »In unsere Betten, mein ich.« Nach einer Pause fügte ich hinzu: »Jede für sich.«

Julia rieb sich die Augen und nickte grinsend. Sie stand auf und tapste in Richtung ihres Zimmers. Nach drei Schritten blieb sie stehen und drehte sich zu mir um. »Danke für den schönen Tag.«

Ich lächelte. »Ich danke dir.« Und ich meinte es.

* * *

Am nächsten Morgen machte ich für Julia und mich Frühstück.

»Morgen«, murmelte Julia, während sie sich den Schlaf aus den Augen reibend die Küche betrat. »Schon ganz schön früh auf heute, was?«

Ich konnte mir bei diesem Anblick ein Lächeln nicht verkneifen. Julia wirkte fast wie ein Kind. Wenn auch ein zugegebenermaßen ziemlich großes.

»Guten Morgen«, sagte ich. »Wir sind ja auch früh schlafen gegangen.«

Julia nahm am Frühstückstisch Platz. »Punkt für dich.«

Ich setzte mich ihr gegenüber und goss Julia eine Tasse Kaffee ein. »Wann geht der Flug?«

»Um fünf.« Sie nahm sich einen Toast. »Wann hat Oliver eigentlich gestern angerufen?«

Oh, verdammt. Daran hatte ich ja gar nicht mehr gedacht. Er hatte sich doch melden wollen. Ohne etwas zu sagen, stand ich auf und eilte in mein Zimmer. Auf dem Nachttisch lag mein Handy. Es war aus. Der Akku war leer. Ich hatte es nicht bemerkt und auch das Ladekabel nicht dabei. Wie hatte ich bloß vergessen können, dass Oliver anrufen wollte? Mit kleinen Schritten marschierte ich wieder in die Küche. »Der Akku ist leer. Er hat vermutlich den ganzen Abend versucht, mich zu erreichen.«

Julia legte ihre Scheibe Brot zur Seite. »Warum hat er dann nicht auf meinem Handy angerufen?«

»Vielleicht hat er das ja. Wir waren doch im Wohnzimmer, und wenn ich mich recht erinnere, hast du gestern dein Handy nach der Pizzabestellung wieder in dein Zimmer gebracht.«

Julia stand ruckartig auf und hastete in ihr Zimmer. Einen Augenblick später kam sie wieder und zeigte mir ihr Handy. »Sieben Anrufe. Alle von Oliver. Wie konnten wir das überhören?«

Ich zuckte mit den Schultern. »Kann ich dein Handy benutzen?«

Julia nickte und reichte es mir.

Eilig wählte ich Olivers Nummer.

»Jaaa?« Die Stimme am anderen Ende klang verschlafen.

»Oliver, ich bin's. Es tut mir leid, mein Akku war alle, und ich hab's nicht gemerkt. Und wir waren lange im Wohnzimmer, deshalb hat Julia ihr Handy auch nicht gehört.«

Stille.

»Oliver?«

»Ja.«

»Es tut mir leid.«

Wieder Stille. Dann ein Räuspern. »Was habt ihr so lange im Wohnzimmer gemacht? Es war kurz nach zwei beim letzten Versuch. Und warum habt ihr das Handy nicht gehört?«

Ohne nachzudenken, sagte ich ihm die Wahrheit: »Wir haben geschlafen.« Oh ohhh, das konnte man leicht missverstehen.

»Was heißt geschlafen?« Oliver war deutlich lauter als sonst.

Julia schien ihn gehört zu haben, denn sie schaute mich mit großen Augen an.

»Wieso schläfst du mit meiner Schwester im Wohnzimmer ein? Es kann ja nur auf der Couch vorm Kamin gewesen sein. Was zur Hölle treibt ihr da?«

»Oliver, bist du verrückt geworden? Wir treiben überhaupt nichts. Ich …«

Julia riss mir das Handy aus der Hand und ich zuckte zusammen. »Oliver, bist du betrunken? Wie redest du mit Scarlett? Und warum unterstellst du uns, dass wir …« Sie holte tief Luft. »Ich würde niemals so etwas machen, das weißt du.«

Ich konnte nicht hören, was Oliver antwortete.

»Ja, ich weiß, Oliver. Nein, es ist okay. Bei mir musst du dich nicht … ja. Nein, das glaube ich nicht. Das … das muss sie entscheiden. Ich weiß das nicht. Wie? … Nein, hat sie nicht. Und es ist auch nicht an mir, darüber zu … Oliver … Oliver, es ist gut. Ja, mach ich. Ja, um kurz nach sechs. Okay, bis dann.« Julia legte auf.

»Was ist los?«

»Er holt uns vom Flughafen ab. Ich denke, er will mit dir sprechen.«

Ich nickte. Wenn ich ehrlich war, hatte ich ernsthaft darüber nachgedacht, Schluss zu machen. Aber er schien offenbar zu denken, ich und Julia … Gott, allein bei dem Gedanken wurde mir schlecht.

»Was denkst du, Scarlett?«

Ich schaute auf. »Ich bin unsicher, was ich jetzt tun soll. Ich hatte noch nie einen Freund, der so eifersüchtig war.«

Julia schüttelte den Kopf. »Eigentlich ist er nicht so. Keine Ahnung, was in ihn gefahren ist.«

Was sollte ich bloß tun? Ich konnte jetzt unmöglich Schluss mit ihm machen. Er würde am Ende sonst wirklich denken, dass ich … wie absurd. Andererseits war ich mir nicht sicher, was mich mehr störte: mit einem Mann zusammen zu sein, für den ich außer Sympathie nichts empfand, oder für eine … Lesbe gehalten zu werden. Vor einem Monat hätte ich nicht mal darüber nachgedacht. Selbstverständlich wäre ich bei Oliver geblieben. Aber jetzt?

* * *

Mit zwei Tassen heißem Kakao betrat ich den Panoramaraum.

Julia stand an der Glasfront mit dem Rücken zu mir und blickte auf das graue Meer hinaus.

Ich stellte die Tassen auf einen der beiden Couchtische und ging zu Julia. Neben ihr blieb ich stehen und legte den Arm um ihre Taille. Es war schon merkwürdig, aber ich hatte meine Angst, sie zu berühren oder von ihr berührt zu werden, während dieses Wochenendes vollkommen verloren. Es war jetzt fast das Gegenteil: Ich genoss es.

Sie schaute kurz zu mir und danach wieder nach draußen. »Das kann so nicht funktionieren.«

Ich blinzelte. »Was meinst du?«

Julia blickte wieder aufs Meer hinaus. »Es ist so schön, wenn wir Zeit miteinander verbringen. Ich hätte es am Anfang nicht gedacht, aber ich …«

»Was?« Ich drehte mich etwas mehr zu ihr.

Julia schüttelte den Kopf, so als wollte sie ihre Gedanken abschütteln.

Ich ließ Julias Taille los und nahm stattdessen ihre Hand.

Sie betrachtete unsere Hände.

»Sprich mit mir, Julia.«

Sie schloss immer alle Menschen aus. Aber ich dachte wirklich, sie hätte sich mir etwas geöffnet. Ich hoffte, Julia würde jetzt nicht wieder dichtmachen.

»Ich möchte Oliver nicht verletzen.«

Ich runzelte die Stirn. »Wie kommst du darauf, du könntest das tun?« Plötzlich dämmerte es mir. Ich ließ Julias Hand los und trat einen Schritt zurück. Sie wollte doch nicht etwa andeuten, dass sie für mich mehr als Freundschaft empfand? Oder verstand ich das jetzt alles falsch?

Julia wanderte zur Couch, setzte sich und nahm einen Schluck Kakao. Anschließend stellte sie die Tasse wieder ab und sah mich an. »Es spielt keine Rolle, dass … dass da nichts ist. Oliver wird immer Zweifel haben. Wir verstehen uns einfach zu gut.«

»Das ist der größte Mist, den ich je gehört habe. Da schaffe ich es, endlich über meine Vorurteile hinwegzusehen, und fange an, dich nicht mehr nur als die Lesbe, sondern meine Freundin Julia zu sehen, und dann sagst du mir, wir können nicht befreundet sein, weil der angeblich sooo tolerante Oliver meint, ich würde etwas mit dir anfangen? Das ist lächerlich.« Ich musste nach meiner kleinen Ansprache erst mal nach Luft schnappen.

Julia senkte den Blick und ich konnte förmlich hören, wie es in ihrem Kopf ratterte. »Wie ich dir schon mal gesagt habe, würde ich niemals etwas mit dir anfangen oder dich irgendwie anfassen ... also auf diese Weise. Du bist die Freundin meines Bruders. Meines Zwillingsbruders. Niemals würde ich ihm das antun.«

Ich ging einen Schritt auf sie zu. »Das weiß ich und i...«

Sie hob die Hand. »Es ist wohl besser, wenn wir«, sie holte tief Luft, »unsere Freundschaft nicht weiter verfolgen.«

Was? Ich starrte sie an. Unsere Freundschaft sollte enden, bevor sie richtig begonnen hatte? Mein Magen krampfte sich zusammen. »Nein.«

»Nein?«

»Ganz richtig. Nein. Du liebst deinen Bruder und ich verstehe, dass du ihn nicht verletzen willst, aber erstens ist zwischen dir und mir überhaupt nichts.« Ich gestikulierte wild zwischen uns hin und her. »Du weißt schon.«

Julia sah mich ausdruckslos an.

»Und zweitens weiß ich nicht mal, ob ich mit ihm sehr viel länger zusammenbleiben werde.« So, jetzt war es raus.

Julia saß da wie zur Salzsäule erstarrt. Irgendwann senkte sie den Kopf. »Das hättest du mir nicht sagen sollen. Wie kann ich ihm denn jetzt gegenübertreten und so tun, als ob alles in Ordnung wäre?«

Mit wenigen Schritten eilte ich zur Couch und setzte

mich neben Julia. Ich wartete, bis sie mich ansah. »Julia, es … es tut mir leid, dass ich dich in diese Lage gebracht habe. Ich weiß noch nicht, was ich machen werde. Also wegen Oliver. Ich mag ihn, weißt du? Aber da ist einfach nicht mehr.«

»Dann sei ehrlich zu ihm.«

Ich ließ mich zurückfallen. »Ich will ihm nicht wehtun.«

»Wenn du seine Gefühle nicht erwiderst, ist es doch nur eine Frage der Zeit, bis du ihm wehtust und nicht ob. Also mach es lieber bald, oder es wird nur noch schmerzhafter für ihn.«

Julia hatte recht. Ich senkte den Blick.

»Ich werde ihm nichts sagen. Das musst du ganz alleine tun.«

»Ich weiß«, sagte ich leise.

* * *

Das Wohnzimmer war kühl ohne Feuer im Kamin, doch das war mir egal. Ich schaute durch die Glastüren aufs Meer hinaus. Immer, wenn ich dachte, mein Leben war kompliziert, kam noch etwas. Ich musste einen Entschluss fassen. Würde ich weiter mit Oliver zusammenbleiben oder Schluss machen? Andere würden wahrscheinlich gar nicht darüber nachdenken und die Sache einfach beenden. Aber andere waren nicht ich. Was wäre denn ohne Oliver so anders? Wir kannten uns erst so kurze Zeit. Verdammt, was war mein Problem?

Als Julia das Zimmer betrat, zuckte ich zusammen.

Sie ging zum Kamin. »Entschuldige, wenn ich störe. Es ist ziemlich kalt hier, und ich dachte, du frierst eventuell.«

Ich drehte mich um und beobachtete Julia, während sie Holzscheite im Kamin stapelte. »Julia?« Meine Stimme zitterte.

Sie richtete sich auf, drehte sich langsam um und betrachtete mich. Achtlos ließ sie alles fallen und eilte auf mich zu. Kurz vor mir blieb sie stehen. »Ja?«

Ich fiel ihr in die Arme und begann zu weinen.

Julia hielt mich, sagte aber nichts. Sie strich mir übers Haar, und ich entspannte mich etwas.

»Ich kann nicht allein sein.«

Julia führte mich zur Couch und setzte sich dicht neben mich. »Bist du deshalb mit Oliver zusammen, obwohl du nicht verliebt bist?«

Ich nahm ein Kleenex vom Couchtisch und schnäubte mir die Nase. »Ich weiß nicht.«

Julia legte den Arm um meine Schulter und ich lehnte mich an sie. »Hast du eine Ahnung, warum du nicht allein sein kannst?«

Ich schüttelte den Kopf. Erst dann dachte ich über die Frage nach. Es war nie anders gewesen. Ich fühlte mich allein, solange ich denken konnte. Meine Mutter war immer irgendwie traurig und wir sprachen nie besonders viel. Und mein Vater hatte noch weniger mit mir gesprochen und wenn, dann hatte er mich meistens kritisiert. Nie war etwas gut genug für ihn gewesen. Ob das der Grund war, warum ich es immer allen recht machen wollte und spüren musste, dass ich jemandem etwas bedeute? Selbst wenn ich diese Gefühle nicht erwiderte? »Findest du, ich bin ein schlechter Mensch, weil ich mit Oliver und all den anderen bloß deshalb zusammen war?«

Julia starrte einen Moment ins Leere. Anschließend lehnte sie die Wange an meinen Kopf. »Nein, Scarlett. Das glaube ich nicht. Aber ich denke, du solltest versuchen, einen anderen Weg zu finden. Ohne es zu wollen, verletzt du Menschen mit dem, was du tust.«

Ich konnte es nicht aufhalten. Ich fing wieder an zu weinen. Nie zuvor hatte ich jemanden so nah an mich herangelassen wie Julia. Nicht einmal Nathalie wusste all das von mir. Herr Gott, ich hatte bis gerade selbst nicht so viel über mich gewusst. Doch obwohl wir uns erst so kurz kannten, wusste ich einfach, ich konnte ihr vertrauen.

»Ich fühle mich auch oft allein«, sagte Julia mit leiser Stimme. »Selbst als ich mit Silke zusammen war, habe ich mich oft einsam gefühlt.«

Ich löste mich etwas von Julia und schaute sie mit verheulten Augen an. »Aber ich dachte, du magst es, allein zu sein.«

»Das tue ich. Aber allein sein und einsam sein sind zwei unterschiedliche Dinge. Weißt du, was ich meine?«

»Nein.«

»Du kannst in einer Menschenmenge stehen und trotzdem einsam sein. Oder du kannst allein an einem Ort sein und auf den Menschen, den du aus ganzer Seele liebst, warten, weil du weißt, sie«, Julia schaute mich an, »oder er kommt jeden Augenblick.«

Langsam dämmerte mir, was sie meinte. »Du wartest.«

Sie schüttelte den Kopf. »Ich denke, das ist es, warum ich mich so allein fühle. Ich habe aufgehört zu warten oder zu suchen, weil ich nicht glaube, dass irgendwann jemand kommt, der mich glücklich machen kann.«

Ich richtete mich auf. »Wir sind beide noch jung. Warum hast du denn jetzt schon aufgegeben? Ich bin ja schon pessimistisch, aber du klingst ja fast depressiv.«

Julia schaute mir tief in die Augen. »Vielleicht habe ich Angst, verletzt zu werden.«

Ich nahm ihre Hand. »Wenn irgendjemand dir wehtun

sollte, schick sie zu mir. Ich werde mich dann mit ihr … unterhalten.«

Einen Moment sahen wir einander an. Zeitgleich fingen wir an zu lachen. Es war genau das, was wir nach all den ernsten Gesprächen brauchten.

»Lass uns wieder nach oben gehen«, sagte Julia. »Das Feuer brennt oben, und es ist schön warm. Und bald müssen wir auch schon los.«

Kapitel 12

Wie versprochen wartete Oliver am Flughafen. Er mied meinen Blick und wirkte dabei wie ein Schuljunge, der beim Schummeln erwischt wurde.

Ich rang mir ein Lächeln ab und umarmte ihn.

»Es tut mir so leid«, flüsterte mir Oliver ins Ohr.

»Es ist okay«, sagte ich und löste mich von ihm.

Oliver sah mir tief in die Augen und küsste mich.

Als er den Mund öffnete und begann, mich mit seiner Zunge zu attackieren, schob ich ihn sanft weg. Diese Scharade tat Julia sicher weh. Sie wusste, dass ich ihren Bruder sehr bald verletzen würde. Doch als ich mich umdrehte, lächelte sie. Wenn es auch etwas gezwungen wirkte.

Kaum hatte ich Oliver losgelassen, schloss Julia ihn in die Arme.

Er flüsterte auch ihr etwas ins Ohr.

Julia gab ihm einen Kuss auf die Wange und hielt ihn ganz fest.

Über Olivers Schulter hinweg trafen sich unsere Blicke.

Ich fühlte mich furchtbar. Dabei hatte ich nichts Falsches getan. Zumindest nicht absichtlich.

»So«, sagte Oliver auf dem Weg zum Ausgang. »Dann erzählt mal, wie euer Wochenende war. Ich hab gehört, es hat an der Küste viel geregnet.«

Julia räusperte sich. »Gestern waren wir am Strand spazieren und sind in einen ziemlichen Schauer geraten.« Sie schwieg einen Moment, bevor sie fortfuhr: »Als wir endlich zu Hause ankamen, waren wir nass bis auf die Knochen.«

»Wow, ihr hattet Glück, dass ihr euch nicht erkältet habt.«

Ich nickte. Als ich Olivers Hand in meiner spürte, hob ich den Kopf und gab ihm einen flüchtigen Kuss.

Sein Mund wanderte zu meinem Ohr. »Willst du heute bei mir schlafen?«

Ich war so durcheinander. Was sollte ich tun? Er würde ganz sicher denken, dass da doch was zwischen mir und Julia war, wenn ich jetzt Nein sagte. Aber ich brauchte Zeit zum Nachdenken. Olivers Gefühle waren mir merkwürdigerweise wichtiger als die von Matthias. Und mit dem war ich eineinhalb Jahre zusammen gewesen. Vielleicht, weil Oliver so verliebt schien oder … weil er Julia so wichtig war. Aber das änderte alles nichts daran, dass ich jetzt Zeit für mich brauchte. »Sei mir nicht böse, aber ich möchte nach dem Wochenende wieder in meinem eigenen Bett schlafen.«

Oliver betrachtete seine Füße. Wieder aufsehend, sagte er lächelnd: »Wenn du willst, kann ich mit zu dir kommen.«

Gott, was konnte ich darauf sagen? Sorry, Oliver, ich brauch Zeit, um darüber nachzudenken, wie ich mit dir am schonendsten Schluss machen kann? Oh ja, tolle Idee. »Klar.« Verdammt, warum machte ich so was immer wieder?

* * *

Nachdem wir Julia mit dem Versprechen, zum Frühstück wieder da zu sein, bei ihr zu Hause abgesetzt hatten, sagte Oliver: »Ich möchte mich noch mal für mein Verhalten heute Morgen entschuldigen. Nachdem ich die halbe Nacht wach gelegen habe und euch nicht erreichen konnte, kamen mir dumme Gedanken.«

Ich legte die Hand auf Olivers Knie. »Denk nicht mehr darüber nach. Zwischen mir und Julia ist nichts. Also nicht so was. Aber wir sind dabei, richtig gute Freundinnen zu werden.«

»Es ist bloß so neu für mich.«

»Was denn?«

»Julia hat sonst nie Freundinnen. Außer Victoria und Silke hab ich sie nur mit Studienkolleginnen gesehen oder mit Anja, aber auch mit der hatte sie eigentlich kaum Kontakt.«

Wen interessierte denn jetzt Anja? »Du hast doch vorgeschlagen, dass ich mit Julia nach Sylt fliege.«

»Ich weiß.« Er schüttelte den Kopf. »Vergiss, was ich gesagt habe. Es ist albern.«

Was konnte ich dazu sagen? Stimmt? Am besten sagte ich gar nichts. Wir schwiegen den Rest der Fahrt.

* * *

Zu Hause angekommen, war ich froh, Nathalie wiederzusehen.

Wir umarmten einander.

»Ich will jede Einzelheit hören«, sagte sie.

Als Oliver mit meinem Koffer hinter mir auftauchte,

erklärte ich: »Er schläft heute hier.«

Nathalie runzelte die Stirn. »Oh, okay.«

Ich wendete mich an Oliver. »Bringst du den Koffer bitte in mein Zimmer? Bin gleich da. Ich muss nur mal eben mit Nathalie sprechen.«

»Sicher.«

Nathalie runzelte erneut die Stirn, während ich sie in ihr Zimmer zog.

Nachdem ich die Tür geschlossen hatte, sagte ich leise: »Ich muss dringend mit dir sprechen.«

»Was ist denn los? Ist irgendwas mit Julia passiert?«

»Nein. Wieso? Es geht um was Anderes.«

Nathalie kam etwas näher. »Und worum genau?«

»Ich würde jetzt gern mit dir sprechen.« Ich schaute zur Seite. »Aber wie du weißt, bin ich gerade nicht allein.«

»Warum hast du Oliver dann mitgebracht?«

»Er hat gefragt.«

»Oh, das ist natürlich ein Grund.« Nathalie stemmte die Hände in die Hüften.

Ihr Gesichtsausdruck in Kombination mit ihrer Körperhaltung brachte mich zum Lachen. »Ich muss wieder zu Oliver. Bleib in der Nähe, ja?«

* * *

Oliver lag auf dem Bett, die Hände hinterm Kopf verschränkt, und grinste mich an, während er mit den Augenbrauen wackelte.

Na super.

Ich schloss die Tür und setzte mich neben ihn aufs Bett.

Er zog mich sofort zu sich runter und presste seine Lippen auf meine.

Mein erster Gedanke war, ihn wegzuschieben, aber ich war einfach noch nicht bereit, Olivers Herz zu brechen, also ließ ich gewähren.

Mit seinem ganzen Gewicht rollte er sich auf mich und schob seine Zunge in meinen Mund.

Mir blieb für einen Moment die Luft weg.

Als er begann, meinen Nacken zu liebkosen und an meiner Bluse herumzunesteln, hielt ich seine Hände fest. »Oliver, ich dachte, wir haben darüber gesprochen. Ich brauche etwas Zeit.«

Oliver stoppte und gaffte mich wortlos an. Nach einem langen Augenblick rollte er sich auf den Rücken und starrte an die Decke.

Instinktiv atmete ich tief ein und entspannte mich. Für einen Moment hatte ich mich echt überrumpelt gefühlt.

»Ich glaube, es ist besser, wenn ich gehe.«

Was sollte ich dazu sagen? Ja?

»Ich muss nachdenken.« Ohne es zu wissen, sprach Oliver mir aus der Seele.

»Wie du willst.« Ich richtete mich auf.

Er wich meinem Blick aus, stand auf und stapfte zur Tür. Während Oliver die Türklinke in die Hand nahm, grummelte er: »Ich ruf dich morgen an.«

»Okay.« Was war hier los? Würde er am Ende mit mir Schluss machen und ich zerbrach mir hier den Kopf für nichts und wieder nichts?

* * *

»Oliver ist gegangen.«

Nathalie, die auf ihrem Bett lag und ein Buch vor sich hatte, schaute auf. »Es war richtig, ihn wegzuschicken.«

»Hab ich nicht. Ich wollte nicht mit ihm schlafen, da

ist er gegangen.«

»Waaas?«

Ich zuckte mit den Schultern.

»Was für ein Arsch.«

»Nathalie, sag so was nicht. Du weißt nicht, was am Wochenende los war.«

»Dann komm her und erzähl's mir.«

Ich nahm neben ihr auf dem Bett Platz und knabberte an meiner Unterlippe. »Ich geb dir eine Zusammenfassung.«

Nathalie setzte sich im Schneidersitz hin.

Meine Zunge sprang im Mund hin und her, als würde mir das helfen, die richtigen Worte zu formen. »Mir ist bewusst geworden, dass ich in meinem ganzen Leben nicht einmal verliebt war und mit all meinen Freunden nur zusammen war aus Angst, allein zu sein. Deshalb werde ich wohl mit Oliver Schluss machen.« Ich schnappte nach Luft. »Oh, und Oliver hat mich und Julia beschuldigt, was miteinander zu haben.« Ich ließ den restlichen Atem entweichen.

Nathalie schaute mich mit großen Augen an.

»Was sagst du?«

Schweigen.

»Komm, Nathalie, sag was.«

»Okay, zur ersten Sache: wow. Heftig.« Sie schwieg eine Weile, bevor sie sagte: »Aber das erklärt einiges. Und ich denke auch, dass du unter diesen Umständen mit ihm Schluss machen solltest.«

Mir fiel ein Stein vom Herzen. Nathalie verstand und unterstützte mich. Sie war eben doch die Beste.

»Zum Zweiten: wow. Hammer. Wie kommt Oliver darauf?«

»Oliver versuchte, mich am Samstag anzurufen.«

Nathalie nickte.

»Aber mein Handyakku war leer und ich hab‘s nicht gemerkt. Als er mich nicht erreichen konnte, versuchte er es die halbe Nacht auf Julias Handy. Aber sie hat es nicht gehört.«

Nathalie hob eine Augenbraue. »Wo war sie denn?«

»Wir waren auf der Couch eingeschlafen.«

»Zusammen?«

»Jap.«

»Sag nicht, das hast du Oliver gesagt.«

»Doch. Warum hätte ich ihn anlügen sollen? Es war doch alles ganz harmlos.«

Nathalie schlug sich gegen die Stirn. »Meine Güte, Mädel, bei dir wird‘s echt nie langweilig.«

Ich starrte ins Leere. »Gott, ich bin so durcheinander.«

Nathalie schlang einen Arm um meine Schulter. »Denk einfach nicht so viel nach. Ich hab am Wochenende ‘ne Flasche Batida de Coco und Kirschsaft gekauft. Was hältst du davon, dich mit deiner besten Freundin sinnlos zu betrinken?«

Ich kicherte.

»Und wenn das nicht helfen sollte … ich weiß auch nicht. Mach ‘ne Therapie?«

Ich lachte. »Wie sagt man im Englischen so schön? Been there, done that.«

Nathalie grinste. »Also?«

Ich stand auf. »Lass uns Gläser holen. Ich mische.«

* * *

Nathalie und ich saßen dicht beieinander auf der Wohnzimmercouch und sangen laut »Football’s Coming Home«, weil im Fernsehen nichts außer Fußball zu laufen schien.

»So, dann erzähl mal, wie es für dich war, ein ganzes Wochenende mit Julia, einer Lesbe, in einem romantischen Strandhaus eingesperrt zu sein.«

Ich betrachtete Nathalie mit halb geöffneten Augen und winkte ab. »Julia is' meine Freundin. Mir is' egal, dass se lesbisch is'.«

»Warum grinst du, Scarlett?«

»Sie hat mich sogar nackt gesehen«, flüsterte ich, als ob es das größte aller Geheimnisse wäre.

Nathalie richtete sich abrupt auf. »Sie hat dich nackt gesehen?«

Ich nickte eifrig, bis mir schwindelig wurde.

»Wie ist das denn passiert?«

Ich kicherte. »Nachdem wa Arm in Arm auf'm Strand rumgerollt sind und das im strömm … strömenden Regen, war'n wa nass, kalt und voll Sand. Also sind wa duschen gegangen.«

Für einen Moment starrte mich Nathalie mit weit offenem Mund an. »Am Strand rumgerollt?« Sie räusperte sich. »Ihr habt zusammen geduscht?«

Zusammen? Geduscht? Hä? »So 'n Quatsch. Ich hab unten geduscht und sie oben.«

Nathalie öffnete mehrfach den Mund und schloss ihn wieder, ohne etwas gesagt zu haben.

Es erinnerte mich an einen Fisch auf dem Trockenen. Ich begann zu lachen.

»Und warum hat sie dich dann nackt gesehen?«, fragte Nathalie nach einer ganzen Weile.

Meine Gedanken waren bei dem Abend, nachdem wir so nass geworden waren und uns auf der Couch die Decke geteilt hatten.

»Scarlett?«

»Mmh?«

»Warum hat sie dich nackt gesehen, und warum grinst du jetzt so merkwürdig?«

Ich boxte spielerisch auf Nathalies Arm ein. »Tu ich gar nich'.« Wo waren wir noch mal? Ach ja. »Ich war auf'm Weg zur Dusche und hatte nix an. Da hat sie mich gesehen. Das is' alles.« Nach einer kurzen Pause fügte ich hinzu: »Aber sie hat sich sofort weggedreht.«

»Und warum grinst du so?«

Tat ich doch gar nicht. Oder doch? »Weiß nich'.«

Nathalie hob eine Augenbraue. »Du magst Julia, was?«

»Jap.« Ich trank das letzte Glas Batida-Kirsch aus und schaute traurig auf die leere Flasche. Das war wirklich lecker gewesen.

»Und wie kam es zu der Sache am Str…?«

Nathalie wurde vom Klingeln des Telefons unterbrochen.

Sie nahm den Anruf entgegen. »Nathalie Schmidt, von Nathalie und Scarlett, auch bekannt als das dynamische Duo.«

Ich kicherte und Nathalie grinste mich an.

»Wenn man vom Teufel spricht. Klar, ich geb sie dir.« Nathalie reichte mir den Hörer.

»Jap?«

»Scarlett?«

»Oh, hallo, schöne Frau. Was gibt's?«

Nathalie hob eine Augenbraue und Julia am anderen Ende schwieg.

Hatte ich das wirklich laut gesagt? Oh Mann. Ich hätte Nathalie nicht das meiste wegtrinken sollen.

»Ähm«, Julia zögerte, »Scarlett, bist du betrunken?«

»Lass mich überlegen. Warte, ich frag mal.« Ich hielt das Telefon zur Seite. »Nathalie, bin ich betrunken?«

Nathalie biss sich auf die Unterlippe und schaute nach oben. »Ja, Süße.«

Ich nahm den Hörer wieder zum Ohr. »Nathalie sagt Ja.«

»Vielleicht ruf ich besser …«

»Was is' los, Julia?«

Meine Gesprächspartnerin schwieg.

»Komm, sach schon.«

»Oliver kam vor zwei Stunden nach Hause und er schien ziemlich down. Ich wollte bloß fragen, ob ihr beide …«

»Was?«

»Schluss gemacht habt.«

»Nein. Er war viel zu sehr damit beschäftigt, mir anne Wäsche zu geh'n, als dass ich was mit ihm hätte besprechen können.«

Wieder herrschte am anderen Ende Stille. Bis Julia fragte: »Habt ihr … habt ihr miteinander geschlafen?«

»Nein. Und deshalb issa abgehau'n.«

Julia schwieg einen langen Augenblick, bevor sie sagte: »Hör zu, wegen morgen früh …«

»Jaaa?«

»Ich glaube es ist keine gute Idee, wenn wir hier zusammen frühstücken.«

»Wegen ihm oder wegen dir?«, fragte ich.

»Was meinst du?«

»Will er mich nich' da haben oder du?« Der Gedanke, Julia könnte mich nicht da haben wollen, tat weh.

»Weder noch. Es ist einfach keine gute Idee. Ich hol dich morgen um kurz nach sieben ab. Okay?«

»Wenne meinst.«

Julia atmete laut aus. »Bis morgen.«

»Warte.« Eigentlich gab es nichts mehr zu sagen, aber

irgendwie wollte ich nicht, dass unsere Unterhaltung schon endete. »Wie geht's dir, Julia?«

»Mir?«

»Ja, dir.«

»Gut.«

»Wirklich?«

Julia seufzte. »Scarlett, bleib nicht zu lange auf.«

»Warum antwortest du mir nich'?«

»Weil du betrunken bist.«

»Also geht's dir nich' gut.«

»Scarlett, bitte.«

»Okay. Sorry. Bis morgen früh. Schlaf schön, Julia.«

»Du auch.«

Dann war die Leitung tot und ich legte auf.

Kapitel 13

»Wie geht es dir?«, fragte Julia, während wir zur Arbeit fuhren.

»Geht so. Und dir?«

»Geht so.«

Wir grinsten einander an.

Dann wurde Julias Gesichtsausdruck ernst. »Als Oliver gestern nach Hause kam, war er total abweisend zu mir und wollte auch nicht mit mir reden.«

»Meinst du, er glaubt immer noch, dass wir …?«

Julia seufzte. »Fürchte ja.«

Trottel. »Warum zum Teufel glaubt er, ich habe was mit dir, bloß weil ich nicht mit ihm schlafen will? Was ist das denn für eine Logik?«

Julia zuckte mit den Schultern und schaute beim Abbiegen flüchtig in den Rückspiegel.

»Ich werde heute mit ihm Schluss machen, aber ich will nicht, dass er denkt, ich …«

Julia legte die Hand auf meine. »Versteh mich nicht falsch. Mit dir zusammen zu sein, wäre sicher … wundervoll. Aber nichts könnte mich dazu bringen, meinem Bruder so etwas anzutun.«

Als ob jemals etwas zwischen uns passieren würde.

Stopp. War das gerade ein Kompliment gewesen? Meine Wangen wurden heiß.

Julia ließ meine Hand los.

»Der Gedanke, wir könnten was miteinander haben, ist lächerlich. Also warum reden wir überhaupt darüber?« Für einen Augenblick glaubte ich, in Julias Augen Verletzung zu erkennen. Da wurde mir klar, was ich gesagt hatte. So hatte ich es nicht gemeint. Gott, manchmal war ich echt unsensibel. »Julia, ich habe mich falsch ausgedrückt. Scheinbar habe ich heute einen dieser Tage, an denen ich einfach nicht die richtigen Worte finde.« Meine Hand wanderte zu Julias Arm. »Ich behaupte nicht, dass ich es verstehe, aber du bist nun mal an Frauen interessiert. Ganz sicher wirst du irgendwann die Richtige finden. Und diese Frau wird etwas Besonderes sein, weil sie es geschafft hat, dein Herz zu erobern. Du bist ein wundervoller Mensch und, soweit ich das beurteilen kann, auch eine sehr gut aussehende Frau.« Ich schüttelte langsam den Kopf. »Ich bin nicht wie du. Das ist der einzige Grund, warum es lächerlich wäre zu glauben, du und ich könnten ein Paar werden. Du würdest ja auch nichts mit einem Mann anfangen.«

Julia nickte zögerlich.

Ich holte tief Luft und straffte meine Gestalt. »In meiner Pause werde ich Oliver anrufen, um mich heute Nachmittag mit ihm zu treffen. Wenn wir uns sehen, werde ich mit ihm Schluss machen.«

Julias Hände schlossen sich stärker ums Lenkrad. »Wie wirst du es ihm beibringen?«

Ich schaute aus dem Beifahrerfenster und beobachte die Fußgänger, an denen wir vorbeifuhren. Ob deren Leben wohl auch so kompliziert waren? »Ich weiß noch nicht.«

»Wo willst du dich mit ihm treffen?«

»Ich dachte ans ›Café Sahneschnitte‹.«

Julias Augenbrauen schossen nach oben. »In aller Öffentlichkeit? Meinst du nicht ...« Sie atmete tief ein. »Meinst du nicht, es wäre besser, mit ihm bei dir zu Hause zu reden?«

Ja, klar. Und riskieren, dass er so ausrastete, wie neulich Morgen am Telefon. Ach, verdammt, ich wollte jetzt nicht an heute Nachmittag denken. Das kam schon früh genug. Ich schüttelte den Kopf, als ob ich dadurch die Gedanken an Oliver abschütteln könnte. »Möchtest du heute Abend um acht mit mir und Nathalie ins ›Versteck‹ gehen?«

Julia blinzelte. »Versteck?«

»Ja, das ist ‘ne neue Bar in der Nähe vom Hauptbahnhof.«

Julia zuckte mit den Schultern. »Weiß nicht.«

»Sag schon Ja.«

»Ich bleibe besser bei Oliver. Er wird mich sicher brauchen.«

Ich biss mir auf die Unterlippe. Offenbar wurden wir das Thema heute Morgen nicht los. »Glaubst du, er wird es sehr schwer nehmen?«

Julia seufzte. »Denke schon.«

Zaghaft berührte ich Julias Schulter. »Du bist eine gute Schwester.«

Ein gequält aussehendes Lächeln war die einzige Antwort.

Ich drehte mich zu ihr. »Wir, du und ich, sind Freundinnen.« Ich gestikulierte zwischen uns hin und her. »Und ich möchte nicht, dass sich das durch diese Sache ändert.«

Julia senkte für einen Augenblick den Kopf. »Diese Sache ist mein Bruder, Scarlett.«

»Entschuldige«, sagte ich leise. »So habe ich das nicht gemeint.« Manchmal sollte ich einfach den Mund halten.

Julia nickte, sah aber starr auf die Straße. »Ich komme in meiner Pause auf 'nen Snack vorbei, okay?«

Mein Mund formte ein strahlendes Lächeln. Ich würde heute zwar wieder Single werden, aber Julia würde ich behalten. Das Leben war vielleicht nicht perfekt, aber es war gut.

* * *

Als Oliver das Café betrat, winkte ich ihm zu und verfolgte seinen Weg vorbei an den zahlreichen Tischen, bis er mit ausdrucksloser Miene vor mir stehen blieb. »Hallo, Scarlett.«

Ich lächelte verkrampft und hielt ihm die Wange für einen Kuss hin.

Sein Mund berührte meine Haut kaum, bevor er mir gegenüber Platz nahm. »Was trinkst du?«, fragte Oliver.

»Kamillentee.«

Er hob eine Augenbraue.

»Ich hab Magenprobleme«, murmelte ich.

Eine Weile schwiegen wir einander an.

Dann sagte ich: »Wir müssen reden.«

»Das sagtest du bereits am Telefon.«

Gott, wie sollte ich ihm das bloß beibringen?

»Du möchtest Schluss machen, stimmt's?«

Ich sah von meinem Tee auf. Sollte es so einfach sein? »Ja.«

»Wegen Julia?« Olivers Stimme zitterte.

»Nein«, grummelte ich.

»Nein?«

»Zwischen mir und Julia ist nichts außer Freundschaft.

Ich bin hetero und deine Schwester ist an mir auf diese Weise nicht interessiert.«

»Ich sehe es doch. Julias Blicke, wenn sie dich ansieht«, er schnaubte, »sind vieles, aber nicht platonisch.«

Ich stellte meine Tasse ab. »Du bildest dir was ein. Zwischen uns ist nichts. Julia liebt dich und würde niemals etwas tun, das dich verletzten könnte.« Ich ließ meinen Atem langsam entweichen. Sich jetzt aufzuregen, würde nichts bringen. »Und ich muss es wohl noch mal sagen: Ich stehe auf Männer und nicht auf Frauen.«

»Was ist es dann?«

Ich blinzelte. »Was meinst du?«

»Warum machst du Schluss, wenn nicht wegen ihr?«

Verdammt, Oliver sah aus, als ob er jeden Moment losheulen würde. »Ich fühle nicht dasselbe wie du.«

»Woher willst du wissen, was ich fühle?«

»Ich weiß, was ich fühle«, sagte ich, »und es ist nicht genug für eine Beziehung. Es wäre dir gegenüber unfair, wenn wir so weitermachen würden.«

Oliver stand ruckartig auf. »Es ist deine Entscheidung. Ich kann dich nicht zwingen.« Ohne ein weiteres Wort zu sagen, drehte er sich um und stapfte davon.

* * *

»Das nenn ich mal 'ne klasse Stimmung«, sagte Nathalie, nachdem wir uns einen Platz in der neuen Bar gesucht und bestellt hatten.

Es war ziemlich verwinkelt hier. Das »Versteck« schien eine Mischung aus irischer Kneipe und Tapasbar zu sein. Eine merkwürdige, aber angenehme Kombination. An der langen Bartheke wurde gerade mit einigen schon etwas angesäuselten jungen Männern ein Trinkspiel veranstaltet.

Ich grinste. Die würden es spätestens morgen bereuen.

»Also, was denkst du, wird Julia auch noch auftauchen?«

Mein Blick schnappte zu Nathalie. »Ich glaube eher nicht. Julia meinte, sie würde heute Abend lieber bei Oliver sein.«

»Wie hat er eigentlich vorhin reagiert?«

Ich zuckte mit den Schultern. »Hätte schlimmer sein können, aber ich fühle mich echt mies wegen dieser Sache.«

Nathalie drückte meine Schulter. »Du hast das Richtige getan.« Sie nahm einen Tortillachip aus der Schale auf dem Tisch, schob ihn in den Mund und kaute genüsslich darauf rum. Anschließend sagte sie: »Und wenn du als alte Jungfer endest, bist du bei mir und Daniel immer herzlich willkommen. Versprochen.«

»Ha ha. Sehr witzig.« Wir hatten jetzt genug über mich geredet. »Wie lange sind du und Daniel jetzt eigentlich schon zusammen?«

»Übermorgen sind es vier Monate.«

Ich nippte an meinem Guinness. »Das ist dein persönlicher Rekord, richtig?«

Nathalie strahlte von einem Ohr zum anderen. »Er ist ein ganz Lieber. Mich hat‘s richtig erwischt.«

Ich tätschelte Nathalie die Hand.

Jemand stoppte an unserem Tisch.

Ich sah auf.

Julia!

»Hey«, sagte ich und musterte sie eingehend. Warum war sie denn jetzt doch gekommen?

Julia lächelte schief. »Hi.«

Ich rutschte auf der Sitzbank etwas zur Seite und Julia

nahm neben mir Platz.

»Was trinkt ihr da?«

»Guinness. Schmeckt total gut.« Ich hielt Julia mein Glas hin. »Hier, probier mal.«

Julia nahm einen kleinen Schluck. »Mmh, das ist wirklich gut.«

Nathalie und ich grinsten.

Kaum war die Kellnerin da, bestellten wir alle eine weitere Runde.

»Schön, dich zu sehen«, sagte Nathalie in einem deutlich neugierigen Tonfall. Sie hätte auch laut fragen können: »Wie kommt‘s, dass du doch gekommen bist?«

Julia lehnte sich zurück und ließ ihren Atem laut entweichen. »Ich und Oliver haben uns gestritten.« Sie ließ ihren Blick durch den Raum wandern. »Weil ich nicht in der Wohnung bleiben wollte, dachte ich mir, ich kann genauso gut zu euch in die Bar kommen.«

Nathalie hob ihr Glas. »Gute Entscheidung. Darauf trinke ich.«

Ich lehnte mich zu Julia. »Bist du in Ordnung?«

Julia schüttelte den Kopf. »Oliver glaubt nicht, dass wir bloß Freundinnen sind. Er hat mich beschuldigt …«

»Was?«, fragte Nathalie.

Julia hatte Tränen in den Augen. »Er hat gesagt, ich …« Ihre Unterlippe zitterte. »Er hat mir vorgeworfen, ich zitiere: ›Du hast sie einfach flach gelegt. Und lüg mich nicht an. Ich habe gesehen, wie du sie ansiehst‹.«

Wie hatte er so etwas sagen können? Meine Kehle schien wie zugeschnürt. Ich war nicht so und … und Julia würde nie …

Nathalie haute auf den Tisch und ihr Guinness schwappte dabei fast über. »Was für ein Arschloch.«

Julia und ich schwiegen.

Nathalie redete weiter: »Manche Männer glauben, die Krönung der Schöpfung zu sein, und können nicht verstehen, warum man nicht sofort mit ihnen in die Kiste hüpfen will.«

Julia und ich schwiegen weiterhin.

Ich hasste es, wie Oliver Julia behandelte. Und trotzdem kam aus meinem Mund kein einziges Wort heraus. Warum konnte ich manchmal nicht mehr wie Nathalie sein?

Die war scheinbar noch nicht fertig mit ihrem Ausbruch. »Er ist dein Bruder, verdammt. Wie kann er dir bloß so was sagen?«

In Julias Augen zeichneten sich neue Tränen ab.

Ich streichelte Julia den Rücken und sie lehnte sich an mich. Daraufhin legte ich den Arm um ihre Taille, und Julia ließ ihre Wange auf meinem Kopf ruhen.

Nathalie beobachtete uns, sagte aber nichts mehr.

»Ich würde ja sagen, wir sollten uns jetzt sinnlos betrinken«, sagte ich. »Aber erstens bin ich knapp bei Kasse und zweitens geht‘s mir nach unserer Batida-de-Coco-Orgie noch nicht wieder ganz so gut.« Ich zeigte auf mein Bier. »Nach diesem hier ist für mich Schluss. Ich werd‘s mir für den Rest des Abends einteilen.«

Nathalie stimmte mir zu.

»Mir ist auch nicht nach Betrinken«, sagte Julia leise. Sie beugte sich vor und nahm einen Tortillachip in den Mund.

Nathalie griff ebenfalls in die Schale. »So, was machen jetzt drei Mädels in einer Kneipe, ohne sich dem Alkohol hinzugeben?«

Julia und ich sahen einander fragend an.

Reden schien für Nathalie scheinbar keine Option. Sie zeigte mit einem Daumen zum Eingang. »Ich hab beim

Reingehen gesehen, dass es hier auch einen Raum mit Billardtischen gibt.«

Ich schaute auf meine Hände. »Sorry, aber ich kann das nicht.«

Nathalie starrte mich an, als ob ich gesagt hätte, ich sei von Aliens entführt worden. »Wie jetzt?«

»Du kennst mich jetzt schon so lange und wusstest das nicht?«

»Wie sollte ich? Wir waren ja nie Billard spielen.« Sie rollte mit den Augen. »Okay, das erklärt, warum.«

Julia kicherte. »Ich hätte nicht gedacht, dass ich das je zu dir sagen würde, aber, Scarlett, lass es uns tun.«

Nathalie trank gerade einen Schluck Guinness und musste lachen. Dadurch verschluckte sie sich und hielt sich die Hand vor den Mund.

Normalerweise hätten mich Julias Worte geschockt, aber der Anblick von Nathalie war einfach zu komisch. Als ihr einzelne Tropfen Bier aus der Nase liefen, konnte ich mich vor Lachen kaum noch auf der Sitzbank halten.

* * *

Nathalie legte die Kugeln in die Mitte des Tisches und erklärte mir die Regeln.

»Also kann ich aussuchen, ob ich die Halben oder die Ganzen wähle?«

Julia trat einen Schritt vor und schüttelte den Kopf. »Das hängt davon ab, was zuerst versenkt wird. Nathalie und ich spielen eine Runde und du schaust zu. Frag, wenn was unklar ist, okay?«

Ich nickte und setzte mich auf einen der Barhocker an der Wand.

Nathalie hatte den ersten Stoß, doch versenkte nichts.

Anschließend war Julia dran. Sie beugte sich über den Tisch und studierte eingehend die Kugelpositionen.

Erst jetzt betrachtete ich Julia näher. Ihre langen, schwarzen Haare waren zu einem Pferdeschwanz zusammengebunden. Julias Pony fiel ihr in die Augen und sie schüttelte den Kopf. Als sie sich über den Tisch beugte, spannte sich ihre enge stonewashed Jeans über ihrem wohlportionierten Hintern. Und Julias Brüste zeichneten sich in dem eng anliegenden Top deutlich ab. Nicht, dass ich dem Beachtung geschenkt hätte. Na ja, normalerweise nicht. Aber mehrere Männer im Raum beobachteten mit offenem Mund, wie sich Julia bewegte, und ich war den Blicken gefolgt.

Julia schien es entweder nicht zu merken oder zu ignorieren.

»Nicht schlecht«, kommentierte ein junger Mann hinter Julia, kaum dass sie die zweite Kugel in Folge versenkt hatte.

Sie drehte sich zu dem Kerl um, lächelte und musterte ihn ausgiebig. »Danke.« Sie wandte sich wieder dem Spiel zu und verpasste es knapp, eine weitere Kugel in eine der Taschen zu schicken. Julia kam danach zu mir und stellte sich neben mich.

Ich starrte sie an.

Sie nahm einen Schluck von ihrem Guinness und begegnete meinem Blick. »Was?«

Ich runzelte die Stirn. Hatte ich das gerade richtig gesehen? »Hast du gerade mit dem Kerl da geflirtet?«

Julia schaute kurz zu dem jungen Mann.

Der lächelte sie an.

»Und wenn es so wäre?«, fragte Julia.

Ich beugte mich zu ihr vor, sodass mich niemand sonst hören konnte. »Aber du bist doch lesbisch.«

»Ich will nicht mit ihm in die Kiste hüpfen. Aber ich kann doch trotzdem mit ihm flirten.«

»Aber findest du ihn attraktiv?«

Julia betrachtete den Mann einen langen Moment und zuckte dann mit den Schultern. »Schätze, er sieht ganz gut aus.« Sie wandte sich mir zu. »Aber darum geht es nicht. Flirten macht gute Laune. Es ist gut fürs Selbstvertrauen und lockert die Stimmung.« Sie sah mich ernst an. »Sag mir nicht, du machst das nie?«

Okay, vielleicht flirtete ich auch manchmal mit Männern, ohne was von ihnen zu wollen. Aber ich war ja auch hetero. »Doch schon, aber ich bin ja auch nicht …«

»Scarlett«, unterbrach mich Julia, »das hat damit überhaupt nichts zu tun.«

Hatte sie recht? Diese ganze Sache mit der sexuellen Orientierung verwirrte mich zunehmend. Es war doch schon kompliziert genug, dass es Männer und Frauen gab und die sich voneinander angezogen fühlten.

Julia zwinkerte mir zu und ging wieder zum Billardtisch.

Jetzt wurde die Sache unheimlich. Flirtete sie nun auch noch mit mir? Okay, was hatte sie gesagt? Flirten macht gute Laune, stärkt das Selbstvertrauen und lockert die Stimmung. Kein Problem. Alles ganz normal. Ich leerte mit einem letzten großen Schluck mein Bier und rang mir ein Lächeln ab.

* * *

»Sieht so aus, als ob ich gewonnen hätte«, stellte Julia nach wenigen Minuten strahlend fest.

»Ich bin raus«, sagte Nathalie und hielt mir ihr Queue hin. »Scarlett, du bist dran.«

Ich nickte, nahm das Queue und ging zum Tisch.

Julia hatte unterdessen die Kugeln wieder aufgebaut. Sie beugte sich über den Tisch und sagte: »Schau auf meine Hände, wie ich das Queue halte.« Sie mimte einen Stoß auf die weiße Kugel. »Auf diese Weise hast du die beste Kontrolle.«

Ich stellte mich neben Julia und imitierte sie.

Julia richtete sich auf und korrigierte meine Finger vorsichtig.

Ich drehte den Kopf. Unsere Gesichter waren jetzt ganz nah. Das machte mich total nervös. Insbesondere nach ihrem Flirten wenige Minuten zuvor.

Aber Julia schien wie immer. »Kurze Stöße«, sagte sie ruhig. »Du schiebst die Kugel nicht, sondern nutzt die Stoßenergie.«

Ich nickte und richtete mich wieder auf. Mein Blick wanderte zu Nathalie.

Sie betrachtete uns mit einem merkwürdigen Gesichtsausdruck.

Was wohl mit ihr los war? Ich winkte.

Sie lächelte und tat dasselbe.

Julia eröffnete die Partie. Sie versenkte zwei Kugeln und ich beobachtete fasziniert, wie schnell und präzise drei weitere Kugeln folgten.

»Du solltest um Geld spielen«, sagte ich und bekam dafür ein Lächeln. Stopp, war das jetzt wieder Geflirte? Es war dasselbe Lächeln, das sie diesem Kerl zugeworfen hatte. Oh Mann. Ich musste mich echt daran gewöhnen, nicht so verspannt zu sein, wenn Julia ihre Scherze machte.

»Übrigens, netter Arsch«, ertönte Nathalies Stimme von der Seite.

Julia rutschte ab. Das Queue streifte die weiße Kugel

und kratzte über den Filz.

Ich drehte den Kopf und glotzte Nathalie an, die lachend auf dem Barhocker saß.

»Schau mich nicht so an, Scarlett. Ich wollte, dass du auch eine Chance kriegst.« Nathalie zuckte mit den Schultern. »Es hat funktioniert. Der Zweck heiligt bekanntlich die Mittel. Und gelogen ist es auch nicht.«

Ich schüttelte den Kopf.

Julia ging auf Nathalie zu und flüsterte ihr etwas ins Ohr.

Daraufhin wurde meine beste Freundin puterrot und wich Julias Blick aus.

Die grinste und nahm einen Schluck Bier.

Ich musste unbedingt daran denken, Nathalie später zu fragen, was Julia ihr gesagt hatte. Jetzt konzentrierte ich mich erst mal auf meinen Stoß. Ich beugte mich nach vorne und visierte die weiße Kugel an. Ein kurzer Stoß und die grüne Kugel dahinter würde sanft in die Seitentasche gleiten. Ich zuckte zusammen, als ich Julia halb neben, halb hinter mir spürte.

Sie lehnte sich zu mir runter und schaute über meine Schulter. »Falscher Winkel. Stell dich ein bisschen mehr links.«

Mein Herz pochte wie verrückt. Ohne sie anzusehen, trat ich einen Schritt zur Seite.

Julia nickte. Anschließend ging sie halb um den Tisch herum und beugte sich erneut vor. »Triff die Kugel hier.« Sie deutete auf eine Stelle. »Ganz sanft.«

Zu meinem großen Erstaunen versenkte ich die Kugel ohne Probleme. Ich grinste Julia zufrieden an.

Daraufhin schenkte sie mir ein breites Lächeln.

Ich sprang auf und ab. »Nathalie, hast du das gesehen?«

»Ja, ich hab's gesehen«, sagte Nathalie mit einem Blitzen in den Augen. Sie war heute irgendwie komisch.

Ich versenkte mit Julias Anleitung eine weitere Kugel und hatte ein regelrechtes Hoch. Am Ende verlor ich das Spiel zwar, war aber trotzdem total gut drauf und nahm mir vor, zukünftig öfter Billard zu spielen.

Wir setzen uns wieder in den Hauptraum und redeten über dies und das. Die Zeit verging mit meinen Freundinnen wie im Flug.

Kurz vor ein Uhr wurde ich aber langsam müde. »Was meint ihr, sollen wir nach Hause gehen?«

Julia versteifte sich.

Nathalie sprach mir aus der Seele, als sie sagte: »Wenn du willst, kannst du heute Nacht bei uns auf der Couch schlafen.«

Julia schüttelte den Kopf. »Ich möchte euch nicht stören.«

»So ein Quatsch«, sagte ich. »Du störst nicht. Das Einzige, was stören wird, ist, wenn du morgen so früh aufstehen musst und keine sauberen Sachen hast.«

Julias Unterkiefer klappte herunter. »Ich muss ja morgen früh im Krankenhaus sein.«

»Eigentlich mehr heute«, sagte Nathalie grinsend.

»Ich geh besser nach Hause.«

»Bist du sicher?« Mir wäre es lieber gewesen, Julia hielte sich von Oliver fern, bevor er sie weiter verletzen konnte.

»Ich hab keine sauberen Klamotten. Also hat sich das Thema erledigt.«

Nathalie berührte Julia am Arm. »Du kannst dir doch was von mir leihen.« Sie schaute in meine Richtung und schmunzelte. »Scarletts Sachen werden dir nicht passen.«

»Danke, dass du mich daran erinnerst, wie klein ich im

Vergleich zu euch bin«, grummelte ich.

Julia schüttelte den Kopf. »Danke, Nathalie, aber obwohl du fast so groß bist wie ich …« Julia schloss den Mund und öffnete ihn wieder ganz langsam. Zögerlich sagte sie: »Wir haben nicht ganz die gleiche … äh, Konfektionsgröße, fürchte ich.«

Nathalies Augen wurden zu Schlitzen, und ich konnte nicht verhindern, wie ein Huhn zu gackern.

Sie war nicht dick, und viele Männer fanden Nathalies Kurven sicherlich attraktiv, aber im Vergleich zu Julias schlanken, durchtrainierten Körper wirkte meine Mitbewohnerin doch etwas korpulent. Ich beschloss, schnell das Thema zu wechseln. »Deine Wohnung liegt auf dem Weg nach Hause«, sagte ich. »Wir gehen einfach bei dir vorbei, und du nimmst mit, was du brauchst.«

Julia zögerte, also stupste ich sie mit der Schulter an. »Komm schon, du weißt, dass du es willst.«

Zwei große Augenpaare starrten mich an.

Was war denn … oh, hatte ich das wirklich gesagt? Als beide anfingen zu lachen, kicherte ich. Ich sollte mich nicht immer so ernst nehmen.

Julia stieß mit der Hüfte gegen meine und zwinkerte mir zu. »Du hast recht, Scarlett. Ich will es.«

Nathalie fiel vor Lachen fast von der Sitzbank.

* * *

Nathalie und ich warteten unten, während Julia ihre Sachen holte.

»Du und Julia geht echt entspannter miteinander um.« Nathalie berührte mich sanft am Arm. »Scarlett, es ist zwar schon ein paar Wochen her, aber ich habe reichlich über unseren Streit nachgedacht. Und ich muss sagen, ich hätte nicht gedacht, dass du dir so viel Mühe geben würdest, über deinen Schatten zu springen. Was ich sagen will, ist …« Sie straffte ihre Gestalt. »Willkommen im 21. Jahrhundert.«

Ich schlug spielerisch Nathalies Schulter mit der Faust. »Es klingt wahrscheinlich merkwürdig, aber ich habe das Gefühl, sie schon ganz lang zu kennen. Ich kann nicht verstehen, wie ich am Anfang so verletzend zu ihr sein konnte.« Nach einer Pause fuhr ich fort: »Jedenfalls möchte ich mit Julia auch weiterhin befreundet sein. Trotz Oliver.« Ich grinste. »Erzählst du mir jetzt, was Julia dir beim Billardspielen ins Ohr geflüstert hat?«

Nathalie schmunzelte. »Sie hat gesagt: ›Ich weiß aus sicherer Quelle, dass du mehr zu bieten hast als bloß einen gut gebauten Arsch‹.«

Hä? Was hatte sie damit gem… oh. »Glaubst du wirklich, Daniel hat ihr solche, äh, Einzelheiten erzählt?«

Nathalie zuckte mit den Schultern. »Zuzutrauen wär‘s ihm.«

Ich wollte gerade etwas dazu sagen, doch Julia kam in diesem Moment mit einem Rucksack über der Schulter wieder. »Er ist wach. Und vollkommen betrunken.«

Ich trat einen Schritt auf sie zu. »Hat er was zu dir gesagt?«

Julia nickte.

Wir begannen, uns auf den Weg zu machen.

»Und was?«, fragte Nathalie.

Nach einer Weile murmelte Julia: »Ich möchte nicht drüber sprechen.«

* * *

Als Julia von einer kurzen Dusche wiederkam, saß ich

auf der Couch und tippte auf den Platz neben mir.

Julias Haare waren nass und sie rubbelte sie mit ihrem Handtuch etwas trockener, während sie sich neben mich setzte.

»Es tut mir leid«, sagte ich.

»Was im Augenblick passiert, ist nicht dein Fehler.«

»Aber hätte ich nicht mit ihm Schluss gemacht, würde das alles nicht passieren.«

Julia legte das Handtuch auf den Couchtisch und betrachtete mich. »Weißt du, ich dachte wirklich, er würde mir mehr vertrauen.«

»Darum geht es doch gar nicht«, sagte ich. »Selbst wenn es stimmen würde, hätte er nicht das Recht, dich so anzugreifen.«

»Ich weiß nicht.«

»Ich aber. Du tust alles für ihn und so dankt er es dir.«

Julia schüttelte den Kopf. »Er war immer ziemlich sensibel.«

»Und was ist mit dir?«, fragte ich. »Du bist auch sensibel. Aber der Unterschied zwischen dir und Oliver ist, du lässt dich nicht gehen. Die letzte Zeit war nicht leicht für dich. Miriam, Dido, der Beginn deiner Arbeit im Krankenhaus und der Angriff auf dich. Ganz ehrlich, ich weiß nicht, ob ich das alles so gut weggesteckt hätte.« Ich atmete tief ein. »Oliver sollte jetzt an deiner Seite stehen und dich unterstützen. Stattdessen beschuldigt er dich, sein Vertrauen missbraucht zu haben, und sagt gemeine Dinge zu dir.«

»Er hat mich Schlampe genannt«, sagte Julia mit zittriger Stimme.

Ich sah sie fassungslos an. »Wann?«

»Als ich vorhin kurz oben war.«

Ich ballte meine Hände zu Fäusten. Hätte Oliver in

diesem Augenblick vor mir gestanden, ich hätte ihm in die Kronjuwelen getreten. Ich beugte mich zu Julia vor und schloss sie in die Arme.

In dem Moment begann Julia zu weinen.

Nathalie betrat zeitgleich das Wohnzimmer.

Unsere Blicke trafen sich.

Sie schaute mitfühlend zu Julia und bewegte den Mund, um »gute Nacht« zu sagen.

Dann waren Julia und ich wieder allein.

Etwas ungeschickt platzierte ich die Füße unter meinem Körper und zog die Decke über uns.

Ich begann, sanft Julias Kopf zu streicheln, und sie hörte schließlich auf zu weinen. Schwer zu sagen, wie lange wir da saßen, aber irgendwann schlief sie ein.

Vorsichtig löste ich mich von ihr.

Sie rutschte daraufhin in eine liegende Position.

Ich hob Julias Füße auf die Couch und deckte sie zu. Behutsam strich ich ihr eine Haarsträhne aus dem Gesicht und ging in mein Zimmer.

Kapitel 14

Julia und ich sprachen kaum auf dem Weg zur Arbeit.

Immer wieder wanderte Julias Blick zum Wackelskelett auf dem Armaturenbrett. Sie hatte mir mal ganz stolz erzählt, dass ihr Oliver das Wackel-Elvis-Pendant zum Bestehen des Physikums im Studium geschenkt hatte.

Ohne Zweifel waren Julias Gedanken bei diesem Idioten.

Es war erst die zweite Woche, in der wir zusammen zur Arbeit fuhren, und in dieser Zeit war Julia ja sogar ein paar Tage krank gewesen. Aber trotzdem hatte ich mich an unsere lebhaften Unterhaltungen und unsere Scherze und Kameraderie gewöhnt.

Doch heute schaute Julia selbst beim Verabschieden nur kurz auf und winkte, bevor sie mit hängenden Schultern in der Klinik verschwand.

Ich war so unglaublich wütend auf Oliver. Wie hatte ich mich so in ihm täuschen können?

* * *

Als meine Schicht zu Ende war, ging ich zu Julia auf die Station und brachte ihr ein Sandwich vorbei.

Sie sprach gerade mit einem Patienten auf dem Gang.

Der Mann, vielleicht Mitte oder Ende fünfzig, blickte sie traurig an.

Julia berührte ihn sanft an der Schulter und sagte leise etwas zu ihm.

Daraufhin lächelte der Mann. Dann hörte ich, wie er sagte: »Danke. Vielen Dank.« Er drehte sich um und verschwand in einem Zimmer.

Julia strahlte mich an und kam auf mich zu.

Der weiße Arztkittel stand ihr wirklich gut. Der Kontrast zu ihren langen, schwarzen Haaren und den blauen Augen sah umwerfend aus. Keine Ahnung, was das damit zu tun hatte, aber ich wusste in diesem Moment, dass sie eine gute Ärztin werden würde.

»Du bist aber früh dran«, sagte Julia.

»Ich habe dir ein Sandwich mitgebracht.«

»Willst du mich mästen?« Julia grinste und klopfte auf ihren flachen Bauch.

»Du gehst dreimal pro Woche ins Fitnessstudio und manchmal zusätzlich am Wochenende«, sagte ich. »Ich könnte dir jeden Tag Pommes-Currywurst mitbringen, und du würdest nicht dick werden.«

Julia wich meinem Blick aus. »Also … was sind deine Pläne für heute Nachmittag?«

»Weiß nicht.« Wenn ich ehrlich war, hatte ich gehofft, etwas mit Julia zu machen. Ich wollte sie aufheitern.

»Jetzt, wo du es erwähnst«, sagte Julia. »Heute ist wieder Zeit zum Schwitzen. Wenn du willst, kannst du ja mitkommen.«

Nicht doch. »Äh, geht das so einfach?«

»Klar. Ich sag, du überlegst, beizutreten, und ich will dir alles zeigen.«

Meine Begeisterung hielt sich in Grenzen. Ich war nie

der sportliche Typ gewesen. Andererseits hatte ich auch nicht wirklich was Besseres vor, und so konnte ich Julia vielleicht ablenken, damit sie nicht so viel an Oliver dachte. Was tat ich nicht alles für unsere Freundschaft? »Okay.«

* * *

Der Plan war, erst zu Julias und danach zu meiner Wohnung zu fahren, um unsere Sportsachen zu holen.

Auf dem Weg zu Julias Wohnung tippte sie ständig mit den Fingern auf dem Lenkrad herum.

Ich legte die Hand auf ihren Arm. »Es wird schon nicht so schlimm werden. Lass dir ruhig Zeit. Wenn er reden möchte, mach dir keine Gedanken wegen mir. Ich werde hier sitzen und Musik hören.«

Julia nickte. An ihrer Wohnung angekommen, saß sie einen Augenblick bewegungslos da. Dann holte sie tief Luft und stieg aus.

Ich hatte nicht damit gerechnet, aber keine fünf Minuten später kam Julia schon wieder. Ihr Gesichtsausdruck war unleserlich. Sie warf ihre Tasche auf den Rücksitz und fuhr los, ohne etwas zu sagen.

Ich sah Julia fragend an, beschloss aber, sie nicht zu drängen. Sie würde schon etwas sagen, wenn sie das wollte.

Und so kam es auch nach wenigen Minuten. Leise sagte sie: »Er hat mich ignoriert. Ich habe versucht, mit ihm zu reden, doch er hat so getan, als ob ich gar nicht existiere.«

Ich rollte mit den Augen. »Wie kindisch.«

Auf dem Weg zu meiner Wohnung schwiegen wir.

* * *

»Julia, gibt‘s hier keine Umkleidekabinen?«

Ein Kopfschütteln war die Antwort.

Erst jetzt wurde mir bewusst, dass ich jeden Moment halb nackt vor Julia stehen würde. Ich war ihr unglaublich dankbar, als sie sich von mir wegdrehte und begann, sich umzuziehen.

Ich sagte nichts und tat dasselbe.

Wir verstauten unsere Sachen in unseren Spinden, schlugen uns ein Handtuch über die Schulter und gingen in Turnschuhen zur Trainingsfläche. Zumindest dieses Problem hatten wir erfolgreich gemeistert.

Ich sollte nicht immer so überreagieren.

Zuerst stiegen wir auf Fahrräder.

Nach einer Viertelstunde war ich fix und fertig, doch Julia merkte man überhaupt nichts an. Wir stiegen ab, und sie betrachtete mich. »Lust aufs Laufband? Mir ist heute mehr nach Laufen als nach Krafttraining.«

Oh, Gott. »Klar.«

* * *

Ich schnappte verzweifelt nach Luft. Wie konnte Julia bloß in diesem Tempo über das Laufband fliegen? Meine Lungen schrien und meine Beine fühlten sich an wie Gummi. »Julia … ich … mach … ‘ne … Pause«, keuchte ich zwischen fast panischen Atemzügen.

»Lauf erst mal langsamer, um abzukühlen. Schalt einfach etwas runter.«

Das war ein Anfang. »Welcher … Knopf … war‘s … doch … gleich? Der linke?« Noch während ich fragte, drückte ich das Ding. Als Nächstes wurde mir der Boden unter den Füßen weggerissen und ich flog in einem Sekundenbruchteil vom Band und in die Arme von …

wer hielt mich da gerade von hinten?

»Hey, hey.« Der Mann, der mich hielt, sprach mit tiefer Bassstimme und mein Rücken vibrierte. »Wer hätte gedacht, dass ich heute eine so bezaubernde Frau in den Armen halten würde?«

Ich schob seine muskulösen Arme, die sich gerade langsam von einer Umarmung meiner Hüftgegend lösten, von mir weg und drehte mich um.

Julia tauchte auf und berührte mich an der Schulter. »Scarlett, alles okay mit dir? Du hättest dich echt verletzen können.«

»Was zur Hölle ist da gerade passiert? Ich drückte den Knopf und als Nächstes flog ich.«

Julia schüttelte den Kopf. »Du hast auf schneller gedrückt, anstatt auf langsamer. Und auch nicht kurz, sondern lang. Dadurch hast du gleich ein paar Stufen hochgeschaltet.«

Oh.

»Das hätte wirklich schiefgehen können«, sagte mein Retter.

Erst jetzt betrachtete ich ihn näher. Er war vielleicht Ende zwanzig und deutlich, wenn auch nicht übertrieben muskelbepackt. Sein knappes Muskelshirt und Shorts verbargen wenig. Nicht, dass er Grund dazu gehabt hätte.

»Äh, danke für Ihre Hilfe.«

Er lächelte. »Ich bin froh, gerade hier vorbeigekommen zu sein.« Er streckte die Hand aus. »Ich bin Holger.«

Ich tat dasselbe. »Scarlett.«

Unnatürlich weiße Zähne strahlten mich an. »Schöner Name.«

Gut gebaut und ein Charmeur. Ich mochte ihn. »Danke.«

Julia räusperte sich, und Holger und ich schauten zu

ihr. »Ich gehe dann mal wieder aufs Band.« Während Julia sprach, wich sie meinen Blicken aus.

Was hatte sie denn?

»Du bist nicht oft hier, richtig?«, fragte Holger. »Ich hab dich noch nie hier gesehen.«

Ich drehte mich wieder zu Holger. »Nein. Ich wollte heute mal sehen, ob das was für mich ist.«

Holgers Mundwinkel zuckten. »Und? Gefällt dir, was du bisher gesehen hast?«

Ich sah mich im großen Trainingsraum mit seinen zahlreichen Geräten um. »Ich dachte, es könnte was für mich sein, aber jetzt bin ich mir nicht mehr so sicher.«

»Gib nicht so schnell auf. Wenn ich dir irgendwas erklären soll, ich bin da drüben.« Er zeigte zu einem dieser Folterinstrumente zum Muskelaufbau.

Mein Blick wanderte vom Gerät zu Julia. »Danke, aber ich hab schon jemanden, der mir alles zeigt.« Als ich Holger wieder ansah, hatte der merkwürdigerweise die Stirn gerunzelt.

Er hob die Hände. »Oh, alles klar. Verstehe.« Er betrachtete erst Julia, anschließend mich. »Aber wenn du deine Meinung änderst, komm ruhig vorbei.«

Ich lächelte und berührte ihn am Arm. »Danke, das ist lieb. Bis dann.«

Holger nickte und schlenderte zu einem Gerät.

Ich schaute ihm einen Augenblick nach und schüttelte den Kopf über mich selbst. Noch vor einigen Wochen hätte ich mich als Single vermutlich auf ihn gestürzt wie ein Ertrinkender auf einen Rettungsring. Er war in meinem Alter, hatte einen tollen Körper, sah gut aus und schien nett zu sein. Ich war definitiv dabei, mich zu verändern. Und die Richtung gefiel mir.

* * *

Wenige Minuten später verließ Julia das Laufband und wischte sich mit ihrem Handtuch Schweiß aus dem Gesicht.

»Und jetzt?«, fragte ich. Wollte ich die Antwort wirklich wissen? Ich war echt platt.

»Duschen.« Mit großen Schritten ging sie zu den Umkleiden.

Ich rührte mich nicht vom Fleck. War das nur in meinem Kopf oder hörte ich gerade laut und deutlich einen Alarmton? Ich und Julia sollten jetzt gemeinsam duschen? Oh … mein … Gott. Wieso hatte ich bloß zugestimmt, mit ins Fitnessstudio zu kommen? Ich eilte hinter ihr her. »Ähm, ich schätze, ich dusche zu Hause.« Ja, das klang gut.

Am Eingang der Umkleide hielt Julia die Tür für mich auf. »Scarlett, keine Sorge. Es ist zwar eine Gemeinschaftsdusche, aber wir können nacheinander duschen, wenn du möchtest.«

Jetzt fühlte ich mich schäbig. Wieso konnte ich nicht einfach vergessen, dass Julia auf Frauen stand? Sie hatte mich schon einmal nackt gesehen und sich sofort weggedreht. Und bei Nathalie hätte es mich ja auch nicht gestört, zusammen zu duschen. Oder? Ich schüttelte den Kopf. Das war doch jetzt egal. Die Frage war, ob ich wirklich mit Julia in einer Dusche stehen konnte. Und die Antwort war ein klares Nein. So sehr ich mir wünschte, die Sache besser händeln zu können, ich konnte das nicht. »Okay. Du zuerst, wenn du möchtest.«

Julia nickte. Sie öffnete ihren Spind und holte ein Badetuch und Badelatschen heraus. Dann noch Shampoo und Duschgel. Anschließend setzte Julia sich auf die lange Sitzbank vorm Spind und zog die Schuhe aus. Es folgte ihre Hose.

Ich stand wie zur Salzsäule erstarrt da und gaffte sie an.

Mitten in der Bewegung, sich das T-Shirt über den Kopf zu ziehen, stoppte Julia und schaute mich an.

Ich drehte mich weg und fixierte den Blick auf die Spinde vor mir. Mir schlug das Herz bis zum Hals.

Nach einigem Rascheln sagte Julia: »Bin gleich wieder da.«

»Okay.« Als ich mich umsah, konnte ich sehen, wie Julia gerade in der Dusche verschwand. Ich zog mich hastig aus und wickelte ein Badetuch um mich. Bewaffnet mit Shampoo und Duschgel, stand ich bereit.

Mit nassen Haaren und einem Badetuch um den Körper gewickelt, kam Julia wenige Minuten später aus der Dusche. Sie machte wohl eine falsche Bewegung. Jedenfalls löste sich ihr provisorischer Knoten an dem Badetuch und es fiel zu Boden. Julia bekam es nicht mehr rechtzeitig zu fassen und da stand sie nun vor mir, vollkommen nackt.

Ich sah alles. Absolut alles. Mein Mund klappte auf und mir wurde schwindelig. Ich konnte die Augen einfach nicht abwenden.

Julia hatte kein Gramm Fett zu viel, und ihr ganzer Körper war durchtrainiert. Die Arme, die Beine, der Bauch mit einem sich leicht abzeichnenden Sixpack. Diese Frau war nicht von dieser Welt.

Julia bückte sich hektisch, um das nasse Badetuch wieder um sich zu wickeln. Ihre Finger krampften sich darum, als ob es ein Schild wäre. Julias Gesicht war knallrot.

Meines vermutlich auch, denn meine Wangen brannten wie Feuer. Erst jetzt wurde ich im Kopf wieder klar. Ich räusperte mich und murmelte: »Es tut mir leid. Ich …

ich hab zufällig in deine Richtung geschaut und … und du bist echt total gut trainiert.«

Julias Gesicht nahm einen noch dunkleren Rot-Ton an. Sie schaute überall hin, bloß nicht zu mir.

Bevor ich irgendetwas Dummes sagen oder tun konnte, beschloss ich, duschen zu gehen.

Als ich wiederkam, sicher in mein Badetuch gewickelt, stand Julia vollständig bekleidet und mit ihrer Trainingstasche in der Hand vor mir. »Ich warte draußen. Ich sitze an der Theke am Eingang und trinke ‘ne Apfelschorle. Möchtest du auch was?« Julias Stimme zitterte.

Gott, was für ein Desaster.

Einen doppelten Schnaps? »Ich nehm dasselbe«, war alles, was ich sagen konnte.

Sie nickte und verließ hastig den Raum.

Verdammt. Wieso konnte ich mich in Julias Gegenwart nicht normal verhalten? »Weil sie nicht normal ist«, schrie ein Teil von mir und ein anderer Teil ärgerte sich über diesen Gedanken. Lesbisch oder nicht, es ging hier um Julia. Sie war meine Freundin. Und es war ja nun wirklich nicht ihr Fehler, dass ich sie angestarrt hatte. Andererseits hätte sie ja auch das Badetuch sicherer um sich wickeln können.

Wieder einmal, wie so oft in letzter Zeit, war ich vollkommen durcheinander und beschloss, das Denken bis auf Weiteres einzustellen.

* * *

»Wie war‘s im Fitnessstudio?«

Ich wich Nathalies Blick aus.

»Sag‘s nicht. Du fühlst dich wie der totale Verlierer, weil du so was von nicht fit bist. Stimmt‘s?«

Ich nickte wortlos.

Nathalie trat auf mich zu und tätschelte mir die Schulter. »Mach dir nichts draus. Ich hab mal ein Probetraining mitgemacht, letztes Jahr. Da haben sie einen Fitnesstest gemacht und ich war so peinlich berührt, wie schlecht ich war, dass ich da nie wieder aufgetaucht bin.« Nathalie ließ sich mit einem lauten Plumps auf die Couch im Wohnzimmer fallen und klopfte neben sich.

Ich setzte mich.

»Wie geht's Julia?«, fragte Nathalie.

»Nicht gut.« Ich seufzte. »Nach der Sache in der Umkleide wurde sie ziemlich ernst. Die ganze Heimfahrt über war sie sehr nervös. Sie und Oliver waren sich so nah. Ich versteh ihn nicht. Er tut Julia so weh mit seinem Verhalten. Und das für nichts und wieder nichts.«

»Was für eine Sache in der Umkleide?«

Ups. »Äh, ja …« Konnte ich nicht einfach im Boden versinken?

Nathalie richtete sich auf und beugte sich zu mir.

»Nichts eigentlich«, murmelte ich.

»Die Botschaft hör ich wohl, allein mir fehlt der Glaube.«

Ich stupste sie in die Seite.

Nathalie grinste.

»Um die ganze Sache zusammenzufassen: Julia und ich haben nach dem Training geduscht.«

Nathalie hob eine Augenbraue.

»Nacheinander.«

»Okay. Und?«

»Und dann kam sie aus der Dusche, und ich hab sie nackt gesehen.«

»Und?«

Oh, verdammt. Ich glaube, ich wurde schon wieder

rot. »Und ich … ich konnte nicht weggucken.«

Nathalies Hand war binnen einer Sekunde vor ihrem Mund. Ihr Kichern versteckte das jedoch nicht.

»Das ist nicht witzig«, grummelte ich. »Du solltest sie mal ohne Klamotten sehen.«

Nathalie wackelte mit den Augenbrauen. »Und was genau würde ich da sehen?«

Ich gestikulierte wild in der Gegend herum. »Es ist kein Gramm Fett zu viel an ihrem Körper. Wirklich kein Gramm. Ich meine, sie sieht nicht aus wie eine Bodybuilderin oder so, aber man erkennt deutlich, dass sie regelmäßig trainiert. Und Gott, es sieht unglaublich aus. Als ich sie damals in diesem Karnevalskostüm sah, dachte ich ja schon, sie hat einen tollen Körper, aber ohne Klamotten … Julias Körper ist perfekt.«

Nathalie pfiff. »Wieso konnte ich auf meinem Lesbentrip nicht das Glück haben, mit ihr zu schlafen, anstatt mit …? Ach, egal.«

Ich haute Nathalie spielerisch auf den Arm. »Lass die Scherze. Die Situation war echt unangenehm. Ich starrte sie an und am Ende waren wir beide verlegen.«

»Da hätte ich ja gern Mäuschen gespielt.«

Ich verschränkte die Arme und warf Nathalie einen bösen Blick zu. »Können wir jetzt bitte das Thema wechseln?«

Nathalie hob die Arme. »Du gönnst mir auch gar nichts.« Nach einer Pause sagte sie: »Ich habe mit Daniel über die ganze Situation gesprochen. Er macht sich auch ziemlich Sorgen wegen Julia und Oliver. Laut ihm haben sich die beiden vorher nie ernsthaft gestritten. Daniel hat versucht, mit Oliver darüber zu sprechen, aber der hat abgeblockt. Er ist von dieser fixen Idee, dass du und Julia was miteinander habt, nicht abzubringen.«

Ich schüttelte den Kopf. »Ich wünschte so sehr, ich könnte etwas tun. Es ist furchtbar, Julia so traurig zu sehen.«

Nathalie legte den Arm um meine Schulter. »Gib den beiden etwas Zeit. Das wird sich alles wieder einrenken.«

* * *

Auch zwei Monate später konnte von »eingerenkt« keine Rede sein.

Und nun kam auch noch Nathalie mit ernstem Gesichtsausdruck auf mich zu. »Scarlett, kann ich mal mit dir reden?«

Ich schaute von meinem John Grisham auf und legte das Buch zur Seite.

Nathalie kaute auf ihrer Unterlippe, während sie im Türrahmen stehend ihre Füße studierte.

Ich setzte mich im Bett auf und klopfte neben mich. »Worum geht‘s?«

Nathalie nahm etwas entfernt von mir Platz und betrachtete intensiv mein in die Jahre gekommenes Justin-Timberlake-Poster. Ob sie auch dachte, dass sein nackter Oberkörper eigentlich gar nicht so interessant war?

Nathalies Blick wanderte zu mir. »Du weißt, mit Daniel und mir läuft es echt gut.«

Ich berührte Nathalies Knie. »Ja. Ich freu mich total für euch.«

Sie sah mich an und schmunzelte. »Tatsächlich läuft es sehr gut. Ich glaube, er ist derjenige, welcher.«

Wow. So was hatte ich von Nathalie bisher nicht gehört. Aber sie war auch bisher nie mit jemandem so lange zusammen gewesen.

»Wir sind zwar erst ein knappes halbes Jahr ein Paar, aber die Situation, wie sie jetzt ist … es ist uns nicht genug.«

»Was meinst du?«

»Daniels Mitbewohner sind nicht begeistert, wie oft ich bei ihm schlafe. Und es ist auch keine Lösung, dass er ständig hier bei uns rumhängt.«

Ich lächelte unsicher. »Was willst du mir sagen? Möchtet ihr zusammenziehen?«

Nathalie schaute mich nicht an, nickte aber.

Ich starrte ins Leere. »Wow, das sind mal Neuigkeiten.«

»Das … das ist nicht alles.«

Mein Blick schnappte wieder zu ihr. »Bist du schwanger?«

Ein Kichern war die erste Reaktion, gefolgt von Kopfschütteln. »Nein, wir haben uns was überlegt, also Daniel und ich.«

Ich verschränkte die Arme vor der Brust. »Ich höre.«

»Zwischen Julia und Oliver herrscht ja immer noch Funkstille, seit du vor fast zwei Monaten mit ihm Schluss gemacht hast.«

»Ja. Und?«

»Und Julia verbringt die meiste Zeit hier, um Oliver aus dem Weg zu gehen.«

»Jaaa?«

Nathalie schluckte. »Als Daniel gestern Oliver von unseren Plänen erzählt hat, fragte der, ob er Daniels Zimmer in der WG übernehmen könnte.«

»Er möchte nicht mehr mit Julia zusammen wohnen?«

Nathalie schüttelte den Kopf.

Ich ließ mich an mein kissengepolstertes Kopfteil zurückfallen und atmete langsam aus. Alles würde sich verändern. Ich fühlte mich verloren. Wie musste sich erst Julia fühlen? »Oh Mann. Weiß Julia das schon?«

»Ungefähr in diesem Augenblick spricht Daniel mit ihr. Ich komm jetzt am besten auf den Punkt.«

»Da ist mehr?«

»Kann man sagen. Also: Oliver zieht in Daniels Zimmer, und Daniel und ich wollen zusammen sein.« Nathalie zögerte. »Wir haben uns überlegt, wo ja jetzt ein Zimmer bei Julia frei ist … vielleicht möchtest du ja ihre neue Mitbewohnerin werden. Daniel und ich würden dann hier zusammen wohnen.«

»Das ist ja mal ein Hammer.« Ich dachte nicht, dass sie mich loswerden wollte, aber ich fühlte mich bei der ganzen Sache trotzdem nicht wohl.

»Du und Julia, ihr versteht euch doch so gut und verbringt viel Zeit miteinander. Da würde es doch perfekt passen.«

Ich schüttelte den Kopf. »Das ist keine gute Idee, Nathalie.«

»Was spricht denn dagegen? Alle würden kriegen, was sie wollen. Oder nicht?«

»Ihr habt das ja fein geplant, aber …«

»Aber was?«

»Ich weiß nicht, ob ich …«

»Ob du was?«

»Das Thema kam jetzt seit Monaten eigentlich nicht mehr auf, aber … Julia steht auf Frauen.«

»Ich dachte, du kommst mittlerweile damit klar.«

»Ja, schon.« Ich rieb mir den Nacken. »Aber stell dir mal vor, sie bringt irgendwann jemanden mit nach Hause.«

»Was dann?«

»Ich weiß nicht, ob ich damit klarkäme.«

Nathalie rollte mit den Augen. »Bist du schon wieder auf dem Trip, dass lesbisch sein und es ausleben zwei unterschiedliche Sachen sind?«

»Darum geht es doch gar nicht.« Oder doch?

»Sondern?«

»Wie sollte ich mich in dem Fall verhalten?«

»Sag ›hallo‹ zu dem Mädel, das sie mitbringt, und lächel. Was machst du denn mit Daniel?«

»Das ist was vollkommen Anderes und das weißt du auch.«

»Scarlett, ich dachte wirklich, du wärst mittlerweile so weit, zu sehen, dass es eben nichts Anderes ist.«

Julias Sexualität war in den vergangenen Monaten kein Thema gewesen, weil sie keine Frauen traf. Aber es war nur eine Frage der Zeit, bis sie jemanden kennenlernen würde. Auch wenn Julia nicht auf der Suche war. Irgendjemand würde sie früher oder später finden.

»Soll ich so tun, als ob es mich nicht stört, und wenn es passiert und ich damit nicht klarkomme, wieder ausziehen?« Ich schüttelte den Kopf. »So kann das nicht funktionieren.«

Nathalie seufzte. »Sprich mit ihr darüber.«

»Mit Julia?«

»Nein, mit Hillary Clinton. Natürlich mit Julia!« Nathalie stand auf. »Wir machen uns besser fertig. In einer halben Stunde treffen wir uns im ›Versteck‹.«

* * *

Als wir in der Bar ankamen, saßen Daniel und Julia auf unserem Stammplatz in einer Ecke. Sie schauten ziemlich ernst drein.

Aber Nathalie und ich sahen sicher nicht viel anders

aus.

Meine beste Freundin setzte sich neben Daniel und ich nahm wie immer neben Julia Platz.

Das Paar flüsterte einen Moment miteinander und stand dann auf. »Daniel und ich gehen eine Runde Billard spielen. Wir sind gleich wieder da«, sagte Nathalie und verschwand mit Daniel.

»Das ist eine Verschwörung«, grummelte Julia.

Ich grinste. »Was sagst du zu der ganzen Sache?«

Julia zuckte mit den Schultern. »Ich kann nicht glauben, dass Oliver wirklich ausziehen will.« Sie senkte den Blick. »Andererseits haben wir in acht Wochen kaum zwei Worte miteinander gewechselt.«

»Es tut mir leid, wie er sich verhält«, sagte ich. »Aber vielleicht ist es das Beste. Denn so kann es doch nicht weitergehen.«

Julia schaute mich mit traurigen Augen an, sagte aber nichts.

»Was willst du, Julia? Daniel und Nathalie werden zusammenziehen. Die Frage ist, wo wir landen.«

Julia starrte auf ihre Hände. »Ich bin nicht sicher, ob das funktionieren kann. Also du und ich in einer WG.« Sie seufzte. »Seien wir ehrlich: Oliver spricht schon jetzt nicht mit mir, aber wenn du und ich …«, sie machte eine Geste für Anführungsstriche, »›zusammenziehen‹ würden, könnte ich die Hoffnung, je wieder mit Oliver ins Reine zu kommen, endgültig vergessen.«

Julias Worte machten mich wütend. »Er verhält sich wie der letzte Trottel. Er ist von dieser fixen Idee besessen. Egal was du tun wirst, es wird nichts ändern.«

»Ich bin mir da nicht so sicher, Scarlett.«

Ich ergriff ihre Hand. »Das sollte wirklich nicht der Grund sein, weshalb ich nicht deine neue Mitbewohnerin werde.«

»Was dann?«

Julia kannte mich mittlerweile gut. Ich schloss für einen Moment die Augen. »Es ist kein Thema zwischen uns mehr, aber ...«

»Meine Sexualität.« Julia klang nicht ärgerlich. Eher resigniert.

Ich nickte.

Daraufhin zog sie die Hand weg. »Was muss ich noch anstellen, damit du merkst, dass ich niemals ...«

Ich nahm erneut Julias Hand. »Nein, nein. Das ist es nicht. Ich weiß, du würdest mir niemals in irgendeiner Art und Weise zu nahe treten. Es ist etwas Anderes.« Ich blickte beschämt auf meinen Schoß.

»Was denn?«

»Ich weiß nicht, ob ich damit klarkäme, wenn du jemanden mitbringst. Über Nacht, meine ich«

Julia seufzte. »Es wird dich vermutlich überraschen, aber ich verstehe dich.«

Ich schaute auf. »Wirklich?«

»Darf ich ehrlich sein?«

Ich zuckte mit den Schultern. »Sicher.«

»Ich glaube, ich hätte auch ein Problem damit, wenn du jemanden mitbringen würdest. Also zum Übernachten.«

Das erstaunte mich. »Hat Oliver das nie gemacht?«

Julia lehnte den Kopf zur Seite.

»Dumme Frage. Ich hab ja mehrfach bei euch geschlafen.« Ich tippte mit einem Bierdeckel auf dem Tisch herum. »Das sind die Probleme, richtig? Übernachtungen und Oliver?«

»Mmh, ich denke ja.«

»Ich kann damit leben, dass niemand außer uns beiden

bei uns schläft. Du auch?«

Julia nickte.

»Also bleibt bloß das Problem mit Oliver. Julia, willst du wirklich dein Leben nach jemandem ausrichten, der dich so behandelt? Schlechter kann euer Verhältnis nicht werden und verdammt, du hast nichts falsch gemacht. Er ist im Unrecht.«

Julia schloss für einen langen Moment die Augen und sah mich anschließend ernst an. »Du hast recht.« Sie holte tief Luft. »Lass es uns tun.«

Kapitel 15

»Julia?«

Meine neue Mitbewohnerin lag quer in ihrem Bett und hob den Kopf, um von einem ihrer zahlreichen Medizinbücher aufzusehen. »Ja?«

»Kann ich reinkommen?«

»Scarlett, du kannst immer reinkommen, wenn die Tür offen ist.«

Ich lächelte, trat ein und nahm auf ihrem Bett Platz. »Ich bin neugierig. Warum lässt du immer die Tür offen?«

Julia legte ihr Buch zur Seite. Anschließend setzte sie sich im Schneidersitz vor mir hin. »Du machst nie laute Geräusche, wenn du weißt, dass ich lerne. Warum sollte ich also die Tür zumachen?«

»Ich will dich nicht stören«, sagte ich. »Du bist immer so vertieft in deine Bücher.«

Julia reagierte mit einem der für sie typischen verlegenen Blicke, die ich so mochte. Sie war ein Lernjunkie. Sie liebte es, aber darauf angesprochen, reagierte sie immer peinlich berührt, als würde man ihr vorwerfen, fanatische Gartenzwergsammlerin zu sein oder so.

Ich konnte mir ein Schmunzeln nicht verkneifen. Manchmal war sie total süß.

»Wenn du möchtest, kann ich die Tür zukünftig schließen«, sagte Julia. »Du willst sicher zwischendurch auch mal lauter sein und nicht ständig wegen mir wie auf Eierschalen laufen.«

Ich schüttelte den Kopf. »So ein Quatsch. Keine Ahnung warum, aber irgendwie beruhigt es mich immer, dich lernen zu sehen.«

Meine Worte wurden mit einem strahlenden Lächeln belohnt. »Wirklich?«

Ich wippte enthusiastisch mit dem Kopf.

»Wenn ... ähm, wenn du willst, können wir ja auch mal zusammen lernen.«

Meine Augenbrauen schossen nach oben. »Zusammen lernen? Wie meinst du das? Julia, hast du es noch nicht gemerkt? Wir lernen unterschiedliche Sachen.« Ich beugte mich vor und klopfte Julia spielerisch aufs Knie. »Außerdem sagt Nathalie immer, ich hätte Hummeln im Hintern. Ich weiß nicht, ob du dich dabei gut konzentrieren könntest.«

Julia senkte den Blick. »Ich dachte, wenn es dich wirklich beruhigt, mich lernen zu sehen, wäre es doch keine schlechte Idee, wenn wir ... sagen wir mal, nebeneinander lernen.«

Der Vorschlag war zumindest eine Überlegung wert. Derzeit schob ich das Lernen immer auf, anstatt mich regelmäßig hinzusetzen, und wurde fast panisch, wenn es sich nicht mehr hinauszögern ließ. »Und wie stellst du dir das vor?«

Julia machte eine ausladende Bewegung über ihr großes Futonbett. »Wir liegen hier und jede lernt für sich.«

Ich rieb mir das Kinn. »Und warum solltest du das tun?«

Julia zuckte mit den Schultern. »Es würde mich echt nicht stören. Warum also nicht?«

Ich betrachtete sie eine Weile. Sie hatte recht: Warum eigentlich nicht? »Na ja, wir können es ja mal versuchen.«

* * *

Ich warf meinen Bleistift hin. »Ich werde es nie verstehen.«

Wie schon so oft in den letzten Wochen, seitdem wir angefangen hatten, gemeinsam auf ihrem Bett zu lernen, stützte Julia den Kopf auf ihre Hand. »Wo genau liegt das Problem?«

Ich schob meine Notizen zur Seite und lehnte mich ruckartig zurück. »Verdammtes internationales Privatrecht.« Ich zeigte mit dem Finger auf eines der vielen Übungsblätter und meine kommentierte Gesetzessammlung.

Julia nahm das Aufgabenblatt in die Hand und legte mir mein Buch auf den Schoß. »Lass uns das Problem mal Schritt für Schritt analysieren. Bis wohin ist alles klar und wo beginnt es, schwierig zu werden?«

Die folgende halbe Stunde sprachen wir über das Problem.

Es konnte Julia unmöglich interessieren, aber sie tat zumindest so.

Nach einer Weile hatte ich, wie meistens nach einer Diskussion mit Julia, doch eine Lösung gefunden und Julia erhob sich. »Was meinst du? Soll ich uns Kakao machen?«

Ich strahlte sie an. »Du bist die Beste.«

* * *

Nathalie ließ ihren Rucksack auf den Boden plumpsen und schloss die Eingangstür. »Hey, Süße. Ich dachte, ich hol dich heute mal ab. Damit du zur Abwechslung mal pünktlich zu einer Vorlesung kommst.« Sie musterte mich. »Aber wie die Sache aussieht, kommen wir jetzt beide zu spät.«

Ich stand in ein Badetuch gewickelt im Gang und rubbelte mit einem Handtuch durch meine noch nassen Haare. »Hi. Das schaffen wir schon. Keine Sorge.« Ich schlenderte in mein Zimmer und Nathalie folgte mir.

Als ich mich umdrehte, bemerkte ich, wie Nathalie mit den Augen rollte.

»Dein Wort in Gottes Gehörgang.«

Ich stupste ihren Arm. »Genug jetzt. Heute hab ich eine gute Ausrede dafür, spät dran zu sein.«

Nathalie ließ sich aufs Bett fallen. »Na, da bin ich ja mal gespannt.«

Ich drehte mich zu Nathalie und bemerkte ihr Starren. »Was ist los?«

»Wow. Man sieht mittlerweile echt, dass du trainierst.«

Meine Wangen glühten. »Danke«, sagte ich leise und schaute zu Boden.

Nathalie setzte sich auf. »So, jetzt erzähl. Was ist deine Ausrede?«

Ich räusperte mich. Durch ihre Bemerkung wurde mir erst bewusst, dass sie mich gerade nackt sah. Am besten ignorierte ich das einfach. Es war schließlich nichts dabei. »Julia hat sich erkältet und hat ihren Wecker nicht gehört.« Ich zog meine Unterwäsche an.

»Und?«

»Und als ich aufstand und das Frühstück noch nicht fertig war, hab ich nach ihr gesehen.« Nachdem der BH gut saß, streifte ich mir die bereitgelegte Bluse über.

Nathalie runzelte die Stirn. »Sie macht jeden Morgen Frühstück für euch?«

Was sollte ich dazu sagen? Julia war nun mal die Beste. »Ja.« Ich schüttelte den Kopf und knöpfte die Bluse zu. »Aber das ist doch jetzt egal. Jedenfalls war sie total blass und auch heiser, als ich sie weckte.«

»Aha.«

»Ich hab Julia gesagt, sie soll liegen bleiben. Dann hab ich Frühstück gemacht und es ihr ans Bett gebracht. Statt Kaffee gab's für sie Tee.«

Nathalie nickte. »Und das dauerte so lange?«

Ich griff nach meiner Jeans und zog sie an. »Na ja, ich hab ihr auch Hühnerbrühe gemacht und in eine Thermoskanne gefüllt.«

Nathalie hob eine Augenbraue. »Du hast Hühnerbrühe gemacht?«

Ich betrachtete meine Füße. »Instant«, murmelte ich und schnappte mir meinen Gürtel.

Nathalie grinste und schüttelte den Kopf. »Meine Güte, ihr seid echt wie ein altes Ehepaar.«

Ich stemmte die Hände in die Hüften. »Jetzt übertreib mal nicht. Das hättest du für mich doch auch gemacht, als wir noch zusammen gewohnt haben, oder?«

Nathalie wich meinem Blick aus. »Äh, ja … klar.«

Ich verglich zum ersten Mal mein Zusammenleben mit Nathalie und Julia. Julia ließ nie Handtücher liegen oder, wie Nathalie, die Zahnpastatube offen. Ich übernahm das Bügeln, wenn nötig, und Julia kümmerte sich ums Wäschewaschen. Ohne vorher wirklich was geplant zu haben, wohnten Julia und ich vollkommen harmonisch zusammen. Nathalie war da sehr viel schwieriger gewesen. Oft fragte ich mich, ob Julia genauso fühlte wie ich oder ob ich »ihre Nathalie« war.

Nathalies Räuspern riss mich aus den Gedanken. »Darf Julia krank überhaupt im Krankenhaus arbeiten? Steckt sie da nicht die Patienten an?«

Ich winkte ab. »Hab versucht, Julia zu überzeugen, zumindest heute im Bett zu bleiben. Aber sie ist jetzt für ein paar Wochen in der Tagesklinik, die ans Krankenhaus angeschlossen ist. Da gibt's nur Psychiatriepatienten. Also ist es kein Problem, meint sie.«

»Verstehe.« Nathalie holte tief Luft. »Also läuft es gut zwischen dir und Julia?«

Ich zuckte mit den Schultern. »Wir kommen miteinander aus.«

Nathalie schaute sich im Raum um und fummelte an einer Ecke meiner Tagesdecke rum. »Wenn man euch in letzter Zeit so sieht, könnte man wirklich denken, dass … dass da mehr ist.«

Ich stoppte in meiner Bewegung, mir die Haare zu kämmen, und setze mich neben sie. »Was?« Hatte ich mich verhört? Ich starrte sie an. »Wie kommst du denn auf so eine absurde Idee?« Mein Magen krampfte sich zusammen.

Nathalies Blick war auf ihre mit der Decke spielenden Hände fixiert. »Ich und Daniel haben neulich mal drüber geredet.«

»Worüber? Und hör auf, mit der Decke zu spielen. Das macht mich ganz nervös.«

Nathalie legte die Hände in den Schoß und biss sich auf die Unterlippe. Irgendwann sah sie mich an. »Scarlett, du und Julia, ihr … das musst du doch sehen.«

Was zur Hölle war hier los? »Wovon redest du?«

Nathalie begann erneut, mit der Decke zu spielen, stoppte aber nach wenigen Momenten wieder. »Du bist meine beste Freundin, weißt du?«

Ich lächelte und versuchte, mich zu entspannen. »Und du meine. Also, raus damit.«

Nathalie seufzte. »In den vergangenen Wochen sind du und Julia fast unzertrennlich geworden.«

»Wir wohnen zusammen.« Meine Stimme wurde lauter. »Was erwartest du?«

»Ja, schon. Aber ihr geht ja auch immer zusammen weg und redet über die andere, wenn ihr mal nicht gemeinsam unterwegs seid.«

Ich legte den Kopf zur Seite. Langsam wurde klar, was hier los war. »Du bist eifersüchtig.«

»Was? Nein.« Nathalie schüttelte den Kopf. »Nein, das ist es nicht.«

Ich stand auf. Was auch immer sie sagte, die Sache war klar. »Ihr seid beide meine besten Freundinnen. Wenn du mehr Zeit mit mir verbringen möchtest, dann sag mir das doch.« Ich griff nach meinem Rucksack. »Jetzt lass uns gehen. Wir sind schon spät genug dran.«

* * *

»Ich versteh es nicht«, sagte Julia wie immer, wenn wir zusammen auf der Couch saßen und Titanic schauten. »Wieso hat die junge Rose grüne und die alte blaue Augen?«

Ich kicherte. Wie konnte sich eine intelligente Frau wie Julia ständig an demselben Filmfehler aufhängen?

Julia guckte mich todernst an. »Das ist nicht witzig.«

Ich grinste. »Doch, ist es.«

Sie begann zu lächeln und wuschelte mir durchs Haar.

»Hey«, protestierte ich und boxte Julia scherzhaft die Schulter. Anschließend lehnte ich mich bei ihr an. Bei

Julia fühlte ich mich immer so ruhig und beschützt. Ich hätte nicht gedacht, eine solche, rein freundschaftliche Nähe mit einer Lesbe haben zu können. Obwohl … ich mochte es gar nicht, auf diese Weise an Julia zu denken. Sie war nicht Julia, die Lesbe. Sie war einfach Julia.

* * *

»Wer kommt denn da?«, rief Daniel, als Julia und ich gegen acht Uhr im »Versteck« auftauchten. »Wenn das mal nicht unser Traumpaar ist.«

»Willst du nicht mal einen anderen Spruch bringen?«, brummte ich und schaute zu Julia, die mit den Augen rollte.

In letzter Zeit machten Daniel und Nathalie ständig solche Scherze. Anfangs hatte es mich geschockt. Ausgerechnet mich in diese Ecke zu stellen. Mittlerweile nervte es mich nur noch. Sie behaupteten, so tolerant zu sein, aber dass eine heterosexuelle Frau mit einer Lesbe bloß eine platonische Freundschaft hatte, war für sie offenbar undenkbar.

»Hi, Mädels, was kann ich meinem Lieblingspärchen heute bringen?«, fragte Lucy, unsere Stammbedienung.

»Du nicht auch noch«, stöhnte Julia.

Lucy schaute irritiert auf ihren Notizblock.

Daniel und Nathalie lachten und ich warf ihnen einen bösen Blick zu.

»Hab ich was verpasst?«, fragte Lucy und guckte zwischen allen Beteiligten hin und her.

»Julia und ich sind kein Paar«, sagte ich. »Ich bin heterosexuell und stehe auf Männer. Irgendwelche Fragen?«

Lucy öffnete den Mund, sagte jedoch nichts. Sie sah zu Nathalie und Daniel, anschließend wieder zu mir und

Julia. »Okay«, sagte sie, aber es klang fast wie eine Frage. Lucy räusperte sich. »Was wollt ihr trinken?«

»Guinness«, murmelte ich und starrte auf den Tisch vor mir. Ich war wirklich sauer. Was war bloß los mit allen? Fanden die das etwa witzig?

»Ich auch«, sagte Julia.

»Okay. Kommt sofort.« Lucy drehte sich um und ging einen Schritt, blieb aber dann stehen und wendete sich uns wieder zu. »Tut mir echt leid, Scarlett.« Sie schaute auch zu Julia.

Die ignorierte Lucy jedoch und begann, eine Bierdeckelpyramide zu bauen.

Ich nickte. Kaum war Lucy verschwunden, sagte ich: »Ihr müsst echt alle an euren Vorurteilen arbeiten.«

Nathalie und Daniel sahen einander mit gerunzelter Stirn an.

* * *

»Was grinst du denn so?«, fragte Julia.

Ich sah auf. »Tue ich das?«

Julia ließ sich neben mich auf die Couch fallen. »Machte zumindest den Anschein.« Ihr Blick landete auf dem fast leeren Becher Ben and Jerry's Eiscreme in meiner Hand. »Ist das der Letzte?«

Ich schaute auf den Becher und murmelte: »Kann schon sein.«

Julia griff nach dem Löffel und schaufelte sich etwas Eis in den Mund. Dann gab sie mir den Löffel wieder. »Du denkst wohl, nur weil du jetzt auch dreimal pro Woche im Fitnessstudio trainierst, kannst du es dir leisten, jede Woche einen Liter von diesem Zeug zu verdrücken.« Nach einer kurzen Pause tippte sie mit dem Zeigefinger meine Nase an. »Und du hast recht damit.« Sie stand auf und ging zur Tür.

»Du bist also nicht böse, dass ich dir wieder nichts übrig gelassen habe?« Ich konnte nicht glauben, wie leicht sie mir immer vergab, wenn ich unser letztes Eis platt machte.

Julia war schon halb aus der Tür und winkte ab. »Nicht, wenn du gleich mit ins Studio kommst.«

Ich sprang von der Couch auf. »Lass uns gehen.«

* * *

»Julia, Julia!« Ich schmiss die Eingangstür hinter mir zu und hastete von Raum zu Raum auf der Suche nach meiner Mitbewohnerin. Ich bog in die Küche ein und prallte gegen Julia. »Uff.«

Julia hielt mich an den Schultern fest. »Was ist los?«

Ich schloss sie in die Arme. Als ich sie wieder losließ, begann ich, auf und ab zu springen. »Die Ergebnisse der Zwischenprüfungen sind da.«

»Und?«

»Hab sie mir am PC in der Uni ausgedruckt.« Ich trat zurück und kramte das Blatt aus meinem Rucksack. Dann drückte ich Julia das Papier in die Hand.

Sie betrachtete die Ergebnisse einen Moment. Ihre Augen weiteten sich binnen Sekunden. »Wow.«

Ich sprang wieder auf und ab. »Die besten Noten, die ich jemals hatte. Nicht mal in der Schule war ich so gut. Yippie!«

Julia lächelte. »Ich bin so stolz auf dich.«

Ich sprang in ihre Arme und hielt sie ganz fest. »Ohne dich hätte ich das nie geschafft.« Und es war die Wahrheit. Julia war wirklich die beste Freundin, die man sich vorstellen konnte.

»Du hast das ganz allein geschafft.« Nach einem Augenblick fragte sie: »Was sagt denn Nathalie dazu?«

Ich löste mich von ihr. »Nathalie?« In meiner Eile, Julia die Ergebnisse zu zeigen, hatte ich Nathalie ganz vergessen. Ohne etwas zu sagen, eilte ich aus der Küche ins Wohnzimmer und schnappte mir das Telefon. Ich wählte Nathalies Nummer und schon nach dem zweiten Klingeln wurde abgenommen.

»Schmidt.«

»Nathalie, du wirst es nicht glauben …«

* * *

Wir standen vor dem Haus meiner Mutter und ich betrachtete Julia, die ihr Gewicht von einem Bein auf das andere verlagerte. Ich grinste bei dem Anblick. »Zappel nicht so rum. Meine Mutter wird dich schon nicht auffressen.« Ich strich eine Falte an Julias Bluse glatt und fuhr ihr durch das leicht zerzauste Haar.

»Keine Ahnung warum, aber ich bin nervös«, sagte Julia.

Ich schenkte ihr mein wärmstes Lächeln und gab ihr einen Kuss auf die Wange.

Die Tür ging auf, obwohl ich noch gar nicht angeklopft hatte, und meine Mutter schaute uns an, als ob sie ein Insekt verschluckt hätte.

Was hatte sie bloß? Lächelnd öffnete ich die Arme und trat auf sie zu. »Hallo, Mama. Wie geht‘s dir?«

»Gut, mein Schatz.« Sie erwiderte die Umarmung. »Und dir?«

Ich löste mich von ihr. »Toll. Wirklich toll.«

Popeye kam kläffend angerannt und sprang mich

schwanzwedelnd an.

Ich beugte mich kurz runter und kraulte ihn.

Popeye verlor an mir jedoch schnell das Interesse und wandte sich Julia zu.

Die ging in die Knie, hielt ihm die Hand hin und kraulte ihn hinter den Ohren, nachdem er ausgiebig geschnüffelt hatte. Kurz auflachend wich Julia Popeyes Zunge aus, die in Richtung ihres Gesichtes schlabberte.

Julias Lachen klang wie Musik in meinen Ohren. Ob sie so auch mit Dido gewesen war?

Mama unterdessen lächelte flüchtig, wandte den Blick von mir ab und musterte meine Freundin.

Julia sprang daraufhin auf, lächelte ebenfalls und streckte die Hand aus.

Ich trat einen Schritt zur Seite und meine Mutter ergriff zögerlich Julias Hand.

»Guten Tag, Frau Winter. Ich bin Julia Liebknecht. Es freut mich sehr, Sie kennenzulernen. Scarlett spricht immer in den höchsten Tönen von Ihnen.«

Ich glotzte Julia an. Wann hatte ich das denn gemacht?

»Schön, dass wir uns endlich kennenlernen«, sagte meine Mutter. »Kommen Sie bitte rein.«

»Sie können mich ruhig duzen, Frau Winter. Ich habe da kein Problem mit.«

Mamas Augenbrauen schnellten nach oben, doch sie sagte nichts.

Wir gingen alle ins Wohnzimmer.

Popeye tapste hechelnd zwischen uns hin und her.

Ich und Julia nahmen nebeneinander auf der Couch Platz und meine Mutter auf dem Fernsehsessel links von uns.

Popeye sprang auf meinen Schoß und machte es sich gemütlich.

Julia streckte sofort ihren Arm aus und begann, Popeye zu streicheln.

Daraufhin schloss Popeye die Augen.

Es folgte Stille.

Meine Mutter musterte Julia und mich eingehend. Irgendwann räusperte sie sich. »Jetzt werde ich auf meine alten Tage noch unhöflich. Möchtet ihr etwas trinken?«

»Wasser«, sagte ich.

»Ich auch, bitte.« Julia sprach leise.

Meine Mutter stand auf.

»Warte, Mama. Ich helf dir.« Ich schob Popeye von mir runter und sprang auf.

»Danke, Schatz.«

* * *

»Ich nehm auch ein Glas«, sagte Mama, während sie eine Flasche Wasser aus dem Kühlschrank holte.

Ich stellte drei Gläser auf die Arbeitsplatte. Es gefiel mir gar nicht, dass meine Mutter nichts über Julia sagte. Sie redete im Allgemeinen nicht viel, aber ich hatte gehofft, wenigstens ein oder zwei Kommentare von ihr zu hören. Sie brauchte offenbar etwas Ermutigung. »Sprich Julia doch mal wegen deiner Arthrose an. Sie ist doch angehende Ärztin.« Ja, das war perfekt, um auf sie zu sprechen zu kommen, ohne direkt zu fragen: »Uuund?«

»Ich hab meinen Arzt, mit dem ich darüber sprechen kann. Außerdem ist Julia wahrscheinlich froh, mal nicht von Leuten mit ihren Wehwehchen belästigt zu werden.«

»Julia ist nicht so. Sie hilft gerne.« Ich goss die Gläser voll. Aus dem Augenwinkel bemerkte ich, wie meine Mutter mich anstarrte. »Was ist?«

»Ihr beide scheint sehr … vertraut miteinander.«

Ich stellte die Flasche beiseite und wirbelte zu meiner Mutter herum. »Mama, bitte fang du nicht auch noch damit an.«

»Auch noch? Womit?«

»Julia und ich sind beste Freundinnen. Wir mögen uns. Mehr ist da nicht.«

»Ich habe doch überhaupt nichts Anderes behauptet. Wie kommst du darauf, ich könnte denken, ihr wärt …?«

Sah ich mittlerweile schon Gespenster? Ich ließ die Schultern fallen. »Entschuldige. Es ist nur …« Ich holte tief Luft. »In letzter Zeit gab es einige dumme Kommentare in unserem Umfeld. Schätze, das ist normal, wenn eine heterose… eine normale Frau mit einer Lesbe befreundet ist. Das lässt mich nicht ganz kalt.«

Meine Mutter betrachtete mich. Ihre Gesichtszüge waren angespannt. »Vielleicht solltet ihr etwas auf Abstand gehen.«

Ich stoppte in meiner Bewegung, die Wasserflasche wieder in den Kühlschrank zu stellen. Meinte sie das ernst? »Da ist nichts zwischen mir und Julia. Nicht so was. Wie kannst du das bloß glauben?«

»Tu ich doch gar nicht.« Mama hob die Hände. »Sie scheint ein nettes Mädchen zu sein, aber wenn schon andere die Situation missverstehen, wie wird es dann erst Julia gehen?«

Ich hatte den Blick gesenkt und sah jetzt langsam wieder auf. »Du glaubst, Julia könnte denken, ich wäre …?«

Meine Mutter zuckte mit den Schultern. »Wer weiß schon, was in ihrem Kopf vorgeht?« Sie tätschelte mir den Arm. »Du wirst schon das Richtige tun.«

Ich kannte Julia jetzt seit einigen Monaten. Manchmal dachte ich, sie trotz der kurzen Zeit besser zu kennen, als sonst irgendjemanden. Nein, wenn Julia da etwas missverstanden hätte, wäre es mir aufgefallen. Ich lächelte. Natürlich. Wie hatte ich auch nur für eine Sekunde etwas Anderes denken können? Ich bedeckte Mamas Hand mit meiner. »Julia weiß, dass wir nichts außer einer total guten Freundschaft haben.« Ich streichelte ihre kalte Hand. »Du brauchst dir wirklich keine Sorgen machen.«

Wir waren einige Schritte in Richtung Wohnzimmer gegangen. Jetzt blieb ich stehen und sah sie an. »Du findest sie wirklich nett?«

Meine Mutter nickte.

Ich wollte sichergehen, das richtig verstanden zu haben. »Also ist es für dich in Ordnung, dass … dass meine Mitbewohnerin eine Lesbe ist?«

»Ich muss es nicht verstehen oder gutheißen«, sagte Mama. »Wer bin ich, hier die Richterin zu spielen?«

Spontan schloss ich sie in die Arme. Bis zu diesem Moment war mir gar nicht bewusst gewesen, wie wichtig es mir war, was meine Mutter über Julia und mein Zusammenleben mit ihr dachte. Ich atmete erleichtert aus. Sie mochte Julia.

* * *

Als wir das Wohnzimmer betraten, schaute mich Julia auf eine Weise an, die mich an ein ängstliches Reh erinnerte.

Popeye lag auf ihrem Schoß und wurde ausgiebig gekrault.

Ich lächelte Julia an und reichte ihr das Glas Wasser, bevor ich wieder neben ihr Platz nahm.

Popeye schaute kurz auf und ließ dann seinen Kopf wieder sinken.

Ich musste schmunzeln. Vermutlich wäre ich auch auf

Julias Schoß geblieben. Äh, also als Hund.

»Julia, erzähl mal was von dir«, sagte meine Mutter, nachdem sie sich wieder in ihrem Sessel niedergelassen hatte.

Julia beugte sich vorsichtig über Popeye und stellte das Glas auf dem Couchtisch ab. »Da gibt es nicht viel zu erzählen. Ich habe zwei Brüder. Einen zwei Jahre älteren und einen Zwillingsbruder.«

»Scarlett erzählte mir, du kommst mit deinem Zwillingsbruder nicht besonders gut aus. Obwohl ihr euch ja wohl ziemlich ähnlich seid. Ihr studiert sogar das Gleiche, richtig?«

Meine Mutter, wie immer sensibel wie ein Presslufthammer. Ich hatte ihr doch gesagt, dass das Thema gemieden werden sollte. Verdammt.

Julia verzog für einen Sekundenbruchteil das Gesicht, bevor sie freundlich lächelte. »Noch bin ich Studentin, aber ich hoffe, im Februar fertig zu werden.«

»Scarlett hat mir erzählt, du wirst Ärztin.«

Gott sei Dank sprang Mama darauf an.

»Äh, ja. Derzeit mache ich ein Praktikum im Krankenhaus. Im Anschluss reiche ich meine Doktorarbeit ein.«

»Aha. Und weißt du schon, in welchen Bereich du gehen willst?«

Erstaunlicherweise hatte ich mich das nie gefragt. Aber die Antwort interessierte mich jetzt auch.

Julia trommelte mit dem Zeigefinger auf der Couchlehne rum. »Ich bin nicht ganz sicher. Eventuell Gynäkologie. Aber um ehrlich zu sein, versuche ich derzeit, in so viele Bereiche wie möglich reinzuschnuppern, um das Richtige für mich zu finden.«

Meine Mutter schien sich jetzt fragetechnisch auf Julia eingeschossen zu haben und ignorierte mich total. »Wie kommst du denn auf Gynäkologie?«

Julia nahm einen Schluck und lehnte sich zurück. »Gynäkologie ist am facettenreichsten. Von Endokrinologie bis Chirurgie ist alles dabei. Es ist so viel mehr als Kinder auf die Welt zu bringen. Aber, wie gesagt, ich weiß nicht mit Sicherheit, was ich machen werde. Internistische Medizin reizt mich auch. Was ich derzeit ausschließen kann, sind Orthopädie und Psychiatrie. Das sind zwar auch sehr interessante Bereiche, aber ich kann mir nicht vorstellen, auf Dauer damit glücklich zu werden.«

Mama nickte. »Und … wie ist es, mit meiner Tochter eine Wohnung zu teilen? Isst sie nach wie vor so ungesund und räumt nie auf?«

Warum jetzt der plötzliche Themenwechsel? Und stopp mal, was hatte sie gerade gesagt? »Das sind bösartige Unterstellungen«, grummelte ich.

Alle Beteiligten grinsten.

»Also von Unordnung bekomme ich nichts mit, und ungesund ernähren tut sie sich eigentlich auch nicht.«

Julia und ich warfen einander verschwörerische Blicke zu.

Meine Mutter beobachtete uns. »Soll das heißen, sie isst endlich gesund? Julia, sag nicht, du kochst für sie.«

»Na ja …« Julia schaute zu Boden. »Manchmal.«

Was für eine Untertreibung.

Nach einer Pause fügte Julia hinzu: »Aber oft kochen wir auch zusammen.«

Mama runzelte die Stirn. »Du lässt Scarlett in die Küche? Kind, du bist ein ziemlich risikoliebender Mensch, was?«

Julia kicherte.

Gleichzeitig wurden meine Augen zu Schlitzen.

Julias Mundwinkel zuckten als müsste sie sich ein

Grinsen verkneifen, bevor sie meine Mutter mit aufrichtigem Gesichtsausdruck ansah. »Frau Winter, ob Sie es glauben oder nicht, Scarlett hat nach geringfügigen Anfangsschwierigkeiten eine Menge gelernt und kommt jetzt gut in der Küche zurecht.«

Ich blinzelte. Geringfügige Anfangsschwierigkeiten? Und was war zum Beispiel mit dem Waffeleisendebakel?

Das Telefon klingelte und ich schaute vom Waffeleisen auf, dessen Licht ich seit etwa zwei Minuten genauestens beobachtete. Diesmal würde mir nichts anbrennen.

»Scarlett, Telefon«, rief Julia aus dem Bad. War sie mit ihrer Dusche etwa schon fertig?

»Gehe schon«, antwortete ich so laut ich konnte und machte einen Schritt auf den Küchentisch zu, auf dem das Telefon lag. Ich rutschte auf einer Pfütze verschütteten Teigs aus und fiel. Instinktiv griff ich nach dem nächstbesten Halt. Noch im Flug riss ich die Augen auf, als ich realisierte, was ich da zu fassen bekommen hatte: das Kabel des Waffeleisens. Alles lief wie in Zeitlupe ab: Das Waffeleisen flog durch die Luft, die fast fertige Waffel wirbelte aus dem Eisen heraus und …

»Scarlett, das Telefo… ahhh!« Julia, im Türrahmen stehend, bekam die heiße Waffel ins Gesicht und schrie laut auf.

Gleichzeitig hörte ich einen lauten Knall, begleitet von einem Klirren, und mein Hinterkopf schlug auf dem Fliesenboden auf.

Mit knallrotem Gesicht starrte Julia erst auf mich und dann zur Quelle des lauten Geräusches.

Ich folgte ihrem Blick. Das Waffeleisen war in der Mikrowelle gelandet und hatte die Tür demoliert.

Das Telefonklingeln unterbrach die plötzliche Stille.

»Scarlett?« Julia legte ihre Hand kurz auf mein Knie,

grinste und zwinkerte mir zu.

Ich schüttelte den Kopf. Die heiße Waffel hatte Julia Gott sei Dank nicht ernsthaft verbrannt. Trotzdem … wie konnte Julia behaupten, ich wäre irgendetwas Anderes als eine Katastrophe in der Küche?

»Schatz, warum schüttelst du den Kopf?«, fragte meine Mutter.

»Ach, nichts«, sagte ich. »Mir ist bloß gerade was eingefallen. Worüber haben wir noch mal geredet?«

»Deine Kochkünste, mein Schatz.«

»Sie kann einfache Rezepte ohne Probleme alleine kochen«, sagte Julia.

Mama beäugte mich. Schließlich nickte sie.

»Und ich gehe sogar seit ein paar Wochen ins Fitnessstudio.« Der Stolz in meiner Stimme war deutlich zu hören.

Der Mund meiner Mutter klappte auf. »Wirklich?«

Julia und ich wippten mit den Köpfen.

»Du scheinst wirklich einen guten Einfluss auf Scarlett zu haben.«

Julia strahlte von einem Ohr zum anderen. »Danke. Ich versuche mein Bestes.« Nach einer Pause fügte sie hinzu: »Aber ich muss sagen, Ihre Tochter hat einen ebenso guten Einfluss auf mich.«

Hä? Ich konnte mir nicht vorstellen, in welcher Weise ich Julia guttun könnte. Sie war unabhängig, zielstrebig und wenn überhaupt, war ich diejenige, die von unserer Freundschaft profitierte. Ich hatte, seit ich Julia kannte, so viel gelernt. Sie war immer so geduldig mit mir. Nicht bloß in der Küche. Und sie war immer für mich da.

»Ich hatte nie zuvor eine so gute Freundin wie Scarlett. Sie erträgt meine Launen …«

Welche Launen?

»Wir lachen oft, und wenn ich traurig bin, versucht sie, mich aufzuheitern. Außerdem verrate ich Ihnen sicher nichts Neues, wenn ich Ihnen sage, was für eine gute Ratgeberin Scarlett ist.«

Meine Mutter betrachtete mich mit einem merkwürdigen Gesichtsausdruck. Es schien mir wie eine Mischung aus Erstaunen und … Stolz?

Ich legte die Hand auf Julias und lehnte den Kopf kurz an ihre Schulter. Sie sagte immer die liebsten Sachen. Auch wenn sie in diesem Fall maßlos übertrieb. Mein Blick wanderte irgendwann zu Mama. Ihre Körperhaltung war ganz steif. Was war denn los?

Als ich bemerkte, dass ich immer noch Julias Hand hielt, ließ ich sie hastig los. So was konnte schnell missverstanden werden.

Julia und ich blieben über zwei Stunden bei meiner Mutter. Wir wollten uns gerade auf den Weg machen, da klingelte mein Handy.

»Winter.«

»Hi, Süße.«

»Hallo, Nathalie. Was gibt's?«

»Ich hab's gerade erfahren und wollte dir sofort Bescheid sagen.«

»Aha.«

»Daniel und ich fahren nächste Woche für zehn Tage zum Strandhaus. Seine Eltern haben gerade das Okay gegeben. Wenn Julia und du wollen, können wir zu viert fahren.«

»Das klingt toll. Warte, ich frag mal eben.« Ich wandte mich an Julia. »Daniel und Nathalie fahren für zehn Tage zum Strandhaus. Wenn wir wollen, können wir mit.«

Auf Julias Gesicht formte sich ein Lächeln. »Ich hab zwei Wochen Urlaub, die ich kurzfristig nehmen kann.

Wann soll es losgehen?«

Ich schmunzelte. »Nächste Woche.«

»Sag Nathalie, ich bin dabei.«

Julia und ich strahlten einander an. Wir waren seit März nicht mehr im Strandhaus gewesen, und mittlerweile war es Ende August. Es würde also ein richtiger Badeurlaub werden.

Ich sprach jetzt wieder ins Handy: »Wir sind dabei. Grüß Daniel.«

»Mach ich. Bis heute Abend. Ich ruf dich an.«

»Okay, bis später«, sagte ich.

»Tschü.«

Ich legte auf und grinste von einem Ohr zum anderen.

»Aber musst du nicht im Café arbeiten?«, fragte meine Mutter.

Ich schüttelte den Kopf. »Ich arbeite schon eine ganze Weile nicht mehr regelmäßig da. Ich war doch damals bloß Vertretung. Jetzt werde ich nur angerufen, wenn Not am Mann ist.« Ich zuckte mit den Schultern. »Jetzt muss das BAföG halt reichen.«

Mama lächelte. »Erinner mich dran, dass ich dir gleich noch ein bisschen Taschengeld für den Urlaub gebe, mein Schatz.«

Julia und ich grinsten und verabschiedeten uns bald gut gelaunt von meiner Mutter und Popeye.

* * *

»Siehst du, es war gar nicht so schlimm«, sagte ich, kaum im Auto sitzend.

Julia schenkte mir ein warmes Lächeln. »Deine Mutter ist echt nett. Das hätte ich nicht gedacht, nachdem …«

Ich sah sie fragend an. »Nachdem was?«

»Na ja, du warst am Anfang ziemlich gegen Homosexuelle, wenn du dich erinnerst. Ich dachte …« Julia schüttelte den Kopf. »Oder weiß sie nicht, dass ich lesbisch bin?«

»Doch, natürlich.« Ich schaute aus dem Fenster. »Sie versteht es ebenso wenig wie ich.« Ich drehte den Kopf wieder zu Julia. »Aber meine Mutter ist nicht intolerant. Sie heißt es nicht gut, aber sie akzeptiert dich so, wie du bist.« Unsere Blicke trafen sich. »Genau wie ich.« Ich streichelte Julias Arm. »Das war echt lieb von dir. Also, was du zu meiner Mutter über mich gesagt hast.«

Julia schaute flüchtig zu mir. »Ich meinte jedes Wort.«

Wir lächelten und Julia startete den Wagen.

»Hätte mir jemand vor einem halben Jahr erzählt, wie alles kommen würde, ich hätte es nicht geglaubt«, sagte ich. »Julia, ich bin so froh, dich in meinem Leben zu haben. Am Anfang dachte ich, nie darüber hinwegkommen zu können, dass du … dass wir so unterschiedlich sind, aber du bist jetzt neben Nathalie meine beste Freundin.« Nach einer Pause fügte ich hinzu: »Und darüber bin ich sehr froh.«

Julia lächelte mich kurz an und fuhr dann los. »Ja, ich auch.«

»So, jetzt aber genug Gefühlsduselei«, sagte ich. »Meinst du, das Wasser wird warm genug zum Schwimmen sein, wenn wir auf Sylt ankommen?«

»Weiß nicht. Kommt drauf an, wie hartgesotten du bist. Wärmer als jetzt wird es nicht. So viel ist sicher. Ich friere ja immer in der kalten Nordsee. Egal zu welcher Jahreszeit. Bin mehr der Mittelmeertyp.«

Ich zuckte mit den Schultern. »Wer ist das nicht?«

»Aber wenn das Wetter nicht allzu schlecht ist, können wir uns am Strand sonnen. Ich liebe es, im Bikini in der

Sonne zu brutzeln. Nicht zu lang natürlich, aber ein bisschen schadet ja nicht.«

Das klang wirklich gut. Ich konnte es kaum erwarten.

Wir schwiegen eine Weile. Aber es war keine unangenehme Stille. Vielmehr hatte ich das Gefühl, wir genossen es beide, von Zeit zu Zeit zu schweigen. Mit Nathalie war das anders. Da fiel mir ein … »Du, sag mal, Daniel und Nathalie, es scheint wirklich gut zwischen ihnen zu laufen.«

»Sehe ich genauso. Ich glaube, für Daniel ist die Sache ziemlich ernst. Hat Nathalie dir was gesagt?«

»Sie ist ziemlich verliebt in deinen großen Bruder. Er ist der erste Mann, mit dem sie je zusammengezogen ist. Außerdem ist Daniel ihr absolutes Lieblingsthema. Ich denke, sie fühlen dasselbe füreinander.«

»Romantik ist noch nicht tot«, sagte Julia.

»Sie sind wirklich ein süßes Paar.«

Julias Gesichtsausdruck wurde ernst. »Hast du übrigens die Neuigkeiten von Oliver gehört?«

Meine Augenbrauen schossen nach oben. »Nein, was denn?«

Julia zögerte einen Augenblick. »Er hat ‘ne neue Freundin.«

Ich guckte aus dem Fenster. Schon komisch, aber ich war kein bisschen eifersüchtig. Er hätte mit der ganzen Frauenfußballnationalmannschaft schlafen können und ich hätte nur daran gedacht, wie er Julia behandelte. Sie hatte was Besseres verdient.

»Die beiden haben sich wohl in der Uni kennengelernt«, sagte Julia. »Am Seziertisch hat‘s gefunkt.«

Ich kicherte. »Scheint, du hast recht.« Übertrieben klimperte ich mit den Wimpern, als ob ich von der großen Liebe träumen würde. »Romantik ist noch nicht tot.«

Julia schaute mich mit traurigen Augen an. »Glaubst du, jetzt wo er ‘ne Neue hat, vergisst er endlich den ganzen Mist?«

Ich seufzte. Nichts wünschte ich mir mehr. »Keine Ahnung. Ich hoffe es.«

Kapitel 16

Auf der langen Autofahrt schlief ich auf dem Rücksitz an Julias Schulter ein. Erst das Klingeln von Daniels Handy weckte mich.

»Liebknecht … Oh, hi, wie geht's d…?« Daniel stoppte den Wagen auf dem Standstreifen. »Wie meinst du das? … Oliver, das ist keine gute Idee. Das Haus ist doch schon voll. Vielleicht ist es besser, wenn ihr … Ja schon, aber … Ach, haben sie? … Ja … ja, aber du solltest das besser nicht machen. Wirklich nicht … Verstehe. Bis morgen.«

»Was ist los?«, fragte Nathalie, während Julia und ich verschlafen nach vorne schauten.

»Oliver kommt mit seiner neuen Freundin Jennifer am Freitag zum Strandhaus«, sagte Daniel. »Sie bleiben bis Sonntag.«

Das war nicht gut. Gar nicht gut.

»Und wie stellt er sich das vor?«, fragte Nathalie.

»Ich schlafe auf der Couch im Wohnzimmer«, sagte Julia.

»Warum ausgerechnet, wenn wir da sind?« Ich ballte die Hände zu Fäusten. Dieser verdammte Mistkerl. Hatte Oliver nicht schon genug angerichtet?

»Er meinte, Mama und Papa hätten gesagt, es geht in

Ordnung«, sagte Daniel. »Dieses Wochenende findet wohl auf der Insel irgendeine besondere Party statt, und er und Jennifer wollen hingehen.«

Es herrschte einen langen Moment gespannte Stille.

»Die Couch ist keine Schlafcouch«, grummelte ich.

Julia zuckte mit den Schultern. »Mag sein, aber sie ist groß genug.«

»Deine Füße hängen über, wenn du liegst.« Ich berührte Julia am Arm. »Lass mich auf der Couch schlafen.« Oder noch besser: Oliver. Seine Neue könnten wir ja im Panoramaraum parken. Bei diesen Gedanken musste ich grinsen.

Julia schüttelte den Kopf. »Das ist lieb von dir, Scarlett, aber ich werde mit dir darüber nicht diskutieren. Ich schlafe auf der Couch und damit Schluss.«

Ich setzte mich auf und verschränkte die Arme vor der Brust. Sie konnte wirklich stur sein.

»Ich kriege es nicht in meinen Kopf«, sagte Daniel. »Wie oft habe ich versucht, mit ihm zu reden, um diese dumme Sache endlich aus der Welt zu schaffen?« Daniel begegnete Julias Blick im Rückspiegel. »Doch er meidet dich wie die Pest. Und dann platzt er in deinen Urlaub, um ihn dir … ja, um ihn dir zu versauen.«

Julia starrte auf die Kopfstütze des Vordersitzes.

Ich nahm ihre Hand und rieb mit meinem Daumen darüber. Hoffentlich ließ mich am Wochenende niemand mit Oliver alleine. Ich war mir nicht sicher, was ich in dem Fall tun würde.

Nathalie hatte sich gerade etwas zu trinken aus dem Fach des Armaturenbrettes geholt und knallte es jetzt mit Wucht zu. »Oliver ist ein Riesenarschloch.«

Nach Nathalies Feststellung herrschte den Rest der Fahrt Stille.

* * *

Etwa vier Stunden später erreichten wir das Strandhaus. Trotz der frühen Abendstunden war es noch über zwanzig Grad warm.

Dennoch machte Julia das Feuer im Kamin an. Vermutlich beruhigte es sie genauso sehr wie mich. Aber es war sicher ein lustiges Bild, wie wir zu viert in T-Shirts und Daniel sogar in kurzer Hose vorm brennenden Kamin saßen.

Julia sah zu mir, und unsere Blicke trafen sich.

Auf unseren Gesichtern formte sich ein wissendes Grinsen, und gleichzeitig sagten wir: »Kakao.«

Daniel und Nathalie schauten uns fragend an, während Julia und ich aufstanden.

»Wir machen uns heißen Kakao«, sagte ich. »Kann ich euch auch für eine Tasse begeistern?«

Beide schüttelten den Kopf.

»Lieb von dir zu fragen.« Nathalie fächerte sich etwas Luft zu. »Aber ich schwitze jetzt schon wie ein Yeti.«

Mit mir in der Küche rumwerkelnd, sagte Julia leise: »Nathalie hat recht, weißt du?«

»Es ist schon warm«, sagte ich. »Trotzdem hab ich Lust drauf. Aber du musst ja nicht.«

Julia schüttelte den Kopf. »Nicht das. Ich meine, was sie über Oliver gesagt hat.«

Ich berührte Julia sanft an der Schulter.

»Er benimmt sich wie ein Riesenarschloch.« Julia stoppte in ihrer Bewegung, Kakaopulver auf die Tassen zu verteilen. »Scarlett, glaubst du … glaubst du, er kommt nur, um mir den Urlaub zu verderben?«

Ich nahm ihr die Dose Kakaopulver aus der Hand,

stellte sie auf der Küchenplatte ab und schloss Julia in die Arme. »Ich weiß nicht, warum er das tut. Mir fehlen die Worte, um dir zu sagen, wie wütend ich auf ihn bin, dass er dir so wehtut. Und das wegen nichts.«

Julia vergrub ihr Gesicht in meinem Nacken und für eine Weile standen wir bewegungslos da. Irgendwann löste sich Julia langsam von mir und ich sah, wie ihr einige Tränen die Wangen herunterrollten.

Wir sahen einander an und sagten erneut zeitgleich: »Kakao.«

* * *

Die Tür ging auf und eine Frau Anfang zwanzig kam herein, einen Koffer im Schlepptau. Das musste Olivers Neue sein.

Ich hatte sie mir irgendwie anders vorgestellt. Diese Jennifer war etwa so groß wie ich und hatte sogar eine ähnliche Frisur und Haarfarbe wie ich. Als Schwestern wären wir wohl nicht durchgegangen, aber eine gewisse Ähnlichkeit ließ sich nicht leugnen. Schätze, mein Ex hatte ein bestimmtes Beuteschema, was das Äußere betraf. Wie oberflächlich. Ich hatte ihn wirklich total falsch eingeschätzt.

Oliver kam hinter Jennifer zum Vorschein, schloss die Tür und stellte seinen Koffer ab. Anschließend blieb er neben der Blondine stehen und betrachtete uns abfällig. »Jennifer, das ist Daniels Freundin Nathalie.« Er zeigte auf meine ehemalige Mitbewohnerin.

Nathalie winkte.

»Und das sind Julia und ihre … Freundin Scarlett.«

Ich glotzte Oliver fassungslos an. Die Art, wie er Freundin sagte, ließ keinen Zweifel daran, welche Art von Beziehung er mir und Julia unterstellte.

»Mitbewohnerin«, sagte Julia und rang sich ein schiefes Lächeln ab.

Ich scheiterte kläglich an dem Versuch, Jennifer freundlich anzulächeln, und starrte Oliver mit zusammengekniffenen Augen an. Bevor ich etwas sagte oder tat, das ich später bereuen würde, flüchtete ich auf die Terrasse.

Bei meiner Rückkehr ins Wohnzimmer, einige Minuten später, war Julia die Einzige dort. Sie saß auf der Couch und schaute in die Feuerstelle.

Ich setzte mich schweigend neben sie. Am liebsten wäre ich zu Oliver gegangen, um ihn dahin zu treten, wo es wehtat. Aber stattdessen legte ich den Arm um Julias Schultern.

* * *

Daniel und Nathalie trauten sich in die kalte Nordsee.

Julia und ich breiteten unsere Strandtücher nebeneinander aus und streiften unsere Klamotten ab, bis wir in Bikinis dastanden.

Ich war wirklich zufrieden mit meinem mittlerweile deutlich sportlicheren Körper. Trotzdem beneidete ich Julia immer noch um ihr Aussehen.

Als Nathalie und Daniel aus dem Wasser zurückkamen, hob ich den Kopf und bemerkte, wie Nathalie Julia anstarrte. Ich schmunzelte und warf ihr einen Blick zu, der ausdrücken sollte: »Siehst du, ich hab‘s doch gesagt: Julias Körper ist perfekt«.

»Cremt euch lieber ein«, sagte Daniel. »Es ist zwar windig und daher nicht besonders warm, aber die Sommersonne ist ziemlich stark.«

Julia sah zu mir und holte die Sonnencreme aus dem

mitgebrachten Korb.

Ich drehte ihr den Rücken zu.

Wortlos begann Julia, die Lotion in meine Haut einzumassieren.

Meine Augen fielen zu. Die vorsichtigen, aber dennoch kräftigen kreisenden Bewegungen fühlten sich unglaublich gut an. Überall auf meinem Körper bekam ich eine Gänsehaut. Gleichzeitig wurde mir auf einmal ganz heiß. Es war fast wie … Erregung. Ich riss die Augen auf. Erregung?

Quatsch! Klar war mir warm, ich war ja schließlich in der prallen Sonne. Und was meine schnelle Atmung betraf … na ja, so schnell war sie auch wieder nicht. Doch warum prickelte mein Rücken und … der Rest meines Körpers? Und warum bekam ich eine Gänsehaut? Ach … der Temperaturunterschied zwischen warmer Sonne und kalter Sonnenlotion. Ich lächelte und beglückwünschte mich im Stillen zu dieser logischen Erklärung. Wie hatte ich das alles bloß mit Erregung verwechseln können? Wie lächerlich, anzunehmen, Julias Berührungen könnten mich irgendwie … ich schluckte … stimulieren. Ich schüttelte den Kopf und lachte über mich selbst. Die stressige Situation mit Oliver und die ständigen Verdächtigungen nahmen mich offenbar mehr mit, als ich dachte.

Julia stoppte das Eincremen. »Was ist so witzig?«

Ich drehte mich zu ihr um und nahm die Sonnenlotion. Damit cremte ich den Rest meines Körpers ein. Zufällig sah ich auf und bemerkte, wie Julias Blick meiner eincremenden Hand folgte, die Lotion auf meinem Dekolleté verteilte. »Du«, sagte ich grinsend.

Eigentlich erstaunlich, aber dass Julia meinen Körper betrachtete, störte mich nicht. Ganz im Gegenteil. Offenbar schien sie, genau wie Nathalie, die positiven Veränderungen an meinem Körper zu bemerken.

Julias Wangen nahmen eine tiefrote Farbe an. Sie drehte den Kopf weg und schaute aufs Meer hinaus.

Ich beobachtete ihr Profil und cremte mich weiter ein. Oder … Ich stoppte in meiner Bewegung. War Julias Blick am Ende nicht nur freundschaftlicher Natur und sie hatte mich … abgecheckt? Ach, so ein Quatsch. Olivers dummes Gelaber machte mich ganz verrückt. Ich beschloss, diese Gedanken ein für alle Mal zu begraben. Julia war meine beste Freundin. Was mich betraf, war sie asexuell. Basta. »Dreh dich um, Julia. Jetzt bist du dran.«

Julia tat wie geheißen und nahm ihren Pferdeschwanz nach vorne.

Im Folgenden begann ich, ihren Rücken gründlich einzucremen. Sie lehnte sich leicht gegen meine Berührung.

»Wow, bist du verspannt«, sagte ich. »Am besten gebe ich dir auch gleich eine kurze Massage.«

Julia räusperte sich. »Musst du nicht.«

»Ich weiß. Und jetzt entspann dich.«

Julia ließ die Schultern etwas hängen.

Mit meinen Fingern und Handflächen bearbeitete ich die angespannten Muskeln. Ich hätte das ewig machen können. Hoffentlich entspannte die Massage Julia genauso sehr wie mich.

Irgendwann hielt Julia meine Hände fest und ich ließ von ihr ab.

Ich gab Julia die Sonnenlotion und legte mich wieder hin, um die Sonne zu genießen.

»Danke«, murmelte sie leise und cremte sich zu Ende ein.

* * *

Am frühen Abend, als ich aus dem Bad kam, hörte ich Stimmen aus der Küche oder dem Wohnzimmer. Waren das Julia und Oliver? Es klang fast so. Neugier trieb mich an. Auf Zehenspitzen schlich ich den Gang entlang. Nach ein paar weiteren Schritten konnte ich das Wohnzimmer einsehen. Wer immer da redete, sie mussten in der offenen Küche sein.

»Warum tust du das bloß?«, fragte Julia.

»Dasselbe könnte ich dich fragen.« Oliver klang abweisend und kalt. »Sie war meine Freundin, verdammt.«

Julia wurde, vollkommen untypisch für sie, laut: »Zwischen mir und Scarlett war und ist nichts außer Freundschaft.«

Oliver grunzte.

Ich hörte ein oder zwei Schritte in der Küche. Sollte ich mich verstecken oder einfach hier stehen bleiben? Eine Entscheidung erübrigte sich, als die Unterhaltung weiterging.

»Für wie naiv hältst du mich eigentlich?«, zischte Oliver. »Du hast sie vom ersten Tag an mit deinen Blicken fast ausgezogen. Ich dachte, ich würde mir das nur einbilden, und war auch noch so blöd, sie mit dir hierhin zu schicken. Als Nächstes kommt sie wieder, ist distanziert und macht Schluss. Ich bin vielleicht nicht so schlau wie du, aber ein totaler Volltrottel bin ich auch nicht. Verdammt, ich hab dir vertraut. Ich war so bescheuert.«

»Ich weiß nicht, was ich sagen soll, um es dir endlich begreiflich zu machen. Zwischen Scarlett und mir ist nie etwas passiert.« Julias Stimme zitterte. »Nicht so etwas. Und nur weil sie nicht mit dir schlafen wollte und die Beziehung beendet hat, heißt das nicht, dass zwischen ihr und mir was lief.«

»Das hat sie dir also erzähl!«, schrie Oliver.

Ich zuckte zusammen.

Das hatte sicher jeder im Haus gehört. Aber keiner ließ sich blicken.

»Was kam bloß über mich, dass ich mit meiner Freundin schlafen wollte?«

»Sie aber nicht.« Julias Stimme klang angespannt. »Ihr wart doch erst eineinhalb Monate zusammen.«

Ich hörte ein lautes Geräusch und es dauerte einen Moment, bis ich es als einen Schlag mit der offenen Hand auf eine Fläche erkannte. Oh Gott, hatte er Julia etwa geschlagen? Wenn ja, würde er das bereuen. Dafür würde ich sorgen. Nach zwei Schritten konnte ich um die Ecke und in die Küche schauen, ohne gesehen zu werden. Olivers Hände ruhten auf der Arbeitsplatte. Das war also das Geräusch gewesen. Ich atmete erleichtert aus und wich wieder zurück, um auch ganz sicher nicht gesehen zu werden. Es war wichtig, dass die beiden endlich miteinander sprachen.

»Erst?« Oliver schnaubte. »Die Zeit hat sie toll genutzt. Na? Wie ist sie denn so im Bett? Ich weiß es ja nicht, aber du kannst es mir sicher sagen. Oder, Julia?«

Irgendetwas wurde zugeknallt. Vermutlich eine Schublade. »Ich habe nicht mit Scarlett geschlafen, verdammt!«, schrie Julia.

Hoffentlich hatte das jetzt auch jeder gehört.

»Statt mir zu vertrauen, hast du dir diesen Mist ausgedacht und behandelst mich wie Dreck.«

»Sieh dich nur als Opfer«, sagte Oliver. »Genauso wie damals mit Sarah.«

Für einige mir endlos vorkommende Sekunden herrschte Stille.

Dann raschelte etwas und Julia murmelte für mich

kaum hörbar: »Ich wusste, du würdest das wieder rausholen.« Einen Moment später sagte sie etwas lauter: »Es war nicht mein Fehler.«

Oliver schnaubte. »Natürlich nicht. Wenn die erste Freundin einem sagt …« Oliver verstellte seine Stimme und quiekte: »Wirklich eine Schande, dass Julia kein Mann ist. Sie wäre sicher ein viel besserer Freund als du.« Mit normaler, aber lauter Stimme sprach er weiter: »Das hilft dem eigenen Ego unglaublich weiter.«

Wow, das war ja mal heftig. Sicher hatte das an Olivers Selbstvertrauen genagt. Aber deshalb hatte er noch lange nicht das Recht, sich jetzt so zu verhalten.

»Sie war eine dumme Schnepfe«, sagte Julia. »Ich dachte wirklich, wir hätten diese Sache ein für alle Mal hinter uns gelassen. Außerdem hat das nichts, aber auch gar nichts mit Scarlett und mir zu tun.«

»Also gibt es ein Scarlett und du«, grummelte Oliver. »Endlich gibst du es zu.«

»So ein Quatsch. So habe ich das nicht gemeint. Und das weißt du.«

Wieder herrschte Stille. Irgendwann sagte Oliver: »Wenn es wirklich so ist, wie du sagst - und ich glaube dir kein Wort - aber wenn es wirklich so ist, warum hat sie mir dann den Laufpass gegeben?«

Ich dachte sofort »weil du ein Arschloch bist«, blieb aber schweigend im Gang stehen. Das war eine Sache zwischen Julia und ihm.

»Hast du sie das mal gefragt?«

Es kam keine Antwort.

»Vielleicht hat sie schlichtweg nicht dasselbe für dich gefühlt, wie du für sie, und sie wollte die Sache beenden, bevor es richtig schmerzhaft wird.«

Oliver schwieg.

»Du bist mein Bruder, und ich liebe dich. Aber du bist ein solcher Idiot in dieser Sache. Wie kannst du auch nur eine Sekunde lang glauben, ich würde meine Gefühle für jemanden, den ich damals kaum kannte, über meine Beziehung mit dir stellen?«

Hatte ich das gerade richtig gehört?

Oliver nahm mir die Frage aus dem Mund. »Also hattest du damals schon Gefühle für sie!«

»Das habe ich nicht gesagt.«

»Doch, hast du.« Nach einer kurzen Pause sagte er kalt: »Ich höre.«

Für einen Moment herrschte Stille.

Dann sagte Julia: »Ich mochte sie damals, und ich mag sie jetzt umso mehr. Wir sind Freundinnen. Sonst ist nichts zwischen uns.«

Wie oft musste sie ihm das eigentlich noch sagen? Idiot.

»Du bist jetzt mit Jennifer zusammen. Lass uns diese ganze Sache vergessen, ja?«

»Ich kann dir nicht glauben. So sehr ich auch will.« Oliver seufzte laut. »Ich brauche Zeit, um über alles nachzudenken.«

Wenige Augenblicke später hörte ich, wie die Terrassentür geöffnet und wieder geschlossen wurde. Die Unterhaltung war offenbar zu Ende, und ich ging in mein Zimmer, um mich zu beruhigen.

* * *

Ich lag schon seit einer Weile im Bett und starrte im Dunkeln an die Decke. Meine Gedanken waren bei Julia. Sie hatte es nicht verdient, so behandelt zu werden. Wie hatte ich bloß jemals glauben können, Oliver sei ein lieber

Kerl? Ich hatte ihn wirklich gemocht. Julia und Oliver waren sich in vielen Dingen so ähnlich. Nicht nur, was das Äußere betraf. Auch ihre Körpersprache, Mimik und Gestik waren oft dieselbe. Dennoch trennten sie charakterlich Welten.

Was Julia wohl gerade machte? Die Vorstellung, dass sie nebenan alleine auf der Couch lag und über die Situation nachgrübelte, war unerträglich. Ich stand auf und schlich aus meinem Zimmer. Im Gang war es etwas heller, da durch die offene Wohnzimmertür ein bisschen Licht einfiel. Ich musste schmunzeln. Julia hatte wieder Feuer im Kamin gemacht. Ich ging Richtung Couch. Was ich beim Näherkommen sah, brach mir fast das Herz: Julia schlief halb zugedeckt und zusammengekauert auf der für sie zu kleinen Couch. Im Schlaf liefen ihr Tränen die Wangen herunter. Das Beste war, sie aufzuwecken. Ich setzte mich auf die Kante der Couch und streichelte Julias Haare.

Doch sie wachte nicht auf.

Daraufhin gab ich Julia einen sanften Kuss auf die Wange.

Wieder keine Reaktion. Julias Atmung blieb tief und gleichmäßig.

Was machte ich hier eigentlich gerade? Julia war doch nicht Dornröschen, die wachgeküsst werden musste.

Ich strich ihr einige Haarsträhnen aus dem Gesicht und sagte leise: »Julia. Julia, wach auf.«

Immer noch nichts. Meine Güte, was für ein Schlaf. Ich legte die Hand auf ihre Schulter und schüttelte vorsichtig. »Julia.«

Sie zuckte zusammen und blinzelte ein paar Mal. »Scarlett? Alles in Ordnung?«, fragte sie mit verschlafener Stimme.

»Ich dachte schon, du wachst nie auf. Mir geht's gut, aber dir nicht.«

Julia schaute mich ungläubig an. »Ich hab geschlafen.«

»Ja, schon. Bitte entschuldige. Aber du hast im Schlaf geweint.«

»Wirklich?« Julia fasste sich ins Gesicht. »Oh.«

Ich schob die Decke etwas runter. »Julia, komm doch mit in mein Zimmer. Ich hab kein Problem damit und … ich will dich heute Nacht nicht alleine lassen.«

»Das ist lieb von dir, aber es geht mir gut.«

Ich schaute ins fast abgebrannte Feuer. Ich wusste nicht, was mehr wehtat: Julias Schmerz wegen Oliver oder dass sie mich ausschloss. Mein Herz brach erneut, als ich im flackernden Licht ihr Gesicht beobachtete. Auf andere hätte es vermutlich ruhig und beherrscht gewirkt, aber in Julias Augen konnte ich sehen, wie allein sie sich fühlte. »Komm mit. Bitte.«

Wir betrachteten einander für einen langen Moment, bevor wir langsam aufstanden.

Es war dunkel in meinem Zimmer, aber keine von uns machte das Licht an.

Kaum waren wir unter die große Bettdecke geschlüpft, rutschte ich näher an Julia heran. Sie brauchte mich jetzt. Und es war ja nichts dabei. Ich drehte mich zu ihr, legte den Kopf auf Julias Schulter und meine Hand landete auf ihrem pyjamabedeckten Bauch. »Ist das so okay für dich?«, fragte ich zögerlich.

»Ja. Danke, Scarlett.«

»Brauchst dich nicht zu bedanken. Die Wahrheit ist, mir war etwas kalt und ich wollte etwas im Bett haben, das mich wärmt. Nur deshalb bin ich im Wohnzimmer vorbeigekommen.« Nach einem Augenblick fügte ich hinzu: »Du hast den Job.«

Julia lachte, und in meinem Herzen wurde es warm.

»Weißt du«, sagte ich in einem ernsteren Tonfall, »du brauchst mir nichts vorzuspielen.«

Julia, die einen Arm um mich gelegt hatte, begann, meinen Rücken zu streicheln.

Das verursachte bei mir eine Gänsehaut, aber eine angenehme.

»Was meinst du?«, fragte Julia.

»Selbst wenn ich deine Tränen nicht gesehen hätte«, sagte ich, »mittlerweile kenne ich dich zu gut, Julia Liebknecht. Warum sperrst du mich aus?«

Das Streicheln stoppte für einen Moment, bevor sie die Bewegung wieder aufnahm.

Ich schloss die Augen und genoss die rein freundschaftliche Berührung.

»Ich weiß gar nicht, was ich ohne dich tun würde. Du bist meine beste Freundin, Scarlett.«

Wir hielten einander ganz fest.

»Und du meine.« Auf meinen Lippen formte sich ein Lächeln. Ich atmete tief ein und genoss den angenehmen Geruch. Keine Ahnung, wie sie das tat, aber Julia roch einfach immer gut. Mit diesem Gedanken schlief ich friedlich ein.

* * *

Ein lautes Geräusch ließ mich zusammenzucken. Meine Augen klappten auf.

Die Tür wurde aufgerissen.

Ich kniff die Augen zusammen, wegen der Helligkeit.

Oliver stand plötzlich im Raum und starrte aufs Bett.

Jennifer, Daniel und Nathalie strömten hinter ihm ebenfalls ins Zimmer.

Daniel hielt Oliver von hinten an der Schulter fest.

»Freundinnen, was?«, schrie Oliver. »Wen wollt ihr eigentlich verarschen? Julia, hör mir zu. Und hör mir gut zu. Du und ich sind geschiedene Leute. In was für einer Traumwelt du auch immer lebst … ich fall auf deine Lügen nicht mehr rein. Du verdammte Schlampe, wie konntest du nur?«

Ich löste mich ruckartig von Julia und zog die Decke hoch bis zum Hals.

Julia schaute Oliver mit großen Augen an.

Ich war froh, als Daniel seinen Bruder zusätzlich am Arm packte und versuchte, ihn aus dem Zimmer zu ziehen. »Komm mit«, sagte Daniel. »Beruhig dich erst mal. Später können wir über alles reden.«

Ohne sich von uns wegzudrehen, sagte Oliver im kältesten Tonfall, den ich je von ihm gehört hatte: »Es gibt nichts mehr zu reden.« Er riss sich von Daniel los und stürmte aus dem Zimmer.

Jennifer verließ ebenfalls den Raum, ging aber in eine andere Richtung als Oliver. Ich konnte es ihr nicht verdenken.

Daniel folgte Oliver.

Nathalie hingegen stand da wie zur Salzsäule erstarrt. »Wir konnten ihn nicht zurückhalten«, murmelte sie nach einer Weile. »Ihr seid nicht zum Frühstück erschienen. Da ist er aufgesprungen und hierhin gehetzt. Bevor wir wussten, was los war, stand er schon in deinem Zimmer.«

Ich richtete mich auf. »Nathalie, es ist nicht dein Fehler.« Ich rutschte ein bisschen weiter von Julia weg, die vollkommen blass im Gesicht war. »Aber es ist nicht, wonach es aussieht, ich h…«

Nathalie hob abwehrend die Hand. »Du … ihr müsst mir nichts erklären. Ob zwischen euch etwas ist oder nicht, spielt keine Rolle. So oder so hat Oliver nicht das Recht, hier einfach reinzuplatzen.«

Mir war zum Heulen zumute. »Aber zwischen uns ist wirklich n…«

Wieder fiel mir Nathalie ins Wort. »Scarlett, es ist mir egal. Wie oft soll ich das noch sagen?« Sie holte tief Luft. »Tut euch beiden einen Gefallen und bleibt jetzt erst mal hier drin. Daniel versucht, Oliver zu beruhigen. Vielleicht schafft er es ja sogar, dass er und Jennifer irgendwo anders übernachten.« Nach einer Pause fügte sie hinzu: »Obwohl, wenn ich Jennifer wäre, würde ich mit Oliver nirgends mehr übernachten wollen. So viel ist sicher.« Mit diesen Worten stapfte Nathalie aus dem Zimmer.

Ich ließ mich ins Kissen zurückfallen und für einige Minuten herrschte vollkommene Stille. Aus dem Augenwinkel beobachtete ich Julias starren Blick ins Leere. »Es tut mir so unendlich leid.«

Julia blinzelte ein paar Mal und sah mich mit verlorenem Gesichtsausdruck an. »Ich versteh das alles nicht«, sagte sie leise. Und dann: »Bitte halt mich.«

Ohne zu zögern, presste ich sie so eng an mich, wie ich konnte.

Immer stärker klammerte Julia sich an mir fest, als ob ihr Leben davon abhinge. Schließlich begann sie zu weinen.

Ich weiß nicht, wie lange wir eng umschlungen in meinem Bett lagen, aber irgendwann ließ Julias Weinen nach, und bald darauf wurde ihre Atmung tief und regelmäßig. Ich küsste Julias nasse Wange und machte es mir an ihrer Schulter bequem. Meine Augen fielen zu, aber ich war unfähig zu schlafen. Immer wieder tauchte vor meinem inneren Auge Oliver auf, wie er uns hasserfüllt angaffte. Was wohl als Nächstes passieren würde?

Kapitel 17

Julia hakte sich bei Daniel ein, während Nathalie und ich die Schuhe auszogen und mit den Füßen im Wasser liefen.

»Du hast mir noch gar nicht erzählt, wie es bei deiner Mutter gelaufen ist«, sagte Nathalie nach einer Weile.

»Ganz gut, schätze ich. Nur zwischendurch hatte ich das Gefühl, dass …«

Nathalie sah auf. »Dass was?«

»Ich hatte zwischendurch das Gefühl, sie würde auch denken, ich und Julia …« Frustriert ließ ich meinen Atem entweichen. »Warum denken bloß alle, wir wären mehr als nur Freundinnen? Ist es, weil Julia lesbisch ist?«

Nathalie grinste. »Glaub ich nicht.«

Ich runzelte die Stirn. »Nicht? Was ist es dann?« Das ergab keinen Sinn.

Nathalie wirbelte mit einem Fuß etwas Sand im Wasser auf. »Es ist zum Beispiel die Art, wie du und Julia einander anseht«, sagte sie zögerlich. »Und wie ihr miteinander umgeht.«

»Was meinst du?« Ich blieb stehen. »Wie sehen wir einander an? Und wie gehen wir miteinander um?«

»Wo soll ich da anfangen?« Nathalie betrachtete ihre Füße und schaute anschließend wieder zu mir. »Ihr habt beide so ein Leuchten in den Augen, wenn ihr einander anseht. Wenn du von Julia sprichst, hellt sich dein ganzes Gesicht auf.«

Ich öffnete den Mund, um zu sagen, dass ich in den vergangenen Monaten, wie immer in den Sommermonaten, Allergien hatte und meine Augen deshalb ständig glasig oder glänzend waren. Von einem Leuchten konnte keine Rede sein. Und natürlich hellte sich mein Gesicht auf, wenn ich von ihr sprach. Sie war meine beste Freundin. Bei Nathalie ging es mir doch sicher nicht anders.

Doch Nathalie hob die Hand. »Dann ist da die Sache mit der Nähe. Ihr haltet oft Händchen oder lehnt euch aneinander an. Und manchmal beendet die eine sogar den Satz der anderen.«

Hatte sie recht? Keine Ahnung, was unsere Blicke betraf. Wir sahen einander an wie jeder andere auch. Und ja, manchmal ergriff ich kurz Julias Hand oder sie meine. Aber Händchenhalten war das nun wirklich nicht. Und wenn eine von uns den Kopf auf die Schulter der anderen legte, taten wir nichts, was andere gute Freundinnen nicht auch taten. Vielleicht machten es Nathalie und ich nicht ganz so häufig wie ich und Julia, aber eine Strichliste darüber führte ich nicht. »Du übertreibst. Man kann sich auch was einreden.«

Nathalie berührte mich am Arm. »Scarlett, ich sage das alles doch nicht, um zu sticheln oder dich unter Druck zu setzen.«

Ich atmete langsam aus. Das hatte ich auch nicht gedacht. Aber warum fing sie immer wieder damit an?

»Es ist nur …« Nathalie seufzte und schaute aufs Meer hinaus, als ob dort das Ende ihres Satzes wartete. Irgendwann sah sie mich wieder an. »Das mit euch hat Potenzial, weißt du? Verschließ deine Augen nicht vor etwas, das dich glücklich machen könnte.«

Ich drehte mich von Nathalie weg. Hatte sie nicht mehr alle? Mein Blick war zum Meer hin gewandt, aber ich konnte seine Schönheit nicht bewundern. Warum sagte Nathalie so was? Und warum dachte sie, ich sei unglücklich? Ich wirbelte zu ihr herum. »Ich bin glücklich. Was soll denn da für Potenzial sein? Ich bin nicht so an Julia interessiert. Bitte, Nathalie, hör auf. Wir sind Freundinnen. Sonst nichts.« Ich kämpfte mittlerweile gegen Tränen an. Was hatten bloß alle? »Ich möchte allein sein.«

Bevor ich auch nur einen Schritt tun konnte, hielt mich Nathalie am Arm fest. »Scarlett, bitte glaub mir, ich …«

Ich riss mich los. »Lass es gut sein.« Mit diesen Worten ließ ich Nathalie stehen und stiefelte zu den Dünen.

Dort setzte ich mich in den heißen Sand. Der Wind blies mir ins Gesicht und ich schloss die Augen. Wieso wurden Julia und ich von allen Seiten missverstanden? Ich hätte es ja vorher selbst nicht geglaubt, dass es möglich war, mit einer lesbischen Frau eine derart gute Freundschaft zu haben, aber so war es jetzt nun mal. Sie bedeutete mir sehr viel. Und das hatte nichts mit Sex oder so zu tun. Es war lediglich eine tiefe Freundschaft.

»Bist du okay?«

Ich öffnete die Augen und blickte in Julias Gesicht. »Ehrlich gesagt, nein.«

Julia ließ sich neben mir in den Sand sinken, sagte aber nichts.

Ich griff ins Dünengras hinter mir und brach einen Halm ab. Damit zeichnete ich kleine Kreise in den Sand. Warum war das Leben nur so kompliziert? Vor einigen Monaten war alles viel einfacher gewesen. Mein Blick wanderte zu Julia, die aufs Meer hinausschaute. »Was denkst du?«

Julia drehte sich zu mir. »Was?«

Ich lächelte und tippte mit dem Grashalm Julias Nasenspitze an. »Was du denkst.«

Julia grinste und rubbelte sich die Nase.

Ich kicherte. Nach einigen Momenten wurde ich wieder ernst. »Hm?«

Julia zog die Knie hoch und lehnte ihre Ellbogen darauf. »Manchmal scheint mir alles so … surreal.« Sie sah mir tief in die Augen. »Weißt du, was ich meine?«

Erstaunlicherweise ja. Ich nickte. »Es ist viel passiert, und manches macht einfach keinen Sinn.«

»Genau«, flüsterte Julia.

Meine Mundwinkel zuckten, formten aber kein wirkliches Lächeln. Wie kam es, dass Julia immer Ähnliches zu fühlen schien? Ich lehnte den Kopf an ihre Schulter und schloss die Augen. Die Welt mit all ihren Zweifeln und Problemen konnte warten.

* * *

Etwa eine Stunde später waren wir wieder am Strandhaus.

Als ich Daniels Auto in der Einfahrt bemerkte, wünschte ich mir, unser Spaziergang hätte länger gedauert. Oliver hatte sich das Auto ausgeliehen. Jetzt war es wieder da und mit ihm höchstwahrscheinlich dieser Idiot.

Im Wohnzimmer saß Jennifer auf der Couch. Nahe bei ihr stand ihr Koffer. »Ich wollte mich verabschieden«, sagte sie leise und stand auf.

»Ihr fahrt?«, fragte Nathalie.

»Ich weiß nicht, was Oliver macht. Wir haben Schluss gemacht.« Ohne ein weiteres Wort ergriff sie ihren Koffer und verließ das Haus.

Kurz darauf ging Olivers Zimmertür auf und der Grund für dieses furchtbare Wochenende schlenderte in die Küche.

»Sie ist gegangen«, sagte Daniel.

Oliver ignorierte ihn und holte sich eine Flasche Bier aus dem Kühlschrank. Dann ließ er sich auf die Couch plumpsen.

Wir sahen einander ungläubig an.

»Oliver, es ist vielleicht besser, wenn du gehst«, sagte Daniel.

Er sprach mir aus der Seele. Allerdings hätte ich mich vermutlich wesentlich unfreundlicher ausgedrückt.

Zuerst kam keine Reaktion. Schließlich stand Oliver auf und drehte sich zu uns um.

Wir vier standen immer noch wie bestellt und nicht abgeholt mitten im Raum.

Oliver sah zu mir und anschließend zu Julia. »Treibt sie dich genauso in den Wahnsinn mit ihren Küssen? Oder wenn du auf ihr liegst, spürst du dann, wie sich ihre N…«

»Genug«, rief Daniel.

Was bildete sich dieser Mistkerl eigentlich ein? Hätte Daniel ihn nicht gestoppt, ich weiß nicht, was ich getan hätte.

Oliver stapfte zu Daniel und blieb ganz dicht vor ihm stehen. »Warum bist du eigentlich auf deren Seite?« Er nickte in Julias und meine Richtung, als wollte er uns einen Kopfstoß verpassen. »Glaubst du, dir kann das nicht passieren?« Er schaute zu mir. »Bei Scarlett hat Julia ihre Chance genutzt. Aber wer weiß, ob ihr das reicht?« Oliver wandte sich Nathalie zu. »Hast du mir nicht gesagt, sie hatte mal was mit einer Frau? Vielleicht würde sie ja wied…«

»Du verdammter, kleiner …« Nathalies Gesicht nahm

ein unnatürlich dunkles Rot an.

Ich konnte nicht länger den Mund halten und unterbrach Nathalie: »Du tauchst hier auf mit deiner mittlerweile zweiten Freundin nach mir in wenigen Monaten, poppst dich munter durch die Welt und beschuldigst Julia, alles anzuspringen, was nicht bei drei auf den Bäumen ist.« Ich trat einen Schritt auf Oliver zu.

Julia hielt mich am Arm fest.

Doch ich war noch nicht fertig. »Du warst es, der mir sagte, Julia sei nicht auf der Suche. Wie passt das bitte schön mit deiner tollen Logik zusammen? Hä?«

Oliver hatte mich während ich sprach angesehen, ignorierte meine Worte aber und sagte zu Daniel: »Sag später nicht, ich hätte dich nicht gewarnt.« Er presste die Lippen zusammen und stapfte in sein Zimmer.

»Das wird hier und jetzt enden«, murmelte Daniel und folgte ihm.

Ich konnte das alles nicht glauben. Wer brauchte Seifenopern, wenn Oliver in der Nähe war? Meine Hände waren zu Fäusten geballt und ich hatte das Gefühl, keine Luft zu bekommen. Ohne aufzusehen, flüchtete ich auf die Terrasse.

* * *

Nach ein paar Minuten ging die Glastür auf.

»Alles okay?«, fragte Julia.

»Oliver ist ein Arschloch«, sagte ich. »Er hat kein Recht, uns so anzugreifen.« Ich wirbelte zu Julia herum. Adrenalin pumpte durch meinen Körper. Ich wollte Julia anschreien. Sie und die ganze Welt. Doch als ich in ihre traurigen Augen sah, bröckelte meine Wut in einem Sekundenbruchteil von mir ab. »Das ist alles ein

Albtraum.« Ich begann zu weinen.

Julia schloss mich in die Arme und streichelte mir sanft über den Rücken. »Es wird alles gut werden«, flüsterte sie.

Nach einer Weile löste ich mich etwas von Julia. Ich schaute in ihr ebenfalls tränennasses Gesicht. »Glaubst du das wirklich?«

Julia lächelte schief. »Daniel kam gerade und meinte, Oliver verschwindet gleich.«

Ich nickte. »Das ist das Beste, was ich heute gehört habe. Selbst wenn nicht alles gut wird. Es wird jetzt definitiv besser.«

* * *

Ich stand allein am menschenleeren Strand und genoss den Wind, der mir mit voller Wucht ins Gesicht blies. Es war so ungezügelt, so … klar. Der Wind blies. Es gab kein Zögern, keine Unsicherheit. Wie sehr ich mir wünschte, der Wind zu sein, anstatt mich von ihm treiben zu lassen.

Ich atmete laut, dennoch über den Böen kaum hörbar, aus. Oliver hatte vor zwei Tagen das Strandhaus verlassen. Doch nichts war wie vorher. Julia schien so unendlich traurig. Wie hatte es bloß so weit kommen können? Ich schloss die Augen und holte tief Luft. War am Ende alles meine Schuld?

* * *

Nathalie und Daniel hatten sich schon zur Nacht verabschiedet.

Julia und ich saßen gemeinsam auf der Couch.

Doch ich saß nicht so nah bei ihr wie sonst. Ich wusste

nicht, was richtig war und was falsch.

»Scarlett, was ist los?«, fragte Julia.

Ich wandte den Blick vom Kamin ab und drehte mich zu ihr.

Julia sah mir in die Augen.

»Das kann so nicht funktionieren.«

Statt zu fragen, was ich meinte, senkte Julia den Kopf.

Also redete ich weiter. »Du weißt, wie wichtig du mir bist, ja?«

Julia nickte, sah aber nicht auf.

Ich holte tief Luft. »Du bist meine beste Freundin. Aber ich bin mir nicht mehr sicher, ob wir das Richtige tun.«

Julias Blick schnellte nach oben. »Wovon redest du?«

Ich musste schlucken. »Wie kann ich deine beste Freundin sein, wenn ich gleichzeitig der Grund dafür bin, dass du und dein Zwillingsbruder …«

Julia berührte mich am Arm. »Du hast nichts Falsches getan.« Sie schüttelte den Kopf. »Was sich jetzt hier abspielt, hat seine Wurzeln in etwas, das vor Jahren passiert ist.« Julia seufzte. »Ich war für Oliver immer ein Vorbild.« Sie lehnte sich zurück und starrte ins Leere. »Er wollte immer sein wie ich und war bitterlich von sich selbst enttäuscht, wenn es mal nicht klappte.«

»Aber das erklärt doch ni…«

Julia hob die Hand. »Er sah zwar immer zu mir auf, aber ich war auch immer Konkurrenz für ihn. In allem. Bis auf eine Sache: Zumindest bei Mädchen konnte ich nicht mit ihm …«, sie machte Anführungszeichen mit den Fingern, »›konkurrieren‹.« Julia starrte ins Kaminfeuer. »Und dann outete ich mich. Obwohl das sicher ein Schock für ihn war, unterstützte er mich.« Julia lächelte. »Er ist wirklich ein wundervoller Mensch.«

Wundervoll? Ich widerstand nur mit Mühe der Versuchung, verächtlich zu prusten. Wie konnte Julia nach allem, was geschehen war, immer noch so reden?

Ihr Lächeln verblasste. »Olivers erste Freundin hat mit ihm Schluss gemacht, weil sie mich besser fand. Sie war hetero und dachte es trotzdem. Oder zumindest hat sie das Oliver gesagt.« Sie schüttelte den Kopf. »Aber ich konnte seine Freundin von Anfang an nicht leiden. Nie hätte ich was mit der angefangen.« Julia betrachtete ihre Hände. »Ich habe viel über alles nachgedacht. Ich glaube, Oliver hat das Gefühl, versagt zu haben. Und in seiner Wut und Enttäuschung über sich selbst schlägt er um sich.«

Julia schien ihren Bruder so gut zu verstehen. Und ihre Sehnsucht, wieder mit ihm ins Reine zu kommen, war offensichtlich. Nur ich stand dem im Weg.

»Ohne mich zwischen euch könntet ihr euch womöglich wieder versöhnen.«

Julia ergriff meine Hand. »Ich werde unsere Freundschaft nicht aufgeben, damit sich Oliver vielleicht besser fühlt. Glaubst du denn wirklich, es würde an diesem Punkt etwas ändern?«

Ich zog meine Hand weg. »Aber er denkt doch …«

»Geht es hier darum, was Oliver denkt oder was die Leute denken?«

Ich starrte sie an. »Wovon redest du?«

Julias Hände umschlossen die Armlehne neben ihr. »Fast jeder um uns herum scheint zu glauben, wir sind ein Paar. Es geht hier gar nicht darum, was Oliver denkt, richtig?« Julias Stimme wurde lauter. »Du willst bloß nicht für eine Lesbe gehalten werden.«

Diesmal war es keine Frage, sondern eine Feststellung. Hatte sie recht?

»Warum, Scarlett?«

Meine Augenbrauen zogen sich zusammen. »Warum was?«

»Warum ist dir die Meinung der anderen so wichtig?«

Ich zuckte mit den Schultern. »Sie ist es. Was gibt es da mehr zu sagen? Nicht alles im Leben hat einen Grund, weißt du?«

Julia nickte. »Stimmt.«

Wir betrachteten einander für einen langen Moment.

Dann fragte Julia: »Wer bist du, Scarlett?«

Ich blinzelte einige Male. »Hä?«

Ein Lächeln huschte über Julias Gesicht. »Ich sage nicht, dass ich keine Fehler habe, aber im Großen und Ganzen bin ich zufrieden mit dem Menschen, der ich bin, und wie ich mein Leben lebe. Zweifellos gibt es Menschen, die das anders sehen. Aber die kommen und gehen.« Julia zeigte mit dem Daumen auf sich selbst. »Ich dagegen bin immer bei mir selbst und werde auch nie weggehen. Sollte es da nicht wichtiger sein, was ich über mich denke?«

Sie sah die Dinge zu simpel und unkompliziert. Das Leben funktionierte so aber nicht.

»Sind wir ein Paar?«, fragte Julia.

Ich riss die Augen auf. »Nein!«

»Wo ist also das Problem?«

»Na, d… d…«

Julia legte den Kopf zur Seite. »Ich frage noch mal: Warum ist dir die Meinung der anderen so wichtig?«

»Weil …« Eine furchtbare Traurigkeit überkam mich und ich begann zu weinen.

Julia schlang die Arme um meine Schultern.

Ich hielt mich an ihr fest. Was passierte hier gerade? Was zur Hölle war mit mir los?

»Schhh … es ist gut. Alles wird gut«, flüsterte Julia in

mein Ohr.

»Ich will doch gar nicht, dass wir keine Freundinnen mehr sind«, jammerte ich und war dankbar, als Julia sich etwas von mir löste und mir ein Taschentuch reichte. Ich schnäuzte mir die Nase, stopfte das Tempo in meine Hosentasche und umarmte Julia erneut.

»Lass uns einfach sehen, wie sich alles entwickelt«, sagte Julia. »Womöglich sieht in ein paar Wochen alles schon ganz anders aus.«

Ich schmiegte mich an Julia an und entspannte. Wenn ich etwas im Leben gelernt hatte, dann, dass Probleme nie wegliefen, sich aber manchmal von alleine lösten. Vielleicht, nur vielleicht würde das ja dieses Mal auch passieren.

Kapitel 18

»Das ist es«, rief ich und zog Nathalie näher, damit sie die Ausstellware im Schaufenster des Juweliers besser sehen konnte.

»Hä?«

Ich rollte mit den Augen und zeigte auf einen Anhänger. »Das ist es.«

»Das ist was?«, fragte Nathalie.

»Julias Weihnachtsgeschenk.« Ich strahlte Nathalie an. »Meinst du nicht, es ist perfekt?«

Nathalie starrte auf den Anhänger. »Es ist erst Oktober.« Sie schaute mich an. »Bist du nicht etwas früh dran?«

»Besser zu früh als zu spät«, sagte ich. »Komm schon, lass uns reingehen.« Ich zerrte sie ins Geschäft.

»Du willst Julia wirklich Schmuck schenken?«, fragte Nathalie, während sie mir zum Verkaufstresen folgte.

Ich ignorierte den lächelnden Angestellten und betrachtete Nathalie. Hoffentlich ging die alte Leier jetzt nicht schon wieder los. »Ja, wieso?« Ohne auf eine Antwort zu warten, drehte ich mich zum Verkäufer um. »Der rechteckige Anhänger, ist der aus Silber?«

»Ja. 925er Silber«, sagte der Angestellte.

»Sehr gut. Ich nehm ihn und ... kann ich auch was eingravieren lassen?«

Nathalie hob eine Augenbraue, sagte aber nichts.

»Du und ich haben eine Weile Freundschaftsringe getragen«, sagte ich. »Da hat sich auch niemand was bei gedacht.« Warum konnte Nathalie es nicht endlich mal gut sein lassen? »Ein Anhänger ist etwas absolut ...«

»Was möchten Sie denn eingraviert haben?«, unterbrach mich der Verkäufer mit dem Anhänger in der Hand.

Ich tippte mit dem Finger ans Kinn. Was würde passen? Hm ... »Ich hab's. Schreiben Sie auf die Vorderseite ›Diagnose Freundschaft‹. Und auf die Rückseite ›Julia und Scarlett‹.« Ich wandte mich Nathalie zu. »Was meinst du? Klingt das gut?«

Nathalie winkte ab. »Ich geb auf.«

Ich schüttelte den Kopf und gab dem Verkäufer ein paar Geldscheine.

Beim Verlassen des Ladens sagte Nathalie: »Das war nicht gerade billig.«

Ich zuckte mit den Schultern. »Seit zwei Wochen arbeite ich jetzt im ›Limericks‹. Allein vom Trinkgeld vom vergangenen Wochenende kann ich den Anhänger bezahlen.«

»Was sagt eigentlich Julia zu deinem neuen Job im Irish Pub?«, fragte Nathalie.

Ich grinste. »Sie sagt, ich stinke nach der Arbeit immer wie eine ganze Brauerei. Aber sie weiß ja, ich brauche das Geld. Außerdem gibt sie mir nach langen Schichten manchm...« Oh verdammt. Warum war mir das denn nun wieder rausgerutscht? Wasser auf die Mühlen.

Nathalie hob beide Augenbrauen. »Was gibt sie dir?«

Ihr Grinsen gefiel mir gar nicht. »Ach, nichts«, murmelte ich und ging etwas schneller.

Zügig schloss Nathalie zu mir auf. »Komm, sag schon. Ich verspreche auch, keine dummen Kommentare zu bringen.« Sie hob zwei Finger. »Großes Indianerehrenwort.«

Das glaubte sie doch wohl selber nicht. Mist, warum hatte ich bloß wieder drauflosgeplappert, ohne nachzudenken? Ach, egal. »Manchmal gibt Julia mir eine Fußmassage.« Ich wedelte mit der Hand und tat so, als würde ich den Inhalt des Schaufensters vor uns wahnsinnig interessant finden. Bis mir bewusst wurde, dass ich vor der aktuellen Dildokollektion von Beate Uhse stand.

Nathalie folgte meinem Blick und öffnete den Mund. Doch es kam nichts heraus.

Ich ergriff die Flucht. Gott, wie peinlich. Als ich nach einigen Schritten Nathalie neben mir vermisste, drehte ich mich um.

Meine Freundin betrachtete ganz interessiert einen Gegenstand in einer Ecke des Schaufensters.

Wollte ich wirklich wissen, was sie da so interessierte?

Nathalie wendete sich mir zu. »Hat einer deiner Freunde schon mal 'nen Cockring ausprobiert?«

* * *

Julia hob den Deckel von einem der beiden Töpfe auf dem Herd. »Mmh, was gibt's? Spaghetti Bolognese?«

Ich nickte. »Wie war's im Krankenhaus? Gab's irgendwas Aufregendes? Du kommst spät.«

Julia probierte mit einem kleinen Löffel die Soße. »Die ist klasse. Du kochst mittlerweile richtig gut, weißt du das?«

Ich strahlte von einem Ohr zum anderen und tätschelte ihren Arm.

Julia setzte den Deckel wieder auf den Topf. »Ich hab

heute den Papierkram nachgeholt, der in den letzten Wochen liegen geblieben war.« Sie lehnte sich gegen die Arbeitsplatte neben den Herd. »Manchmal fühle ich mich mehr wie eine Sekretärin als wie eine Ärztin.«

»Eine nach ihrem praktischen Jahr aber verdammt gut bezahlte Sekretärin.« Julia öffnete den Mund, doch ich kam ihr zuvor. »Setz dich hin, ich hab Hunger.«

Julia schmunzelte und nahm am Küchentisch Platz.

Wir aßen einige Augenblicke in Stille, dann sagte Julia: »Hast du gesehen? Es hat heute noch mal geschneit.«

Wirklich? Ich hatte den ganzen Tag gelernt und gar nicht aus dem Fenster geschaut. Es war zwar mittlerweile Ende November, aber trotzdem war ich immer wieder überrascht, wie winterlich es draußen schon war. »Echt?«

Julia nickte. »Sollen wir nach dem Essen eine Schneeballschlacht im Park machen?«

Ich sah Julia erstaunt an. »Ehrlich?«

Ihr Kopf wippte auf und ab. »Warum nicht?«

Ich grinste. »Hau rein. Wir haben eine Schlacht auszufechten.«

* * *

»Attacke«, rief Julia hinter mir.

Beim Umdrehen bekam ich den ersten Schneeball ins Gesicht. »Unfair«, kreischte ich und beugte mich hastig runter, um einen eigenen Ball zu formen.

Julia rannte auf mich zu und ich ergriff die Flucht.

Mit ihren längeren Beinen würde sie mich im Nu einholen. Da half nur eine rasche Verteidigung. Ich wirbelte herum und warf meinen Schneeball.

Doch Julia schaffte es rechtzeitig, sich zu ducken. »Daneben.« Perfekte weiße Zähne kamen zum Vorschein.

Ich formte einen neuen Ball, bekam jedoch währenddessen schon den nächsten von Julia ab.

Sie kam schnell näher.

Ich warf noch einen Ball zur Verteidigung, dann wurde ich von Julia überrannt. Ich landete im Schnee und sie auf mir.

Wir lachten.

Julia drückte meine Arme runter. »Ergib dich«, sagte sie außer Atem.

Ich schnappte nach Luft und schüttelte den Kopf. »Niemals.«

Sie ließ meine Arme los und nahm eine Handvoll Schnee.

Wollte sie mich einseifen? Ohne mich. Ich wandte mich, fuchtelte wild mit den Armen und landete irgendwie auf ihr. Enthusiastisch nahm ich zwei Hände voll Schnee und rieb sie in Julias Gesicht.

»Genug! Genug!«, rief sie.

Ich bekam ihre Arme zu fassen und drückte sie runter. »Sag es.«

Julia schüttelte den Kopf.

Ich lehnte mich über sie, bis sich unsere Nasenspitzen fast berührten. Mein Herz trommelte gegen den Brustkorb. »Sag es«, wiederholte ich außer Atem und doch fast flüsternd.

»Du hast gewonnen«, hauchte Julia.

Es war, als ob ich sie in diesem Moment zum ersten Mal sehen würde. Tiefblaue Augen, die aufzublitzen schienen, kräftige und doch sanft wirkende Wangenknochen und volle Lippen, die … Was zur Hölle war hier los? Ich ließ so schnell von Julia ab, als ob ich mich verbrannt hätte. Ruckartig stand ich auf. Danach half ich Julia hoch. Kaum stand sie, zog ich meine Hand wieder weg.

Mir war schlecht. Ob ich was ausbrütete? Ja, vermutlich hatte ich etwas Fieber und deshalb so wirre Gedanken. »Es ist schon ganz dunkel. Lass uns nach Hause gehen«, murmelte ich. Am besten nahm ich zu Hause ein heißes Bad und mümmelte mich im Bett ein. Was immer sich da ankündigte, würde dann vielleicht nicht so schlimm werden.

* * *

Am Mittag des vierundzwanzigsten Dezember standen meine Mutter und ich in der Küche. Es war mal wieder Zeit, unseren Weihnachtskuchen frisch zuzubereiten.

Aber diesmal würde ich mithelfen. Motiviert holte ich einige Zutaten aus den Regalen und schlängelte mich am aufgeregt hin- und herlaufenden Popeye vorbei.

»Woher weißt du, was ich brauche?«, fragte meine Mutter und beobachtete, wie ich selbstsicher alles bereitstellte.

»Julia und ich haben dir jetzt schon mehrfach gesagt, dass sie mir kochen beibringt.« Hörte Mama mir überhaupt zu, wenn ich was erzählte? »Und was denkst du? Backen natürlich auch. Ich sage nicht, ich bin so gut wie sie, aber ich glaube, meine Fähigkeiten in der Küche sind mittlerweile ganz passabel.«

Als wollte er zustimmen, kläffte Popeye, bevor er zu Mama wanderte. Vermutlich um sich ein paar Streicheleinheiten abzuholen, da ich ja gerade mit den Zutaten hantierte.

Meine Mutter verschränkte die Arme vor der Brust und betrachtete mich skeptisch.

Ich grinste. »Außerdem liegt auf der Arbeitsplatte die Zutatenliste.«

Mama setzte sich an den Esstisch und begann, Popeye zu streicheln. »Du glaubst also, du kannst den Kuchen alleine backen?«

Ich nickte.

»Dann mach mal.«

»Danke fürs Vertrauen«, sagte ich lachend und machte mich an die Arbeit.

»Julia hat dir eine Menge beigebracht, was?«

Ich blickte auf und nickte.

»Sie ist heute bei ihrer Familie?«

»Ja. Oliver ist Gott sei Dank mit seiner neuen Flamme Regina im Tunesienurlaub. Wer weiß, was sonst heute da los gewesen wäre.« Ich lächelte. »Und morgen bin ich bei Julias Familie zum Essen eingeladen.« Beim Umdrehen, um das Handrührgerät vom Küchentisch zu nehmen, sah ich zwei hochgezogene Augenbrauen.

»Zu einem Familienessen?«

»Ja, zum Familienessen.« Ich legte den Mixer auf der Arbeitsplatte neben der Schüssel ab. »Es war eine nette Geste, mich einzuladen, also habe ich zugesagt.«

Meine Mutter betrachtete ihre Hände und schüttelte wie in Zeitlupe den Kopf.

Das war doch wieder mal klar. So was musste doch kommen. Ich entschied mich zur Abwechslung mal für den direkten Weg. »Ist das ein Problem für dich?«

»Nein. Wieso sollte ich damit ein Problem haben?«

Dachte sie etwa, ich würde ihr das glauben? »Mama, sprich mit mir.«

»Was soll ich dir sagen, Kind?« Meine Mutter schaute aus dem Fenster. »Kümmer dich lieber um den Kuchen.«

Ich nickte und schüttete Mehl in die Schüssel auf der Waage. »Weißt du, ich habe keine Lust mehr, jedem immer wieder zu sagen, dass Julia und ich bloß Freundinnen sind.«

Meine Mutter musterte mich eindringlich. »Aber nicht von ihrer Seite.«

Mein Blick schnappte zu Mama. Mir konnte sie nichts andichten, also nahm sie jetzt Julia ins Visier? Mir fehlten die Worte. Das war einfach lächerlich. Schweigend wandte ich mich wieder meiner Arbeit zu.

»Du weißt es, stimmt's?«

Ich wirbelte herum und stemmte die Hände in die Hüften. »Mama, wovon redest du?«

Popeye löste sich von meiner Mutter und tapste aus der Küche.

Hatte ich ihn mit meiner Lautstärke verschreckt?

»Sie sieht dich vollkommen verliebt an. Kind, lass dich da nicht in etwas verwickeln.« Mama ließ den Atem laut entweichen und schüttelte mal wieder den Kopf. »Da wird nichts Gutes bei rauskommen.«

Ich hatte wirklich gedacht, meine Mutter wäre nicht so extrem wie Papa. »So ein Quatsch. Nur weil sie lesbisch ist, heißt das nicht, dass sie sich in jede Frau verliebt.« Schwungvoll schlug ich ein Ei an der Schüssel auf. »Und was soll der Schwachsinn mit sich in etwas verwickeln lassen?« Ich atmete einmal tief ein und wieder aus, in der Hoffnung, das würde mich beruhigen. Zu meiner Überraschung half es tatsächlich. »Sollen wir jetzt über mögliche Gefühle meiner Mitbewohnerin sprechen oder über was Anderes?«

»Gut.« Meine Mutter schürzte die Lippen. »Reden wir über deine Gefühle.«

Ich rollte mit den Augen. Am liebsten wäre ich jetzt rausgestürmt. Es war nervig. Warum unterstellte sie mir bloß so was? »Ich hab sie sehr lieb. Als Freundin. Mehr ist da nicht.« Etwas ungeschickt fischte ich ein Stück

Eierschale aus der Schüssel.

»Sehr lieb«, wiederholte meine Mutter kaum hörbar.

»Mama, bitte, lass uns das Thema wechseln.«

Mein Appell hatte wohl was gebracht, denn sie stoppte ihre Verdächtigungen bezüglich mir und Julia.

Die nächsten Minuten sprachen wir über Tante Ediths Knieoperation. Nicht wirklich interessant, aber wenigstens lenkte es von dem scheinbar allgegenwärtigen Thema ab.

* * *

Als der Kuchen im Ofen war und ich aufgeräumt hatte, gingen meine Mutter und ich mit der Eieruhr in der Hand ins Wohnzimmer.

Wir nahmen beide auf der Couch Platz.

Von Popeye war weit und breit keine Spur.

Meine Mutter war ungewöhnlich still. Hoffentlich plante sie nicht die nächste Runde des scheinbar in der letzten Zeit populär gewordenen Gesellschaftsspiels »Dichte Julia und Scarlett eine Beziehung an«.

»Weißt du, Scarlett«, sagte sie nach einer Weile mit leiser Stimme. »Es gibt da etwas, von dem bloß vier Menschen außer mir wissen. Zwei andere, die die Wahrheit kannten, sind tot. Einer von diesen Menschen war dein Vater.«

Was sie sagte, machte mich neugierig, aber gleichzeitig beschlich mich das Gefühl, dass ich nicht hören wollte, was meine Mutter zu sagen hatte.

»Bei der Hochzeit mit deinem Vater war ich zweiundzwanzig.«

Ich nickte. Das war nichts Neues.

»Was du nicht weißt, ist, … ich hatte eine andere

Beziehung, bevor ich seine Frau wurde.«

Wow, das war mehr, als ich über das Liebesleben meiner Mutter je wissen wollte. Definitiv. »Mama, warum erzählst du mir das?« Oh Gott … war ich ein Kuckuckskind?

»Hör einfach zu, mein Engel.« Meine Mutter holte tief Luft und begann zu erzählen: »Kurz nach meinem achtzehnten Geburtstag lernten wir uns kennen. Erst waren wir nur befreundet. Aber nach etwa einem Jahr wurde mehr daraus.« Mama starrte auf den Teppich. »Wir waren so verliebt. Jede freie Minute verbrachten wir zusammen. Doch niemand durfte von unseren Gefühlen füreinander erfahren. Unsere Eltern hätten es niemals verstanden.«

Klang wie Romeo und Julia. Total romantisch.

Meine Mutter lächelte flüchtig. »Trotz des ständigen Versteckspiels hatten wir zwei wundervolle Jahre miteinander.« Ihr Gesichtsausdruck erstarrte. »Dann kam alles raus. Wir durften uns nicht mehr sehen, und ich wurde in eine andere Stadt geschickt, um bei Onkel Friedhelm als Sekretärin in seinem Betrieb zu arbeiten.«

Was konnte denn an diesem Mann so falsch gewesen sein? Meine Großeltern mussten doch gesehen haben, dass ihre Tochter glücklich war. Und wie hatte Mama meinen Vater kennengelernt? »Hast du Papa bei deiner Arbeit kennengelernt?«

Meine Mutter schüttelte den Kopf. »Nach einem Jahr durfte ich wieder zurückkehren. Aber alles hatte sich verändert.« Ihre Lippen zitterten. Sie schluckte und schaute mich mit traurigen Augen an. »Wir waren beide immer noch ineinander verliebt. Doch es spielte keine Rolle mehr.«

»Warum?« Ich hatte auf einmal ein richtig ungutes Gefühl.

Mama biss sich auf die Unterlippe. »Der Name meiner großen Liebe war Maria.«

Maria? Das Echo dieses Namens hallte in meinem Verstand und hinterließ vollkommene Leere.

»Ihre Eltern hatten sie in eine Ehe mit einem Mann aus der Nachbarschaft gezwungen, und meine Eltern, deine Großeltern, sagten, sie würden dasselbe mit mir tun, wenn ich nicht selbst bald einen Mann für mich finden würde. Es waren damals andere Zeiten. Und so begann ich, mit deinem Vater auszugehen. Er ahnte nichts von all dem. Bis ...«

Gott, noch mehr? Was jetzt?

»Ich und Maria sahen uns ein letztes Mal. Sie hatte einige Tage vorher von ihrer ...« Meine Mutter senkte den Blick. Nach einigen Momenten schaute sie wieder auf. »Sie war schwanger. Maria war so unglücklich. Immer wieder sagte sie mir, wie sehr sie mich lieben würde und dass sie das alles nicht aushalten könne. Wir ... verbrachten die Nacht miteinander. Meine Eltern waren über das Wochenende nicht da, und Maria hatte ihrem Mann gesagt, sie würde bei einer Freundin übernachten.« Mama schluckte. »Womit niemand rechnen konnte, war, ... meine Eltern kamen früher wieder nach Hause. Und als wäre das nicht schon schlimm genug gewesen, kam dein Vater zum selben Zeitpunkt vorbei, um mich zu überraschen. Wir hörten sie nicht. Wir waren«, Mama wich meinem Blick aus, »im Bett. Die Zimmertür ging auf und ...« Tränen glänzten in ihren Augen, als sie mich ansah. »Dein Vater fand uns. Durch sein Geschrei kamen meine Eltern ins Zimmer gestürmt.« Mamas Schluchzen durchdrang die plötzliche Stille.

Was sollte ich jetzt tun?

Was für eine Frage. Ich rückte näher und umarmte sie.

Popeye tauchte auf und schleckte an einer von Mamas Händen.

»Maria zog sich an und verschwand hastig. Es war das letzte Mal, dass ich sie sah.« Meine Mutter schaute mich mit aufgequollenen roten Augen an. »Sie warf sich am selben Abend vor einen Zug.«

Oh Gott.

»Unsere Eltern sagten, es sei alles meine Schuld. Es sei falsch gewesen und Maria habe das gewusst. Deshalb habe sie dem Unrecht ein Ende gesetzt. Sie sagten, es sei für mich noch nicht zu spät. Ich müsse nur diesen kranken Ideen abschwören, dann würde alles gut werden. Einen Monat später fand die Hochzeit mit deinem Vater statt. Kurz darauf wurde ich schwanger und bekam dich.«

So viele Gedanken rasten mir durch den Kopf. So viele Fragen, deren Antworten ich wissen wollte, wissen musste. Doch der Eierwecker klingelte. Wie betäubt stand ich auf und taumelte in die Küche.

Zurück im Wohnzimmer sah ich meine Mutter wie angewurzelt auf der Couch sitzen. Ihr liefen stumme Tränen übers Gesicht. Ich nahm wieder neben ihr Platz. »Mama?«

Sie hob den Kopf, mied jedoch meinen Blick.

»Hast du Papa jemals geliebt?«

Meine Mutter fiel mir weinend in die Arme.

Ich zuckte zusammen, hielt sie jedoch fest. Meine Frage war beantwortet.

Nach einer Weile hörte Mama auf zu weinen und ich löste mich etwas von ihr. Mein Herz raste wie verrückt und der riesengroße Kloß im Hals machte es mir schwer zu sprechen. »Bist du … heißt das, du bist eigentlich lesbisch?«

»Ich weiß es nicht.« Mama schloss kurz die Augen.

»Aber ich weiß, dass ich für viele Jahre wünschte, mit Maria an diesem Tag gestorben zu sein. Sie war mein Leben. Als sie vor … vor den Zug sprang, starb auch ein Teil von mir.«

Ich weinte mittlerweile auch. »Oh, Mama …«

Wir hielten einander für eine ganze Weile. Anschließend schnäuzte sich meine Mutter und ich folgte ihrem Beispiel.

Irgendwann gingen wir in die Küche, um den Kuchen zu probieren.

Ich war froh, etwas so Banales zu tun. Der Kuchen war noch heiß, doch ich schnitt trotzdem schon ein Stück ab und gab es meiner Mutter.

Mamas Hand zitterte, als sie mit einer Gabel ein Stück abtrennte und mit skeptischem Blick probierte. Dann schaute sie mich erstaunt an.

Ich musste mich zwingen, mich nicht von Mamas tränenüberströmtem Gesicht abzuwenden. Wie hatte ich bloß niemals sehen können, was für eine starke Frau sie war?

Popeye kam schwanzwedelnd angelaufen und lugte nach oben. Dabei wusste er doch, dass Kuchen für ihn tabu war.

»Er schmeckt hervorragend«, sagte Mama. »Aber du hast da noch irgendwas Anderes reingetan, als in dem Rezept steht.« Sie nahm einen weiteren Bissen. »Zimt?«

Ich grinste. »Und etwas mehr Vanillinzucker. Ich dachte, es würde gut schmecken.«

Meine Mutter nickte, und ich lächelte.

Das erste Mal, nachdem ich das wohl größte Geheimnis meiner Familie erfahren hatte.

Kapitel 19

»Frohe Weihnachten, Scarlett.« Julia schloss mich in die Arme.

Nach all den schockierenden Enthüllungen des Tages fühlte ich mich sicher und geborgen in ihren Armen, und die Anspannung der vergangenen Stunden fiel von mir ab. »Frohe Weihnachten, Julia.«

Wir lösten uns, für mich viel zu früh, voneinander und setzten uns auf die Couch.

Ich gab Julia ein kleines Kästchen, eingewickelt in rotes Geschenkpapier mit einer leuchtend grünen Schleife, während sie mir ein wesentlich größeres Geschenk überreichte.

Etwa doppelt so groß wie ein Schuhkarton, mit goldenem Geschenkpapier umwickelt, war es mit einer silbernen Schleife verziert.

»Erst du«, sagte ich.

Julia nahm das Geschenk grinsend an. Dann entfernte sie ganz langsam das Papier.

Meine Beine wippten auf und ab. Würde sie es mögen? »Du musst nicht so vorsichtig sein.«

Julia grinste mich an und riss das letzte Papier vom daraufhin enthüllten Kästchen. Sie hob den Deckel und fand den silbernen Anhänger samt Kette auf Watte. Julia las den Schriftzug und ihr Gesicht hellte sich auf.

»Da steht noch was auf der Rückseite«, sagte ich leise.

Mit großen Augen schaute mich Julia an, nahm den Anhänger aus dem Kästchen und drehte ihn um. Einige Momente betrachtete sie unsere eingravierten Namen, bevor sie mich stürmisch in die Arme schloss. Anschließend gab sie mir einen dicken Kuss auf die Wange. »Scarlett, das ist ein wundervolles Geschenk. Ich werde es immer tragen. Danke.« Julia drehte sich von mir weg, reichte mir die Kette und hob ihre Haare an.

Ich öffnete den Verschluss und legte ihr mein Geschenk um den Hals. Bei dem Bemühen, die Kette hinten zu schließen, strich ich über Julias Nacken und bemerkte, wie sie eine Gänsehaut bekam. »Ist dir kalt?«

Julia ließ die Haare fallen. »Äh … ein bisschen.« Nach einigen Augenblicken drehte sie sich grinsend um. »Jetzt du.«

Ich nickte und riss das Papier unzeremoniell vom Geschenkkarton. Als ich den Deckel abnahm, kam ein weißer Bademantel zum Vorschein. »Oh, der ist ja schön«, sagte ich, holte ihn raus und schmiegte meine Wangen gegen das flauschige Material.

Julia grinste. »Schau doch mal in die Manteltasche.«

Manteltasche? Zögerlich folgte ich der Anweisung. Die erste Tasche, in der ich nachschaute, war leer. Dann griff ich in die andere und bemerkte einen Briefumschlag. Ich öffnete ihn und ein Gutschein von einem Hotel kam zum Vorschein.

»Damit kannst du dich einen ganzen Tag im ›Hotel Windrose‹ auf Sylt verwöhnen lassen. Und ich meine rundum: Maniküre, Pediküre, Fangopackung, Sauna, Massage, alles, was du willst.«

Meine Augen weiteten sich. Das hatte sie nicht wirklich gemacht, oder? Wie konnte sie so viel Geld für mich ausgeben? Ich seufzte. Julia war einfach wundervoll.

Ihr Blick sprang zwischen mir und ihren Händen hin und her. »Du hast gesagt, du hättest bisher nichts zum Jahreswechsel geplant, deshalb habe ich für übermorgen einen Flug für zwei nach Sylt gebucht. Am zweiten Januar geht es wieder zurück.«

Ich war sprachlos. Es war das beste Geschenk, das ich jemals bekommen hatte. Ich fiel Julia um den Hals und küsste gleich mehrfach ihre Wange. »Danke. Das ist so lieb von dir. Es ist ein tolles Geschenk. Aber du hättest nicht so viel Geld ausgeben sollen.«

Julia zuckte lächelnd mit den Schultern. »Denk nicht weiter drüber nach.«

Ich vergrub mein Gesicht im weichen Bademantel und brachte ihn danach in mein Zimmer.

* * *

Weiche Lippen bedeckten meine. Ich spürte Julias Körper halb auf mir, und ihre warme Hand wanderte federleicht meinen Arm auf und ab. Ein leiser Seufzer entwich mir. Ich fühlte mich so sicher, so … geliebt.

Die Tür wurde aufgerissen und Oliver stand mit hasserfülltem Blick vor dem Bett. »Ihr perversen Schlampen. Ich wusste es. Ihr seid krank und abartig. Denkt ihr eigentlich, ich lass mir alles gefallen?«

Noch während er sprach, sprang Julia aus dem Bett. Einen Moment lang starrte sie ihn wortlos an. Tränen zeichneten sich in ihren Augen ab. Sie schaute kurz zu mir und rannte dann an Oliver vorbei aus dem Zimmer.

Für einen Augenblick war ich wie versteinert. Das

konnte doch alles nicht sein. Wie war Oliver hier reingekommen? Wo waren wir hier eigentlich? Ich schüttelte die Gedanken ab und rannte hinter Julia her.

Aber sie war viel schneller. Sie rannte aus der Wohnung und die Straße runter. Immer weiter und weiter. Egal wie sehr ich mich anstrengte, ich konnte sie nicht einholen. Immer wieder rief ich Julias Namen, doch ihre Umrisse verschwammen in den Schatten der Nacht.

Als mir klar wurde, in welche Richtung sie rannte, erfasste mich Panik. Bitte nicht!

Plötzlich stand ich am Rande des Gleisbettes und Julia sah mich an, ihr Gesicht voller Schmerz und Reue. »Es tut mir leid«, flüsterte sie. Anschließend blickte sie nach vorne in das Licht des heranrasenden Zuges.

»Nein!« Mein Oberkörper schnellte nach oben. Ich war hellwach. Mein Herz pochte wie verrückt und ich bekam keine Luft. Ganz ruhig. Es war nur ein Traum. Nur ein Traum.

Durch das ins Zimmer fallende Mondlicht erkannte ich, wie meine Hände zitterten. Ich schloss die Augen, öffnete sie aber sofort wieder, als ich Julias Gesichtsausdruck auf den Bahngleisen wieder vor mir sah. Es war kindisch und vollkommen unlogisch, aber ich musste sehen, dass es Julia gut ging. Jetzt. Ich stand auf und schlich in ihr Zimmer.

Wie zu erwarten war, schlief sie friedlich.

Ich ging neben dem Bett auf die Knie. Von der Straße her schien etwas Licht herein, und ich konnte Julias entspanntes Gesicht betrachten. Ich strich ihr vorsichtig eine Haarsträhne hinters Ohr und gab ihr einen Kuss auf die Stirn. Danach lehnte ich mich zurück und betrachtete jeden einzelnen Teil ihres Gesichtes. Sie war so wunderschön.

Mit dem Zeigefinger strich ich über Julias Augenbrauen und danach ganz langsam über ihre Lippen. Mein Körper nahm ein Eigenleben an: Ich lehnte mich nach vorne und gab ihr einen ganz sanften Kuss auf den Mund. Julias Lippen waren so weich und warm. Wie in meinem Traum. Es raubte mir den Atem. Mein ganzer Körper prickelte. Irgendwann lehnte ich mich wieder zurück.

Julia atmete tief und gleichmäßig.

Ich presste die Hand gegen meinen Mund. Oh Gott, was hatte ich getan? Wie hatte ich das bloß tun können? Ich … ich war nicht so. Obwohl ich nach Luft schnappte, bekam ich nicht genug Sauerstoff. Alles drehte sich. Ich musste hier weg. Immer noch auf Julias Mund starrend, sprang ich auf. Ich verlor das Gleichgewicht und stieß mit dem Knie gegen Julias Nachttisch. »Autsch, verdammt«. So ein Mist. Wenn sie der Krach mit dem Nachttisch nicht aufgeweckt hatte, mein Fluchen bestimmt.

Julias Augenlider klappten auf. »Scarlett?« Ihre verschlafene Stimme klang verwirrt und ungläubig.

»Entschuldige, ich … ich …«

»Ist alles in Ordnung?«

»Ich h… h… hatte einen Albtraum«, stotterte ich und tapste rückwärts Richtung Tür.

Julia rutschte zur Seite und hob die Bettdecke an. »Komm her.«

»Ich weiß nicht, ob das eine so gute Id…«

»Scarlett, komm ins Bett, mir wird kalt.«

Mist! Ich wollte weg und nicht näher bei Julia sein. Und wenn ich mich einfach umdrehte und das Zimmer verließ? Nein, Julia würde mir sicher folgen, weil sie sich sorgte. Ich biss mir auf die Unterlippe. Bis sie eingeschlafen war, konnte ich ja hierbleiben. Ich trat aufs Bett zu. Jeder Schritt fühlte sich an, als ob ich Blei an den Füßen hätte. Mein Körper versteifte sich, obwohl ich mich so weit wie möglich von Julia entfernt hinlegte. Das Laken war warm, wo sie bis eben gelegen hatte.

Julia deckte uns zu und kam näher, bis wir einander seitlich berührten. Da sie lediglich eine Decke hatte, gab es dazu auch keine Alternative.

Mein Atem stockte. Ich war in der Falle.

»Willst du mir von deinem Albtraum erzählen?«

Stumm schüttelte ich den Kopf. Ich traute meiner Stimme nicht. Außerdem … was hätte ich denn sagen sollen? Ach, wir haben rumgemacht, Oliver kam und du hast dich umgebracht?

»Es war nur ein Traum«, murmelte Julia. »Alles ist gut. Versuch jetzt zu schlafen. Ich bin hier.«

Für ein paar Minuten starrte ich an die Decke und versuchte erfolglos, mich zu entspannen.

Dann rutschte Julia irgendwann im Halbschlaf noch etwas näher. Jetzt lag sie fast auf mir. Na ja, fast.

Mein Herz trommelte gegen meinen Brustkorb. »Ähm … Julia?«

»Mmh.«

So würde ich hier sicher nicht mehr wegkommen. »Du bist etwas, äh, nah.« Normalerweise hätte ich die Wärme von Julias Körper und ihre Nähe genossen. Aber jetzt wollte ich bloß weg.

Julia blinzelte ein paar Mal. »Oh. Entschuldige«, sagte sie und rückte von mir ab.

Es schien auf einmal viel kälter unter der Decke.

Julia räusperte sich. »Ist es okay für dich, dass wir uns das Bett teilen?«

Mein Blick landete auf Julia, die mich ernst ansah. »Klar. Sicher, mir geht's gut.«

Julia nickte. »Okay.« Sie drehte sich weg, rutschte

aber wieder näher, damit wir die Decke teilen konnten. Dabei berührte ihr Rücken meine Vorderseite.

Ich widerstand nur schwer der Versuchung, den Arm um ihre Taille zu legen. Das war jetzt wirklich nicht angebracht. Meine Gedanken rasten. Wie hatte ich Julia bloß küssen können? Der Kuss an sich war ja schon schlimm genug. Aber ich hatte es ohne Julias Erlaubnis getan. Sogar ohne dass sie es gemerkt hatte. Gott sei Dank war sie nicht aufgewacht. So etwas durfte nie wieder passieren.

Allmählich beruhigte ich mich und begann, über das Geschehene nachzudenken. Der Traum … es war wie bei meiner Mutter. Genau, mein Verstand nahm die Ereignisse und meine Gefühle bezüglich Mamas Geheimnis und projizierte sie auf Julia. Ja, so musste es sein. Meine Mutter hatte ihr ganzes Leben eine Lüge gelebt. Julia sagte mal, man würde eine Lüge leben, wenn man seinen Gefühlen nicht folgen würde. Damals verstand ich nicht, was sie meinte. Doch jetzt, bei meiner Mutter, ergab alles Sinn. Sie hatte sich von ihren wahren Gefühlen abgewandt und eine Lüge gelebt.

So viele Dinge gingen mir durch den Kopf. Erinnerungen an meine Kindheit, Dinge, die meine Eltern zu mir sagten, oder wie sie sich, insbesondere im Umgang miteinander, verhielten. Mein Vater liebte meine Mutter, dessen war ich mir sicher. Er konnte es nie zeigen, aber ich wusste es immer. Vermutlich empfand Mama auch etwas für ihn, aber romantische Liebe war es sicher nicht. Nach all dem, was ich jetzt wusste, wäre es nicht mal verwunderlich gewesen, wenn sie ihn gehasst hätte. Aber ich glaubte nicht, dass sie das tat. Vielmehr hatte sie sich in ihr Schicksal ergeben. Wie ertrug Mama das bloß all die Jahre?

Ich würde sie zukünftig öfter besuchen. Bisher hatte

ich es nie so gesehen, aber die Wahrheit war: Meine Mutter brauchte mich. Ich schloss die Augen und entspannte mich in Julias Nähe. Wie verwirrend und aufwühlend mein Leben auch war, Julia war immer da für mich. Sie gab mir Halt. Ich würde unsere Freundschaft nie wieder durch so etwas Unsinniges wie die Projektion irgendwelcher Gefühle in Gefahr bringen.

* * *

»Hallo, Scarlett. Schön, dass Sie kommen konnten.«

Ich lächelte schüchtern, während mich Frau Liebknecht umarmte. Was zur Hölle war hier los? Als ich mit Oliver zusammen war, hatten mich seine Eltern nicht umarmt.

Danach schüttelte Herr Liebknecht mir die Hand und schenkte mir ein Hundert-Watt-Lächeln.

Hatte ich was verpasst? Ich sah Hilfe suchend zu Julia, doch die wich meinem Blick aus.

Kaum waren wir im Wohnzimmer, setzte Julia sich neben mich ans eine Ende der langen Couch.

Julias Vater brachte uns was zu trinken und nahm am anderen Ende Platz.

Warum schaute er mich so komisch an? Ob ich Julias Mutter anbieten sollte, in der Küche zu helfen? Guter Plan.

Doch Julia kam mir zuvor. »Mama braucht sicher Hilfe mit dem Essen. Bin gleich wieder da.«

Ich öffnete den Mund, um zu protestieren, doch Julia war verschwunden, bevor ich was sagen konnte.

»So …«, sagte Herr Liebknecht.

Ich schluckte.

»Ich möchte Ihnen danken.«

Meine Augenbrauen schossen nach oben. »Danken? Wofür?«

»Julia schien noch nie so glücklich zu sein wie in letzter Zeit. Sie tun ihr gut. Und obwohl ich und meine Frau erst skeptisch waren, ob wir für unsere Tochter jemanden möchten, der vom Bruder zur Schwester wechselt, sind wir zu dem Schluss gekommen, dass es egal ist, wie es dazu kam, solange Julia jetzt glücklich ist.«

Mein Mund klappte auf. Was für ein Bild hatten die von mir? »Herr Liebkn…«

»Scarlett, Sie scheinen eine sehr nette junge Frau zu sein. Ich bin mir sicher, Sie würden Julia nicht willentlich wehtun, aber ich bitte Sie trotzdem: Behandeln Sie meine Tochter gut. Sie verdient nur das Beste.«

»Wir sind in diesem Punkt einer Meinung«, sagte ich. »Sie ist ein ganz besonderer Mensch. Und unsere Freundschaft ist eines der wichtigsten Dinge in meinem Leben.«

Julias Vater nickte.

»Aber ich möchte noch einmal klarstellen, Julia und ich sind kein …«

»Essen ist fertig«, rief Julias Mutter von der Küche aus.

Ich schüttelte den Kopf und stand auf. Lief denn hier gar nichts, wie es sollte?

»Bist du in Ordnung?«, fragte Julia flüsternd, als ich an ihr vorbeiging.

Ich betrachtete sie einen Moment lang und beugte mich dann zu ihr vor. »Lass mich nie wieder allein mit einem von ihnen.«

»Ich werde mein Bestes tun«, murmelte sie grinsend.

Kapitel 20

Ich ließ einen leisen Seufzer entweichen. Die Sonne war schon vor einer Weile untergegangen. Julias warmer Körper dicht neben mir und das schwache Licht und Knistern des Kamins hinter uns ließen mich vollkommen entspannen. »Was für ein Jahresausklang.«

»Mmh?«

Ich schaute neben mich und musste grinsen, als ich Julias halb offene Augen sah. »Das Wellnessprogramm im Hotel heute war echt traumhaft.«

Julia lächelte, sagte aber nichts.

»Hätte ich schon früher gewusst, wie toll Wellness sein kann, hätte ich Nathalie schon vor Jahren in einen dieser Wohlfühltempel geschleppt.«

»Sie hätte sich sicher nicht gewehrt«, sagte Julia schmunzelnd.

»So viel ist mal sicher.« Ich rutschte ein bisschen näher zu Julia und legte den Kopf auf ihre Schulter. Das vergangene Jahr war nicht immer leicht gewesen. Unglaublich viel war passiert. Alles hatte sich verändert. Nur Julia nicht. Was auch passierte, auf sie konnte ich mich verlassen. Ihr konnte ich vertrauen.

Was wohl passiert wäre, wenn wir einander niemals

begegnet wären? Eine furchtbare Vorstellung. Mir lief ein kalter Schauer den Rücken runter und ich schüttelte mich.

»Ist dir kalt?«, fragte Julia und zog mich etwas näher zu sich. Jetzt, gerade in diesem Augenblick, brauchte ich ihre Nähe, also nickte ich, obwohl mir eigentlich schon ziemlich warm war, mit dem Kaminfeuer hinter uns. Wir waren einander so nahe, dass ich fast auf Julias Schoß saß. Ich vergrub das Gesicht in ihrem Nacken und seufzte erneut.

»Bequem?« Julia klang amüsiert.

»Ja.«

Julia lachte.

»Was ist denn so witzig?«

»Wenn wir noch eine Weile so hier rumsitzen, rutschst du … man könnte sagen auf mir ins neue Jahr.«

Ich hob den Kopf und gab ihr einen Klaps aufs Schlüsselbein.

»Hey«, protestierte Julia.

»Das klang irgendwie versaut.«

Julia hob eine Augenbraue. »Findest du?«

Wir lachten und ich rückte etwas von Julia ab.

»Wie spät haben wir eigentlich genau?«, fragte ich und suchte im Panoramaraum des Strandhauses nach einer nicht vorhandenen Wanduhr.

Ein kurzer Blick auf ihre Uhr, und Julia kicherte.

»Was?«

»Du bist auf meinem Schoß ins neue Jahr gerutscht.«

Was? »Es ist schon Neujahr?« Warum hatte ich draußen denn nichts gehört oder gesehen? Dass wir von hier aus kein Feuerwerk sehen konnten, war klar, weil der Panoramaraum einen Blick auf den Strand und das Meer bot, aber ich hatte nicht mal Kirchenglocken gehört.

»Gleich zwei nach zwölf.« Julia drehte sich mehr zu

mir und schaute mich mit leuchtenden Augen an. »Frohes neues Jahr, Scarlett.«

»Frohes neues Jahr, Julia.«

Etwas unsicher beäugten wir einander. Eigentlich war jetzt ein Silvesterkuss angesagt.

Nathalie hätte selbstverständlich ein Bussi auf den Mund bekommen. Aber Julia? Ach was, warum nicht? Wenn ich Nathalie einen Silvesterkuss geben konnte, dann ging das auch bei Julia.

Wir starrten einander an.

Im nächsten Moment sah ich auf ihren Mund. Mein Herz schlug wie wild, als Julias Gesicht näherkam. Ich neigte den Kopf etwas zur Seite.

Unsere Lippen berührten einander.

Meine Augenlider fielen zu. So weich. Wie Samt.

Julia lehnte sich zurück und unterbrach damit den Kuss.

Ich öffnete die Augen wieder und beobachtete, wie sich Julias Brustkorb hob und senkte, als ob sie einen Marathon hinter sich hätte. Ich blinzelte mehrfach und lehnte mich auch zurück. Danach rutschte ich etwas von ihr weg. Was war hier gerade passiert? Das war nicht nur ein harmloser Silvesterkuss gewesen. So was fühlte sich nicht so verdammt gut an. »Ich … ich gehe jetzt besser schlafen.« Oh ja, das klang toll. Ich sprang auf und hastete zur Tür. Schon halb im Gang stehend, stoppte ich und drehte mich um.

Julia betrachtete ihre Füße und spielte nervös mit ihren Händen.

»Danke für den wundervollen Tag. Es war …« Mein Blick wanderte wieder zu ihrem Mund. »Wundervoll.« Bevor ich noch einen größeren Trottel aus mir machte, beschloss ich, jetzt aber wirklich zu verschwinden. »Gute

Nacht.«

Julia rang sich mehr oder minder erfolgreich ein Lächeln ab. »Gute Nacht, Scarlett. Schlaf schön.«

»Du auch.« Ich flüchtete aus dem Raum und eilte so schnell ich konnte in mein Zimmer. Dort angekommen schloss ich die Tür hinter mir und ließ mich aufs Bett fallen. Was war los mit mir? Ich war nicht so.

Heterosexuell. Ich war heterosexuell. Frauen interessierten mich nicht auf diese Weise. Ich stand auf Männer. Ja, auf Männer.

Warum spürte ich immer noch Julias Lippen auf meinen? So warm und … Ich schüttelte den Kopf. Das musste enden. Unsere Freundschaft würde leiden, wenn ich diese Verwirrung nicht in den Griff bekam. Ich musste mit jemandem sprechen, sobald ich wieder zu Hause war. Und ich hatte auch schon eine Idee.

* * *

Mein Blick wanderte über den menschenleeren Strand auf der anderen Seite der Glasfront.

»Schmeckt dir das Essen nicht?«, fragte Julia

Ich schaute auf und betrachtete Julia auf der anderen Seite des Tisches. »Nein. Nein, es ist lecker.« Ich rang mir ein Lächeln ab und nahm einen Bissen von meinem Brötchen. Eigentlich hatte ich keinen Hunger. »Es ist echt lieb von dir, mich zu einem Neujahrsbrunch einzuladen. Es ist ganz toll hier.«

Julia erwiderte kurz mein Lächeln. Danach betrachtete sie intensiv ihr kaum angerührtes Croissant.

Es war albern. Schon den ganzen Morgen war ich nervös und angespannt in Julias Nähe. Warum konnte ich den Kuss nicht vergessen? Ich atmete frustriert aus, und

Julia lugte für einen Moment auf, bevor sie wieder auf ihr Essen starrte. Jetzt wo ich so drüber nachdachte … Julia war heute auch komisch.

Sie schaute mich nie lange an, redete kaum. Ihre Hände waren ständig in Bewegung und offenbar wahnsinnig interessant zu beobachten.

Ob sie der Kuss auch beschäftigte? Verdammt, ich musste aufhören, ständig darüber zu grübeln. Sobald wir zurück waren, würde ich mit jemandem über diese ganze Sache sprechen. Bis dahin dachte ich einfach nicht mehr drüber nach.

Worüber konnten wir jetzt sprechen? Das Wetter? Ich glotzte aus dem Fenster. Kalt, windig und grau. Wie erstaunlich an der Nordsee Anfang Januar. Und wie wäre es mit …? »Hast du dich mittlerweile entschieden, wo du nach dem Praktikum anfangen willst?«

Julias Blick schnappte zu mir. »Zwei Abteilungen haben mir eine Stelle angeboten.«

»Wirklich? Das ist ja klasse. Und welche?«

»Gynäkologie und Chirurgie.«

»Aber du bist doch erst seit einem Monat in der Chirurgie.«

»Schätze, ich mache einen guten Eindruck«, sagte Julia grinsend und biss von ihrem Croissant ab.

»Und was willst du tun?«

»Weiß nicht. Die Arbeit in der Chirurgie kommt mir irgendwie wie Metzgerarbeit vor.«

Bilder aus dem Fernsehen schossen mir durch den Kopf und ich hörte auf zu kauen.

»Aber der Schwerpunkt der zwei gynäkologischen Stationen in meinem Krankenhaus liegt im Bereich der Onkologie. Die anderen klassischen Felder werden etwas vernachlässigt.« Mit dem Croissant gestikulierend sagte sie: »Auf der anderen Seite hätte ich, wenn ich Chirurgie wähle, auch die Möglichkeit, etwas in die Herz-Thorax- und Gefäßchirurgie reinzuschnuppern. Das ist eine tolle Gelegenheit und wirklich interessant.« Julia beugte sich nach vorne und fragte: »Was hättest du lieber als Freundin? Eine Gynäkologin oder eine Chirurgin?«

Wie sollte ich darauf antworten? »Was macht dir mehr Freude?«

»Beantworte meine Frage nicht mit einer Gegenfrage. Sag schon. Was wäre dir lieber?«

Spontan wollte ich Chirurgin sagen. Es schien besser zu ihr zu passen. Was sollte diese Frage eigentlich? Nathalie hätte mich so was nie gefragt. Oder?

»Also?«

»Chirurgin?«

»Und warum?« Julia steckte sich das letzte Stück ihres Croissants in den Mund.

»Es passt besser zu dir, glaube ich. Kannst du das Fachgebiet wechseln, wenn es dir nicht gefällt?«

»Klar. Das ist wie beim Studienfachwechsel. Möglich ist das immer.«

Ich nickte. »Und? Was wirst du tun?«

»Ich werde die Stelle in der Chirurgie annehmen.«

Was? Ich ließ mein Brötchen sinken. Das machte sie doch nicht wirklich, weil ich das gesagt hatte, oder? »Einfach so?«

»Einfach so. Na ja, nicht ganz. Ich hab viel darüber nachgedacht, und beides hat seine Vor- und Nachteile. Manchmal gibt es keine logische Entscheidung. Dann muss man eben aus dem Bauch heraus handeln. Und was das betrifft, bist du unschlagbar.«

Ich schürzte die Lippen. »Soll das heißen, du denkst, ich lasse mich mehr von Gefühlen als von meinem

Verstand leiten?«

Julia zuckte mit den Schultern. »Du kannst schnell Entscheidungen treffen, die sich in der Regel vom Kopf her begründen lassen, obwohl sie eigentlich aus dem Bauch heraus getroffen wurden.« Julia schaute mich einen langen Moment an und biss sich auf die Unterlippe, bevor sie sagte: »Oft triffst du auch Entscheidungen, die in Wahrheit nicht unbedingt logisch sind, sondern bloß dem Ausweichen von Gefühlen dienen.«

In meinem Kopf drehte es sich. Wie kam sie denn darauf? Sollte ich mich jetzt angegriffen fühlen?

»Scarlett?«

Ich blickte auf.

»Habe ich was Falsches gesagt?«

»Ich weiß nicht. Findest du wirklich, dass ich meinen Gefühlen aus dem Weg gehe?«

Julia ergriff meine Hand. »Vielleicht hätte ich meine Worte vorsichtiger wählen sollen. Am Ende weißt nur du, was in dir vorgeht. Aber ich denke, du machst es dir selbst oft schwerer, als es sein müsste.«

»Und wo zum Beispiel?«

Julia öffnete den Mund und schloss ihn wieder. Schließlich sagte sie leise: »Manchmal scheinst du nicht nachzudenken und lässt dich gehen und bist ausgelassen. Dann wirst du plötzlich wieder ganz ernst. So als ob du auf einmal merken würdest, dass du dich für einen Moment nicht unter Kontrolle hattest.«

»Konkreter. Ich will ein Beispiel.«

Julia senkte den Blick. Nach einer Weile grinste sie mich an. »IKEA, letzten Monat.«

»Hä?«

»Du bist von Couch zu Couch geeilt und hast dich zurückfallen lassen und bist mit dem Hintern auf und ab gesprungen.«

»Ich habe die Federungen ausprobiert«, sagte ich.

Julia kicherte. »Du hast ›hui‹ gerufen. Und dann wurdest du schlagartig wieder ganz ernst und hast dich nur noch still auf die nächsten Sofas gesetzt.«

»Die Leute gafften mich an.« Während ich es sagte, verstand ich auf einmal, was Julia meinte. Aber es steckte mehr dahinter. »Es geht um Erwartungen.« Ich sprach mehr zu mir selbst als zu Julia. »Meine eigenen und die Erwartungen anderer. Ich will es immer allen recht machen.«

Julia streichelte mit dem Daumen über meine Hand.

Ich schaute mich um und mindestens ein Paar am Nachbartisch starrte auf unsere Hände. Im ersten Moment wollte ich meine Hand wegziehen, aber dann stoppte ich. Herr Gott, ich kannte diese Leute nicht einmal. Was scherte es mich, was die dachten? Ich ergriff Julias Hand und wendete den Blick von den Leuten ab. Sollten die doch denken, was sie wollten.

* * *

Ich holte tief Luft und ließ den Atem laut entweichen. Das Telefon in meiner Hand schien viel schwerer als sonst, aber ich musste das tun. Es gab keine Alternative oder ich würde noch verrückt werden.

Ich tippte die Nummer von der Beratungsstelle, die rot unterlegt hervorstach, vom PC-Bildschirm ab. Das erste Freizeichen ertönte und mein Herz hämmerte wie wild.

Nach wenigen Momenten wurde abgenommen und ein relativ jung klingender Mann murmelte etwas mir Unverständliches.

»Äh, hallo. Mein Name ist Scarlett Winter. Ich … ich

würde gerne mit jemandem sprechen.«

»Und worum geht es bei Ihnen?«

»Tja, wo fang ich an? Ich habe ein Problem. Äh, ich habe Gefühle, mit denen ich nicht klarkomme. Ich möchte sie loswerden.«

»Sind es Gedanken, sich etwas anzutun?«

Ich starrte auf den Hörer. Anschließend führte ich ihn wieder zum Ohr. Klang ich so verzweifelt? »Äh, nein. Eigentlich nicht. Es geht mehr um … ja, wie sag ich das am besten? Ich fühle etwas für jemanden, aber das darf nicht sein.«

Stille.

Dann: »Sprechen Sie von Gefühlen für ein Kind oder einen Minderjährigen?«

Verdammt, was für Leute riefen da sonst an, dass er auf solche Sachen kam? »Nein. Es geht um … um meine Mitbewohnerin.«

»Und warum dürfen diese Gefühle nicht sein?«

Meine Güte, wie sollte ich das erklären und noch dazu am Telefon? Musste ich das überhaupt? »Kann ich nicht mit jemandem persönlich sprechen?«

»Wann hätten Sie Zeit?«

»In der Regel nachmittags.«

»Ginge es morgen um siebzehn Uhr?«

»Ja.«

* * *

Ein Blick auf meine Armbanduhr verriet, es war kurz vor fünf. Seit etwa einer Viertelstunde saß ich jetzt schon alleine im Warteraum der Beratungsstelle. Komisch, ich hätte schwören können, es wäre schon mindestens eine Stunde vergangen. Als die Tür aufging, zuckte ich zusammen.

»Frau Winter?«

Ich war die Einzige hier. Wer sollte ich sonst sein? »Ja.«

»Ich bin Susanne Lindner.« Sie ergriff meine Hand. »Wenn Sie mitkommen, können wir uns in Ruhe unterhalten.«

Ich nickte und folgte ihr. Gott, die war doch kaum älter als ich. Und mit der sollte ich reden? Hatte die überhaupt schon 'nen Abschluss? Ob ich fragen sollte?

»Sie hatten Glück, so kurzfristig einen Termin zu bekommen. Wenige Minuten vor Ihrem Anruf gestern hat jemand abgesagt.«

Wen interessierte das denn? Ich rang mir ein Lächeln ab.

Nach langem Fußmarsch durch ein Labyrinth von Gängen öffnete Frau Lindner eine Tür, und ein Raum mit rustikalem Holzinventar, zwei tropischen Pflanzen und Räucherstäbchen auf der Fensterbank kam zum Vorschein. Zwei Holzstühle standen von einem kleinen, ebenfalls hölzernen Couchtisch getrennt. Wie Öko.

»Setzen Sie sich, bitte.« Die junge Frau schloss die Tür, und nachdem ich mich gesetzt hatte, nahm sie mir gegenüber Platz. »Was kann ich für Sie tun?«

Mir Ihr Alter und Ihre Qualifikation verraten? »Ähm …« Jung und gut aussehend. Na ja, soweit ich das beurteilen konnte. Psychologen sahen anders aus. Ob sie nur Praktikantin war? Schulterlange dunkelblonde Haare, grüne Augen und weiche Gesichtszüge … wenn alle Psychologinnen heutzutage so aussehen würden, begäben sich mehr Männer in Therapie. Die sich unter ihrer lässigen Kleidung abzeichnende Figur wirkte nicht dürr, aber dünn. Und die oberen drei Knöpfe ihrer Bluse…

»Frau Winter?«

Oh. »Entschuldigung. Diese Sache nimmt mich ziemlich mit.«

Frau Lindner lehnte sich zurück. »Warum fangen Sie nicht ganz am Anfang an?«

Ich räusperte mich. »Also, ich hab auf einer Party einen Mann kennengelernt. Oliver. Wir waren etwa sechs Wochen zusammen, bevor ich mit ihm Schluss machte, weil ich nichts für ihn empfand. Zumindest nicht, was ich sollte. Na, auf jeden Fall verdächtigte er mich und seine Zwillingsschwester Julia danach, etwas miteinander zu haben. Aber das war eine Lüge. So … wo war ich? Ach ja, um es kurz zu machen, ich wurde die neue Mitbewohnerin von Julia. Aber Oliver machte weiter mit den Verdächtigungen, dass Julia und ich etwas miteinander haben. Aber da ist nichts. Und … und alle anderen denken auch, wir sind ein Paar.«

»Also Sie und Julia?«

Ich nickte. »Und wir sind wirklich gute Freundinnen. Also beste Freundinnen. Oh, ich vergaß zu sagen, Julia ist lesbisch und ich war zu Anfang homophob. Aber da bin ich jetzt drüber weg. Glaube ich.«

Das angestrengte Gesicht von Frau Lindner, als sie versuchte, meiner Geschichte zu folgen, wäre in jeder anderen Situation vermutlich witzig gewesen. Jetzt gerade nicht.

»Und dann hat meine Mutter mir am Weihnachtsabend gesagt, ihre große Liebe sei eine Frau gewesen. Aber die hat sich umgebracht, weil sie nicht mit Mama zusammen sein konnte und … na ja, meine Mutter hat trotzdem oder deswegen, weiß nicht, meinen Vater geheiratet und mich gekriegt.« Ich rollte mit den Augen. »Nein. Das stimmt nicht ganz. Meine Großeltern haben sie mehr oder weniger in die Ehe mit Papa gezwungen. Mein Vater starb vor einer Weile und jetzt … jetzt denkt sie, also meine Mutter, immer noch, es sei falsch, sich ihren Gefühlen hinzugeben. Sie denkt, es sei eine Entscheidung, homosexuell zu sein. Und … und dann habe ich Julia auf den Mund geküsst, während sie schlief, und an Neujahr. Aber da war sie wach. Und jetzt bin ich durcheinander.«

Mein hastiges Gebrabbel endete, und eine mir endlos vorkommende Weile herrschte Stille.

Bis Frau Lindner sagte: »Es scheint derzeit eine Menge in Ihnen vorzugehen.«

Danke, Dr. Freud. Das hätte ich auch sagen können. »Ja.«

»Das ist nicht erstaunlich nach allem, was passiert ist. Mein Kollege sagte mir, Sie hätten am Telefon erwähnt, dass Sie Gefühle haben, mit denen Sie nicht klarkommen. Geht es dabei um die Sexualität Ihrer Mutter oder um Ihre eigene?«

»Was meinen Sie mit meiner eigenen Sexualität? Ich bin heterosexuell.«

Frau Lindner runzelte die Stirn. »Also möchten Sie über Ihre Mutter sprechen?«

»Nein. Über Julia.«

»Und was ist mit ihr? Haben Sie ein Problem damit, dass sie lesbisch ist?«

»Nein … ja … nein.«

Frau Lindner hob beide Augenbrauen. »Und das heißt?«

»Ich hatte ein Problem damit, aber wir, also sie und ich, haben darüber gesprochen und eigentlich komme ich jetzt damit klar.«

»Sie sagen ›eigentlich‹.«

Wie sollte ich das bloß erklären? »Ich fühle etwas, das

keinen Sinn ergibt.«

»Und was ist das?«

Ich schaute zu Boden. »Manchmal will ich Julia küssen. Wenn wir kuscheln, uns an den Händen halten oder uns auf die Wange küssen, wünschte ich mir oft …« Ich musste schlucken. »Ich wünschte mir oft, es wäre mehr.« Zögerlich hob ich den Kopf und sah Frau Lindner in die Augen. Doch es war unmöglich, etwas darin zu lesen.

»Und dieser Wunsch beunruhigt Sie.« Es war eine Feststellung, keine Frage.

Was für eine Untertreibung. »Ich bin heterosexuell. Warum will ich also mehr?« Meine Stimme war kaum mehr als ein Flüstern.

»Und was wäre, wenn Sie bisexuell oder lesbisch wären?«

Mein Mund klappte auf. »Das bin ich aber nicht.«

»Und was wäre, wenn?«

»Ich bin an Frauen nicht interessiert. Nicht … so.«

Frau Lindner verlagerte ihr Gewicht im dadurch leise knarrenden Holzstuhl. »Sie sind hier und erzählen mir, dass Sie sich wünschen, mehr mit, äh, Julia zu machen. Also haben Sie zumindest an einer Frau Interesse.«

Sie drehte mir die Worte im Mund um. »So ist das nicht.«

»Wie ist es dann?«

Ich seufzte laut. Was war denn daran so schwer zu verstehen? »Ich möchte diese Gefühle nicht. Sie sind nicht wirklich meine. Ich bin nur verwirrt und brauche Ihre Hilfe, diese Gefühle wieder loszuwerden.«

Frau Lindner schwieg und betrachtete mich. Irgendwann beugte sie sich vor. »Sie meinen, wie ein Exorzist?«

Was für ein dämlicher Vergleich. »Können Sie mir

helfen oder nicht?«

»Wir können uns Ihre Gefühle näher ansehen, damit Sie sie besser einordnen können.«

»Ist das ein ›ja‹?« Diese Frau war wohl kein simpler Ja/Nein-Typ.

Frau Lindner griff in ihre Hosentasche und holte ein Minzbonbon heraus. »Möchten Sie auch eins?«

Ich schüttelte den Kopf.

Sie steckte sich die Süßigkeit in den Mund und lutschte darauf herum. Nach einer Weile schaute sie mich ernst an. »Darf ich hundertprozentig ehrlich sein?«

Diese Frage war nie ein gutes Zeichen. Mein Magen fühlte sich an, als wäre er mit Blei gefüllt. Widerwillig nickte ich. Was sollte ich auch sonst tun?

»Ich weiß kaum etwas über Sie und Ihr Leben, aber von dem, was Sie mir bisher erzählt haben, glaube ich nicht, dass Sie heterosexuell sind.«

Ich öffnete den Mund, um zu protestieren, doch Frau Lindner redete weiter: »Sie empfinden offenbar für diese Julia mehr als nur Freundschaft. Von dem, was Sie mir über Ihre Mutter erzählt haben, vermute ich, der Grund für Ihre Zurückhaltung und Unsicherheit bezüglich Julia liegt in Ihrer Kindheit begründet.«

Diese Frau war definitiv eine Psychologin. Immer war die Kindheit schuld.

»Meine Kindheit war vollkommen normal. Und ich bin hundert Prozent heterosexuell.«

»Warum fühlen Sie dann etwas für Julia, das über eine platonische Freundschaft hinausgeht?«

»Tu ich doch gar nicht. Ich bin bloß etwas durcheinander, das ist alles.« Konnte oder wollte sie das nicht verstehen?

»Und warum sind Sie durcheinander?«, fragte Frau

Lindner. »Was denken Sie?«

Wir drehten uns hier im Kreis. Dieses Gespräch brachte mich nirgendwohin. »Gerade jetzt bin ich durcheinander, weil Sie mich durcheinanderbringen.«

»Okay, lassen Sie uns das Ganze mal umdrehen.«

Ich betrachtete Frau Lindner misstrauisch.

»Ich komme zu Ihnen und erzähle, dass ich meine Mitbewohnerin küssen möchte. Was würden Sie als Erstes denken?«

Was würde ich denken? »Ich weiß nicht.«

»Wirklich nicht?«

Ich schüttelte den Kopf. Keine Ahnung.

»Sie würden sich doch sicher fragen, warum ich meine Mitbewohnerin küssen möchte.«

Ja, wahrscheinlich. Ich nickte.

»Irgendeinen Grund muss es schließlich geben.«

Ich nickte erneut.

»Was für Gründe könnte es denn da geben?«

Ich zuckte mit den Schultern, dachte aber darüber nach. »Vielleicht einfach nur Neugier.«

»Vielleicht«, sagte Frau Lindner. »Und was könnte es sonst noch sein?«

Meine Gedanken kreisten um die Möglichkeiten, und was mir in den Kopf kam, gefiel mir gar nicht. Konnte es sein, dass ich an Julia in einer mehr als freundschaftlichen Art interessiert war? »Ich will das nicht«, flüsterte ich, während ich das Gesicht in meinen Händen vergrub.

»Was wollen Sie nicht?«

Tränen liefen mir die Wangen runter. »Ich will für Julia nicht solche Gefühle haben. Ich will für keine Frau so empfinden. Ich bin heterosexuell.« Beim letzten Satz stampfte ich mit dem Fuß auf den Boden.

»Warum wollen Sie das nicht?«

Mit verweinten Augen sah ich Frau Lindner an, die unverändert ruhig in ihrem Stuhl saß und ihr verdammtes Bonbon lutschte.

Wie konnte ich es dieser Frau begreiflich machen? »Ich will nicht eine von denen sein. Verstehen Sie denn nicht? Ich bin normal. Jeder hat eine Wahl, was er oder sie tut. Ich auch. Und … und außerdem fühle ich nicht so was für Julia.« Oh Gott. Es war eine Lüge. Alles war eine Lüge. Ich war in Julia verliebt. Mein Brustkorb war so sehr zusammengeschnürt, dass ich das Gefühl hatte, keine Luft zu bekommen. »Ich liebe sie«, sagte ich weinend und schnappte mir eines der Kosmetiktücher aus der Box auf dem Tisch. Dabei mied ich den Blick von Frau Lindner. Ich schämte mich zutiefst. Laut schnäuzte ich mir die Nase.

Für eine Weile war mein lauter Herzschlag das einzige Geräusch.

Bis Frau Lindner sich vorbeugte und mir den Arm tätschelnd sagte: »Derzeit ist alles verwirrend und wahrscheinlich schmerzhaft. Aber Sie haben heute einen wichtigen Schritt in die richtige Richtung getan.«

Ich sah sie skeptisch an. Wenn das der richtige Weg war, warum fühlte es sich dann so falsch an?

Kapitel 21

Dicke Regentropfen prasselten auf mich herab. Der Wind schien meine Jacke ohne Widerstand zu durchdringen. Es war dunkel. Ich fror. Dennoch stand ich wie festgenagelt auf dem Bordstein und starrte auf die Eingangstür meines alten Zuhauses. Nur ein paar Schritte. Dann klingeln und meine Mutter würde vor mir stehen. Und was passierte danach? Was sollte ich ihr sagen? Warum war ich überhaupt hier?

Obwohl Mamas Haus in der entgegengesetzten Richtung zu meiner Wohnung lag und das Wetter heute furchtbar war, hatten mich meine Beine nach dem Gespräch mit Frau Lindner hierhingebracht. Und nun?

Ich holte tief Luft und beobachtete, wie mein zittriger Atem in einer kleinen weißen Wolke meinem Mund entwich.

Genug. Ich hatte mich belogen. Mich und den Rest der Welt. Wie meine Mutter hatte ich ein Leben geführt, das nicht mein eigenes war. Bis jetzt. Gab es noch Hoffnung für mich? Was sollte ich tun?

»Oh Gott, Kind, was machst du denn hier? Komm rein«, rief Mama, als sie mit Regenschirm und Mülltüte in der Hand die Haustür öffnete.

Meine Füße setzten sich ohne mein Zutun in Bewegung.

Wenige Augenblicke später umarmte mich meine Mutter. »Himmel, Scarlett, du bist ja eiskalt. Geh hoch und dusch erst mal heiß. In deinem Schrank sind ein paar alte Klamotten von dir. Ich bring den Müll eben weg, dann mach ich dir einen heißen Tee.«

Ich nickte und tapste wortlos die Treppen hoch.

* * *

Meine Hände und Füße brannten immer noch, als ich mich mit frisch gewechselten Klamotten und getrockneten Haaren auf die Couch im Wohnzimmer setzte. Popeye begrüßte mich schwanzwedelnd und nasestupsend. Ich kraulte ihn hinter den Ohren und lehnte mich dann seufzend zurück.

Links von mir saß meine Mutter im Sessel und schlürfte Pfefferminztee.

Mir war mein Tee zu heiß. Daher ignorierte ich ihn vorerst und schloss die Augen. Warum war ich hierhergekommen? Mein altes Zuhause fühlte sich fremd und unwirklich an. Nichts war mehr wie zuvor.

»Scarlett, was ist los mit dir?«

Ich hob den Kopf und betrachtete Mama, wie sie ihren Tee wegstellte und Popeye auf den Schoß nahm. Sie sah aus wie immer, aber ich hatte das Gefühl, sie nicht mehr zu kennen. Oder kannte ich mich selbst nicht mehr? Verdammt, was war bloß los mit mir? »Ich liebe Julia.« Ich riss die Augen auf. Hatte ich das laut gesagt?

»Ich weiß, mein Schatz.« Mit langsamen, gleichmäßigen Bewegungen streichelte sie den fast wie eine Katze schnurrenden Popeye.

Mein Mund klappte auf. Aber es kam kein Ton heraus.

»Wenn du Julia ansiehst oder von ihr sprichst, leuchten deine Augen. Du wirkst lockerer als früher und lächelst öfter, seit du sie kennst. Und du scheinst nicht mehr so verschlossen zu sein.« Meine Mutter lächelte. »Sie tut dir gut.«

»Du … du findest das nicht schlimm?«

Mama schaute mich ernst an. »Du bist meine Tochter. Ich liebe dich. Nichts auf der Welt ist mir so wertvoll wie du.«

Ich sprang auf und Popeye schwanzwedelnd mit mir. Kaum war er von meiner Mutter heruntergesprungen, schlang ich die Arme um sie. »Ach, Mama.« Ich begann zu weinen.

Meine Mutter stand auf und hielt mich ganz fest. Ihre Hand streichelte meinen Rücken. »Alles wird gut werden. Das verspreche ich dir.«

Einander immer noch haltend, bewegten wir uns zur Couch und nahmen zusammen Platz.

Winselnd stupste Popeye mit der Nase gegen mein Bein.

»Popeye, geh auf deine Decke«, sagte meine Mutter in einem autoritären Tonfall.

Keine Ahnung, wie lange ich weinte, aber irgendwann löste ich mich von Mama. »Es gibt so vieles, das ich nicht verstehe. Und … und ich weiß einfach nicht, was ich tun soll.«

Wir schnäuzten uns beide die Nase.

Dann fragte meine Mutter: »Gibt es irgendwas, das ich tun kann, um dir zu helfen?«

Ich nickte. Ich brauchte Antworten. Vielleicht konnte ich mich besser verstehen, wenn ich meine Mutter verstand. Mit verweinten Augen blickte ich sie an. »Wie hast du es geschafft, Papa zu heiraten und es all die Jahre auszuhalten? Und warum hast du es zugelassen, dass Papa so über Homosexuelle sprach? Er hat mich erzogen, Lesben und Schwule zu hassen. Wie konnte er damit leben, mich zu jemandem zu machen, die ihre eigene Mutter hassen würde, wenn sie die Wahrheit erführe?«

Lange schaute sie schweigend zu Boden. Schließlich flüsterte sie kaum hörbar: »Ich weiß es nicht.« Tränen glitzerten in ihren Augen.

Unruhig rutschte ich auf der Couch herum.

Nach einer Weile berührte mich meine Mutter am Arm. »Ich habe noch nie über all diese Dinge nachgedacht.« Sie lachte kurz humorlos auf. »Ich habe in so vielen Dingen versagt, aber eine Sache konnte ich immer gut.« Mama sah mich an. »Verdrängen. Hätte ich das nicht gekonnt, ich wäre nicht mehr. Nach Marias Tod gab es Tage, an denen ich dachte, ich würde auch sterben. Niemand konnte so großen Schmerz empfinden und es überleben. Richtig?«

Ich konnte mir nicht vorzustellen, was Mama empfunden haben musste.

»Meine Mutter kam einen Tag nach Marias Beerdigung, zu der ich nicht gehen durfte, zu mir und sagte, sie hätte keine Ahnung warum, aber Heinz, dein Vater, hätte ihr gesagt, er wolle mich trotzdem noch. Ohne diese kranken Ideen würde ich sicher eine gute Ehefrau werden.«

Ich schluckte. Das klang total nach meinem Vater. Vor meinem inneren Auge konnte ich geradezu sehen, wie er mit Oma sprach.

»Einige Tage später kam Heinz vorbei und sagte mir, er würde mich lieben. Und diese normalen Gefühle könnten mich heilen. Ich müsste ihn nur heiraten und alles würde gut werden.«

Das klang alles so surreal. »Hast du das geglaubt?«

Meine Mutter strich mir eine Haarsträhne aus der Stirn. »Ich wusste nicht, was ich glauben, denken oder fühlen sollte. Es war, als ob es mich nicht mehr geben würde. Als ob ich an dem Tag mit Maria gestorben wäre. Ich war nicht mehr der Mensch, der ich vorher war. Aber ich hatte keine Ahnung, wer ich jetzt war. Warum also nicht das sein, was andere von mir wollten? Warum nicht versuchen, der Mensch zu werden, der ich ohnehin hätte sein sollen?«

Ich blinzelte, ignorierte aber die Tränen, die meine Wangen runterliefen.

Meine Mutter seufzte. »Ein einziges Mal erlaubte ich mir, an Maria zu denken.« Sie lächelte. Es wirkte so unwirklich mit all den Tränen in ihrem Gesicht. »In unserer letzten gemeinsamen Nacht hielten wir einander in den Armen und stellten uns vor, das Kind in Marias Bauch wäre unseres. Das Kind unserer Liebe.« Mama streichelte meine Haare. »Wir beschlossen, das Kind Scarlett zu nennen, wenn es ein Mädchen wird.«

Ich schnappte nach Luft. »Du hast mich … mich nach dem Kind benannt, das ihr haben wolltet?« Der Raum schien sich zu drehen.

Meine Mutter nickte. »Bei deiner Geburt war ich so glücklich. Du warst ein Geschenk Gottes. Meine …« Mama schloss die Augen und flüsterte: »Unsere Scarlett.«

Ich fiel meiner Mutter um den Hals. Nach einer Weile löste ich mich etwas. »Warum hast du es dann zugelassen, dass er so über Lesben und Schwule redete?«

Mama schaute auf ihre Hände. »Ich wollte es allen recht machen. Dazu gehörte, zu akzeptieren, jetzt ein anderer Mensch zu sein. Jemand, der sich für das, was alle richtig nannten, entschieden hatte. Natürlich mochte ich es nicht, wenn dein Vater derart hasserfüllt sprach. Ich habe ihn nie so geliebt wie er mich. Das wusste er. Vielleicht, nur vielleicht hasste er mich dafür. Ich weiß es nicht. Aber ich fühlte mich schuldig.« Meine Mutter bedeckte für einen Moment ihre Augen mit einer zittrigen Hand. »Für so vieles. Wenn es deinem Vater half, so zu reden, wollte ich ihm das nicht nehmen.« Mama berührte sanft mein Knie. »Es war falsch. Ich hätte das nie zulassen dürfen. Und … und es tut mir leid.«

In meinem Kopf herrschte vollkommenes Durcheinander. Es traf mich wie ein Blitz. »Du bist frei.«

Mamas Augenbrauen zogen sich zusammen. »Wovon redest du?«

»Papa ist tot«, sagte ich und wiederholte: »Du bist frei.« Ich fühlte mich furchtbar, es so zu sehen, aber für meine Mutter stimmte es. Es war eine Befreiung. »Was ich meine, ist, du kannst jetzt andere Frauen kennenlernen.«

Meine Mutter wurde blass. »Du hast dich so verändert.«

Ich wich Mamas Blick aus. »Ist das gut oder schlecht?«

Sie strich mir mit dem Handrücken über die Wange. »Gut, mein Schatz. Sehr gut.« Meine Mutter seufzte. »Aber das ist nichts für mich. Nicht mehr. Vor wenigen Wochen dachte ich noch, du tust das Falsche. Dass deine Gefühle für Julia und alles, was daraus entstehen könnte, ein Fehler sind. Und dass sich die Geschichte wiederholen würde.«

Vielleicht hatte sie damit gar nicht so unrecht. Mein Verstand schrie, wie falsch es war. Aber warum sagten meine Gefühle das Gegenteil? Wenn ich doch nur Klarheit hätte. »Was ist passiert? Was hat sich geändert?«

»Du.« Mama lächelte. »Du hast meine Sichtweise

verändert. Ich dachte, wenn ich dir erzähle, was ich getan habe, wie falsch es war und wie viele Menschen ich damit ins Unglück gestürzt habe, würdest du wieder zu Verstand kommen.«

»Ich verstehe nicht, Mama.«

»Statt mich zu verurteilen, hast du mich getröstet. Zum ersten Mal überhaupt habe ich mich danach gefragt, ob es tatsächlich meine Schuld war. Ich begann, über alles nachzudenken. Wirklich nachzudenken. Nicht das übliche Verdrängen vermischt mit Selbstbetrug. Was, wenn nicht ich und Maria alles falsch gemacht haben, sondern unsere Eltern? Was, wenn sie … wenn sie Maria nicht vor diesen Zug getrieben hätten? Dann wäre alles anders verlaufen. Wir hätten …« Sie brach ab und schloss die Augen, um sie wenige Momente später wieder zu öffnen. »Ich werde nicht denselben Fehler machen. Ich liebe dich und werde mich niemals von dir abwenden oder dich zu etwas zwingen.« Sie schob das Kinn nach vorne. »Niemals.«

Erneut fielen wir einander in die Arme. »Ich liebe dich auch, Mama.«

* * *

»Scarlett?«

Ich schaute zu Julia, die neben mir auf der Couch saß. »Ja?«

»Seit wir von Sylt zurück sind, habe ich das Gefühl, du meidest mich«, sagte Julia leise.

Ich schluckte. War es so offensichtlich? »Wie kommst du denn darauf?«

Julia zuckte mit den Schultern. »Weiß nicht. Wir schauen zum Beispiel kaum mehr zusammen Filme und

…«

Ich zeigte zum Fernseher. »Aber wir schauen doch jetzt gerade einen.«

Julia betrachtete ihre Hände. »Ich habe einfach das Gefühl, du weichst mir aus.«

Verdammt, ich hatte Julia nicht verletzen wollen. Es war nicht ihr Fehler, dass ich jetzt schon seit über einem Monat vollkommen durcheinander war. Wie konnte ich ihr begreiflich machen, was in mir vorging? Sorry, Julia, ich liebe dich, will das aber nicht? Oh ja, guter Plan. Das sollte ich sagen.

»Scarlett?«

»Ich … ach, es sind nur die Prüfungen. Du weißt, ich muss noch zwei schreiben. Mir geht viel durch den Kopf im Moment.« Na ja, gelogen war das nicht. Andererseits hatte ich durch das konsequente Lernen nicht wirklich Probleme mit den Klausuren. Meine schlaflosen Nächte in letzter Zeit hatten jedenfalls nichts mit der Uni zu tun.

Julia fixierte mich mit ihrem Blick und öffnete den Mund. Zu meinem Erstaunen kam aber nichts heraus.

Ich tätschelte ihre Schulter und zog die Hand zurück. In letzter Zeit berührte ich Julia immer öfter, ohne nachzudenken. Es schien ihr nichts auszumachen. Zumindest sagte sie nichts dazu. Aber sie wusste ja auch nicht, dass meine Berührungen mehr als freundschaftlicher Natur waren.

Mist, warum konnte ich diese verdammten Gefühle bloß nicht abstellen?

Julia wandte den Blick von mir ab und starrte auf den endlos scheinenden Abspann von »Herr der Ringe«. »Du würdest mir sagen, wenn es was Anderes wäre, oder?«

Gott, was sollte ich darauf sagen? »Sicher.« Ich guckte auf die Uhr über dem Fernseher. Es war schon nach eins.

Einerseits wollte ich dieser Spannung zwischen uns entkommen, andererseits wartete auf mich vermutlich nur eine weitere Nacht ohne Schlaf.

Julias Stimme klang irgendwie gespielt fröhlich, als sie sagte: »Lass uns doch auch noch den zweiten Teil schauen. Ich bin gar nicht müde.«

Ich schaute zwischen ihr und dem Fernseher hin und her. Ich fand den ersten Teil von »Herr der Ringe« schon ziemlich langweilig. Hey, das war die Lösung. Nach dem zweiten würde ich sicher müde genug sein, um problemlos einzuschlafen. »Dann mal los.«

* * *

Es war dunkel und ich spürte etwas Warmes auf meinem Kopf. Ich blinzelte ein paar Mal und sah zum Fernseher. Das DVD-Player-Symbol sprang von einer Ecke des Bildschirms in die andere. Ich riss die Augen auf. Mein Kopf befand sich in Julias Schoß und ihre Hand ruhte in meinen Haaren. »Julia«, flüsterte ich.

Keine Reaktion.

Ich drehte mich ein bisschen und erkannte aus dem Augenwinkel, dass Julias Kopf gegen die Rückenlehne gesunken war. Ich schaute wieder nach vorne und meine Lider klappten zu. Julias warme Hand an meinem Kopf und ihre Oberschenkel unter mir fühlten sich verdammt gut an. Und sie roch so fantastisch. Einen Moment konnte ich ihre Nähe genießen. Es war ja eigentlich nichts dabei. Nur eine Minute.

* * *

Das Kissen unter mir bebte. Ich grummelte. Konnte man

nicht mal in Ruhe schlafen hier?

»Ähm …«

War das Julia? Meine Augenlider klappten auf. Oh nein. Ich lag immer noch auf ihrem Schoß und die Sonne war schon aufgegangen. Ruckartig hob ich den Kopf und rutschte von ihr weg. Dabei wurde mir kurz schwarz vor Augen.

»Hey, hey.« Julia packte mich am Arm.

Ich war dankbar für ihr rasches Zugreifen, das verhinderte, dass ich von der Couch fiel, auch wenn sich Julias Hand wie Feuer auf meinem nackten Oberarm anfühlte. »Danke.« Ich rutschte weiter weg.

»Wir sind wohl eingeschlafen«, murmelte Julia.

»Sieht so aus«, sagte ich, wich ihrem Blick aber aus. »Ich, äh, geh dann mal ins Bad.« So schnell ich konnte, flüchtete ich zur Tür. Dort schaute ich mich um und sah, wie Julia zu Boden starrte und auf ihrer Unterlippe rumkaute. Selbst mit zerzausten Haaren war sie wunderschön. Julias kräftige Beine, die sich so unglaublich gut unter mir angefühlt hatten, ihre eleganten, zärtlichen Hände, die … Aufhören. Diese Gedanken mussten aufhören. Was ich jetzt brauchte, war eine Dusche. Eine kalte.

* * *

Als Julia am späten Nachmittag nach Hause kam, hatte ich ihr ein Champignon-Omelett gemacht und eine Scheibe Brot mit Butter und Käse. Dazu stand ein Glas Wasser auf dem Tisch.

Julia gab mir einen flüchtigen Kuss auf die Wange und setzte sich an den Esstisch. »Hallo, Scarlett. Vielen Dank.«

Meine Haut brannte, wo sie mich geküsst hatte.

Verdammt, ich musste mich zusammenreißen. »Hey, du. Wie war's auf der Arbeit?«

»Nichts Aufregendes«, sagte Julia. »Irgendwie immer dieselbe Art von Fällen. Und wie war dein Tag?«

Ich setzte mich Julia gegenüber. »Hab ein bisschen gelernt. Eine Klausur hab ich ja noch.«

»Kann ich irgendwas helfen?«, fragte Julia. »Ich muss eh einiges nachschlagen heute. Willst du zu mir ins Zimmer kommen zum Lernen?«

Sie und ich, dicht nebeneinander? Ihr warmer Körper direkt neben meinem? Konnte ich mich dabei konzentrieren? Ich schüttelte den Kopf. Wohl nicht. Warum verlor ich bloß mehr und mehr die Kontrolle? Das war doch alles früher kein Problem gewesen.

Julia hob die Arme. »War ja nur ein Vorschlag.«

Was? Oh, ich hatte ja den Kopf geschüttelt. »Nein, nein. Ich hab gerade über was Anderes nachgedacht.« Ich sollte das nicht tun. Wirklich nicht. »Klar komme ich.«

* * *

An einem Mittwoch Anfang März, direkt vor Weiberfastnacht, kam Julia von einem Ohr zum anderen strahlend von der Uni.

»Was?«, fragte ich.

Julia hob mich hoch und wirbelte mich umher. »Rate mal? Ich hab meinen Doktortitel in der Tasche. Hab's gerade erfahren.«

Ich schlang die Arme um sie, und als Julia mich absetzte, gab ich ihr einen dicken Kuss auf die Wange. Schnell wich ich zurück. Es war nur eine freundschaftliche Geste, aber ich wünschte mir in diesem Augenblick so sehr, dass ich sie auf den Mund hätte küssen können.

Gott, warum konnte ich diese Gedanken bloß nicht abschütteln?

»Ich hab ‘ne Flasche Sekt im Kühlschrank«, sagte Julia. »Mach sie doch schon mal auf, während ich meine Eltern anrufe. Daniel und Nathalie sind auch auf dem Weg.«

»Sie kommen hierher?«

»Ja, ich hab sie von unterwegs angerufen.« Julia strahlte von innen heraus.

Es war ansteckend, sie so zu sehen, und ich konnte nicht anders, als auch zu lächeln. Es klingelte an der Tür und ich zuckte zusammen. Die Flasche Sekt und vier Gläsern auf einem Tablett balancierend, machte ich auf.

Nathalie und Daniel ignorierten mich und eilten zu Julia. »Herzlichen Glückwunsch«, riefen beide.

Daniel drehte sich irgendwann zu mir und umarmte mich auch. »Hat sie es dir gesagt?«

Ich schaute verwirrt. »Was denn?« Offensichtlich sprach er nicht vom Doktortitel.

»Sie hat es dir nicht gesagt, ich sehe es dir an.«

Etwas lauter wiederholte ich: »Was denn?«

Nathalie ließ Julia los und strahlte mich an. »Sie ist die Jahrgangsbeste.«

Mein Blick schnellte zu Julia. »Ist das wahr?«

Auf ihre Füße schauend, nickte Julia.

Ich ging einen Schritt auf sie zu und umarmte sie erneut. »Gott, ich bin so stolz auf dich. Warum hast du mir das nicht gesagt?«

»Ist doch nicht so wichtig.«

Julia war unglaublich süß, wenn ihr etwas peinlich war. Ich gab ihr einen Kuss auf die Wange und ließ sie wieder los.

Nathalie entkorkte unterdessen die Sektflasche und

goss allen etwas ein. Anschließend reichte sie jedem ein Glas. Sie öffnete den Mund, als das Telefon klingelte.

Julia stellte ihr Glas zur Seite und nahm den Anruf entgegen. »Liebknecht?« Julia hob beide Augenbrauen. »Hallo, wie geht es dir? … Ja, mir auch.« Ihre Gesichtszüge wirkten angespannt. »Danke. Woher …? Verstehe … Danke. Ja, okay … Du auch. Tschüss.« Julia legte auf und ließ sich auf die Couch fallen. Sie schaute ins Leere, während sie sagte: »Das war Oliver. Er hat mir gratuliert.«

Der Raum war für einen Moment totenstill.

Mein Herz raste. Wie sehr ich mir gewünscht hatte, dass Oliver endlich zu Verstand kam. Ich setzte mich neben Julia und stellte mein Glas auf dem Couchtisch ab.

Sie umarmte mich ungestüm. Wären wir allein gewesen, hätte sie vermutlich geweint. Wir sprachen fast nie über Oliver, aber wenn, dann weinte Julia jedes Mal und sagte, wie sehr sie ihn vermisste. Doch mit Daniel und Nathalie hier wusste ich, sie würde sich zusammenreißen.

Nach einer Weile küsste ich Julias Stirn, löste mich aus der Umarmung und reichte Julia ihr Glas. Ich stand auf, zog Julia zu mir hoch und erhob mein Glas. »Auf Julia.« Sie ansehend, ergänzte ich: »Eine wundervolle Ärztin und eine wundervolle Frau.«

Julia strahlte mich an und für einen Moment vergaß ich alles um mich herum.

»Auf Julia«, wiederholten Nathalie und Daniel und erinnerten mich daran, dass sie ja auch hier waren.

Während wir tranken, schauten Julia und ich einander tief in die Augen.

Ich war so stolz auf sie.

Nach Olivers Anruf strahlte sie noch mehr. Sie war wunderschön, wie ihre funkelnden Augen mich ansahen und sich kleine Grübchen auf ihren Wangen abzeichneten.

»Sollen wir euch beide allein lassen?«

Julia und ich sahen fragend zu Nathalie.

»Ihr scheint irgendwie etwas«, sie grinste, »beschäftigt miteinander.«

Ich fixierte Nathalie mit zusammengekniffenen Augen, und Julia trank ihr Sektglas aus.

»Lass die Scherze lieber, Schatz«, sagte Daniel.

»Du gönnst mir auch gar nichts«, grummelte Nathalie.

Daniel gab seiner Freundin einen Kuss und fragte dann in die Runde: »Sollen wir heute Abend feiern gehen?«

Julia und ich sahen einander an.

Eigentlich hatte Daniel ja recht: Das schrie geradezu nach einer Party.

»Lasst uns doch am Freitag gehen«, sagte Julia. »Dann findet eh im ›Versteck‹ eine Karnevalsfeier statt. Also können wir da auch gleich den endgültigen Abschluss meines Studiums und den Doktortitel feiern.«

Alle Beteiligten nickten zustimmend.

»Ich geh dieses Jahr als Engelchen und mein Süßer hier als Teufelchen«, sagte Nathalie schmunzelnd. »Mal wieder passend, was?«

Nathalie als Engel? Ha.

»Und was ist mit euch?«, fragte Daniel.

Julia begegnete meinem ratlosen Blick. Wir hatten noch gar nicht darüber gesprochen.

»Schätze, ich geh passenderweise als Ärztin«, sagte Julia. »Hab ja alles, was ich dafür brauche, schon hier.«

Wo sie recht hatte, hatte sie recht.

Nathalie stupste meine Schulter mit ihrer an. »Und du?«

»Bin für Vorschläge offen.«

»Nicht schon wieder als Nonne«, sagte Nathalie. »Diesmal musst du mehr Haut zeigen.«

Was scherte es Nathalie, wie viel oder wenig Haut ich zeigte?

»Ich hab's«, rief Daniel und erinnerte mich mit seinem in die Höhe schnellenden Zeigefinger an Wickie den Wikinger. »Du gehst als Krankenschwester. Aber eine sexy Version.«

Ich hob eine Augenbraue. »Eine sexy Version?«

»Tolle Idee.« Nathalies Kopf wippte hastig auf und ab. »Ich weiß auch schon, wo wir das Kostüm herkriegen. Lass es mich für dich besorgen. Achtunddreißig oder vierzig?«

»Hängt davon ab, wie es ausfällt.«

»Dann achtunddreißig. Ein bisschen zu eng sieht nicht unbedingt schlecht aus.«

Ich rollte mit den Augen. »Übertreib's nicht, okay?«

»Wer? Ich? Nie. Oh, und du brauchst eine weiße Strumpfhose und weiße High Heels zu dem Kostüm.«

»High Heels?« Ich stöhnte auf. »Du weißt, ich meide so was.«

»Schon, aber eine Nacht lang ist das okay. Ich kann dir meine leihen. Wir haben schließlich dieselbe Größe.«

»Wie du meinst. Aber bitte …«

»Ich weiß, ich weiß. Ich werd's schon nicht übertreiben.«

* * *

»Das ist ja pornografisch!«, rief ich.

Nathalie grinste.

Ich trug ein weißes Latex-Minikleid mit einem roten Kreuz zwischen kaum verhüllten, hochgepressten Brüsten. Meine durch das regelmäßige Training leicht muskulösen Schultern lugten ebenfalls hervor. Als ob mein Outfit nicht schon schlimm genug gewesen wäre, hatte mich Nathalie auch noch extrem geschminkt. Insbesondere fiel dabei der blutrote Lippenstift ins Auge. Ich erkannte mich im Spiegel kaum wieder.

»Daniel! Julia! Kommt rein, das müsst ihr sehen. Hab mich selbst übertroffen«, rief Nathalie und musterte mich zum keine Ahnung wievielten Mal von oben bis unten.

Ich starrte auf die halsbrecherischen High Heels. Warum ließ ich mich bloß immer von Nathalie bequatschen? Beherzt nahm ich einen letzten Schluck von meiner zweiten Bacardi-Cola.

Die Tür ging auf und Julia hielt sich an Daniel fest. Ihre aufgerissenen Augen bestaunten meinen kaum verhüllten Körper ausgiebig.

Ich wollte im Boden versinken.

»Heilige Scheiße, siehst du heiß aus«, hauchte Daniel und bekam keine Sekunde später von Nathalie einen Klaps auf den Hinterkopf. Doch dann grinste sie. »Ja, ne?«

Ich beäugte unterdessen Julia, die immer noch bewegungslos im Türrahmen stand.

»Was meinst du?«, fragte ich, als Julia auch nach mehreren Sekunden nichts gesagt hatte.

Alle Blicke waren jetzt auf sie gerichtet.

»H… h… heiß.«

Bis jetzt hatte ich Julia niemals stottern hören.

Nathalie kicherte.

So sehr ich auch wollte, ich konnte mich nicht beherrschen. Ich musste einfach meinen Scherz mit Julia treiben. Ganz langsam und mit schwingenden Hüften ging ich auf sie zu.

Ihr Blick folgte jeder Bewegung von mir.

Ganz dicht vor Julia blieb ich stehen und meine Hand wanderte wie in Zeitlupe in ihren Nacken. Ich zog Julias Kopf zu mir runter. Anschließend flüsterte ich so aufreizend ich konnte in Julias Ohr: »Aber nicht, dass du auf dumme Gedanken kommst und mit mir Doktor spielen willst.«

Julias Körper versteifte sich und ihre Augenlider fielen zu.

Bevor ich einen Schritt zurücktrat, gab ich ihr einen langen Kuss auf die Wange und hinterließ einen roten Lippenabdruck. Danach ging ich in den Flur, um unsere Mäntel zu holen. Mein Atem raste und mein Herz pochte bis zum Hals. Es war als Scherz gedacht gewesen, doch die Wahrheit war, es hatte mich total angeturned. Was war bloß los mit mir? Wieso machte ich so was?

»Was war das denn?«

Ich drehte den Kopf.

Nathalie stand neben mir.

»Hab mir einen kleinen Scherz erlaubt.« Klang ich nur in meinen Ohren leicht heiser? Ich räusperte mich. »Wir necken uns ständig gegenseitig.«

»Was immer du Julias gesagt hast, ich glaube du hast ihr ganz schön eingeheizt. Die ist puterrot im Gesicht.«

Ich schaute zu Boden.

Daniel und Julia kamen aus meinem Zimmer, doch Julia mied meinen Blick.

»Wir gehen schon mal vor«, sagte Nathalie und zog Daniel am Arm, während er sich gerade seine Jacke anzog.

Wenige Momente später waren beide verschwunden.

Julia zog sich schweigend den Mantel an.

»Bitte entschuldige«, sagte ich. »Du scheinst mein Outfit ziemlich … gut zu finden. Da konnte ich einfach nicht widerstehen, dich ein wenig zu necken.«

Julia sah mich an. »Du hast nichts falsch gemacht. Ich war nur einen Augenblick etwas …« Sie räusperte sich.

»Erregt?«

Julia starrte mich an.

Es war falsch, so falsch, aber ich genoss es, Julia erregt zu haben. Trotzdem, ich musste diese Situation wieder in Ordnung bringen. »Ich wollte nicht, dass du dich unwohl fühlst.«

Julia zögerte, nickte aber nach einem Moment.

Ich berührte sie am Arm. »Lass uns jetzt feiern gehen.«

Julia lächelte, und gemeinsam machten wir uns auf den Weg.

Kapitel 22

Das »Versteck« platzte aus allen Nähten, als wir kurz nach neun dort auftauchten.

»Hi, Mädels«, rief Lisa, eine der Kellnerinnen. »Gebt mir eure Mäntel. Ich pack sie nach hinten in den Personalraum.«

»Danke, echt lieb von dir«, sagte Nathalie und reichte Lisa ihren Mantel.

Vollbepackt mit unseren Sachen, stiefelte Lisa von dannen.

»Wir kümmern uns mal um was zu trinken. Lisa hat mit den Tischen schon genug zu tun«, sagte Nathalie und zog Daniel mit sich zum Tresen.

Dem Schutz meines Mantels beraubt, verschränkte ich die Arme vor der Brust. Wer hätte gedacht, dass ich je wünschen würde, eine Krake zu sein? Am liebsten hätte ich mich überall bedeckt. Ich fühlte Dutzende von Blicken auf mir. Nächstes Jahr würde ich definitiv wieder als Nonne gehen. Instinktiv ergriff ich Julias Arm.

Die schmunzelte.

»Geh bloß nicht weg«, sagte ich und rückte etwas näher an sie ran.

»Bis du mir ein Signal gibst, zu verschwinden, bleibe

ich an deiner Seite«, sagte Julia. »Versprochen.«

Ein Vampir tauchte vor mir auf. »Hi.« Er grinste mich mit seinen langen Zähnen an. »Sag mal … tun dir deine Füße nicht weh?«

Ich schaute auf meine High Heels und wollte gerade nicken, da redete er weiter: »Du bist doch gerade vom Himmel gefallen, stimmt's?«

Julia rollte mit den Augen.

Wow, das war mal eine schlechte Anmache. Was sollte ich darauf antworten?

»Darf ich dir vielleicht etwas ausgeben?«, fragte der bleiche Kerl.

Darauf hatte ich eine Antwort. »Nein, danke.«

»Sag nicht, dein Freund ist hier irgendwo?« Der Vampir guckte sich um, als ob er meinen imaginären Freund suchen würde.

»Nein, aber meine Freundin«, sagte ich, zog Julia zu mir runter und gab ihr einen Kuss auf die Wange.

Julia hob beide Augenbrauen, sagte aber nichts.

»Oh … ihr seid …?« Graf Dracula fuchtelte mit dem Zeigefinger zwischen uns hin und her.

»Sieht so aus«, sagte ich.

Er hob die Arme. »Sorry, hatte keine Ahnung. Dann … dann viel Spaß.«

»Danke, dir auch«, sagte ich und verkniff mir erfolgreich ein Grinsen.

Julia schmunzelte. »Freundin, hä?«

Ich zuckte mit den Schultern. »Du bist meine Freundin. Und du bist hier. Also hab ich nicht gelogen.«

Julia lachte und schaute zu Daniel und Nathalie, die gerade mit unseren Guinness zurückkamen.

Wir tranken alle einen großen Schluck.

»Lust auf 'ne Runde Billard?«, fragte Nathalie.

»Ich glaub, das ist keine gute Idee«, sagte ich. »Mein Kleid ist zu kurz. Das würde sicher nichts werden.«

»Papperlapapp«, sagte Nathalie. »Das wird sicher lustig.«

Ich schnitt eine Grimasse. »Für wen?«

* * *

Nachdenklich kaute ich auf meiner Unterlippe herum. Bis jetzt hatte ich es geschafft, bloß nahe Kugeln zu treffen und mich nicht tief herunterzubeugen. Aber egal, welche Kugel ich jetzt anstieß, ich würde mich zumindest ein bisschen über den Tisch lehnen müssen. Hilfe suchend sah ich zu Julia. »Möchtest du nicht den Stoß haben?«

Grinsend schüttelte Julia den Kopf.

Ich warf ihr einen bösen Blick zu und beugte mich so wenig wie möglich über den Tisch. Meine Brüste fielen fast aus dem Dekolleté und mein Allerwertester war teilweise entblößt. War es Segen oder Fluch, heute Nacht einen String zu tragen?

Ich wollte gerade stoßen, da fing ein neues Lied an: »Sexy Bitch«. Ohne groß zu zielen, stieß ich die weiße Kugel an und richtete mich schnell wieder auf. Verdammt. Die rote Kugel prallte von der Bande ab und landete in der Mitteltasche. Das hieß, ich war ein zweites Mal dran. Ich schob meinen Rock so weit runter, wie es ging. Nicht dass es viel gewesen wäre. Ich ging um den Tisch herum und schaute mich um. Keiner der Männer im Raum spielte mehr. Stattdessen gafften alle in meine Richtung. Na super. Ich rollte mit den Augen. Konnte dieser Abend noch peinlicher werden?

»Ich hasse dich«, flüsterte ich Nathalie im Vorbeigehen zu und konzentrierte mich danach auf den nächsten Stoß.

Diesmal erwischte ich Julia am anderen Ende des Tisches dabei, wie sie auf meine Brüste starrte. Ich stieß, ohne wirklich hinzuschauen, und verfehlte beinahe die weiße Kugel.

Jetzt war Daniel dran und ich verdrückte mich zu einer Wand zwischen zwei Barhockern.

Einige der Männer an den Nachbartischen warfen mir flirtende Blicke zu.

In einem weniger knappen Kostüm hätte ich vielleicht zurückgeflirtet, doch so … Ich stellte mich neben Julia.

Ihr Gesichtsausdruck unterschied sich kaum von dem der Männer.

»Tu doch wenigstens so, als ob dich mein Outfit kalt lässt.«

Julia studierte ausgiebig ihre Füße. »'Tschuldigung.«

Ich lächelte sie an und lehnte den Kopf an ihre Schulter. Obwohl ich mich beschwerte, genoss ich es, wie sie mich ansah. Die anderen Blicke waren mir unangenehm, aber der von Julia war … heiß. Meine Haut prickelte und mein Mund war auf einmal ganz trocken. Ich nahm einen großen Schluck von meinem zweiten Guinness.

* * *

Mit einem fluffigen Handtuch rubbelte ich mir die Haare trocken.

Wir waren kaum in der Wohnung angekommen, da hatte ich auch schon das Bad gestürmt, um eine lange Dusche zu nehmen. Als ich in den Flur trat, war meine Freundin nirgendwo zu sehen. »Julia?«

Stille.

Ich lugte ins Wohnzimmer. Da war sie nicht. Küche? Da auch nicht. Schließlich schaute ich in ihr Zimmer.

Und da war Julia. Voll bekleidet und im Ärztekittel lag sie quer auf dem Bett und schnarchte leise vor sich hin. Offensichtlich hatte ihr der viele Alkohol, den wir heute Abend auf der Karnevalsfeier getrunken hatten, ganz schön zugesetzt.

Ich ging in den lediglich vom Flurlicht erleuchteten Raum und setzte mich neben sie. Vorsichtig streichelte ich Julias weiches Haar. Irgendwie wollte ich gar nicht, dass sie aufwachte. Es war viel zu schön, sie unbekümmert berühren zu können. Aber so konnte Julia nicht liegen bleiben. Vorsichtig ergriff ich das Stethoskop, das immer noch um ihren Hals hing, und zog es weg. Dabei spürte ich ihre warme, weiche Haut unter meinen Fingerspitzen. Ich streifte Julias Schuhe ab und zog anschließend mit etwas Mühe die Decke unter ihr hervor.

Sie zeigte keine Reaktion.

Ich legte mich neben Julia, kuschelte mich an sie und deckte uns zu. Kaum hatte ich die Augen geschlossen, war ich auch schon eingeschlafen.

* * *

Wärme. Geborgenheit. Mein Körper war vollkommen entspannt. Ich atmete tief ein und Julias Geruch umhüllte mich wie eine kuschelige Decke. Stopp mal. Ich öffnete ein Auge und sah eine Brust. Eine Brust? Oh Gott, ich lag auf Julia. Meine Beine zwischen ihren. Wie hatte ich bloß wieder mit Julia zusammen einschlafen können? Und wie konnte sich ihr Körper so verdammt gut anfühlen?

Ich schloss kurz die Augen. Das sollte nicht passieren. Es war schon alles kompliziert genug. Vorsichtig, damit ich Julia nicht aufweckte, rollte ich von ihr runter. Danach verließ ich das Bett und flüchtete in mein Zimmer.

Mein eigenes Bett war kalt. Ich legte mich unter die Decke und starrte nach oben. Es war eine Sache, Julia attraktiv zu finden und ihr nah sein zu wollen, aber im Schlaf, wenn ich nicht dachte, mich nicht unter Kontrolle hatte, ging ich zu weit. Das konnte so nicht weitergehen. Ich wollte das nicht. Was sollte ich bloß tun? Wenn ich dem Ganzen nicht schnell ein Ende setzte, würde bald mehr passieren. Und das durfte nicht sein. Ich könnte damit niemals umgehen. Es wurde Zeit, eine Entscheidung zu treffen.

Ich zog mich im Bad an und flüchtete in den Stadtpark, um in Ruhe über alles nachzudenken. Es war ein relativ warmer Märzmorgen, und dennoch fröstelte es mich nach einer Weile. Warum konnte ich nicht nur rein freundschaftliche Gefühle für Julia haben? Es war doch alles so schön mit ihr. Warum wollte ich mehr? War ich in Wahrheit gar nicht heterosexuell? Sicher, die Psychologin hatte ihre Meinung gesagt, und ja, es bestand kein Zweifel mehr daran, ich hatte mich in Julia verliebt, aber … hieß das automatisch, ich war … bisexuell? Ich hatte mich in meinem ganzen Leben noch nie in einen Mann verliebt. Bedeutete das also, ich war … lesbisch? War Mama lesbisch, weil sie eine Frau geliebt hatte?

Verdammt, warum musste immer alles so kompliziert sein? Was war richtig und was falsch? Man konnte sich seine sexuelle Orientierung nicht aussuchen. Entscheidend war, was man daraus machte. Oder?

Ich schüttelte den Kopf. Ich würde das Richtige tun. Jetzt, wo ich wusste, dass ich mich wahrscheinlich nie in einen Mann verlieben würde, wäre es doch viel einfacher, eine Beziehung ohne Erwartungen zu beginnen. Ich schloss die Augen. Doch was, wenn ich so unglücklich wie Mama werden würde? Andererseits war es nicht ihre

Entscheidung gewesen, meinen Vater zu heiraten. Nicht wirklich. Sie liebte eine Frau über Jahre und war bereits weiter mit ihr gegangen, als ich jemals auch nur in Gedanken mit Julia. Vielleicht war es genau jetzt der richtige Moment, dem Ganzen ein Ende zu setzen, bevor ich Gefangene meiner Gefühle wurde, wie Mama es gewesen war. Ja, ich hatte immer noch die Chance, mit einem Mann zumindest halbwegs glücklich zu werden, wenn ich meiner Neigung nicht folgen würde.

Ich sank auf eine Parkbank. Tränen strömten über mein Gesicht. Ich musste es beenden. Jetzt. Bevor es zu spät war.

* * *

Es war schon früher Nachmittag, als ich nach Hause zurückkehrte.

Julia kam aus dem Wohnzimmer und eilte auf mich zu. »Ist alles in Ordnung? Ich habe mir Sorgen um dich gemacht.« Sie trug ihre Lieblingsjeans und ihren roten »Is‘ was, Doc?«-Sweater.

Es fiel mir schwer, nicht zu lächeln. Aber ich musste jetzt stark sein. Es würde nur einen Moment wehtun, dann würde alles gut werden. »Mir geht‘s gut. Ich war etwas im Park spazieren.«

Julia umarmte mich und ergriff anschließend meine Hände. »Gott, du bist ja ganz kalt. Komm, zieh deinen Mantel aus, und ich mach dir einen heißen Kakao.«

Warum war sie bloß so lieb zu mir? Ich senkte den Blick, während ich den Mantel auszog. »Mach dir keine Mühe. Ich möchte mit dir sprechen.«

Julia nickte, nahm mir den Mantel ab und hängte ihn auf. »Lass uns ins Wohnzimmer gehen.«

»Okay«, murmelte ich und folgte ihr.

Wir setzten uns jeweils an ein Ende der Couch.

Julia platzierte ein Bein unter sich und betrachtete mich ernst.

Am besten sagte ich es geradeheraus. Alles andere würde die Sache nur länger und schwerer machen. »Ich werde ausziehen.« Ich studierte intensiv die Couchlehne. Hätte ich Julia angesehen, wäre ich nicht in der Lage gewesen, weiterzusprechen. »Es tut mir leid. Das kommt jetzt sicher überraschend für dich, aber es ist besser so.«

Julia stand auf und ging zum Fenster. Für eine Weile stand sie regungslos da. Irgendwann drehte sie sich um.

Ich vermied es immer noch, sie direkt anzusehen.

»Wenn es dein Wunsch ist zu gehen, kannst du das jederzeit tun. Aber ich will eine Sache: Sag mir ganz ehrlich, warum.«

Gott … sie wusste nicht, was sie da von mir verlangte. Julia stand nach wie vor am Fenster, und ich spürte ihren Blick auf mir. Ich würde Julia nicht anlügen, aber ich hoffte, es auch irgendwie vermeiden zu können, ihr die Wahrheit zu sagen. »Ich kann nicht mehr so mit dir zusammenleben. Es ist falsch.«

»Fühlst du dich von mir bedrängt?« Julias Stimme klang nicht ärgerlich oder vorwurfsvoll. Sondern unglaublich traurig.

»Nein.«

»Dann, bitte, erkläre es mir.« Julia gestikulierte wild mit den Händen. Ihre Stimme klang verzweifelt. »Ich akzeptiere deinen Wunsch, aber bitte … ich will es verstehen.«

Warum konnte sie nicht wütend sein? Mit Anschreien konnte ich leben, aber nicht mit diesem traurigen Tonfall. Ich musste ihr eine Antwort geben. »Solange ich hier wohne, kann ich keinen Freund haben und eine ernsthafte Beziehung beginnen.«

»Und das ist, was du willst?« Julia ballte die Hände zu Fäusten. »Als wir zusammenzogen, schien das für dich noch kein Problem zu sein.«

Da war aber auch alles anders gewesen. Ich war anders gewesen. Nichts, aber wirklich gar nichts, lag mir in diesem Moment ferner, als mit einem Mann eine Beziehung zu beginnen. »Darum geht es nicht. Wir halten uns beide davon ab, jemanden kennenzulernen.«

»Zieh mich da nicht mit rein«, sagte Julia mit angespannter Stimme. »Rechtfertige das, was du tust, mit dem, was du fühlst und willst, und nicht mit dem, was du glaubst, was ich fühle oder will.«

Nun hörte ich einen Hauch Ärger in Julias Stimme und merkte, dass ich doch nicht so gut damit umgehen konnte, wenn sie wütend auf mich war. Auch das tat weh.

»Es geht nicht immer darum, was wir wollen. Manche Dinge, die wir fühlen, sind einfach falsch«, sagte ich mit lauter Stimme. »In solchen Fällen müssen wir auf unseren Verstand hören.«

Julia kam mit schnellen Schritten zur Couch und setzte sich neben mich. Sie nahm meine Hände in ihre und ich betrachtete Julia zum ersten Mal, seit unsere Unterhaltung begonnen hatte. »Was willst du, Scarlett? Und was fühlst du?«

Ich fühlte mich wie in einer Falle. Wie sollte ich da rauskommen, ohne Julia zu sagen, was in mir vorging, und nicht lügen? Nein, sie verdiente die Wahrheit. Wenn unsere Freundschaft schon hier und jetzt enden musste, dann wenigstens ehrlich. »Lässt du mich gehen, wenn ich es dir sage?«

»Wenn es das ist, was du willst.«

Ich nickte und sah Julia tief in die Augen. Gott … diese wunderschönen Augen. Sie würden mir fehlen. »Ich liebe dich.« Julia schnappte nach Luft, doch ich blickte nicht auf und redete weiter. »Ich liebc dich auf eine Art, wie ich dich nicht lieben möchte. Schon seit einer Weile ist mir bewusst, dass … dass ich in dich verliebt bin. Ich war sogar bei einer Psychologin deshalb.«

Julia öffnete den Mund, doch anstatt etwas zu sagen, stierte sie auf ihre zitternde Hand, als ich mit dem Daumen darüberstrich.

»Du bist so ein wundervoller Mensch, Julia. Du verdienst es, mit einer Frau glücklich zu werden. Aber ich kann diese Frau nicht sein. Ich kann nicht leben als …« Ich brach ab. Dieses Wort in Zusammenhang mit mir zu sagen, schien falsch. Ich konnte es nicht. »Bitte verzeih mir, dass ich unsere Freundschaft aufgeben muss, aber ich kann diese Situation nicht länger ertragen.«

Ich wollte aufstehen und gehen, doch Julia hielt mich zurück. Wortlos starrte ich sie an.

»Als ich mir eingestand, lesbisch zu sein, wollte ich sterben«, sagte Julia mit leiser Stimme. »Es klingt vielleicht drastisch, aber es ist die Wahrheit. Ich war ziemlich jung und dachte, ich sei weit und breit die Einzige. Die ganze Zeit hindurch fühlte ich mich allein und hilflos und dachte, niemand könnte mich verstehen.«

Wollte ich das wirklich hören? Warum erzählte sie mir das jetzt überhaupt?

»Als ich mich in Victoria verliebte, wusste ich schon, dass ich auf Frauen stand. Vom ersten Tag an fühlte ich mich stark zu ihr hingezogen. Wir waren füreinander die erste Freundin. Dementsprechend gingen wir die Sache langsam an. Und ich meine … total langsam.« Julia lachte kurz und betrachtete mich für einen langen Augenblick.

»Ich war schon neunzehn und trotzdem war ich noch nicht bereit, aufs Ganze zu gehen, wenn du weißt, was ich meine.«

Ich nickte.

»Obwohl ich es eigentlich besser wissen musste, dachte ich immer, es sei falsch, was ich fühlte, ganz zu schweigen davon, diesen Gefühlen nachzugeben.« Julia lächelte. »Es war Oliver, der mir sehr half. Er sagte mir, Liebe könne doch nicht falsch sein.« Julia rutschte nervös hin und her. Sie schaute zwischen unseren Händen, die einander hielten, und meinen Augen hin und her. »Scarlett, ich liebe dich. Ich bin schon so lange in dich verliebt. Jeder Tag mit dir ist ein Geschenk.«

Was? Meine Kehle schien sich zuzuschnüren. Sie fühlte dasselbe? Mein Kopf war vollkommen leer.

»Ich könnte mit dir ein ganzes Leben zusammen sein, ohne dich jemals auch nur zu küssen. Wenn es bloß bedeuten würde, dass du bei mir bleibst.« Julia schüttelte langsam den Kopf. »Wenn du wirklich dasselbe für mich fühlst, dann tu dir das nicht an. Tu uns das nicht an. Geh nicht. Bleib bei mir.«

Ich spürte, wie mir Tränen die Wangen runterliefen. Niemals zuvor hatte ich mich so verloren gefühlt. Zögerlich beugte ich mich vor und lehnte meinen Kopf auf Julias Schulter.

Sie schlang die Arme um mich und hielt mich fest.

Ich fühlte mich so sicher, so beschützt vor der Welt und … vor mir selbst.

Irgendwann ließ sie mich los und sah mich mit einem Blick an, der am besten mit dem Wort liebevoll beschrieben werden konnte.

Das gab mir den Mut zu sprechen. »Julia, glaubst du, dass ich … dass ich … homosexuell bin? Glaubst du, ich bin eine … Lesbe?«

Erneut nahm Julia meine Hand und schaute mir tief in die Augen. »Das ist eine Frage, die niemand außer dir selbst beantworten kann.«

»Ich weiß es nicht.« Ich schüttelte den Kopf. »Alles, was noch vor einer Weile Sinn gemacht hat, erscheint jetzt vollkommen sinnlos. Und alles, was ich geglaubt habe, über mich zu wissen, scheint plötzlich falsch.«

»Und das alles bloß, weil du Gefühle für mich hast?«

Meine Augenbrauen zogen sich zusammen. Wie meinte sie das?

»Stell dir mal für einen Moment vor, ich sei ein Mann.«

Sie als Mann? Kurze Haare, groß, kräftige Schultern, volle Brü… nein, so ähnlich sie und Oliver sich auch waren, Julia konnte niemals ein Mann sein. Aber worauf wollte sie hinaus? »Okay«, sagte ich.

»Ich bin ein Mann und du hast dich in mich verliebt.«

Ich nickte.

»Warum würde die Tatsache, dass du dich in mich verliebt hast, ändern, wer du bist?«

Ich dachte über die Frage nach, und es gab darauf nur eine Antwort. »Aber du bist kein Mann.«

Julia ließ den Atem laut entweichen. »Es spielt keine Rolle, weißt du? All dieses Gefasel über die sexuelle Orientierung. Warum glaubst du, auf einmal ein anderer Mensch zu sein, bloß weil du für einen anderen Menschen etwas empfindest?«

Irgendwie machten diese Worte Sinn. Aber war es wirklich so simpel?

»Du bist, wer du bist«, sagte Julia. »Du bist, wer du schon immer warst: ein lieber, sensibler, intelligenter und humorvoller Mensch. Du hast gerade festgestellt, dass du dich in eine Frau verliebt hast. Das ist etwas Neues und vermutlich im ersten Moment Erschreckendes für dich.«

Was für eine Untertreibung.

»Aber es ist nur eines von vielen Dingen, die dich ausmachen.«

»Also denkst du, ich bin lesbisch?«

Julia lehnte sich etwas zurück und sah mich nachdenklich an. »Was denkst du?«

»Ich … ich … vielleicht.«

»Was würde denn passieren, wenn du deinen Gefühlen nachgeben würdest?«

Meinen Gefühlen nachgeben? Was würde ich tun? Julia hier und jetzt küssen? An Julias Nacken knabbern und mit der Zunge über ihren Körper gleiten?

»Scarlett?« Eine Hand wedelte vor meinem Gesicht herum. »Scarlett, ist alles in Ordnung?«

»Was?« Ich spürte, wie meine Wangen heiß wurden. »Ich … äh … mir geht's gut.« Ich runzelte die Stirn. »Wie meinst du das? Was würde ich tun?« Mit einem Ruck stand ich auf und begann, auf und ab zu gehen. »Ich weiß es nicht.« Weinend vergrub ich das Gesicht in meinen Händen. »Gott, ich fühle mich so verloren.«

Julia stand auch auf und stellte sich mir in den Weg.

Ich sah unsicher zu ihr auf.

Unsere Blicke trafen sich, und während ich in Julias tiefblaue Augen schaute, die mich voller Liebe ansahen, wurde es mir plötzlich klar: Das war es, was ich wollte. Was wir beide wollten. Und es ging hier nicht um richtig oder falsch. Es ging um mich und Julia.

Mein ganzes Leben war ich vor mir selbst weggelaufen, doch nie hatte es mich irgendwo hingebracht. Nun stand ich vor Julia. Kein Davonlaufen mehr. Kein Verstecken mehr vor dem Menschen, der ich wirklich war. Ob ich tatsächlich damit leben konnte, mit einer Frau … nein, mit Julia zusammen zu sein, würde die Zukunft zeigen.

Ich legte die Hand auf ihre Wange und streichelte sie mit meinem Daumen. Nach einem Moment ließ ich die Hand wieder sinken, beugte mich vor und gab derselben Wange einen zärtlichen Kuss. Danach bewegte ich meine Lippen zu der anderen Wange und platzierte auch dort einen sanften Kuss. Es folgte ein vorsichtiger Kuss auf Julias Stirn. Alles fühlte sich vollkommen richtig und natürlich an.

Julias Augenlider fielen zu.

Mein Herz raste. Ich wollte das. Ich brauchte das. Wie in Zeitlupe berührten meine Lippen ihre. Es war nur ein Moment und doch änderte es alles. Mein ganzer Körper kribbelte und Julias Lippen auf meinen raubten mir den Atem. Ich schloss die Augen und küsste sie erneut. Diesmal länger.

Julia zog mich näher zu sich.

Ich hätte erwartet, dass sie den Kuss intensivieren würde, doch sie tat nichts dergleichen. Sie schien mich entscheiden zu lassen, wie weit ich gehen wollte.

Julias Rücksichtnahme und die vielen Emotionen, die mich durchströmten, ließen erneut Tränen kommen. Doch diesmal waren es keine Tränen der Traurigkeit. Ich unterbrach den Kuss und umarmte Julia.

Es hatte sich richtig angefühlt. In diesem Moment wusste ich, dass alles gut werden würde.

Epilog

»Brauchst du Hilfe, Schatz?«, rief Julia aus dem Wohnzimmer.

Ich hatte uns gerade heißen Kakao gemacht und eilte mit beiden Tassen zur Couch vorm Kamin. »Nein. Bin schon hier.« Im Strandhaus von Julias Eltern fühlte ich mich mittlerweile fast genauso zu Hause wie in unserer Viereinhalb-Zimmer-Wohnung in der Stadtmitte. »Schon hier«, wiederholte ich.

Julia schenkte mir ein warmes Lächeln.

Ich stellte unsere Getränke auf dem Couchtisch ab, setzte mich neben Julia und kuschelte mich an sie.

»Es war eine tolle Idee von dir, das große Fotoalbum mitzunehmen«, murmelte Julia und vergrub ihr Gesicht in meinem Nacken. Ihre Lippen berührten meine Haut kaum und dennoch bekam ich eine Gänsehaut.

Ich liebte es, wenn Julia das tat. Zustimmend nickte ich und gab ihr einen flüchtigen Kuss auf den Mund. »Hättest du die Idee zu diesem Album nicht gehabt, hätte ich nie auf die Idee kommen können, es mitzunehmen.«

Julia grinste. »Deine Logik ist wie immer unschlagbar.«

Langsam schlug ich die erste Seite auf.

Julia deutete auf ein Foto. »Hehe, da siehst du mich an wie ein Koch eine Kakerlake in der Küche.«

Ich kicherte. Es war ein Foto von Daniels Geburtstagsfeier mit Julia, Oliver und mir. »Nathalie hatte mir wenige Minuten vorher erzählt, dass du lesbisch bist. Und dann sollte ich neben dir stehen und lächeln.«

»Arme Scarlett. Du hattest schon ein schweres Leben damals.«

Ich stupste sie in die Seite.

»Hey.« Julia lachte. »Nicht so brutal.«

Seite um Seite betrachteten wir die Bilder im Album.

Ich tippte auf ein Foto von Nathalie, Daniel und Julia total verschwitzt mit Kartons bepackt. »Hihi, da sind wir zusammengezogen.«

»Du meinst wohl, da hast du dich schließlich dazu überreden lassen, mich als Mitbewohnerin zu ertragen.«

Wir lachten und blätterten weiter.

Irgendwann stöhnte ich laut auf. »Gott, dieses Karnevalskostüm war wirklich pervers.«

Julia betrachtete das Bild von uns beiden in Krankenschwester- und Arztkostüm. »Also ich fand's klasse. Außerdem hast du an dem Abend ständig gesagt, ich wäre deine Freundin, um Kerle loszuwerden.«

»Bei der Auswahl warst du das kleinere Übel.«

Julia zwickte mich in die Seite. »Jetzt werd mal nicht frech, oder du kannst unsere Whirlpoolpläne für heute Nacht vergessen.«

Ich lehnte mich etwas zurück, führte meine Finger zum Mund und schloss einen imaginären Reißverschluss. Danach blätterte ich zur nächsten Seite und schmiegte mich wieder an Julia.

Zeitgleich lachten wir.

»Schatz, ich werde dich ewig dafür lieben, dass du

eine Kamera an diesem Tag dabeihattest«, sagte ich schmunzelnd.

Julia kicherte. »Stets zu Diensten, My Lady.«

Ich streichelte Julias Wange mit meinem Handrücken. »Wenn mir jemand vor vier Jahren erzählt hätte, dass ich und Mama mal zusammen auf den CSD gehen würden, hätte ich die Person für verrückt erklärt.«

Julia tätschelte meinen Arm. »Ihr habt euch beide verändert.«

Ich bedeckte ihre Hand mit meiner und lächelte. »Ja. Und sie und ich sind jetzt glücklicher als jemals zuvor.«

Julias Augen leuchteten und für einen langen Moment schauten wir einander einfach nur an. Nach einer Weile sagte sie: »Bei all dem Stress die letzten Tage hab ich ganz vergessen zu fragen: Hat Liselotte die Augen-OP eigentlich gut überstanden?«

»Absolut«, sagte ich. »Ihre Augen sind nach der Laserbehandlung wieder top. Übrigens hat Lotte Mama jetzt auch endlich dazu gekriegt, für Popeye weibliche Gesellschaft ins Haus zu holen. Letzte Woche waren sie im Tierheim und haben eine Pudeldame adoptiert.« Ich wackelte mit den Augenbrauen. »Und du errätst nie, wie die beiden sie genannt haben.« Nach einer kurzen Pause sagte ich grinsend: »Olivia. Wie die Freundin von Popeye im Cartoon.«

Julia lachte. »Wie passend.«

Nach einem stillen Moment sagte ich: »Ich hab übrigens gestern mit Sabine telefoniert, da meinte sie zu mir, dass sie und Oliver übernächste Woche schon Zweijähriges feiern.«

»Und es scheint wirklich was Ernstes zu sein«, sagte Julia.

»Während du und Sabine nach dem Essen vergangenes

Wochenende in der Küche die Reste eingepackt habt, hat Oliver Andeutungen gemacht, dass er mit ihr zusammenziehen will.«

Ich lehnte mich etwas zurück und schaute Julia an. »Jetzt wo du es sagst … Sabine erwähnte, sie und Oliver wären neulich bei IKEA gewesen, um sich mal etwas umzusehen. Aber in dem Moment hab ich mir echt nichts dabei gedacht.«

Julia küsste meine Nasenspitze. »Das ist meine Scarlett. Mal wieder ahnungslos bis zur letzten Minute.«

Ich grummelte und schmiegte mich dann wieder an Julia.

Sie blätterte weiter im Fotoalbum.

Zum Vorschein kamen ein paar Bilder, die abwechselnd Nathalie und Daniel mit einem zahnlos grinsenden Säugling zeigten.

»Die Zeit rennt«, sagte ich. »Überleg mal, Alice wird bald schon zwei.« Ich lachte kurz. »Weißt du eigentlich schon das Neueste?« Ohne auf eine Antwort zu warten, sprach ich weiter: »Nathalie redet davon, noch ein zweites Kind zu bekommen.«

Julia nahm einen Schluck Kakao und kicherte. »Sie hat gut reden. Immerhin ist es Daniel, der die Teilzeitstelle angenommen hat, um sich um Alice zu kümmern, während Nathalie in der Kanzlei Karriere macht.«

»Schon«, sagte ich. »Aber sie muss die Kinder ja schließlich kriegen. Oder nicht?«

Julia lachte. »Solange du die Kinder kriegst, kümmere ich mich gerne um die Betreuung.«

Ich kuschelte mich enger an sie und genoss, wie Julias Arme mich wie eine warme Decke umhüllten. »Da komme ich vielleicht wirklich mal drauf zurück.« Zufrieden seufzend schloss ich für einen Moment die Augen.

Danach blätterte ich einige Seiten zurück. »Das ist das schönste Foto von allen.«

Wir lächelten.

»Scarlett, du warst die schönste Braut, die die Welt je gesehen hat.«

Ich sah meine Frau an und verlor mich für einen Moment in ihren wunderschönen blauen Augen. »Nein, Schatz. Du warst die schönste.« Ich sah Julia verträumt an. »Ich weiß noch, wie du mich angesehen hast, als du dein Gelübde aufgesagt hast. In diesem Augenblick war ich die glücklichste Frau der Welt.«

»Ich liebe dich, Scarlett.« Meine Frau gab mir einen sanften Kuss.

»Ich liebe dich auch, Julia.«